문학에
빠져 죽지 않기

로쟈의 문학 읽기
2012-2020

문학에
빠져 죽지 않기

◈─ 이현우 지음 ─◈

교유서가

책머리에

제목에서 의심해볼 수 있는데 이 책은 재작년에 펴낸 서평집 『책에 빠져 죽지 않기』와 유관한 책이다. 그 서평집에 문학 파트로 포함될 예정이었으나 분량 문제로 빼놓았었다. 문학리뷰를 제외하고도 책의 분량이 750쪽을 넘긴 터였다. 그러고 나서 자연스레 시간이 더 흘렀고 그사이에 문학리뷰에 해당하는 글도 조금씩 더 쌓였다. 양이 차면 덜어내듯이 글도 어느 정도 채워지면 책으로 담아낼 필요가 생기게 마련이다. 이 책은 그 필요에 충실히 따르려는 의도에서 펴낸다.

기간이 짧지는 않다. 인터넷서평꾼 내지는 서평가로 본격적인 활동을 하며 생산한 글들을 나는 그동안 여러 권의 책으로 묶어서 펴냈는데 짧은 분량의 문학리뷰는 앞서 『책을 읽을 자유』와 『로쟈의 세계문학 다시 읽기』 두 권에 실었다. 이 책은 그 이후에 쓴 글들을 엮은 것이기에 부제가 '로쟈의 문학 읽기 2012-2020'이 되었다. 대부분은 일간지와 주간지 등의 잡지 서평란에 실렸던 짧은 리뷰들이고, 작품의 해제로 수록한 좀 긴 글들도 몇 편 포함되었다. 중요한 작품들에 대해선 그 의의에 상응하는 분량의 비평적 조명과 해설이 필요할 터이지만 짧은 리뷰에서는 그렇게 할 수가 없다. 나는 작품 소개와 함께 핵심 주제를 나대로 간추리는 데 만족해야 했다. 부족한 부분은 좀더 긴 호흡으로 작가와 작품에 대해 다룬 나의 다른 책들을 참고해주시길 바란다.

기간을 고려하면 결코 많은 분량이라고 할 수는 없다. 그렇지만 세계문학 전반에 대해 읽고 강의하고 글을 써온 그간의 활동을 일부 갈무리한다는 의미가 있다. 사실 러시아문학 전공자로서 내가 더 주력해온 것은 러시아문학을 포함한 세계문학 강의이고 그 강의내용을 '강의책'으로 계속 펴내고 있다. 그렇게 강의에서 다룬 작품을 짧은 리뷰로 정리하기도 하고 그렇게 정리한 글을 다시 강의 자료로 활용하기도 했다. 내가 장사꾼이라면 이 책은 내게 비밀장부와 같다.

이 책에 실린 글들을 교정차 다시 읽으니 지난 한 세월이 주마등같이 스쳐지나간다. 인생의 그 시간을 그 책들을 읽고 이런 글들을 쓰면서 보냈다고 해도 거짓말이 아니다. 고로 이 책은 나의 존재 증명이면서 한편으로는 부재 증명(알리바이)이다. 내가 거기에 없었다면 그건 이 글들 때문이었다. 대단한 의미를 갖는다고 말할 수는 없어도 게으

름을 타박당하지 않을 정도는 되는 듯싶다. 그게 내게는 사소한 위안
이다.

저자의 위안거리가 독자에게도 의미를 가질 수 있느냐는 물론 별
개의 문제다. 그렇지만 문학 독자라면, 한국문학과 세계문학에 대한
최소한의 관심과 열의를 갖고 있는 독자라면 이 책에서 의미 있는 읽
을거리를 찾을 수 있으리라고 믿는다. 다른 근거에서가 아니다. 내가
바로 그런 독자였다는 이유에서다.

아마도 사십 년 전쯤 문학에 처음 눈을 뜨고 책의 세계로 뛰어들던
무렵에 느꼈던 경탄과 흥분을 나는 아직 잃지 않고 있다. 비록 이 책에
적은 문장들이 그런 감정을 대놓고 드러내지는 않더라도 말이다. 어느
땐가 이런 책을 내가 발견했다면 매우 기뻐하며 흥미롭게 읽었을 것
이다. 이제 막 그런 독자의 길로 들어선 당신에게 이 책을 바친다.

2020년 2월 새봄을 앞두고

이현우

🕮 차례 🕮

4. 바틀비라는 우화

5. 두 천치의 지적 편력

6. 우린 어떤 베르테르를 읽어왔나

7. 역사적 진실과 문학적 진실

8. 사회주의적 영혼은 어디에 있는가

1.
문학이
필요한 시간

문학이 필요한 이유

문학은 어떻게 내 삶을 구했는가
데이비드 실즈 지음, 김명남 옮김
책세상, 2014

　"책은 각자 존재에서 벗어날 수 있게 해주거나, 그게 아니면 존재를 견딜 방법을 가르쳐주어야 한다." 18세기 영국 평론가 새뮤얼 존슨의 말이다. 미국 작가 데이비드 실즈의 회고록이자 자전적 문학론인 『문학은 어떻게 내 삶을 구했는가』는 존슨의 명제를 지침으로 삼는다. 다만 실즈에게는 그 두 선택지 가운데 한 가지는 배제된다. "각자 존재에서 벗어날 수 있게 해"준다는 것은 별로 유효한 처방이 아니기 때문이다. 『우리는 언젠가 죽는다』(문학동네)의 저자이기도 한 실즈로서는 단순히 존재에서 벗어날 수 있게 해주는 책은 '엄청난 시간 낭비'에 지나지 않는다고 생각한다. 그럼 책이란 무엇이어야 하는가. 우리 각자의 존재를 견디게끔 해주는 것, 그것이 책의 존재 목적이다.

모두가 동의하진 않더라도 그런 생각으로 책을 쓰는 작가들이 있고, 또 읽는 독자들이 있다.

아마도 최초의 독서 체험이 책에 대한 생각을 규정짓는 데 결정적일지 모른다. 실즈가 기억하는 행복한 추억은 열네 살 때 목감기에 걸려 침대에 앉은 채로 어머니의 보살핌을 받던 일이다. 따끈한 버터밀크 한 잔을 건네면서 그의 어머니는 『호밀밭의 파수꾼』을 평생 처음으로 읽다니 얼마나 부러운지 모르겠다고 말했다. 그의 어머니 또한 샐린저의 대표작을 처음 읽던 시절의 행복감을 떠올린 것이었겠다. 어머니의 말에 더 고무된 실즈는 소설의 핵심 구절을 달달 외우고 어딜 가나 책을 옆에 끼고 다닌다. 그 이듬해에는 누나의 조언이 보태진다. 『호밀밭의 파수꾼』은 좋은 소설이지만 이젠 『아홉 가지 이야기』로 넘어갈 때가 되지 않았느냐는 것이다. 많은 작품을 쓴 작가는 아니지만 그 이후에 샐린저의 모든 책이 실즈에게는 '내 인생의 책'이 된다. 『프래니와 주이』를 읽고, 대학원 시절엔 『목수들아, 대들보를 높이 올려라』를 흉내낸 소설도 써본다. 잠이 오지 않을 때 일어나서 꺼내 읽을 수 있는 작가가 서른 명이 되지 않는 중에도 샐린저는 단연 앞자리에 놓이며, 샐린저의 모든 책을 최소한 10여 번씩 읽었다. 샐린저의 무엇에 매혹된 것일까.

실즈가 샐린저를 좋아하는 이유는 "그의 목소리가 책마다 조금씩 다른 정도와 방식으로 자기 자신에게 대꾸한다는 점"에 있다. 샐린저의 소설들에서 주인공은 자신이 하는 이야기를 듣고, 들은 것에 견해를 밝히고 또 계속 이야기한다. 그런 게 마음에 들었다는 것은 실즈 자신이 그런 타입이었기 때문이다. 그는 자기가 생각하는 방식이 기형적인 게 아니라 인간은 원래 그렇게 생각한다는 것을 샐린저를 통해서 배운다. 이 배움이 그를 덜 외롭게 만들고 삶을 살아볼 만한 것으로 만든다. 다르게 말하면 그의 존재를 견디게 한다. 실즈는 자신이 온 마음으로 믿는 55편의 작품을 나열하고 그 이유도 간략하게 덧붙이고 있는데, "수많은 책을 그럭저럭 아는 것보다 10여 권의 책을 아주 깊이 아는 것이 낫다"는 D. H. 로런스의 충고를 따른 것이기도 하다. 그래도 55권의 맹우들이라면 꽤 든든한 처지이지 않을까.

　책에 대한 실즈의 몰입에는 나름대로 사정이 있었다. 실즈는 말더듬이였다. 그의 두번째 소설이자 자전소설인 『죽은 언어』도 말더듬증을 소재로 하고 있다(아직 우리말로 번역되지 않았다). 말더듬증 때문에 그가 겪은 문제는 사랑과 미움, 기쁨, 고통 같은 기본적인 감정을 표현할 때도 자의식을 떨칠 수 없었다는 것이다. 있는 그대로의 감정을 먼저 인식하는 게 아니라 그 감정을 더듬지 않고 표현할 수 있는 방법을 먼저 생각해내야 했다. 그 결과 그에게 "감정이란 남들에게나 속하는 것"이었다. 그는 남들이 다 갖고 있는 감정을 "솔직하지 않은 우회로"를 거쳐서만 소유할 수 있었다. 그런 그가 『죽은 언어』에서 말을 심하게 더듬는 바람에 단어들을 숭배하게 된 어느 소년의 이야기를 쓴 것은 자연스럽다. 쓰지 않을 수 없었을 것이기에. 그는 그 소설을 쓰던 무렵, 문장을 반복적으로 교정하면서 "그 책에 인생이 들어 있기를, 책이 내 인생이 되기를" 바란다. 책을 쓴다는 것은 각자의 인생을 더 견딜 만한 형식으로 바꾸는 작업인지도 모른다.

실즈가 보기에 예술은 각자 그것을 자기 자신에게 사용할 때 가장 활기차고 위험하다. 자기 삶을 구제하는 일이 걸려 있기에 활기차면서 동시에 위험한 것이리라. 실즈는 "병리학 실험실, 쓰레기 매립지, 재활용센터, 사형선고, 미수로 끝난 자살의 유언장"과 함께 '구원을 향한 돌진으로서 예술'을 믿는다. 물론 그것이 쉽게 될 리는 없다. "문학은 누구의 삶도 구한 적이 없어"라는 친구의 핀잔에, 그가 준비한 대답은 그래도 '문학은 내 삶을 구했다'는 것이다. 비록 '가까스로'란 말이 덧붙여져야 할지라도.

'가까스로'란 어떤 의미일까. 실즈가 떠올린 에피소드 가운데 하나. 한 친구가 알래스카주의 티셔츠 가게에서 일했는데, 유람선을 탄 관광객들이 도착하면 그들을 데리고 택시나 버스로 20킬로미터쯤 떨어진 멘던홀 빙하로 안내를 했다. 이 빙하는 넓이가 100제곱킬로미터나 되고 제일 높은 지점은 호수에서 30미터나 솟아올라 있다. 한번은 어느 관광객이 빙하를 가리키며 이렇게 말했다. "너무 더러워 보이는군요. 씻거나 그러지 않나요?" 예컨대, 실즈는 이런 이야기를 좋아한다. 그냥 웃음이 나는 이야기이지만, 그것이 시사하는 바는 자못 의미심장하다. "언어는 우리를 서로 이어주는 유일한 수단이라는 것, 그러나 완전히 이어주진 못한다는 것"을 알려주기 때문이다.

문학은 삶을 구할 수도 있고 구하지 못할 수도 있다. 그럼에도 『호밀밭의 파수꾼』의 주인공 홀든이 대학에서 영문학을 전공하고 또 작가가 돼 비평적 회고록을 쓴다면 딱 이런 모양새가 아닐까란 생각이 들게 하는 실즈의 책을 덮으면서 그의 마지막 문장에 공감하는 독자가 더 많았으면 싶다. "나는 문학이 인간의 외로움을 달래길 바라지만, 그 무엇도 인간의 외로움을 달랠 수 없다. 문학은 이 사실에 대해서 거짓말하지 않는다. 바로 그 때문에 문학은 필요하다." 그런 문학이 없다면, 우리는 더 외로울 것이다.

_〈독서인〉(2015년 1월호)

소박한 소설가와 성찰적 소설가

소설과 소설가
오르한 파묵 지음, 이난아 옮김
민음사, 2012

"오르한 파묵의 하버드대 강연록"을 부제로 걸고 나온 『소설과 소설가』를 읽었다. 2006년 노벨문학상 수상 작가의 소설론이니만큼 자연스레 손이 가는 책이고 분량도 부담이 없다. 그렇다고 공개적인 서평까지 써야 하는가는 물론 별개의 문제다. 읽는 책마다 서평을 쓰는 건 아니니까. '프레시안 books'의 청탁을 받기 전에 이미 책을 구해놓고 읽을 준비를 마친 상태였지만, 승낙하기 전에 잠시 머뭇거렸다. 결정적으로 나는 파묵의 소설을 읽은 적이 없기 때문이다!

굳이 특별한 이유가 있는 건 아니다. 노벨문학상에 유감이 있어서도 아니고 유독 파묵을 눈 밖에 내놓아서도 아니다. 유복하게 자란 모범적인 작가에게 사감을 갖고 있을 리도 만무하다. 사실 에세이 『이스

문학에 빠져 죽지 않기

탄불』을 포함해서 『내 이름은 빨강』이나 『하얀 성』 같은 그의 작품을 구입해놓은 지 오래다. 다만 독서의 계기가 없었고, 이런저런 일정에 치이다보니 억지로 계기를 만들 만큼 뭔가 끌리는 요소를 찾지 못했다고 해야 할까.

같은 터키 작가로 아지즈 네신의 작품 몇 권을 읽은 걸 보면 '터키'가 걸림돌인 것도 아니다. 선배 작가이자 풍자문학의 거장인 네신에 대해서 파묵은 이렇게 평한 바 있다. "아지즈 네신은 터키문학에 유례 없이 광범위한 영향을 끼친 작가이다. 포복절도할 웃음과 다채로운 이야깃거리로 성대한 만찬을 연상케 하는 그의 작품들은 항상 분노하는 동시에 미소를 짓는다."

그래, 이런 소개만으로도 나는 파묵보다는 네신을 선택했을 것이다. 그리고 네신을 터키의 국민작가였다고 하는 만큼 예우 차원에서라도 파묵은 네신 다음에 읽기로 하자고 언젠가 결정했던 것도 같다. 확실하진 않지만 그래도 평계로선 적절해 보인다. 파묵에게도 덜 미안하고.

잠시의 머뭇거림 끝에 그럼에도 서평 청탁에 응한 것은 조금 다른 이유에서다. 파묵이 가장 높이 평가하는 작가가 러시아 작가들 가운데서도 특히 톨스토이라는 점을 책을 몇 쪽 넘기기도 전에 알게 됐기 때문이다. 가령 그는 소설 읽기를 이렇게 비유한다. "『전쟁과 평화』에서 피에르가 언덕에서 보로디노 전투를 바라보는 장면은 나에게 일종의 소설 읽기 모델과도 같습니다." 게다가 그는 소설론을 이렇게 시작한다. "이 세상 모든 소설 가운데 가장 위대한 소설 『안나 카레니나』의 한 장면을 읽겠습니다."

이 정도면 파묵의 소설을 읽지 않았더라도 그의 소설론에는 흥미를 가질 만하다. 게다가 정해진 순서가 있는 게 아니라면 소설을 읽고 소설론을 읽는 대신에 소설론을 먼저 읽고 소설을 읽을 수도 있는 것 아닌가. 말하기를 배우기 전에 문법을 먼저 배우기도 하는 것처럼 말이다. 그렇다면 나는 파묵의 소설론 강연에서 무엇을 배울 수 있었나? 몇 가지 요지를 정리하고 정산을 해보도록 한다.

번역본의 제목은 "소설과 소설가"라고 붙여졌지만, 원제는 "소박한 소설가와 성찰적 소설가The naive and the sentimental novelist"이다. 그리고 이 제목 자체가 파묵 소설론의 요체다. 즉 두 종류의 소설가가 있다는 것. 'sentimental'이란 단어를 "성찰적"이라고 옮겼는데, 원래는 독일의 시인이자 극작가 프리드리히 실러의 용어이다. 「소박한 문학과 성찰적인 문학」(1795)이란 논문에서 개진한 유명한 구분을 파묵은 소설론의 출발점으로 삼는다.

독문학에서 실러의 논문은 보통은 "소박문학과 감상문학" 혹은 "소박문학과 감상문학에 대하여"라고 옮겨졌는데, 전공자의 정리에 따르면 실러는 "인간이 자연과 일치되어 있지 않고 분리되어 자연을 그리워하는 상태를 '감상적' 상태라고 한다. 반면에 자연과 일치한 상태를 '소박한' 상태라고 하였다. 그는 자연과 일치하는 작가, 즉 소박문학의 대표적인 작가는 고대 그리스의 호머와 현대의 셰익스피어와 괴테라고 하고, 자연과 분리되어 자연과 일치하도록 노력하는 작가로 자신을 비롯한 근대 작가를 들었다".(김승옥, 『프리드리히 쉴러』, 고려대학교 출판부)

두 개념에 대한 파묵의 정리도 비슷하다. 쉴러는 'sentimentalisch'란 단어를 통해서 "자연의 단순함에서 멀어져, 자신의 감정과 사고에 지나치게 몰입한 어떤 정신 상태를 설명했다"는 것이다. 이것은 '성찰적'인 태도이기도 하다. 그렇다면 쉴러의 구분은 소설 쓰기와 읽기에 어떻게 적용되는가?

소설 읽기와 쓰기에 인위적인 면이 있다는 점을 전혀 의식하지 않는 독자와 작가를 '소박한 사람'이라고 부를 수 있다면, "소설을 읽거나 쓸 때 텍스트의 인위성과 현실성을 확보하지 못하는 것에 마음을 빼앗기고, 소설을 쓸 때 사용되는 방법과 소설을 읽을 때 우리 머릿속에서 일어나는 일에 특별하게 관심을 두는 독자와 작가"를 파묵은 '성찰적인 사람'이라고 부른다. 물론 이렇게만 구분한다면 소박한 구분이 될 것이다. '소박한 상태'와 '성찰적 상태'는 한 사람에게서 공존할 수 있다. "소설 읽기는, 마치 소설 쓰기처럼, 이러한 두 가지 정신 상태를 끊임없이 오가는 것입니다."

이 '양다리 걸치기'는 소설 읽기에서 필수적이며 권장할 만한 것이다. 파묵은 우리가 전적으로 소박하거나 전적으로 성찰적일 경우 소설 읽기의 즐거움을 망치게 된다고 주장한다. 전적으로 '소박한' 독자들은 "텍스트를 작가의 자서전 또는 경험담을 약간 고친 연대기"라고 생각한다. 반면에 전적으로 '성찰적인' 독자들은 "모든 텍스트가 철저한 계산 아래 만들어진 허구"라고 믿는다. 하지만 작가의 경험담도 아니고 허구도 아니라면 뭐란 말인가? 물론 모순이다.

가령 "파묵 씨, 당신은 이 모든 것을 정말로 경험했나요? 파묵 씨, 당신이 케말인가요?"라는 독자들의 질문에(케말은 『순수 박물관』의 주인공이다) 파묵은 그렇다고도 아니라고도 답할 수 없다. 그는 주인공 케말이 아니지만 그런 사실을 독자들에게 확신시키지 못할 거라고 생각해서다. 하지만 이런 모순을 허용하는 것이야말로 소설의 특장이다. 파묵은 이렇게 말한다. "소설은 서로 모순되는 사고들을 우리가 불안감을 느끼지 않고 동시에 믿고, 동시에 이해하게 만드는 특별한 구조입니다." 소설을 '모순의 기예'라고 새롭게 정의할 수 있을까?

따라서 파묵에게 좋은 작가란 '소박'하면서 동시에 지극히 '성찰적'인 작가라는 것은 충분히 이해할 만하다. 그리고 그러한 양면성은 소설가로서 파묵의 성장사이기도 하다. 에필로그에서의 고백에 따르면 1974년에 쓰기 시작한 첫 소설 『제브데트 씨와 아들들』은 『안나 카레니나』와 『부덴브로크가의 사람들』 같은 19세기 사실주의를 본보기로 삼은 것이었다.

하지만 곧 의식적으로 모더니즘과 실험주의 소설을 지향했다. 소박한 작가가 되고자 했지만 그것이 실현 불가능하다는 걸 알게 되자 성찰적인 작가로 방향을 틀었던 것이다. 그러한 모색의 과정 끝에, 혹은 35년 동안 소설을 써온 끝에 파묵은 '소박한' 동시에 '성찰적인' 영혼을 갖는 것이 작가에게 가장 이상적이라는 결론에 도달한다. 물론 겸손하게도 파묵은 그 이상적인 작가가 바로 자신이라고 말하지는 않는다.

『소설과 소설가』의 내용을 '소박한 소설가와 성찰적 소설가'란 원제에 맞게 간추려보았다. 하지만 이 정도라면 소설과 소설론을 많이 읽어온 독자들에겐 좀 무미하게 느껴져, '소박한' 소설론이라는 인상을 줄 것이다. 책에서 파묵의 '메인 아이디어'인 소박한 작가와 성찰적 작가라는 이분법보다 더 흥미로운 것은 '단어적' 작가와 '시각적' 작가라는 이분법이다. "어떤 작가들은 주로 독자의 '시각적 상상력'에 호소하고, 어떤 작가들은 주로 '단어적 상상력'에 호소한다"는 것이 파묵의 생각이다. 호메로스나 톨스토이가 시각적 작가라면 도스토옙스키는 단어적 작가다. "소설은 기본적으로 시각적 문학"이라는 정의를 염두에 두면 파묵의 선호가 어느 쪽으로 좀더 기울어져 있는지 알 수 있다(파묵이 꼽은 가장 위대한 작가는 톨스토이, 도스토옙스키, 프루스트, 그리고 토마스 만이다).

또 인상적인 다른 대목. "소설 쓰기란 세상 또는 삶에 우리가 찾을 수 없는 어떤 중심부를 설정하고, 그것을 풍경 속에 숨겨두는 것입니다. 소설 읽기는 같은 작업을 반대로 하는 것입니다." (그렇기에) "소설 읽기란 세상에 중심부가 있다는 것을 믿는 노력입니다." 파묵이 보기에 위대한 걸작은 모두 "세상에 중심부와 의미가 있다는 희망과 생생한 환상"을 준다. 소설 읽기의 행복감은 그런 인상에서 비롯된다. 나로선 이런 주제들에 대한 탐구가 조금 더 매력적이지 않았을까 싶다. '소박하면서 성찰적인' 작가의 '소박한' 소설론을 읽은 소감이다.

_〈프레시안〉(2012. 10. 19.)

문학에 빠져 죽지 않기

P.S.

오르한 파묵의 작품을 읽은 적이 없다고 적었는데 이후에 『내 이름은 빨강』 『새로운 인생』 『하얀성』 등은 강의에서 다루었다. 그렇지만 대부분 소개되어 있는 그의 작품을 전반적으로 검토하는 일은 아직 과제로 남았다. (2020)

세계문학에도 공용어가 있는가

나는 어떻게 번역가가 되었는가?
에드워드 사이덴스티커 지음, 권영주 옮김
씨앗을뿌리는사람, 2004

개념에 대한 간단한 정의에서부터 시작해보자. 먼저, 세계문학이란 무엇인가? 이 문제적 용어/개념에 대해서는 다양한 정의가 가능한데, 가장 기본적으로는 두 가지 구분법이 가능하다고 생각된다. (1) 세계문학=세계의 문학, (2) 세계문학≠세계의 문학. '세계의 문학'으로서 세계문학이란 단순하게 말하면 세계 전체의 문학이다. 각 국민문학의 총합으로서의 세계문학을 떠올려보면 되겠다. 현실적으로 그러한 총합이 가능할지는 모르겠지만 그 이미지조차 상상 불가능한 것은 아니다.

현재 전 세계 인구가 73억이라고 할 때도 마찬가지다. 그 모든 사람들을 한데 모을 수는 없겠지만 '73억 인구'라는 표상은 가능하다.

그 73억 가운데 1인으로서 우리는 '세계인'이다. 그러나 다른 한편 우리가 세계시민이라고 할 때는 그 73억 인구 전체를 가리키지 않는다. 이 경우에도 세계시민으로서 세계인이라고 하면, 그것은 세계 인구 전체를 가리키는 세계인과는 구별되는 의미를 갖는다. 그러니까 세계인의 경우에도 '세계인=세계 인구', '세계인≠세계 인구'를 구분해볼 수 있고, 세계시민은 후자와 연관되는 것으로 이해할 수 있다. '세계시민으로서 세계인'을 따로 설정해볼 수 있는 것이다.

세계어 개념은 어떤가. 이 또한 세계의 언어, 세계의 모든 언어를 가리키는 개념으로 쓰일 수 있다. 그리고 다른 한편으론 세계적으로 널리 통용되는 공용어를 지칭할 수 있다. 사용 인구수로 보자면, 영어와 중국어, 스페인어 같은 언어를 떠올릴 수 있겠다. '공용어'의 사전적 의미는 (1) 한 나라 안에서 공식적으로 쓰는 언어, (2) 국제회의나 기구에서 공식적으로 쓰는 언어, 두 가지다. 여기서는 두번째 의미로 사용한다면, 공용어로서 세계어란 국제회의나 국제적인 스포츠 대회에서 사용되는 공식 언어를 뜻하게 된다. 영어와 프랑스어가 대표적이다. 중요한 것은 세계의 언어 전체를 가리키는 개념이 아닌 세계어는 몇몇 언어에 한정된다는 것이다. '세계문학에도 공용어가 있는가'란 질문은 바로 이런 맥락의 세계어(공용어)로 쓰이거나 번역된 문학만이 세계문학인가라는 물음이기도 하다.

이 물음은 아주 단순한 사실에서 제기된다. 세계음악이나 세계미술과는 달리, 세계문학은 언어라는 필수적 매개를 갖고 있다는 사실이다. 이 언어는 소통의 수단이면서 동시에 소통을 가로막는 장벽이기도 하다. 그리고 이 언어는 에스페란토 같은 인공어가 아니라 자연어이다(현재 200만 명 정도의 사람이 에스페란토로 대화를 할 수 있다고 하며 2000~3000명가량은 에스페란토가 모어라고 한다. 하지만 에스페란토의 가장 큰 한계는 자체의 고유한 문학을 갖고 있지 못하다는 점이 아닐까. 에스페란토로 된 번역문학이 아닌 에스페란토로 쓰인 『돈키호테』와 『파우스트』를 갖고 있지 못하다는 사실 말이다). 자연어 간에 가로놓인 장벽은 과거 동서독을 갈랐던 베를린 장벽만큼 현실적이다. 현실에 존재하는 모든 문학작품은 1차적으로 이러한 자연어로 쓰였다. 그런데, 거기에 덧붙여서 그 특정한 자연어가 문학적 세계어로 통용되는 언어라면 그 위상이 달라진다. 한국어로 쓰인 작품과 영어나 불어로 쓰인 작품이 등가적인 위상을 갖는 게 아니라는 것이다. 여기서 배타적인 우위성을 갖는 것이 유럽어(영어를 포함하여 유럽 각국의 언어)라는 점은 따로 설명을 필요로 하지 않는다.

세계문학의 한 가지 표준으로서 노벨문학상만 하더라도 20세기 전반기에(1901년부터 제2차세계대전이 종전되는 1945년까지를 기준으로 하면) 유럽 외 지역 수상자는 타고르(1913, 인도)와 가브리엘라 미스트랄(1945, 칠레), 두 명의 시인뿐이었다. 지역적으로는 아시아와 남미의 최초 수상자가 되지만, '수상 언어'로 보면 그러한 지역성의 의미는 반감된다. 타고르는 벵골어로 시를 쓰면서 동시에 그 자신이 영어로 번역했고, 외교관이었던 미스트랄은 스페인어로 시를 썼다. 언어로는 영어와 스페인어 시인이었으니 '유럽어'에서 결코 벗어나지 않은 것이다. 유럽에서 언어적 변방에 해당하는 것은 러시아와 동유럽 정도이다(이 경우에도 주요 작품들이 다른 유럽어로 번역 소개되었으며, 같은 유럽어 사이의 언어적 장벽은 상대적으로 높지 않다).

언어적 관점에서 보자면 최초의 가장 인상적인 노벨문학상 수상자는 1968년에 수상자로 선정된 일본 작가 가와바타 야스나리다. 무엇보다도 유럽의 언어들과는 아주 이질적인 일본어로 썼기 때문이다. 그런데 어떻게 일본 작가에게 상이 수여될 수 있었을까. 아주 당연한 일이지만 '번역'되었기 때문이다. 가와바타의 작품들이 세계문학으로 읽히는 건 일본어 원작 그대로가 아니라 번역으로서다. 이러한 사실을 극명하게 확인시켜주는 것이 번역자인 에드워드 사이덴스티커의 회고이다(『나는 어떻게 번역가가 되었는가?』).

다니자키 준이치로와 함께 가와바타 야스나리를 일본의 대표적 작가로 본 그는 두 작가의 작품을 다수 영어로 번역했고, 서구에 전후 일본문학이 소개되는 데 결정적인 역할을 했다(가와바타는 1961년부터 노벨문학상 후보로 거명되는데, 이때 심사에 사용된 스웨덴어판 『설국』의 번역도 사이덴스티커의 영역본에서 중역된 것이다). 심지어 그는 시상식장에도 가와바타와 동행하며 수상 연설문을 번역하고 일부 대독하기까지 했다(일어 인용만 가와바타가 낭독했다). 가와바타는 그런 공로를 높이 사서 번역본 인세의 절반이 사이덴스티커에게 돌아가도록 했다. 사실상의 '수상작'은 그의 일어 작품들이 아니라 영어 번역본들일 것

이기에(사이덴스티커는 자신의 번역 작업에서 『설국』을 가장 마음에 들어
하는데, 그것은 제일 잘돼서가 아니라 제일 재밌었기 때문이라고 술회한다.
가장 재미있었던 것은 가장 어려웠기 때문이기도 한데, 그것은 달리 말하면
그만큼 역자에게 재량권을 허용한 것이기도 하다), 온당한 처사라고도 여
겨진다. 사이덴스티커는 자서전에서 이렇게 적었다. "가와바타는 이
상의 절반은 나의 것이라고 언론에 말했다. 더할 나위 없이 친절한 말
이기는 하지만, 나의 번역이 없었더라면 수상 후보자조차 될 수 없었
다는 것은 십중팔구 사실이리라."

　가와바타의 사례가 시범적으로 보여주는 것은 세계문학의 언어적
존재 방식이다. 두 가지가 가능하다. 세계문학의 주류 언어로서 유럽
어라는 패권적 세계어로 쓰인 것과 그 밖의 자연어로 쓰였지만 그러
한 세계어로 번역된 것. 이 또한 아주 단순하게도 누가 어떤 언어로
읽느냐는 문제에서 비롯한다. 다시 한번 사이덴스티커를 인용하면,
"노벨문학상은 다른 노벨상과는 달리 스웨덴 아카데미에서 심사, 선
정하는데, 이곳은 소수의 스웨덴 저명 문인들로 선출, 구성된 종신 기
관이다". 이 '소수의 스웨덴 저명 문인'들의 모국어는 물론 스웨덴어
일 것이며 주변의 북유럽어에도 친숙할 것이다. 더불어 영어와 불어,
독어 등이 모국어에 가까운 제2외국어일 것이며, 기타 러시아어를 비
롯한 다른 유럽어들이 선택어에 해당할 수 있으리라. 하지만 이들이
중국어나 일본어로 작품을 읽는다는 것은 상상하기 어렵다(하물며 한
국어로?).

　　　　　　　　　　　　　　　　　　문학에 빠져 죽지 않기

현재 세계경제의 중심은 13억 인구의 중국이지만 중국어가 세계문학의 중심 언어가 되는 일은 아직 기대하기 어렵다. 그것은 중국 패권시대가 도래하고 중국어가 외교와 비즈니스의 주요 언어가 된 이후에도 더 오랜 시간이 걸릴 수 있다. 비교하자면 세계문학에서는 핀란드어나 노르웨이어, 덴마크어보다도 그 비중이 작은 게 중국어이다. 중국 작가 모옌의 노벨문학상 수상이 2012년에 가서야 이루어진 것은 중국의 개방과 경제적 부상 이후로 한 세대 정도가 소요된 이후이며 다수의 작품이 좋은 번역자에 의해 번역된 것이 결정적이었다. 언어의 관점에서 보면 '문학의 그리니치 자오선'은 실재한다. 그것은 스톡홀름과 파리 사이에 그어지지 않을까.

이러한 맥락에서 세계문학을 다시 정의한다면 그것은 세계어 내지 세계문학 공용어로 쓰이거나 옮겨진 문학이라고 할 수 있다. 하지만 번역이란 조건을 문제삼자면 이 정의는 상대적이다. 어떤 작품은 번역되지 않고도, 또 어떤 작품은 번역되어야만 세계문학이 되는 것일까. 세계문학의 조건은 차등적인 것일까. 사실 '세계문학Weltliteratur'이라는 문제적 용어의 저작권자인 괴테가 이 말을 처음 발설한 맥락에서 보자면, 번역은 부차적인 계기가 아니라 필수적인 계기다. 1827년 에커만과의 대화에서 "민족문학이라는 것은 오늘날 별다른 의미가 없고, 이제 세계문학의 시대가 오고 있으므로, 모두들 이 시대를 촉진시키도록 노력해야 해"라고 말한 것은 번역된 중국 소설을 읽은 감흥이 계기였다("요즘 자네와 만나지 못한 이후로 여러 가지 책을 많이 읽었네.

특히 중국 소설 한 권은 아직 다 읽지는 못했지만 매우 주목할 만한 작품으로 보이네.").

이것을 일반화하자면 번역은 세계문학의 필수 조건이다. 번역이 없다면, 국민문학이거나 지역문학의 범주에서 벗어나지 못한다(노벨 문학상 역시 초기에는 지역문학상의 성격에서 벗어나지 못했다. 심지어 톨스토이조차도 수상자에서 빠진!). 다르게 말하면, 세계문학은 오직 번역을 통해서, 번역문학으로서만 존재한다. 세계어도 국민국가 안에서 소통될 경우에는 일개 자연어에 불과하다. 그것은 다른 언어를 모국어로 한 외국인과의 소통에 이용될 때 비로소 세계어가 되는 것과 같은 이치이다. 그런 관점에서 보자면 세계문학의 또다른 자오선은 세계문학 전집이 유례없이 출간되고 있는 한반도를 지나지 않을까. 최소한 우리는, 한국어는 그 자오선의 유력한 후보이지 않을까. 이것은 거꾸로 줄 세우기와 비슷한 효과이다. 한국어는 세계문학과 세계어의 변방에 속하지만, 번역을 세계문학의 핵심 조건으로 인정한다면 거꾸로 앞장서는 위치에 있을 수 있다. 우리에겐 거의 대부분의 세계문학이 번역으로 존재하는 번역문학이기 때문이다(심지어 우리에겐 한국 고전들도 번역문학이다).

세계문학의 공간은 어디에 있는가? 어떤 언어적 평면에 놓여 있는가? 모국어로 쓰인 문학을 읽는 것은 세계문학을 읽는 게 아니라는 점에서 세계문학의 공간은 바로 번역문학의 공간이다. 외국어로 읽거나 번역된 작품으로 읽는 것이 세계문학의 독서다. 그 경우 세계문학의 공간은 사이덴스티커가 『설국』을 번역하면서 느낀 애로와 재미의 공간이다. 이 애로와 재미는 고스란히 우리의 것이기도 하다.

_방송통신대, '번역을 묻고 말하다' 학술대회(2014. 12. 17.)

새로운 인생은 어떻게 시작되는가

페스트
알베르 카뮈 지음, 유호식 옮김
문학동네, 2015

눈먼 자들의 도시
주제 사라마구 지음, 정영목 옮김
해냄, 2002

새로운 인생
오르한 파묵 지음, 이난아 옮김
민음사, 2006

시작은 어떻게 시작되는가? 우리는 두 갈래의 시작을 상상하고 나눈다. 기원적 시작과 새로운 시작. 모든 시작의 처음이자 모델이 기원적 시작이라면, 그것의 반복이 새로운 시작이다. 새로운 시작은 그것이 반복인 한에서 모순적이다. 새롭지만 반복이며, 반복이지만 새로운 게 새로운 시작이다. 그럼에도 '새로움'에 값한다면, 거기엔 새롭게 하려는 의지가 개입하기 때문이다. 그런 의지의 유무에 따라서도 시작을 구분할 수도 있겠다. 수동적 시작과 능동적 시작으로. '시작된다'의 시작과 '시작한다'의 시작으로.

시작의 윤곽은 거기까지만 그리기로 한다. 내가 적으려는 것은 시작에 관한 에세이가 아니니까. 내가 받은 주문대로 나는 다만 몇 권의

문학에 빠져 죽지 않기

책에서, 몇 권의 소설에서 시작의 장면을 따라가보려고 한다. 시작이 어떻게 그려지고 있는지, 시작을 어떻게 바라보고 있는지를 말해보려고 한다. 어디부터, 무엇에서부터 시작해야 할까. 아무것도 정해지지 않았으므로 나는 무언가가 떠오르기를 기다린다. '시작'이란 단어에 관해, 기억 속에서 무얼 끄집어낼 수 있을까.

알베르 카뮈, 『페스트』의 시작

제일 처음 떠올리는 건 의사 베르나르 리외가 기록하고 있는 오랑시의 연대기다. 오랑은 평범한 도시이고 알제리 해안에 위치한 프랑스의 도청 소재지에 불과하다. 아, 이 연대기는 알제리가 프랑스로부터 독립하기 이전에 쓰인 것이기에 그렇다. 그는 194×년에 일어난 일을 기록한다. 시작은 이랬다. "4월 16일 아침, 의사 베르나르 리외는 진료실에서 나오다가 층계참 한가운데서 죽은 쥐 한 마리를 밟았다."

사소한 사건이지만 이후 중대한 사건들을 예고하는 표지의 하나였다. 쥐가 없는 건물에 죽은 쥐가 놓여 있는 것은 이상한 일이지만 리외는 대수롭게 여기지 않는다. 누군가의 장난으로 치부한다. 그런데 그날 저녁 귀갓길 아파트 복도에서 그는 한번 더 쥐와 마주친다. 큰 쥐 한 마리가 비틀거리더니 피를 토하고 쓰러져 죽는 것을 목격한다. 곧 쥐는 오랑시 전체의 문제가 된다. 18일부터는 공장과 창고에서 수백 마리의 죽은 쥐가 쏟아져나오고 이것은 페스트라는 재앙의 징후였다.

1947년에 발표된 알베르 카뮈의 『페스트』에서 페스트는 전쟁, 구체적으로는 제2차세계대전의 은유이기도 했다. "이 세상에는 전쟁만큼이나 페스트도 많이 발생했다"고 리외(혹은 카뮈)는 적었다. 사망자가 발생하고 조기에 종결될 것 같지 않자 결국 오랑시는 폐쇄된다. "페스트를 선언하고 도시를 폐쇄하라"는 결정과 함께 국면은 새로운 단계로 접어든다. 곧 감옥살이의 시작이다. 제2차세계대전 당시 독일군 점령하에서 감옥살이를 해야 했던 프랑스 국민들의 처지는, 페스트 때문에 감옥살이가 시작된 오랑 시민들의 모습과 중첩된다. 두 경우 모두 속수무책으로 재앙을 버텨낼 수밖에 없었다. 의사 리외의 선택도 마찬가지다. 다만 페스트에, 죽음에 굴복하지 않는 것이 그의 유일한 선택이자 윤리였다.

오랑시의 페스트는 느닷없이 시작되었다가 갑자기 수그러든다. 많은 희생을 치르고 난 뒤이지만 페스트에서 해방되자 도시는 생기를 회복하고 기쁨에 젖어든다. 다시 삶이 시작된다. 다만, 리외는 신중한 의사로서 "페스트균은 결코 죽거나 소멸되지 않으며, 수십 년 동안 가구나 내복에 잠복해 있고, 방이나 지하실, 트렁크, 손수건, 낡은 서류 속에서 참을성 있게 기다리고 있다는 사실"을 알고 있었다. 페스트는 언젠가 또다시 찾아올 수 있으며, 그때는 또다른 감옥살이가 시작되리라. 우리의 의지와는 무관하게 말이다.

주제 사라마구, 『눈먼 자들의 도시』의 시작

느닷없는 시작의 사례는 주제 사라마구의 『눈먼 자들의 도시』 (1998)에서도 읽을 수 있다. 도심 한가운데서 신호등이 파란불로 바뀌었음에도 중간 차선의 차 한 대가 출발하지 못하고 머뭇거린다. 다른 운전자들이 내려서 상황을 알아보는데, 문제의 운전자는 "눈이 안 보여"라고 말한다. 그는, 겉으로는 멀쩡해 보이지만 갑작스레 모든 것이 하얗게 보이는 '백색 실명' 상태에 빠진다. 그리고 연이어 그와 접촉했던 모든 사람들이 똑같이 실명하면서 도시는 눈먼 자들의 도시가 되어간다. 아이러니하게, '눈이 멀게 된' 안과 의사의 아내만을 제외하고.

백색 실명이 마치 페스트처럼 번져가자, 초기 환자들은 수용소에 수용된다. 외부와 단절된 상태에서 수용소는 눈먼 깡패들에 의한 생지옥으로 변한다. 그러다 오랑시가 갑자기 페스트에서 해방되듯이 눈먼 자들의 도시도 어느 순간 백색 실명에서 벗어난다. 사라마구는 의사 아내의 입을 빌려 이렇게 말한다. "나는 우리가 눈이 멀었다가 다시 보게 된 것이라고 생각하지 않아요, 나는 우리가 처음부터 눈이 멀었고, 지금도 눈이 멀었다고 생각해요. 볼 수는 있지만 보지 않는 눈먼 사람들이라는 거죠."

두 종류의 눈먼 자들이 있다. 보지 못하는 자(맹인)들과, 볼 수 있지만 보지 못하는 자들이다. 눈을 뜨고도 보지 못하는 자들 역시 눈먼 자들과 다를 바 없다. 되짚어보면 생지옥이 된 눈먼 자들의 수용소는

20세기 역사 속의 수많은 수용소와 크게 다르지 않다. 수백만의 사람들이 강제수용소와 절멸수용소에 수용되었고 학살되었다. 마치 눈먼 자들처럼, 짐승처럼 행동했던 것이다. 사라마구는 독자들에게 묻는다. 다시 시력을 되찾은 사람들은 이제 그런 역사와 작별할 수 있을까. 제대로 눈뜬 자가 될 수 있을까.

오르한 파묵, 『새로운 인생』의 시작

새로운 시작의 계기는 한 권의 책이 마련해줄 수도 있다. "어느 날 한 권의 책을 읽었다. 그리고 나의 인생은 송두리째 바뀌었다"로 시작하는 오르한 파묵의 『새로운 인생』(1994)이 보여주는 것처럼.

한 권의 책을 읽어나가면서 '나'는 또다른 세계로 빨려 들어간다. 책은 평범한 물건에 지나지 않지만 사랑과 마찬가지로 강렬한 힘으로 삶을 바꿔놓기도 한다. 한 권의 책을 읽고 인생을 망쳐버린 사람들도 있는 반면에 새로운 인생을 시작하게 되는 사람들도 있다. 그때 인생은 어떤 책을 읽기 전과 읽은 후로 나뉜다. 자전적 성격의 이 소설에서 파묵이 그린 새로운 인생은 작가의 삶이다. 한 권의 책에 이끌려 또다른 책을 쓰게 된 운명이 곧 작가의 운명 아닌가.

책 때문에 인생이 바뀐 한 인물이 화자인 '나'에게 들려주는 이야기. "나의 새로운 인생은 규칙적이고 질서 있고 정확해. 매일 아침 9시쯤 찻집에서 나와 집으로, 내 책상으로 돌아와. 9시가 되면 책상에 앉아 커피도 준비해놓은 상태에서 글을 쓰기 시작하지." 덧붙여, 그는 이렇게 충고한다. "내 생각에는 쓰는 것이 좋고 즐겁다면 기회를 놓치지 말아야 해. 쓸 수 있을 때까지 써야 한다고 생각해. 인생은 짧으니까." 다니던 대학을 중도에 그만두고 소설을 쓰기로 결심한 젊은 파묵이야말로 책 때문에 인생이 바뀐, 새로운 인생을 살게 된 경우가 아닐까.

아마도 이런 시작의 이야기들은 한참 더 이어질 수 있을 것이다. 하지만 그런 이야기가 당신의 시작을 유예시킨다면, 이쯤에서 멈춰도 좋겠다. 중요한 것은, 당신의 새로운 시작이니까.

_〈인문360°〉(2016. 01. 22.)

2.

셰익스피어
패러다임

오만이 부른 파멸

오이디푸스 왕
소포클레스 지음, 강대진 옮김
민음사, 2009

소포클레스의 『오이디푸스 왕』은 제목대로 주인공 오이디푸스의 비극적 운명을 다룬 작품이다. 하지만 그의 딸 안티고네의 이야기를 다룬 작품 『안티고네』는 안티고네만의 비극을 다루진 않는다. 오히려 초점은 외삼촌이자 테바이의 왕인 크레온에게 맞춰진다.

이야기의 발단은 이렇다. 아버지를 죽이고 어머니와 동침한 사실을 뒤늦게 알게 된 오이디푸스가 자신의 두 눈을 찌르고 방랑길을 떠난 뒤, 그의 두 아들 에테오클레스와 폴뤼네이케스는 왕권을 놓고 서로 적이 돼 싸우다 둘 다 죽고 만다. 그에 따라 왕이 된 크레온은 에테오클레스의 장례는 치르게 하되 적의 군대를 이끌고 테바이를 공격한 폴뤼네이케스의 장례는 허용하지 않는다. 원수는 죽어서도 친구가 될 수 없다는 것이 그의 생각이다. 하지만 안티고네는 그의 금지에 맞서 오빠의 장례를 치르고자 한다. '국법'을 어기게 될지라도 그것이 가족의 도리이자 인륜이라고 생각해서다. 그걸 막을 권리가 크레온에 겐 없다고 안티고네는 믿는다.

안티고네와 크레온의 이러한 대립은 흔히 '가족의 법' 대 '국가의 법'의 대립이라는 구도로 이해돼왔다. 사적인 윤리와 공적인 법의 충돌로 보는 것이다. 명령을 어기고 오빠를 장사지내려다 잡혀온 안티고네는 크레온의 포고보다 '신들의 법'이 더 강력하다고 주장하고, 크레온은 그런 안티고네를 오만하다고 비난하며 지하 동굴에 산 채로 가둔다.

헤겔식으로 말하면 얼핏 '동등한 권리를 지닌 두 원리'가 충돌하는 것처럼 보이지만 이 작품에서 크레온의 법에 끝까지 동의하는 자는 아무도 없다. 국가 질서를 유지하기 위한 법은 필요하지만 모든 법이 정당화되지는 않는다. 심지어 크레온 자신조차도 예언자 테이레시아스에게서 그의 처사가 신들의 분노를 살 거라는 충고를 듣고는 마음이 흔들린다. 죽은 자를 짐승의 밥이 되게 함으로써 또 죽이는 건 결코 용기 있는 행동이 아니며 저승의 신들에 대해서도 불경한 폭력이라는 게 테이레시아스의 충고다. 자기의 고집을 꺾는 건 끔찍한 일이지만 자칫 자신의 오만이 파멸을 초래할 수도 있다고 생각하여 크레온은 마음을 고쳐먹는다. "아아, 괴롭구나. 하지만 내 행동에 대한 결심에서 물러서노라. 무리해서 필연과 싸워서는 안 되는 법이니."

하지만 크레온의 회심이 그를 파멸에서 구하지 못한다는 데『안티고네』의 비극이 있다. "국가는 지배자의 소유"이기에 도시 백성들의 뜻에도 따를 필요가 없다고 생각한 이 권력자는 결국 자신의 오만에 대한 무서운 대가를 치른다. 동굴 무덤에 갇힌 안티고네가 목을 매 자살하자 약혼자인 아들 하이몬이 분을 못 이겨 자살하고, 연이어 아들의 자살에 충격을 받은 아내 에우뤼디케마저 자살하고 만다. 순식간에 아내와 아들을 모두 잃게 된 크레온은 모든 책임이 자신에게 있다고 탄식한다. 코로스의 말대로 그는 너무도 늦게야 올바름이 무엇인지 깨닫는다. 하지만 필멸의 인간에겐 뒤늦은 깨달음도 재앙을 피하는 데 아무 소용이 없다는 걸 그의 운명은 보여준다.

'안티고네의 비극'이라기보다는 '크레온의 비극'이라고 불러야 온당한 이 작품의 교훈은 무엇인가. 말미에서 코로스는 이렇게 요약한다. "현명함은 행복의 으뜸가는 바탕이로다. 그리고 신들에 관해서는 아무것에도 불경스럽지 말 것이로다."

_〈한겨레〉(2012. 06. 16.)

다시 읽는 셰익스피어

로미오와 줄리엣
윌리엄 셰익스피어 지음, 김재남 옮김
해누리기획, 2011

밸런타인데이만큼 유명하진 않지만 4월 23일은 '세계 책의 날'이다. 역사가 오래되진 않았다. 독서와 출판사업을 장려하기 위해 유네스코가 1995년에 지정한 기념일이고 공식 명칭은 '세계 책과 저작권의 날'이다. 이제 갓 스무 해를 넘긴 '세계 책의 날'의 역사에서 올해는 특별히 더 기념할 만하다. 대문호 세르반테스와 셰익스피어의 사망일을 기념하여 4월 23일로 정해졌다는데, 올해가 바로 두 사람이 사망한 지 400주년이 되는 해이기 때문이다. 그렇다고 특별히 무슨 행사를 준비해야 한다는 건 아니다. 독자 입장에서는 모셔두기만 했던 두 문호의 걸작들을 한번 일독해보는 계기로 삼아도 충분한 기념이 되겠다.

그런 생각으로 셰익스피어의 대표 희곡들과 세르반테스의 『돈키호테』에 관한 강의를 연중으로 진행하고 있다. 자주 강의해온 작품도 있고 처음 강의하게 된 작품도 있다. 딱히 셰익스피어와 세르반테스를 전공하지 않았더라도 이런 강의를 할 수 있는 건 그만큼 많은 종의 번역본과 참고자료가 나와 있기 때문이다. 『돈키호테』만 하더라도 예전에는 축약된 어린이용 도서만 잔뜩 나와 있고 완역본이 희귀했었지만 2005년에 민용태 교수의 완역본(창비)이 나온 걸 필두로 하여(2012년에 세계문학전집판으로 다시 나왔다) 2014년에는 안영옥 교수의 완역본(열린책들), 그리고 지난해에는 2부까지 마저 옮긴 박철 교수의 완역본(시공사)이 출간돼 완역본끼리의 경합이 가능하게 되었다. 『돈키호테』의 1, 2부가 각각 1605년과 1615년에 나온 걸 고려하면, 무려 400년 만에 한국에서도 『돈키호테』에 대한 독서 내지 '독서 붐'이 가능해진 셈이다.

셰익스피어도 비슷한 추세다. 김재남 교수의 최초의 한국어판 셰익스피어 전집은 1964년 셰익스피어 탄생 400주년을 기념하여 출간됐었으나 절판된 지 오래인 상태에서 신정옥 교수의 문고본 판형의 전집(전예원)이 유일했었다. 그러다 2008년부터 출간되기 시작한 김정환 시인의 셰익스피어 전집(아침이슬)이 완간을 앞두고 있고, 민음사 세계문학전집의 셰익스피어를 전담해서 번역해온 최종철 교수도 2014년부터 셰익스피어 전집(민음사)을 출간중이다. 개인 번역 전집의 상황이 그렇고, 한국셰익스피어학회에서도 전문 연구자들의 번역판으로 작품총서(동인)를 계속 출간하고 있다. 이제 수년 안으로 네댓 종의 셰익스피어 전집을 우리가 만나볼 수 있을 전망이다. 물론 전집 판의 경우가 그렇다는 얘기이고, 4대 비극 같은 주요 작품들에 한정 하면 독자의 선택지는 훨씬 더 넓어진다.

셰익스피어 강의는 어떻게 구성할 수 있을까. 한 차례의 강의라면 단연 『햄릿』을 다룰 가능성이 높다. 조금 여유가 있다면 4주짜리 강 의로 그의 4대 비극을 읽게 된다. 조금 애매한 경우가 5주 강의를 맡 았을 때인데, 나의 선택은 『로미오와 줄리엣』이다. 4대 비극만큼 유명 해서다(『로미오와 줄리엣』을 포함하여 '5대 비극'으로 묶은 작품집도 있다). 그 『로미오와 줄리엣』 번역본에 대한 얘기를 잠깐 적는다. 몇 차례 강 의를 진행하면서 느낀 것인데, 특이하게도 작품의 명성에 비해 생각 만큼 번역본이 많지는 않다. 어린이용이나 청소년판으로 나온 걸 제 외하고 하는 말이다. 내가 주로 이용하는 것은 최종철판(민음사)이고, 김정환판(아침이슬)과 김재남판(해누리) 등을 곁들인다.

민음사판을 강의에서 자주 이용하는 건 다른 작품들과 마찬가지 로 가장 많이 읽히는 판본이기 때문이다. 그렇지만 일반 독자가 셰익 스피어를 처음 읽으면서 손에 들 만한 번역본인가에 대해서는 좀 의 구심이 든다. 역자가 운문 번역을 표방하면서 시 형식을 맞추는 데 너 무 욕심을 내다보니까 의미가 모호하거나 어색한 부분이 많아서다. 『로미오와 줄리엣』에 한정하면, 편집상의 실수도 없지 않다. 가령 『로 미오와 줄리엣』의 1막 4장의 첫 대사는 로미오의 대사임에도 민음사판에서는 벤볼리오의 대사로 처리되어 있다. 그렇게 밀리다보니, 벤볼리오의 대사인 두번째 대사는 머큐쇼의 대사가 되었다. 이건 판본 문제가 아니라 순수하게 착오다. 같은 출판사에서 새로 나온 전집판(2014)에는 바로잡혀 있기 때문이다. 또 작품 해설에서 "이렇게 붙은 하인들끼리의 시비는 캐풀렛의 조카 벤볼리오의 등장에 (…)"라고 되어 있는 것도 좀 무심한 착오다. 로미오의 친구이기도 한 벤볼리오는 몬터규의 조카이기 때문이다. 두 집안이 원수 사이인 걸 생각하면 좀 짓궂은 오류인데, 그대로 방치되고 있다.

이런 오류는 교정을 통해 간단히 해결할 수 있지만, 번역 문제는 좀더 복잡하다. 보통은 정답이 없는 해석상의 문제나 뉘앙스상의 문제일 수 있기 때문이다. 영화 『로미오와 줄리엣』의 관객들을 설레게 했던 로미오와 줄리엣의 키스 장면을 보자. 셰익스피어의 작품에서 둘의 첫 키스 장면은 1막 5장에 나온다. 로미오가 짝사랑하는 여인 로잘린을 보기 위해 캐풀렛가의 파티에 잠입해 들어갔다가 줄리엣에게 한눈에 반해서 수작을 거는 장면이기도 하다. 최종철판의 번역은 이렇다.

> 줄리엣: 성자상은 기도는 허락하나 움직이진 못해요.
> 로미오: 그렇다면 기도하는 동안에 움직이지 말아요.(그녀에게 키스한다) 이렇게 내 죄는 그대의 입술로 씻겼소.
> 줄리엣: 그렇다면 내 입술로 죄가 옮겨왔군요.

로미오: 내 입술에서요? 오, 이 달콤한 범법 재촉! 내 죄를 돌려줘요. (그녀에게 다시 키스한다)

줄리엣: 키스를 배웠군요.

확인이 필요한 대목은 줄리엣의 마지막 대사이다. "키스를 배웠군요"란 번역은 일단 주어가 모호하기에 불친절한 번역이다. 로미오가 연거푸 두 번 키스를 했기에 줄리엣이 로미오에게 키스를 배웠다는 말인지, 키스를 능숙하게 하는 걸로 보아 로미오가 어디선가 키스를 배운 것 같다는 말인지 번역만으로는 알 수 없다. 원문은 "You kiss by the book"이다. 그러니 후자 쪽이고 사실 시제는 과거가 아닌 현재여야 맞다. 그런데 뜻은? 일단 별도의 전집판(민음사)에서 역자는 "책에 적힌 키스네요"라고 수정해서 옮겼다. 말하자면 키스를 책에서 배운 대로 한다는 것이다. 줄리엣이 본 책은 어떤 책들일까? 키스 교본? 혹은 소설?

한데 'by the book'이란 표현은 옥스퍼드판의 주석에 따를 때 'according to the rules'란 뜻이다. 그리고 그게 좀더 말이 된다. 줄리엣에게 키스하면서 로미오는 두 번 다 어떤 이유를 대고 있기 때문이다. 한 번은 속죄의 키스. 다른 한 번은 그 죄를 다시 돌려받는 키스. 즉 키스하고 싶어서 키스한 게 아니고 특별한 이유에 따라 키스한 것처럼 둘러댄 것이다(이게 노련함인가?). 이것을 김정환판에서는 "입맞춤마다 이유가 있으시군요"라고 옮겼고, 김재남판은 "당신은 키스에

문학에 빠져 죽지 않기

도 이유를 붙이는군요"라고 옮겼다. 둘이 대동소이한데, 최종철판과
는 다른 해석이다. 김재남판은 이렇게 옮겼다.

> 줄리엣: 성자들은 마음이 움직이지 않아요. 비록 기도를 들어주는
> 일이 있다고 해도 말이에요.
> 로미오: 그렇다면 내가 기도의 효험을 받는 동안 움직이지 마세
> 요. 이렇게 당신의 입술로 내 입술에서 죄는 씻어지거든요. (키스한
> 다.)
> 줄리엣: 그러면 나의 입술이 그 죄를 짊어지게 돼요.
> 로미오: 내 입술에서 죄를 넘겨받는다? 오, 달콤한 질책이여! 나
> 의 죄를 되돌려주세요. (키스한다.)
> 줄리엣: 당신은 키스에도 이유를 붙이는군요.

훨씬 명료하고 이해하기 쉽다. 대화도 더 자연스럽다(아무리 운율
을 맞춘다지만 최종철판의 '범법 재촉!'은 부자연스럽다). 로미오가 줄리엣
에게 한 키스는 책에서 배운 키스가 아니라 이유를 둘러댄 키스다. 두
주인공의 로맨틱한 키스를 기억하는 독자/관객이라면 최소한 이 장
면에서 두 사람이 주고받은 대사가 무엇인지는 확인할 필요가 있다.

얼마 전 이세돌 기사와 인공지능 알파고의 바둑 대국이 국민적 화
제가 됐었다. 이세돌 기사가 알파고에게 힘겹게 1승을 거두긴 했지만
당초 예상과는 달리 1대 4로 패했다. 돌이켜보면 그 1승도 또다시 가

능할까 싶을 정도로 알파고는 막강했다. 바둑의 최고수는 이제 인간이 아니라 알사범(알파고)이라고 해도 아주 틀린 말은 아니다. 인공지능이 창조성의 영역으로 성큼 진입해 온 셈인데, 그와 맞물려 앞으로 상당수의 직업이 인공지능이나 로봇에 의해 대체될 거라는 전망도 나온다.

뒤집어서 말하면, 창조적인 일일수록 로봇이나 인공지능과의 관계에서 인간이 비교우위를 유지할 거라는 전망이 가능하다. 하지만 방심은 금물이다. 당장 좀더 '수학적인' 작곡 분야에서 컴퓨터가 인간 이상의 실력을 발휘할 날이 곧 오지 않을까. 문학은 어떨까. 인공지능이 쓴 시와 소설을 읽게 될 날이 언젠가는 오지 않을까(몇만 권의 시집과 소설을 읽어치운 인공지능을 상상해보라!). 인공지능 대문호의 탄생? 인공지능 셰익스피어? 언젠가는 인공지능 셰익스피어가 쓴 『로미오와 줄리엣』을 읽게 될 날이 오게 될지도 모르겠다. 그 주인공 로미오는 어떤 이유를 대며 줄리엣에게 키스할지 궁금하다.

_〈출판문화〉(2016년 4월호)

베니스의 상인이 던지는 질문

베니스의 상인
윌리엄 셰익스피어 지음, 이경식 옮김
문학동네, 2011

문학사에서 가장 유명한 유대인이라면 단연 셰익스피어의 『베니스의 상인』에 등장하는 대금업자 샤일록이다. 하지만 '1파운드의 살' 재판으로 잘 알려진 이 작품에서 제목의 '베니스의 상인'이 가리키는 인물은 샤일록이 아니라 안토니오다. 주인공이 안토니오라는 이야기다. 그렇지만 작품의 초판 판권란에 적힌 제목이 '베니스의 상인 혹은 베니스의 유대인이라 불리는 각본'이었다면 상황은 복잡해진다. 이 작품은 『베니스의 유대인』으로 불려도 무방했다는 뜻이기 때문이다. 과연 『베니스의 상인』은 누구의 드라마인가.

주인공으로서의 존재감이 약하다는 평가에도 불구하고 『베니스의 상인』은 안토니오의 의미심장한 대사로 시작한다. 몇 종의 번역본에서 이렇게 옮겨진 대목이다. "진정 알 수 없네. 내가 왜 이처럼 울적한 지."(이경식) "정말이지 내가 왜 이렇게 우울한지 모르겠어."(박우수) "난 정말 왜 이렇게 슬픈지 모르겠네."(최종철) 즉 우울증에 빠진 상태 인데, 안토니오는 그 원인을 알지 못해 답답해한다. 친구들은 모험적 인 투자로 그의 전 재산이 현재 바다에 떠 있어서 그런 것 아니냐고 떠보지만 안토니오는 부인한다. 자신의 재산이 올해 운수에만 달린 것은 아니라는 것이다.

남은 가능성은 사랑인데, 안토니오의 부인에도 그에게 근심거리가 없는 건 아니다. 친구이면서 친구 이상의 사이인 바사니오가 거액의 상속녀 포샤에게 구혼을 하려는 상황이어서다. 바사니오는 구혼자의 자격을 갖추기 위해 안토니오에게 마지막으로 큰돈을 빌리려 하지만 재산을 모두 상선에 띄워 보낸 안토니오는 바사니오의 차용에 보증 을 서기로 한다. 그 상대가 평소에 경멸하던 대금업자 샤일록이다.

상인으로서 안토니오는 상품 거래를 통해서 이윤을 추구하지만 한 편으로 기독교인으로서 그는 유대인을 혐오하며 대금업을 조롱한다. 이자로 이윤을 추구하는 행위는 도덕적으로 합당하지 못하다는 이유 에서다. 그런데도 친구를 돕기 위해 거래에 나선 안토니오에게 샤일 록은 위약시 살 1파운드로 배상하게 하는 차용증을 작성하게 한다. 가능성이 크지 않다고 자신하지만, 기한을 어기게 된 안토니오는 계 약대로 자신의 살을 내놓아야 하는 처지로 내몰린다.

그사이에 바사니오는 포샤를 아내로 얻기 위한 상자 고르기 시험

문학에 빠져 죽지 않기

을 치른다. 구혼자는 금과 은, 그리고 납으로 된 세 상자 가운데 하나를 선택해야 하는데, 금이나 은을 고른 다른 경쟁자들과는 달리 바사니오는 소박한 납상자를 선택한다. 화사한 금이나 통화의 주된 수단인 은과 달리 납은 아무것도 기약해주지 못하지만 납상자에는 포샤의 초상화가 들어 있었다. "겉을 보고 선택하지 않은 자"로서 바사니오는 상자 고르기 시험을 통과하여 포샤의 합당한 배우자가 된다. 이 시험의 교훈은 무엇인가. 분명 금과 은이 납에 비하면 더 높은 금전적 가치를 갖고 있지만 진정한 사랑은 돈으로 살 수 없다는 것이다. 이는 또한 기독교의 가치관이기도 하다.

이야기는 자연스레 차용증서의 조항을 관철하려는 샤일록의 요구에 따라 열린 재판정 장면으로 마무리된다. 법학박사로 분장한 포샤가 샤일록의 요구를 들어주되 1파운드의 살 외에 단 한 방울의 피도 흘리게 해서는 안 된다는 판결을 내림으로써 샤일록에게 파멸을 안기는 것이 결말이다. 하지만 그보다 의미심장하게 읽히는 대목은 재판정에 들어선 포샤가 "어느 쪽이 상인이고, 어느 쪽이 유대입니까?"를 묻는 장면이다. 과연 상품 거래로 이윤을 추구하는 상인 안토니오는 금전 거래로 이윤을 추구하는 대금업자 샤일록과 얼마나 다른가? 기독교의 가치관은 상업은 정당화하되 오직 대금업만 금지하는가? 자본주의 발흥기의 베네치아를 배경으로 한 『베니스의 상인』은 이 근본적인 질문을 던지는 작품이다.

_〈한겨레〉(2019. 01. 11.)

현재진행형 셰익스피어 패러다임

햄릿
윌리엄 셰익스피어 지음, 박우수 옮김
열린책들, 2010

　세계문학의 대명사 셰익스피어에 대해서, 그리고 그의 비극에 대해서 무얼 더 말할 수 있을까. 이 자리에서 내가 할 수 있는 일은 무얼 더 보태는 것이 아니라 우리가 이미 알고 있는 사실을 간추려 말하는 것 정도겠다. 특별히 올해가 그의 서거 400주년이라는 사실에 기대어 말이다.

　알려진 대로 세계문학사에서 셰익스피어의 자리는 세 정점 가운데 하나를 이룬다. 고대 그리스의 비극이 첫번째 정점이었다면, 셰익스피어의 비극은 두번째 정점에 해당한다. 그리고 톨스토이와 도스토옙스키의 러시아 소설이 그 세번째 정점이다. 정신분석의 창시자 프로이트가 세계문학사의 3대 걸작으로 소포클레스의 『오이디푸스 왕』과

셰익스피어의 『햄릿』, 그리고 도스토옙스키의 『카라마조프가의 형제들』을 꼽았을 때 그런 구도가 바로 그에 상응한다.

비극 외에도 희극과 사극, 그리고 상당 분량의 소네트를 남겼지만 아무래도 셰익스피어 문학의 본령은 그의 비극이다. 『햄릿』에서 시작해 『오셀로』, 『리어왕』, 『맥베스』에 이르는 4대 비극의 주인공들은 사실 셰익스피어란 창조자보다도 더 유명하다. 희극과 사극에서라면 그와 견줄 만한 작가가 세계문학사에 전혀 없지 않지만, 비극 작가로서 셰익스피어의 위상은 타의 추종을 불허한다. 그것은 그가 자기 자신만의 새로운 비극을 만들어냈기 때문이다.

흔히 '운명비극'이라고 불리는 그리스 비극에 견주어 셰익스피어의 비극은 '성격비극'이라고 불린다. 그것은 비극을 초래하는 원인이 이미 정해진 운명이 아닌 각 인물의 성격에 두어지기 때문이다. 그리스 비극은 신탁(운명)에 맞서려는 인간의 오만한 시도가 결국은 파국에 이르는 것으로 마무리된다. 신의 권능에 비하면 인간이란 존재는 그가 아무리 우월한 인간이라 하더라도 한갓 어리석고 무력한 존재에 불과하다. 그리스 비극은 우리에게 인간으로서의 분수와 겸손을 가르친다.

한편 셰익스피어의 비극에서 주인공들은 성격적 결함이나 헛된 욕망의 희생자로 그려진다. 주어진 운명에 더해서 그들의 성격이 불행을 자초한다. 덴마크의 왕자 햄릿부터가 대표적이다. 세계연극사에서 가장 많이 공연되는 작품이 『햄릿』이라지만 햄릿은 여전히 수수께끼 같은 인물이다. 작중에 등장하는 다른 모든 인물들과 견주어보아도 그렇다. 『햄릿』에서 셰익스피어는 햄릿을 노르웨이의 왕자 포틴브라스와 비교한다. 이 두 왕자는 부왕과 같은 이름을 갖고 있고 부왕의 죽음에 복수를 하려고 한다는 점도 공통적이다.

하지만 이 복수에 아무런 주저함도 내보이지 않는 포틴브라스와 비교하면 햄릿의 우유부단함은 두드러진다. "사느냐 죽느냐, 그것이 문제로다"라고 그는 고뇌한다. 바로 그런 선택지가 곧 햄릿이 내면을 가진 존재라는 걸 입증한다. 내면이란 미지수이자 수수께끼다. 이런 내면과 함께 햄릿은 예측 불가능한 존재가 된다. 부왕의 유령이 나타나 복수를 명령함에도 그가 주저하는 것은 자기만의 개성을 가진 존재여서다. 그는 한갓 운명의 꼭두각시가 아니라 스스로에게 물음을 던지는 존재다.

『맥베스』에서도 맥베스는 마녀들의 예언을 듣고서 자신의 운명을 시험해보고자 한다. 그는 던컨왕을 살해하고 왕이 됨으로써 예언을 실현하지만, 왕이 된 이후에는 뱅쿼의 자손이 왕이 될 것이라는 예언에 맞서고자 한다. 마지막 결전을 앞두고 그는 "인생이란 그저 걸어다니는 그림자일 뿐"이라는 깨달음에 도달하지만(운명의 꼭두각시에 불과하다는 뜻으로 새길 수 있겠다), 그는 끝까지 투항하지 않고 결연한 죽음을 맞는다. 단순히 권력 찬탈자의 최후를 인과응보의 교훈으로 삼기에는 그의 비장함이 마음에 와닿는다. 분수를 넘어선 인간의 파국을 보여주지만 『맥베스』는 더이상 겸손을 설교하지 않는다.

4대 비극 가운데서는 『맥베스』가 마지막 작품이지만, 셰익스피어의 비극 전체 중에서는 『코리올라누스』가 마지막 작품에 해당한다. 로마시대를 배경으로 한 이 정치극에서 셰익스피어는 반민중적이면서 동시에 반귀족적인 주인공 코리올라누스를 새롭게 창조한다. T. S. 엘리엇이 『햄릿』보다 더 뛰어나다고 평한 이 작품은 2011년에 레이프 파인스에 의해 현대적으로 각색되기도 했다. 이 영화 버전에서는 코리올라누스가 광적인 반민주주의자가 아닌 급진 좌파로 재해석되었다. 셰익스피어의 현재성이란 그러한 재해석의 가능성을 무한히 양산해내는 데 근거한다.

아주 간단히 말해보자. 햄릿과 맥베스와 코리올라누스의 모습에서 우리 자신을 발견할 수 있다면, 우리는 그들과 동시대인이다. 더불어 셰익스피어와 동시대인이다. 그가 비평가 해럴드 블룸의 표현대로 '인간성'을 발명해냈다고 하면, 그리고 우리가 그 인간성으로부터 그다지 멀리 떨어져 있지 않다면 우리는 아직 '셰익스피어 패러다임' 안에 있다. '서거 400주년'이란 말은 한갓 풍문에 지나지 않는지도 모른다.

_〈미르〉(2016년 2월호)

작가 오스틴의 소설 예찬

노생거 사원
제인 오스틴 지음, 조선정 옮김
을유문화사, 2015

    소설은 왜 읽는가. 제인 오스틴의 유고작 가운데 하나인 『노생거 사원』은 그 한 가지 답변을 제시한다. 등장인물이 아닌 작가 오스틴의 견해인데, 소설이란 "정신의 위대한 힘이 드러나고, 인간 본성에 대한 가장 철저한 지식과 인간 본성의 변화에 대한 가장 행복한 묘사, 위트와 유머의 생생한 발현이 세상 사람들에게 가장 선별된 언어로 전달되는" 작품들을 가리킨다. 소설에 대한 최대치의 예찬 아닌가. 오스틴이 이렇게까지 소설을 옹호하고 나선 것은 당대에 소설에 대한 평판이 썩 좋은 것은 아니었기 때문이다. 특히 남성 독자들은 대개 소설을 깎아내리고 우습게 봤다.

    『노생거 사원』의 등장인물은 소설을 읽는 부류와 안 읽는 부류로 나뉜다. 주인공 캐서린도 "신사든 숙녀든, 좋은 소설을 읽는 재미를 모르는 사람이라면 형편없이 지루한 사람일걸요"라고 말하는 남자에게 끌린다. 그렇게 캐서린과 헨리의 관계가 시작된다. 두 사람을 이어주는 건 『우돌포의 비밀』 같은 당대의 고딕소설이었다. 대저택에 여자를 감금한 악한이 등장하는 것이 고딕소설의 특징이었다.

캐서린은 헨리의 아버지 틸니 장군의 초대를 받아 노생거 사원으로 가면서 짜릿한 흥분을 느낀다. 과거 수도원이었던 노생거 사원은 틸니가의 저택으로 쓰이는 곳이다. 캐서린은 고딕소설의 배경인 노생거 사원에서 소설적 공상에 빠진다. 세상을 떠난 헨리의 어머니가 실제로는 남편 틸니 장군에 의해 감금돼 있을지 모른다고 생각하고 저택을 수색하기까지 한다. 그녀의 터무니없는 의심과 추측은 헨리의 비판을 받고서야 깨지게 되며 캐서린은 비로소 현실감을 갖게 된다. 잉글랜드 한복판에서는 그녀가 상상한 것과 같은 소설적인 일들이 일어날 수 없다는 것이 일차적인 깨달음이다.

고딕소설에 대한 패러디로 읽을 수 있는 장면인데, 더 중요한 것은 그 이후에 벌어지는 일이다. 캐서린 집안의 재산이 변변찮다는 사실을 뒤늦게 알게 된 틸니 장군은 아주 야박하게 캐서린을 저택에서 내보낸다. 이를 사과하러 찾아온 헨리에게서 자초지종을 들은 캐서린은 자신이 틸니 장군에 대해 상상했던 것이 결코 과장은 아니었음을 깨닫는다. 그에게는 아내를 죽이거나 감금하는 것 못지않은 잔혹함이 있었던 것이다. 현실의 공포가 고딕소설의 공포와 맞먹는다는 것이 캐서린의 또다른 깨달음이다.

소설의 결말은 전형적인 오스틴 소설이다. 강압적인 아버지 틸니 장군에 맞서 헨리는 가출하지만 그의 누이동생이 명망 있는 귀족과 결혼하게 되어 모든 문제가 극적으로 해결된다. 기분이 누그러진 장군의 허락하에 헨리는 캐서린과 결혼한다. 역설적인 일이지만 장군의 부당한 방해가 두 사람의 결합을 더 공고하게 해주었다. 그래서 이 소설의 분위기는 부모의 독재를 권하는 것인지, 아니면 자식의 반항을 보상해주는 것인지 모호해진다.

한편으로 이러한 결말은 틸니 장군 같은 남자 주인공이 등장하는 고딕소설에서 헨리 같은 부드러운 주인공이 등장하는 오스틴 소설로의 이행을 감지하게 한다. 캐서린과 같은 여성 입장에서 보면 '호통치는 남자'에서 '가르치는 남자'로의 이행이다. 그것이 오스틴 시대의 여성에게 결혼이 갖는 의미였을까. 그로부터 200년이 지난 오늘날 특히 여성에게 결혼은 어떤 의미일까. 오스틴의 소설은 같은 질문을 다시 하게 한다.

_〈주간경향〉(2019. 04. 01.)

히스클리프,
사람 말을 끝까지 들어야지!

폭풍의 언덕
에밀리 브론테 지음, 김정아 옮김
문학동네, 2011

폭염에는 제목만으로도 끌리는 책이 있다. 에밀리 브론테의 『폭풍의 언덕』이 그렇다. 고유명사로서 제목이 가리키는 것이 '언덕'이 아니라 '집'이기 때문에 음역하여 『워더링 하이츠』로 옮긴 번역본도 있지만, 죽음도 넘어선 비극적 사랑 이야기는 자연스레 '폭풍'을 연상시킨다. 작품에서 '폭풍'(워더링)은 "비바람이 몰아칠 때 이런 높은 곳이 감당해야 하는 대기의 격동"을 가리킨다. 거기에 빗대 말하자면 『폭풍의 언덕』 독자가 감당해야 하는 것은 캐서린과 히스클리프, 두 주인공의 '감정의 격동'이다.

비평가 해럴드 블룸은 『폭풍의 언덕』이 "모든 수준의 독자들을 만족시켜주는" 고전이라고 평했지만, 우리 독서 수준이 나이를 먹으면서 변화한다는 걸 고려하면 "모든 시기의 독자들을 만족시켜주는" 작품이라고 일컬어도 무방하겠다. 기억은 희미해졌지만 중학교 때 읽은 가장 강렬한 작품 중 하나였던 『폭풍의 언덕』은 이제 40대에 다시 읽으니 가장 섬뜩한 작품이라고도 여겨진다.

발단은 '폭풍의 언덕'의 주인 언쇼가 리버풀에 갔다가 고아 소년을 하나 데리고 오면서 시작된다. 그는 '히스클리프'라고 이름 붙인 이 아이를 두 자녀 힌들리와 캐서린보다 더 편애한다. 아들 힌들리는 히스클리프에 대한 원한을 쌓아가지만, 딸 캐서린은 그를 끔찍이도 좋아한다. 그를 못살게 굴기도 했지만, 캐서린에게 가장 큰 벌은 히스클리프와 자신을 떼어놓는 것이었다. 상황은 아버지 언쇼가 갑자기 세상을 떠나면서 반전된다. 집안 주인이 된 힌들리가 히스클리프를 하인으로 내친 것이다. 그럼에도 캐서린과 히스클리프는 굴하지 않고 한 몸처럼 붙어 다닌다. '티티새 지나는 농원'의 린턴가에 캐서린이 발을 들여놓게 되기 전까지는.

이웃 린턴가의 사람들을 몰래 엿보다가 불도그에게 물려 그 집에서 몇 주간 치료를 받은 캐서린은 '아주 기품 있는 숙녀'가 돼 언쇼가로 돌아온다. 그러고는 다시 만난 히스클리프에게 너무 더럽다며 타박을 준다. 그러자 히스클리프는 "더러운 건 내 맘이야. 나는 더러운 게 좋아"라고 대꾸한다. 하나였던 둘이 조신함(문명)과 야만(더러움)으로 분리되는 순간이다. 캐서린은 에드거 린턴의 청혼을 받고 승낙하면서 그 이유를 하녀 넬리에게 설명한다. "지금 같아서는 히스클리프

문학에 빠져 죽지 않기

와 결혼하면 나도 천해지는 거야. 그러니까 내가 히스클리프를 얼마나 사랑하는지 그애가 알아서는 안 돼. 넬리, 내가 그애를 사랑하는 건 잘생겼기 때문이 아니야. 그애가 나보다 더 나 자신이기 때문이야."

결정적인 이 고백을 히스클리프도 엿듣는다. 하지만 그는 자신과 결혼하면 천해질 거라는 얘기까지만 듣고서 폭풍우가 치는 밤 언쇼가를 떠난다. 캐서린의 나머지 절반의 진실, 곧 그녀가 히스클리프를 얼마나 사랑하는가 하는 진실이 결국 그에겐 비밀로 남는다. 그는 '생김새는 거무튀튀한 집시'이지만 '옷차림과 행동거지는 신사'가 돼 폭풍의 언덕으로 다시 돌아와 모진 복수를 시작한다. 히스클리프의 복수는 오해의 산물일까? 그가 캐서린의 말을 끝까지 들었더라도 집을 떠났을까? 『폭풍의 언덕』의 섬뜩한 교훈 하나는 말은 끝까지 들어야 한다는 것이다.

_〈한겨레〉(2012. 08. 11.)

주머니에서 손을 빼고 살아남기

위대한 유산
찰스 디킨스 지음, 이인규 옮김
민음사, 2009

찰스 디킨스의 『위대한 유산』은 영문학의 대표적 성장소설이다. 주인공 '핍'의 이름부터가 유아명이다. 성이 피립이고 이름은 필립이므로 정식 이름은 '필립 피립'이어야 하지만, 유아기에 혀 짧은 소리로 둘 다 '핍'이라고밖에는 발음하지 못해서 그냥 핍이라고 불린다. 성장소설의 주인공이 대개 그렇듯이 핍의 성장환경도 불우하다. 부모를 일찍 여의고 스무 살 이상 나이가 많은 누나와 대장장이 매형 집에서 자라는데, 자상한 매형과는 달리 누나는 손찌검을 일삼는다.

소설은 일곱 살짜리 핍이 교회 묘지의 가족무덤 앞에 서 있는 장면에서 시작한다. 부모의 얼굴도 본 적이 없는 핍은 묘지에 새겨진 글자 모양에 따라 그들의 모습을 상상한다. 아버지는 단단한 체구에 피부가 거무스름한 곱슬머리이고, 어머니는 얼굴에 주근깨가 있고 병약했을 거라는 식이다. 묘지에는 다섯 개의 묘비가 더 세워져 있는데, 일찍 세상을 떠난 핍의 다섯 형제다. '다섯 어린 형제들five little brothers'이 번역본에는 '어린 다섯 동생들'(열린책들)과 '다섯 남동생들'(민음사) '동생 다섯'(동서문화사) 등으로 옮겨졌다.

영어의 '브러더'는 형과 동생을 모두 가리키지만 우리말로 옮길 때는 형이나 동생으로 특정할 수밖에 없다. 그런데 핍의 실제 가족관계를 고려해본다면 그의 다섯 형제는 '동생들'이 아니라 '형들'이라고 해야 맞을 듯하다. 그 다섯의 이름이 알렉산더, 바돌로매, 아브라함, 토비아스, 그리고 로저라고 명기된 걸로 보아 이들은 출생 후 얼마간 생존했음에 틀림없다. 만약 이들이 핍의 동생들이라면 그의 부모는 장녀를 낳고서 20년도 더 지나 장남 핍을 낳고, 다시 연이어 다섯 아들을 낳고서 세상을 떠난 게 된다. 현실성이 별로 없는 일이다.

핍의 가계를 현실성 있게 재구성해보자면, 누나와 나이 차이가 스무 살 이상 나므로 핍은 늦둥이 아들일 것이다. 그에겐 다섯 명의 형이 있었지만 모두 어린 나이에 세상을 떠났다. 그리고 핍이 부모에 대한 기억을 전혀 안 갖고 있는 걸로 보아 핍의 부모도 핍이 태어나고 얼마 안 있어 세상을 떠났다. 고아가 된 핍을 누나 부부가 부모를 대신해서 마지못해 키워왔다. 이것이 대략 핍의 일곱 살 인생이다.

흥미로운 것은 그런 고달픈 처지의 핍이 아마도 자기 나이가 되기도 전에 일찍 죽은 '어린 형들'에 대해 "인류의 저 보편적인 생존경쟁에서 살아남고자 하는 노력을 대단히 일찍 포기해버린" 이들이라고 생각한다는 점이다. 그들은 바지 주머니에 손을 넣은 채 태어나서 미처 양손을 주머니에서 빼지도 못한 채 죽었다는 것이다. 그들과 달리 핍은 사나운 생존환경 속에서도 꿋꿋하게 살아나가게 될 것이다. 겁이 없어서도 아니고 대단한 재능이 있어서도 아니다. 주머니에서 손을 빼고 살아남고자 애를 써서다.

세상은 얼마나 험난한가. 가족의 무덤 앞에서 핍이 잠시 두려운 마음에 젖어 훌쩍거리려는 순간 험악한 탈옥수가 나타나 무서운 목소리로 윽박지른다. "이놈, 찍소리 말고 가만있어! 안 그러면 모가질 잘라버릴 테다!" 그러자 핍은 벌벌 떨면서 애원한다. "오, 아저씨! 제발 제 목을 자르지 마세요." 『위대한 유산』이 오랫동안 독자들의 공감을 얻어낼 수 있었다면, 그 비밀은 공포에 떨면서도 살아남고자 애쓰는 핍의 모습에서 많은 독자가 자신의 모습을 발견하기 때문이 아닐까.

_〈한겨레〉(2014. 07. 14.)

토머스 하디가 일러주는 사랑의 교훈

성난 군중으로부터 멀리
토머스 하디 지음, 서정아·우진하 옮김
나무의철학, 2015

　토머스 하디에 대해서 우리가 알고 있는 상식은 무엇일까. 19세기 영국 작가이고 『테스』(원제는 『더버빌가의 테스』)의 저자라는 것. 또다른 대표작으로 『무명의 주드』(『이름 없는 주드』로도 번역됐다)가 있다는 점까지 기억한다면 나쁘지 않은 수준이다. 거기서 좀더 나아간 독자라면 문예사조로는 자연주의에 속하며 철학자 쇼펜하우어의 영향을 많이 받은 작가라는 점도 주워섬길 수 있겠다. 영국의 남부 농촌지방을 배경으로 한 여섯 편의 '웨식스 소설'이 하디의 대표작이며 『테스』와 『무명의 주드』도 거기에 속한다는 걸 안다면 전공이 영문학이냐는 질문을 받을지도 모른다. 아마도 『성난 군중으로부터 멀리』를 손에 든 독자들의 스펙트럼 역시 그 정도이지 않을까 싶다. 그냥 재미있는 소설에 대한 기대에서부터 '웨식스 소설'의 첫 작품에 대한 호기심까지. 거기에다 캐리 멀리건 주연의 영화 〈성난 군중으로부터 멀리〉(2015)의 원작에 대한 관심을 추가해볼 수 있겠다. 그렇게 다양한 경로를 통해서 우리는 가브리엘 오크와 밧세바 에버딘의 사랑 이야기를 읽게 되었다. 하디는 어떤 소설을 쓴 것이고, 우리는 무엇을 읽을 수 있는가.

『성난 군중으로부터 멀리』는 하디가 1874년에 발표한 그의 네번째 소설로 상업적으로는 첫 성공을 거둔 작품이다. 〈콘힐 매거진〉에 익명으로 연재되었을 때는 여성 작가 조지 엘리엇의 작품으로 오인되기도 했다 한다. 아마도 전원을 배경으로 한 소설이라는 공통점 때문이지 싶다. 하디는 자신의 개성이 감지되지 않은 걸로 생각해서 그런 오해를 못마땅해했지만 『플로스강의 물방앗간』이나 『사일러스 마너』 같은 작품을 통해서 그보다 앞서 명성을 얻은 조지 엘리엇과 동일시되었다면 간접적으로라도 '실력'을 인정받은 셈이라고 할까. 사실 제인 오스틴『오만과 편견』으로부터 시작하는 19세기 영국 소설이 샬럿 브론테『제인 에어』와 에밀리 브론테『폭풍의 언덕』 자매를 거쳐서 조지 엘리엇으로 그 계보가 이어진다면 이 여성 '4대 작가'에 맞서는 남성 작가가 바로 찰스 디킨스와 토머스 하디다. 남성 작가라고는 해도, 한 세대 앞선 디킨스와 달리 매우 개성적인 여자 주인공들을 그려낸 점을 고려하면 하디가 여성 작가로 오인된 것도 이상한 일만은 아니다. 아니 여성 인물의 주체적 형상화란 면에서는 오히려 여성 작가들보다도 더 멀리 나갔다는 평가가 적지 않다. 『성난 군중으로부터 멀리』의 경우 '최초의 페미니스트 문학'이란 평판까지 얻었을 정도다. 물론 그런 평판은 밧세바 에버딘을 염두에 둔 것이겠다.

오스틴의 『오만과 편견』이 주인공 엘리자베스가 자신에게 맞는 짝을 찾아 결혼하기까지의 과정을 다룬다면, 하디의 『성난 군중으로부터 멀리』는 밧세바가 진정한 짝을 찾기까지의 여정을 줄거리로 한다. 사랑 이야기가 대개 그렇듯이 진정한 자기 짝을 찾기까지 주인공은 많은 장애와 만나게 된다. 외부적 장애도 있지만 인물의 성격과 착오가 걸림돌이 되기도 한다. 『오만과 편견』에서 다아시의 '오만'과 엘리자베스의 '편견'이 둘 사이를 가로막는 장애물 역할을 하는 것이 대표적이다. 그에 견주자면 『성난 군중으로부터 멀리』에서 밧세바의 역경을 낳는 것은 그녀 자신의 '오만과 허영'으로 보인다. 상대가 되는 오크 가브리엘은 비록 그 미덕을 첫눈에 알아보기는 어렵지만 결국 밧세바에게는 가장 이상적인 배우자였던 것으로 판명되기 때문이다.

스물여덟 살의 총각 오크와 스무 살 처녀 밧세바가 처음 만나는 장면을 보자. 오크는 얌전하고 등이 좀 굽어서 자세히 보아야만 눈에 띄는 인물이지만 밧세바는 자체 발광의 미모와 매력을 자랑하는 처녀다. 마차를 타고 가던 밧세바는 거울을 들여다보며 자신의 아름다움을 음미하는 동시에 상상 속 남자들의 마음을 들었다 놨다 하는 장면을 떠올리는 것처럼 미소를 짓는다. 오크가 바로 그녀에게 홀린 남자들 가운데 첫머리에 오지만 그는 그녀가 반반한 얼굴에도 불구하고

한 가지 결점을 갖고 있다는 걸 놓치지 않는다. 바로 그녀의 '허영심'이다.

밧세바의 허영심을 간파했음에도 불구하고 오크는 밧세바의 치명적인 매력에 빠져들지 않을 수 없었는데, 그것은 무엇보다도 '말을 탄 여인' 밧세바의 모습 때문이다. 이 소설의 서두에서 밧세바는 승마복을 입지 않은 채로 조랑말에 드러눕는 묘기를 보여준다. 그런 격의 없는 자유로움이 밧세바의 또다른 매력이다. 이 장면은 밧세바가 말에 누우면서 떨어뜨린 모자를 오크가 주워서 주인에게 찾아줄 수 있는 기회를 제공함으로써 둘 사이의 인연을 추가해준다. 오두막에 불을 피우고는 환기를 하지 않는 바람에 질식사할 뻔했던 오크를 밧세바가 발견하고 생명까지 구해주자 오크로선 더 생각할 여지도 없이 밧세바에게 구혼한다. 살아 있는 동안 "당신을 사랑하고 그리워하며 죽을 때까지 계속 갈망하겠다"는 자세. 하지만 밧세바는 냉담하게 거절한다. 사랑하지 않는다는 것이 이유지만 그에 덧붙여 밧세바는 자립심이 너무 강한 자신을 누군가 길들여주길 바란다고 말한다. 오크는 그럴 만한 위인이 못 된다는 것이다.

오크가 미숙한 목동견 때문에 전 재산이었던 양떼를 잃고, 밧세바는 숙부의 대농장을 상속받아 대지주가 되면서 두 사람의 인연은 일단락되는 듯싶다. 그러나 오크가 일자리를 구하러 마을로 가던 중 밧세바의 농장에서 일어난 화재를 진압하게 되고 그는 양치기로 고용된다. 그렇더라도 주인과 고용인의 관계라면 밧세바가 기대하는 배우자감으로는 자격 미달이다. 밧세바는 다른 남자에게 눈을 돌릴 수밖에 없는데, 그녀에겐 두 남자가 더 나타난다.

먼저, 밧세바는 밸런타인데이에 장난삼아 결혼해달라는 편지를 보내는 바람에 중년의 신사이자 이웃 농장주 윌리엄 볼드우드에게 청혼을 받는다. 애초에 그런 장난 편지를 보내게 된 계기는 볼드우드의 무관심이었다. 모든 남자들이 아름다운 미혼의 여주인에게 눈길을 돌릴 때 볼드우드만은 예외적으로 관심을 보이지 않았고, 그게 밧세바의 자존심을 자극한 것이다. 문제는 "나와 결혼해줘요"라는 익명의 편지를 받고서 결국 발신인을 알아낸 볼드우드가 밧세바를 찾아가 단도직입적으로 결혼을 청한다는 점이다. 아마도 그가 좀더 느긋하게 접근하면서 밧세바의 진심을 알아내고자 했다면 그녀의 마음을 얻는 데 성공했을지 모른다. 하지만 볼드우드는 그런 노하우를 갖지 않았고 너무도 성급하게 자신의 마음을 다 털어놓았다. 밧세바는 볼드우드의 속마음을 알고 싶었을 뿐 그에 대한 감정은 생겨나기도 전이었다. 밧세바는 볼드우드에게 미안함을 느끼지만 당연히 그의 청혼을 거절한다. 그녀에겐 자신을 길들여줄 수 있는 더 강한 남자가 필요했다.

볼드우드가 청혼을 물리지 않아 곤란한 처지에 놓인 밧세바에게 세번째 남자가 등장한다. 군인인 프랭크 트로이다. 한밤중에 전나무 숲을 지나던 두 사람의 인연은 트로이의 박차에 밧세바가 입은 옷 밑단이 얽혀 들어감으로써 시작된다. 옷이 찢어질까봐 꼼짝할 수 없게 된 밧세바를 트로이는 자신의 '포로'라고 부른다. 그러고는 그녀의 아름다움에 대한 찬사를 늘어놓는데, 그런 찬사야말로 먼저 청혼한 볼드우드가 빼놓은 것이면서 밧세바의 허영심을 충족시키기 위해선 필수적인 것이었다. 트로이는 여성을 공략할 때 아첨이 발휘하는 경이로운 힘을 체득하고 있는 인물이었다. 적극적인 애정 공세에 덧붙여 트로이 하사에게는 오크나 볼드우드가 갖고 있지 않은 강점이 있었다. 뛰어난 검술 실력이다. 트로이는 마치 마술과도 같은 검술 시범을 통해서 밧세바의 마음을 사로잡는다. 날카로운 칼끝을 이용하여 자유자재로 묘기를 부리는 트로이는 바로 밧세바가 기다리던 남성상이었다. 검술 시범에 압도당한 그녀에게 트로이가 첫 키스를 하게 되는 것은 자연스런 수순이다. 결국 밧세바는 "자립심이 강한 여성이 그 자립심을 버릴 때만 가능한 방식으로" 트로이를 사랑하게 된다.

결국 밧세바는 자신이 원하는 남자를 만난 것 아닌가? 안타깝게도 그렇지 않다. 고집해오던 자립심까지 버리면서 트로이에 대한 사랑에 빠진 밧세바의 모습에서 하디는 '어리석음'을 읽는다. 남자를 제대로 보지 못하는 어리석음이다. 그녀는 상류사회의 가식적인 취향에 대해서 잘 몰랐고, 하류층의 방종에 대해서도 무지했다. 따라서 트로이의 결점을 알아채지 못한 것은 어쩔 수 없는 일이라고 해야겠다. 작가 하디의 직접적인 논평을 들어보자. "트로이의 결점은 여성의 눈으로 간파할 수 없을 정도로 깊숙이 숨어 있었다. 반면 그를 매력적으로 만드는 요소는 표면적으로 드러났다. 따라서 눈먼 사람조차 눈치챌 수 있는 결함과 광산에 묻힌 광물 같은 미덕을 갖춘 수수한 오크와는 대조적이라 할 수 있었다." 그러니까 트로이와 오크는 정반대의 인물이다. 오크의 장점을 알아보지 못한 밧세바는 마찬가지로 트로이의 결점도 간파하지 못한다. 때문에 자신의 배우자를 찾은 듯싶은 대목에서 이 소설은 마무리되지 않는다. 고작 절반이다. 나머지 절반은 거꾸로 밧세바가 트로이의 결함을 알게 되고, 오크의 미덕을 발견하기까지의 여정일 수밖에 없다.

밧세바는 결혼까지 한 뒤에야 트로이가 자신을 사랑하지 않으며, 이미 패니 로빈이라는 하녀와 결혼까지 할 뻔했다는 사실을 알게 된다. 패니가 결혼식장을 착각하는 바람에 기구하게도 두 사람은 결혼식을 올리지 못하고 헤어지지만 트로이는 패니가 자신의 진정한 사랑이라고 생각한다. 가련한 처녀인 패니는 임신한 상태로 먼길을 걸어 구빈원까지 찾아가지만 출산중에 세상을 떠나고 만다. 패니와 아이의 시신이 담긴 관이 교회 묘지에 묻히기 전에 임시로 밧세바의 집에 머물게 됐을 때 밧세바는 호기심을 참지 못하고 열어본다. 패니와 아이의 시신을 목도하는 장면이 포함된 장에 하디는 '패니의 복수'라는 제목을 붙였는데, 누구를 향한 복수일까. 패니의 죽음을 알게 된 트로이가 밧세바가 보는 앞에서 시신에 키스를 하며 여전히 그녀를 더 사랑한다고 토로하는 장면을 보건대, 복수의 대상은 다름 아닌 밧세바이다.

이 소설의 하이라이트라고 해야 할 이 대목에서 트로이는 자신의 진정한 아내는 밧세바가 아니라 죽은 패니라고 선언한다. 그는 밧세바가 자신에게 아무것도 아니라고 말한다. "결혼식을 올렸다고 해서 진짜 부부가 되는 건 아니지. 나는 도덕적으로도 당신의 남편이 아닌 거야." 결국 밧세바는 결혼식을 올렸음에도 불구하고 결혼하지 않은 거나 다름 아닌 처지가 되었다. 그녀에게는 남편이 없는 것이나 마찬 가지기 때문이다. 비록 트로이가 바다에서 실종돼 한동안 행방불명이 었다가 다시 돌아와 다시금 남편의 권리를 주장하려고 하지만 그는 이미 부재하는 남편이다. 크리스마스이브에 불청객으로 찾아온 트로 이가 볼리우드의 총에 맞아 죽는 것은 이 사실을 실제로 확인시켜줄 따름이다.

이제 비싼 대가를 치르고 밧세바는 다시 혼자가 되었다. 그때까지 줄곧 자신의 곁을 꿋꿋하게 지켜온 오크가 부담을 줄까 하여 떠나겠 다고 말하자 그녀는 그를 또다시 놓치는 실수를 범하지 않는다. 오 크의 미덕은 무엇이었던가. 양떼를 모두 잃고 망연자실한 상황에서 도 삶에 대한 긍정과 신에 대한 감사를 잊지 않았던 대목을 보라. "내 가 결혼하지 않은 것을 신께 감사해야지. 지금 내게 닥친 가난을 아내 가 겪는다면!"이라며 안도하는 모습은 오크의 진면목을 말해준다. 밧 세바는 비로소 그런 미덕에 눈뜨게 된 이상, 그녀가 오크와의 '검소한 결혼식'을 제안하는 것으로 이 소설이 마무리되는 것은 자연스럽다.

하디는 비로소 결합하게 된 두 사람의 사랑을 오랜 시간을 두고 형 성된 우의가 더해진 사랑으로 규정한다. "그들의 애정은 우연히 첫 만 남을 가진 이후 서로의 거친 성격을 아는 것부터 출발하여 엄하고 단조로운 현실 틈바구니에서 피어나 자란 것이기에, 아주 나중에야 겨우 알게 되는 견고한 애정이었다." 그리고 이렇게 단단한 사랑과 비교하면 흔히 애정이라 불리는 정열은 사라지는 수증기만큼 덧없다고 덧붙인다. 아름답지만 미숙한 처녀였던 밧세바 에버딘은 허영심과 어리석음 때문에 남자를 잘못 선택했다가 호된 대가를 치른 이후에야 그녀를 진정으로 사랑하는 첫 구혼자 오크 가브리엘의 아내가 되었다. 주인공 밧세바의 성장소설로 읽을 수 있는 이 소설이 많은 독자들에게 사랑의 교훈을 일러주는 이야기로 여전히 사랑받는 이유일 것이다.

_『성난 군중으로부터 멀리』 해제(2015)

3.

거기 그녀가
와 있었다

인간의 이중성과
남성 중심 사회의 이중성

지킬 박사와 하이드 씨의 기이한 사례
로버트 루이스 스티븐슨 지음, 이종인 옮김
현대문학, 2015

작품이 작가보다 유명한 경우가 종종 있다. 로버트 스티븐슨의 고 딕 중편소설 「지킬 박사와 하이드 씨의 기이한 사례」(1886)도 그에 해당한다. 이 소설은 남성들만 등장한다는 점이 특이성이다. 인간 본 성의 이중성을 탐구한 작품이라는 평판에 덧붙여서 남성 중심 사회 의 이중성을 다룬 작품으로서도 주목해볼 필요가 있다.

선과 악이라는 인간 본성의 이중성은 소설의 결말에 배치된 '헨리 지킬의 진상고백서'에서 자세히 읽을 수 있다. 영국 상류사회의 명사 인 지킬 박사가 어떻게 하이드로 변신할 수 있었고, 그 이후에 어떤 일이 벌어진 것인지 해명하는 내용이다. 부유한 집안 출생으로 지킬 에게는 명예롭고 성공적인 미래가 보장되어 있었고 그 자신도 그러한 지위와 사회적 존경을 좋아했다. 하지만 동시에 쾌락에 대해 취약하다는 약점도 지니고 있었다. 그는 자기 내면의 선과 악을 들여다보다가 이 두 가지 본성을 분리하고 싶다는 생각을 품는다. 그는 연구 끝에 약제를 고안하여 음용하고 자기 안에 숨겨져 있던 또다른 자아(하이드)로 변신하는 데 성공한다. 지킬은 하이드로 변신하여 마음껏 쾌락을 추구하고 다시 아무런 가책 없이 점잖은 지킬로 되돌아온다.

지킬이 변신한 하이드의 외양은 기형으로 묘사된다. 그는 50대인 지킬보다 훨씬 젊지만 키가 작고 추악한 모습이다. 흥미로운 건 거울에 비친 하이드의 모습을 본 지킬의 반응이다. 그는 추악한 모습에도 하이드에게 혐오감 대신에 기쁨을 느낀다. 지킬과 하이드의 대립과 충돌은 적어도 하이드를 처음 대면한 지킬의 의식에서는 찾아볼 수 없다. 하이드를 추악하고 혐오스러운 인물로 보는 사람들은 지킬의 지인으로 등장하는 다른 남성들이다.

소설의 서두에서 지킬의 법률대리인이기도 한 변호사 어터슨은 먼 친척 엔필드와 산책을 하다가 런던 번화가의 뒷골목 어느 문 앞에 이르러 기이한 사건 이야기를 듣는다. 한밤중에 키가 작은 한 사내가 어린 여자아이와 길모퉁이에서 부딪치자 아이의 몸을 무자비하게 짓밟았다는 것이다. 엔필드는 사내를 뒤쫓아가 붙잡아서는 보상금을 물게 했는데 그가 골목의 문으로 들어가서 들고 온 수표에는 예의범절의 모범으로 유명한 명사의 서명이 적혀 있었다. 바로 지킬의 서명이었고 사내는 하이드였다. 이 얘기를 꺼내며 엔필드는 하이드에 대해 아주

불쾌하고 혐오스러운 느낌이 들었다고 말한다. 심지어 "뭔가 기형이거나 불구인 게 틀림없어"라고 단정짓는다. 이런 식의 혐오감은 지킬을 제외하고 소설에 등장하는 상류사회 중년 남성들이 공유하는 느낌이다. 그들은 지킬 박사를 동료로서 존경하지만 하이드는 배척한다.

스티븐슨의 이 '기이한 사례'에는 두 가지 대립이 등장한다. 첫번째는 물론 지킬과 하이드의 대립이다. 그리고 또다른 대립은 하이드를 보는 시선의 대립이다. 이 두번째 대립에서 지킬은 남성들의 연대로 구축된 동성사회에서 다른 남성들과 대립하며 배제된다. 영국에서는 1885년 수정형법을 통해서 동성애를 법으로 금지한다(실제로 1895년 오스카 와일드는 이 법의 적용을 받아 처벌된다). 그 직후에 발표된 이 소설에서 동성애에 대한 영국 상류사회의 공포와 혐오를 읽는 것은 무리한 일이 아니다. 동성애를 남성들의 동성사회에 대한 위협으로 받아들이게 된 빅토리아시대 영국 사회의 모습이 스티븐슨의 이 문제작에는 투영되어 있다.

_〈주간경향〉(2019. 09. 02.)

나는 어딘가에 묶인 짐승은 아닌가

더블린 사람들
제임스 조이스 지음, 진선주 옮김
문학동네, 2010

제임스 조이스의 『더블린 사람들』(1914)은 작가 조이스의 탄생을 알린 출발점이면서 한 세기가 지난 지금까지도 단편소설집의 모범이다. 작가가 되거나 좋은 독자가 되려고 할 때 필수적으로 통과해야 하는 작품이기도 하다. 그러한 위상에 맞게 다수의 번역본이 나와 있는데, 책을 구성하고 있는 15편의 단편 가운데 「이블린」을 비교해서 읽어보았다. 어떤 단편을 고르더라도 조이스의 솜씨와 성취를 느낄 수 있지만, 「이블린」은 주인공의 이름을 제목으로 가진 유일한 작품이어서 눈길을 끈다('에블린'이란 제목으로도 번역되었다).

이 단편은 이블린이 창가에 앉아 생각에 잠긴 모습에서 시작한다. '그녀'라고 지칭되지만 짧은 서술의 대부분이 이블린의 회상과 의식

문학에 빠져 죽지 않기

의 흐름을 따라간다. 어머니가 돌아가시고 이블린은 무능하면서도 폭력적인 아버지 밑에서 생계를 위한 벌이와 살림을 맡아야 했다. "힘든 일이고 힘든 삶이었다."(창비) 그녀에겐 형제자매가 있었는데 두 어린 동생이 그녀의 몫이었다는 것으로 보아 어니스트와 해리로 불리는 두 남자 형제는 그녀의 오빠들로 보인다. 어린 시절에 어니스트만 빼고 공터에서 "그녀와 그녀의 남동생, 여동생들"(문학동네)이 놀았던 기억을 떠올리는데, "그녀와 그녀의 형제자매들"(창비)이나 "처녀네 남매들"(민음사) 정도가 타당해 보인다.

어릴 때는 이블린이 여자아이여서 아버지가 해리와 어니스트에게 그랬던 것처럼 손찌검을 하지 않았지만 열아홉 살을 넘긴 지금은 수시로 위협을 받는 처지가 되었다. 어니스트는 죽고 해리는 일하러 지방에 가 있기에 그녀를 보호해줄 사람이 집에는 없다. 아버지의 폭력에 대한 두려움 외에도 이블린을 괴롭히는 건 돈 실랑이다. 가게 점원으로 일하면서 받는 봉급 전부를 아버지에게 내놓고 생활비를 타 쓰고 있는데, 그때마다 그녀의 아버지는 돈을 낭비한다고 비난을 퍼붓는다. 이렇듯 힘들고 피곤한 삶에 지친 이블린에게 프랭크란 남자가 생긴다. "매우 친절하고 남자답고 속이 트인 사람"(창비)이라는 인상은 아버지와 다른 남자라는 뜻이겠다. 둘의 관계를 알게 된 아버지의 반대로 두 사람은 몰래 데이트를 해야 했다. 선원인 프랭크는 함께 부에노스아이레스로 떠나자고 제안하고 이블린도 더블린의 삶에서 도망치고 싶어한다. "왜 그녀가 불행해야 하나? 그녀는 행복할 권리가

있다."(창비)

창가에 앉아 고심하던 이블린은 창밖으로 들려오는 손풍금 소리에 어머니가 돌아가시던 날 밤을 떠올린다. 그녀의 어머니는 광기로 끝나버린 진부한 희생의 삶을 살았다. 아이러니하게도 어머니가 고집스레 되뇌던 말은 "데레본 세론!"으로 대략 '쾌락의 끝은 고통'이라는 뜻으로 어림할 수 있는 게일어다. 평생을 희생하며 자기 자신을 위한 삶은 살아보지 못했던 어머니의 주문 같은 말이 다시금 이블린을 몸서리치게 한다. 어머니에게 약속한 대로 더블린에 계속 남아 있는다면 이블린의 인생 역시 어머니의 삶을 반복할 가능성이 크다. 그녀는 갑작스러운 공포감에 질려 프랭크가 기다리는 부두로 간다. 하지만 그녀의 번민은 끝나지 않았고 마지막 순간에 고통에 찬 비명을 지르며 마비 상태가 된다.

조이스는 마지막 순간에 프랭크와의 탈출을 포기하고 주저앉은 이블린의 모습을 짐승에 비유한다. "묶인 짐승"(창비), "넋을 잃은 짐승", "수동적이 되어 어찌할 바 모르는 짐승"(민음사), "미약한 한 마리 짐승"(열린책들) 등으로 옮겨졌는데 그녀의 시선에는 더는 사랑이나 이별, 혹은 어떠한 인식도 담겨 있지 않았다. 끝내 더블린을 떠나지 못한 이블린과는 다르게 조이스는 1904년 10월, 장래 아내가 될 노라 바너클과 함께 대륙으로 떠나는 배에 오른다. 아일랜드의 잡지에 「이블린」을 실은 다음이었다.

_〈한겨레〉(2019. 06. 07.)

문학에 빠져 죽지 않기

예술가의 영혼 '대장간'을 엿보다

젊은 예술가의 초상
제임스 조이스 지음, 진선주 옮김
문학동네, 2017

　제임스 조이스의 『젊은 예술가의 초상』(1916)은 아일랜드에서 성장한 주인공 스티븐 디덜러스가 예술가의 길을 선택하고 유럽 대륙으로 떠나기까지 과정을 그린 자전적 소설이다. 여느 자전소설과 다른 점은 개인적인 기록 이상의 의미를 거느리고 있기 때문이다. 자신이 고향을 떠나려고 하는 이유 혹은 명분을 밝히고 있는 소설의 마지막 대목에서 스티븐은 이렇게 적는다. "삶이여, 오라, 나는 이제 백만 번씩이라도 경험의 현실과 만나러, 내 영혼의 대장간에서 아직 창조되지 않은 내 종족의 의식을 벼려내러 간다."

　스티븐은 두 가지를 말한다. 삶과 만나겠다는 것과 창작(영혼의 대장간)을 통해 자기 종족의 의식을 벼려내겠다는 것. '종족의 의식'은

'민족의 양심'으로도 번역된다. 흥미로운 것은 자기 자신의 의식을 벼려내는 게 아니라 종족의 의식을 벼려내는 게 목적으로 제시된다는 점이다. 조이스가 파리로 건너가서 쓰게 되는 『더블린 사람들』 연작을 염두에 둔 것으로 생각되지만, '젊은 예술가' 시절 그가 생각한 예술가의 소명이 어떤 것인지 알게 해준다.

스티븐은 그가 더이상 믿지 않는 것을 섬기지 않겠다고 다짐한다. "그게 내 집이든, 조국이든, 교회든." 그는 어머니를 사랑하지만 부활절 성찬을 받으라는 어머니의 요구는 받아들일 수 없다. 조국을 사랑하지만 "제 새끼를 잡아먹는 늙은 암퇘지" 같은 아일랜드는 조국으로 섬길 마음이 없다. 조이스의 아일랜드는 한 사람의 영혼을 가로막는 훼방꾼에 불과했다. 그래서 그는 떠나고자 한다. 그리스 신화에 나오는 장인匠人 다이달로스가 날개를 만들어 크레타의 미노스왕의 궁전에서 탈출한 것처럼. 다이달로스는 스티븐 디덜러스란 이름에 새겨진 그의 운명이자 모델이다. 바닷가에서 다이달로스의 이름과 함께 그 형체를 떠올리면서 스티븐은 예술가로 재탄생한다. "삶이 자신의 영혼을 부르는 소리"에 반응한다.

이 소설에서 가장 아름다운 부분은 예술가로서 영혼의 자유와 힘을 발견한 스티븐이 자신의 역량을 처음 체험하는 대목이다. 그의 앞에서 바다를 응시하고 있던 한 소녀가 "이상하고 아름다운 바닷새의 모습"으로 보이고, 그녀의 얼굴에서는 "인간의 아름다움이 가지는 경이로움"이 느껴졌다. 이러한 지각은 물론 그의 예술가적 힘이 빚어낸 것이다. 이 힘은 사소한 장면에서조차 경탄을 이끌어낸다. 소녀가 한쪽 발로 개울물을 휘저으며 찰랑거리게 만드는 모습을 보자 스티븐은 이렇게 외친다. "오, 이런!" 번역본에 따라서는 "오, 이럴 수가!", "오, 하느님!", "하늘에 계신 하느님!"으로 옮겨진 경탄이다.

독자로서는 스티븐의 이례적인 발견과 경탄이 새로운 발견과 경탄의 대상이다. 이 장면은 예술가가 가진 영혼의 대장간에서 어떤 일이 벌어지는지, 아무리 사소한 물건이라도 어떻게 멋지게 벼려지는지 살짝 엿보게 해주는 듯싶다. 이제 스티븐은 예술가의 길로 나설 준비가 되었다. "살고, 실수하고, 타락하고, 승리하고, 삶으로부터 삶을 재창조하는 것"이 과제라는 걸 그는 안다. 그는 곧 『율리시스』라는 걸작을 써내게 될 것이다.

_〈한겨레〉(2014. 10. 06.)

거기 그녀가 와 있었다

댈러웨이 부인
버지니아 울프 지음, 최애리 옮김
열린책들, 2009

작가 연보와 프로필 사진만 보면 어머니와 아버지를 차례로 여의고 신경쇠약으로 평생 고통받았던 여성 작가를 떠올리기 쉽다. 버지니아 울프 얘기다. 『자기만의 방』(1929) 강연을 통해 여성 작가의 사회적 조건에 대한 예리한 성찰을 제출한 페미니즘 비평의 선구자가 또한 울프다. 울프 문학의 핵심은 무엇이고 성취는 무엇일까. 영국 문학기행차 런던에 와서 런던 거리를 산책하길 즐겼던 울프를 생각하며 던지는 질문이다.

런던 거리의 풍경을 직접 담고 있는 소설이 대표작 『댈러웨이 부인』(1925)이다. 제임스 조이스의 『율리시스』(1922)와 함께 '의식의 흐름'이라는 새로운 서술기법을 발전시킨 소설로 유명하다. 하지만 울프는 『율리시스』에 대해서 상스러운 작품이라며 불편해했으니 같은 부류의 작품으로 분류되는 것을 달가워하지 않았겠다(댈러웨이 부인이 몰리 블룸과 담소를 나누는 장면을 상상하기 어렵다). 울프가 서술기법보다 중요하게 생각한 것은 무엇이었을까. 『댈러웨이 부인』을 표본으로 삼아 말하자면 삶에 대한 긍정과 예찬으로 보인다. 『율리시스』의 몰리 역시 긍정의 아이콘이라는 점을 고려하면 삶에 대한 '고상한' 긍정이라고 해야 할까.

제1차세계대전의 상흔이 아직 다 가시지 않은 1920년대 초반 런던 상류사회의 일원으로 댈러웨이는 영국 총리도 참석하는 파티를 준비하기 위해 아침부터 분주하다. 꽃을 사러 나선 길에 그녀는 상쾌한 아침 공기를 들이켜며 곧바로 열여덟 살의 처녀 시절을 떠올린다. 아침마다 창문을 열어젖히면 마치 대기 속으로 뛰어드는 것만 같은 느낌이 들던 때였다. 당시 사랑했지만 결혼 상대로는 맞지 않는다는 판단에 헤어진 피터 월시가 돌아온다는 사실도 연이어 상기하는데 마침 이날 피터는 댈러웨이를 찾는다. 30년의 시간적 간격이 놓여 있지만 댈러웨이는 그에게서 여전한 매력과 함께 거부감을 느낀다.

그렇게 늙은 것은 아니라고 하지만 댈러웨이는 만으로 쉰둘의 나이에 접어들었다. 독감도 한차례 앓고 난 뒤라 기력도 떨어진 상태다. 그럼에도 댈러웨이는 모든 역경을 이겨내는 회복력을 보여준다. 화장대 거울 앞에서 자신의 모습을 바라보는 댈러웨이의 모습이 시사적인데, 비록 세월을 비켜 갈 수는 없었지만, 그녀는 입술을 오므리면서 여전히 자기 삶의 구심점을 되찾는다. "본연의 자기 자신이 되고자 하는 부름"에 그녀는 기꺼이 응한다. 그녀는 자기 자신의 중심이면서 동시에 그녀를 둘러싼 사교계의 중심이었다. 그 중심으로서의 역할을 환기해주는 것이 바로 파티다. 옛 애인 피터나 남편 리처드가 모두 이해하지 못하는 것은 댈러웨이에게 파티가 갖는 의미였다. 댈러웨이에게 파티는 삶 자체다. 그리고 삶이란 사람들을 한데 모으는 것이다. 그녀에게 파티는 "하나의 봉헌"이고 "조합하고 창조하는 것"이다.

댈러웨이에게 파티가 갖는 의미는 곧 작가 울프에게 창작이 갖는 의미와 동일해 보인다. 그것은 봉헌이면서 긍정이다. 작품에서 그러한 봉헌에 가장 큰 도전으로 등장하는 것은 전쟁 후유증으로 삶에 적응하지 못하고 결국 투신자살하는 셉티머스다. 댈러웨이는 셉티머스와 한 번도 마주치지 않지만, 그의 자살 소식이 불청객처럼 파티장에 끼어든다. 댈러웨이는 파티 한복판에 끼어든 죽음, 다르게 말하면 삶의 한복판에 끼어든 죽음을 유감스러워하지만 공감의 능력과 회복력을 통해서 극복해낸다. 비록 젊은이의 죽음은 안타깝지만, 삶이 계속되어야 하듯 파티도 계속되어야 한다. 결국 소설은 댈러웨이의 건재를 과시하면서 마무리되는데 클라리사의 연인이었던 피터는 노년의 댈러웨이에게서도 여전히 클라리사의 매혹을 느낀다. "거기 그녀가 와 있었다"는 마지막 문장은 삶에 대한 울프의 당당한 긍정으로 읽을 수밖에 없다.

_〈한겨레〉(2019. 10. 04.)

문학에 빠져 죽지 않기

무산계급이 잊고 있는 말

1984
조지 오웰 지음, 김기혁 옮김
문학동네, 2009

조지 오웰의 『1984』(1949)를 아주 오랜만에 다시 읽으며 새삼 주목하게 된 것은 지식인에 대한 회의와 노동자에 대한 그의 믿음이다. 주인공 윈스턴은 일기에 "희망이 있다면 그것은 무산계급에만 있다"고 적는다. '무산계급' 대신에 '노동자층'이나 '프롤'이라고 옮긴 번역본들도 있다. '프롤'은 '프롤레타리아'에서 온 단어이리라. 그가 사는 가상국가 오세아니아의 인구 85퍼센트를 차지하는 사람들이 바로 프롤이다. 여러 번역용례를 참고하면 윈스턴은 이 '피압박 대중'만이, 이 '우글거리고 경멸당하는 대중'만이, '저 거대한 소외집단'만이 당을 무너뜨릴 수 있다고 믿는다.

전체주의 체제의 오세아니아는 다수의 프롤과 소수의 당원으로 구성돼 있다. 당원은 다시 외부당원과 내부당원으로 구분된다. 외부당원인 윈스턴은 당과 빅브러더의 지배체제에 대한 반란을 꿈꾸지만 성공할 수 있으리라고는 생각지 않는다. 당내 반체제조직인 '형제단'이 소문대로 존재한다손 치더라도 철저한 감시시스템 때문에 서로 모이기도, 알아보기도 어려울 것이라고 그는 생각한다. 반면에 무산계급 노동자들은 음모를 꾸밀 필요도 없다. "그냥 들고일어나서 파리 떼를 쫓는 말처럼 몸을 흔들기만 하면 된다." 왜냐하면 그들은 다수이고 다수는 힘이기 때문이다.

하지만 문제는 그들이 자신의 힘을 인식하지 못한다는 점이다. 언젠가 윈스턴은 사람들이 북적대는 거리를 지나다가 마치 폭동이라도 일어난 것처럼 수백 명의 여자들이 절규하는 소리를 듣는다. 그는 드디어 반란이 일어난 줄 알고 흥분하지만, 알고 보니 노점상에서 파는 양은냄비를 구하려고 서로 아귀다툼을 벌인 것이었다. 왜 정작 더 중대한 일에는 함성을 지르지 못하는가. "그들은 의식을 가질 때까지는 절대로 반란을 일으키지 않을 것이며, 반란을 일으키게 될 때까지는 의식을 가질 수 없을 것"이라는 게 윈스턴의 잠정결론이다. 무산계급의 반란은 말하자면 '가능한 것의 불가능성'이다.

당연하게도 당은 이 점을 아주 잘 알고 있다. "힘든 육체노동, 가정과 아이에 대한 걱정, 이웃과의 사소한 말다툼, 영화, 축구, 맥주, 도박"이 노동자 대중의 유일한 관심사라는 걸 파악하고 있기에 그들을 관리하는 건 어렵지 않다. 정치의식이나 이데올로기를 주입할 필요도 없다. 노동 시간을 늘리거나 배급량을 줄이는 식으로 통제하고 원시적인 애국심을 적당히 이용하는 것으로 충분하다. 『1984』 하면 떠올리게 되는 성욕에 대한 엄격한 규제나 텔레스크린을 통한 감시도 노동자들에겐 해당되지 않는다. 치안경찰도 그들에 대해선 간섭하지 않는다. "노동자와 동물은 자유이다"가 아예 당의 슬로건이다.

그렇지만 윈스턴은 노동자에 대한 희망을 버리지 않는다. 아직 생각할 줄 모르더라도 그들은 가슴과 배와 근육에 세계를 뒤엎을 힘을 기르고 있다. 윈스턴은 노래를 부르며 빨래를 널고 있는 튼튼한 아낙네의 모습을 보면서 아름다움을 느끼고 "언젠가는 저 힘센 여자의 배에서 의식을 가진 종족이 태어날 것"이라고 믿는다. '불가능한 것의 가능성'은 그렇게 도래할 것이다. 암울한 디스토피아 소설 『1984』에서 읽을 수 있는 유일한 희망이다.

_〈한겨레〉(2012. 09. 08.)

노동계급 출신의 자기 상실

바다
존 밴빌 지음, 정영목 옮김
문학동네, 2016

여름의 끝자락에 읽어볼 만한 책으로 아일랜드 작가 존 밴빌의 『바다』를 골랐다. 작가에게는 2005년 맨부커상을 안겨준 작품이고 나로서는 이번 여름에 가장 인상 깊게 읽은 소설 가운데 하나다. 자동차 정비소 직원의 아들로서 '노동계급 출신의 모더니스트'로 분류되는 밴빌의 문학세계가 어떤 것인지 가늠하게 해주는 작품이기도 하다.

현존하는 아일랜드 최고 작가라지만 국내에는 『닥터 코페르니쿠스』와 『바다』, 단 두 작품만 번역되어 있어서 '밴빌의 문학세계'라는 말은 의미가 제한적이다. 그럼에도 약력을 참고해서 말하자면 그는 제임스 조이스와 사뮈엘 베케트 문학의 전통을 계승한다. 열두 살 때 조이스의 『더블린 사람들』을 읽고서 처음으로 소설을 쓰기 시작했다는 작가의 이력에 더하여 "실생활을 써나가는" 조이스의 방식을 계승한다는 뜻도 포함하기에 그렇다. 다만 밴빌은 조이스와 마찬가지로 실생활을 전지적 시점으로 재현하는 것이 아니라 특정 인물 시점으로 그린다. 주인공 화자의 말을 다 신뢰할 수는 없다는 의미다. 리얼리즘 소설에서는 손가락(스타일이라는 형식)이 가리키는 달(내용)만 보면 되지만, 모더니즘 소설에서는 손가락에도 주목해야 한다.

『바다』의 주인공이자 화자 맥스 모든은 프랑스 화가 피에르 보나르에 대한 책을 쓰는 딜레탕트다. 그는 아내 애나가 암으로 죽자 50년의 시간을 거슬러 자신이 어린 시절을 보낸 바닷가를 찾는다. 그곳에는 시더스라는 여름별장이 있었고 그는 열 살, 열한 살 무렵 별장 소유주인 그레이스 가족과 특별한 인연을 맺었다. 이 인연은 가장 밑바닥 계층의 아이가 상류층 가족과 맺은 것이어서 특별하고 예외적이다. 맥스는 그가 속했던 '여름 세계의 사회구조'를 이렇게 설명한다. "휴가용 별장을 소유한 소수의 가족이 맨 꼭대기였고, 그다음이 호텔에 묵을 여유가 있는 사람들이었으며 그다음이 집을 세내는 사람들이었고, 그다음이 우리였다."

'우리'는 맥스네 가족으로 똑같이 휴가차 바닷가를 찾지만 이들의 숙소는 샬레라는 목조주택이었다. 실생활은 분명한 위계와 경계로 구성된다. "제대로 된 집에 사는 사람들은 샬레 출신들과 섞이지 않았고, 우리도 그들과 섞이기를 기대하지 않았다." 맥스의 아버지는 노동자로 말 없는 분노에 사로잡혀 있었고 어머니는 좌절과 불만을 삭였다. 부모의 불행이 어린 시절 맥스의 그늘이었다. 맥스는 부모를 사랑했지만 동시에 수치스러워했다. 그런 맥스에게 상류층 그레이스 가족은 신들로 여겨졌다. 그는 같이 놀던 친구들을 떠나 그레이스 가족과 친하게 지내면서 자신이 신들과 함께한다는 사실을 자랑스러워했다. 그레이스 부인을 여신으로 숭배하던 맥스는 또래의 딸 클로이와 사랑에 빠지는데 클로이의 모욕까지도 황홀한 모욕으로 받아들이며 그는 새로운 정체성을 갖게 된다.

불행한 인생을 살면서도 노동계급의 정체성을 유지한 그의 어머니가 보기에 맥스의 선택은 자신의 출생과 계급에 대한 배신이었다(맥스라는 이름도 그 자신이 새로 지은 것이다). 하지만 "늘 독특하게 아무것도 아닌 존재"였던 맥스의 소망은 "독특하지 않은 어떤 존재"가 되는 것이었다. 그레이스 가족과의 인연으로 새로운 열망과 정체성을 갖게 된 맥스는 성장하여 부유한 여성 애나와 결혼함으로써 신분상승의 목적을 달성한다. 그 과정에서 그가 대가로 지불한 것은 자기 존재의 상실이었다. 애나가 죽자 텅 빈 존재가 된 그는 다시 자기 존재의 기원을 찾아 시더스 별장을 찾는다. 밴빌의 매우 우아한 소설에서 맥스의 회상을 따라가다가 독자가 발견하는 것은 자기 계급을 배신하고 부유한 딜레탕트가 된 '늙은 사기꾼'의 초상이다.

_〈한겨레〉(2019. 08. 30.)

모더니즘으로 리얼리즘 구현하기

속죄
이언 매큐언 지음, 한정아 옮김
문학동네, 2003

    가장 단순한 질문에 답하고자 하는 걸작들이 있다. 소설의 경우라면 소설이란 무엇인가란 질문에 답하고자 하는 소설들이다. 영국 소설가 이언 매큐언의 대표작 『속죄』(2001)도 분류하자면 소설이란 무엇인가를 질문하면서 소설에 대해 심문하고 성찰하는 메타소설이다. 메타소설답게 『속죄』에는 작가 주인공이 등장하는데 탈리스가의 막내딸 브리오니가 그 주인공이다. 『속죄』는 작가 브리오니가 여러 차례의 개작을 거쳐서 59년간 완성해가기에 그의 첫 소설이면서 동시에 마지막 소설이다. 그 소설 쓰기의 과정이 브리오니에게는 속죄의 과정이기도 하다.

    1935년, 열세 살의 예비작가 브리오니는 언니 세실리아가 파출부의 아들 로비와 사랑에 빠진 것을 목격한다. 로비는 탈리스가의 지원으로 케임브리지대학을 수석 졸업하지만 탈리스가의 사람들은 오히려 탐탁잖게 생각한다. 어린 시절을 같이 보낸 세실리아만 예외적으로 로비에게 열정을 느끼고 급기야 두 사람은 서재에서 정사를 나누기까지 한다. 하지만 브리오니에게 로비는 탈리스가의 질서와 평화를 위협하는 존재로 여겨진다. 신분상의 구분과 차이가 그 질서의 핵심이어서다. 브리오니는 손님으로 와 있던 사촌언니 롤라가 누군가에게 성추행을 당하자 로비가 범인이라고 거짓으로 진술한다. 로비는 억울한 죄를 덮어쓰고 감옥에 가며 제2차세계대전이 발발하자 징집되어 프랑스 전선에 배치된다.

자신의 진술 때문에 세실리아와 로비가 불행한 연인이 되어 떨어지고 로비가 전선으로 가게 된 것을 알자 브리오니는 속죄의 시도로서 간호사에 자원한다. 더불어 두 사람을 주인공으로 한 실명소설을 쓴다. 저택에서 바깥을 내다보다가 분수대 앞에 있던 두 사람을 발견하고서 그들의 관계를 처음 의심하게 되었기에 소설의 제목은 '분수대 옆의 두 사람'이라고 붙인다. 그 이후로 오랜 세월에 걸쳐서 브리오니는 이 소설을 개작하며 1999년에 일단 마무리짓는다. 구성상 『속죄』는 브리오니가 쓴 3부로 된 소설과 거기에 덧붙여진 1인칭 시점의 후기(1999년 런던)로 이루어져 있다.

단순한 질문을 던져보자. 『속죄』의 작가는 누구인가? 브리오니가 작가로 등장하지만 그의 실명소설은 3부까지만이다. 후기까지 포함한 전체 소설의 작가는 브리오니라는 허구의 작가까지 창조해낸 매큐언이다. 이런 이중의 틀을 만든 것은 두 가지 문학관을 대비시키고자 하는 의도로 보이는데, 바로 소설이란 무엇이고 소설가란 어떤 존재인가란 물음을 놓고 대비되는 두 관점이다. 그것을 간단히 리얼리즘과 모더니즘이라고 한다면, 버지니아 울프를 사숙한 브리오니는 모더니즘의 문학관을 견지한다. 그에게 소설가란 절대적인 힘을 가진 신과 같은 존재다. 소설가는 자신의 세계의 입법자이자 창조자로서 전권을 갖는다. 현실에서의 실패나 결핍은 그의 작품 속에서 얼마든지 보상받을 수 있으며 복원될 수 있다. 그런 관점에 따르자면 소설가에게 속죄란 신에게서와 마찬가지로 불가능하며 필요하지도 않다.

반면에 리얼리즘의 문학관에 따르면 소설은 있는 그대로의 현실을 모방해야 한다. 아무리 진실이 냉혹하다 하더라도, 독자의 기대나 희망을 좌절시킨다 하더라도 진실에 충실할 것을 요구하는 것이 리얼리즘의 준칙이다. 놀랍게도 『속죄』는 브리오니가 쓴 모더니즘 소설을 결말의 반전을 통해서 리얼리즘 소설로 바꾸어놓는다. 정확하게는 모더니즘 소설을 통해서 리얼리즘의 정신을 구현한다. 『속죄』가 매큐언의 대표작이면서 우리에게 많은 시사점을 던져준다고 생각하는 이유다.

_〈한겨레〉(2019. 05. 10.)

판사는 삶을
어디까지 인도할 수 있는가

칠드런 액트
이언 매큐언 지음, 민은영 옮김
한겨레출판, 2015

'법과 문학'은 대학의 교양과목으로 개설되기도 하는 주제다. 상징적 의미에서건 실제적 의미에서건 법은 우리 삶의 많은 일에 관여하며 개입한다. 동시에 우리는 법에 의해서 신분과 권리를 보장받는다. 당연하게도 법의 문제를 다룬 문학작품이 적지 않은데 최근에 읽은 가장 인상적인 작품은 이언 매큐언의 소설 『칠드런 액트』다. 수년 전에 번역돼 나왔지만 에마 톰슨 주연의 영화가 개봉되면서 뒤늦게 손에 들었다.

소설은 제목부터 법의 문제를 작심하고 다루겠다는 작가의 의지를 읽게 한다. '칠드런 액트'가 '아동법'을 뜻하기 때문인데, 여기서 '아동'이란 말은 18세 미만의 미성년자를 가리키기에 우리식으로는 '아동청소년법'에 해당한다. 작가는 아동법의 핵심 조항을 제사題詞로 삼았다. "아동의 양육과 관련한 사안을 판단할 때 (…) 법정은 아동의 복지를 무엇보다 우선으로 고려해야 한다"는 조항이다. 핵심은 '아동의 복지'에 있다. 그 복지를 최우선적 가치로 보호해야 하는 것이 아동법의 목적이고 역할이다.

소설의 주인공으로 등장하는 영국 고등법원의 판사 피오나 메이는 아동법의 대역이고 화신이다. 법정에서 그녀의 판결은 곧바로 구속력을 갖는다. 그녀는 가정사의 온갖 법적 분쟁을 조정하는데, 이는 부모의 의사에 반해서 샴쌍둥이 분리수술을 명령하는 일도 포함한다. 독실한 신자인 부모는 두 아이 모두 죽게 놔두어야 한다고 생각하지만 피오나는 비록 한 아이를 죽이는 것이 될지라도 자생능력이 있는 다른 아이를 살리는 것이 차악의 선택이라고 본다. 아동의 복지를 우선 고려한다는 아동법에 따른 판단이다.

공인으로서 피오나는 유능한 판사이고 그녀의 유려한 판결문에 대해서는 대법원장도 경탄을 아끼지 않는다. 하지만 그런 경력을 쌓아가는 과정에서 피오나는 아이를 갖지 않았고 오랜 기간 신뢰해온 남편과 관계도 소홀하게 된다. 급기야는 대학교수인 남편이 피오나의 무관심을 지적하며 공개적인 외도를 선언하고 집을 나간다. 가정이 위기에 봉착했지만 피오나는 또다른 긴급한 재판에 내몰린다. 백혈병 환자인 한 청년이 종교적 신앙을 이유로 수혈을 거부해서, 병원이 강제 치료를 허용해달라고 요청한 것이다. 피오나는 이례적으로 직접

병원을 찾아가 청년과 대화를 나누고 갓 바이올린을 배운 그의 연주에 맞춰 노래까지 부른다(영화에서는 바이올린이 기타로 바뀌었다). 이후에 피오나는 청년이 부모와 교회는 물론 그 자신으로부터도 보호받아야 한다고 판결한다. 그의 존엄성보다 생명이 더 소중하다는 근거에서다.

판결에 따라 청년은 강제 수혈을 받고서 생명을 건진다. 문제는 그 이후에 벌어진다. 새로운 삶을 살게 된 청년은 은인인 피오나를 마치 신처럼 숭배한다. 자신이 쓴 시와 일기를 편지로 보내고 애정을 고백한다. 예순의 문턱에 있는 피오나로서는 이해할 수도 받아들일 수도 없는 행동이다. 발단은 피오나가 이례적으로 병원을 찾은 것이었다. 통상적으로 법원은 미성년자의 수혈 거부에 대해서 병원 편에 선다. 피오나가 병원에 가보지 않았더라도 그녀는 같은 판결을 내렸을 것이다. 즉, 피오나의 행동은 일시적으로 법의 한계를 넘어선 것이며 최소한 청년은 그렇게 받아들인다. 결국 둘의 이야기는 슬픈 결말로 이어진다.

아동법이 아동의 복지를 고려한다지만 그 복지의 범위는 어디까지인가. 청년에게 새 삶을 살도록 해주었지만 피오나는 그의 삶을 어디까지 더 인도할 수 있는가. 작가 매큐언이 문학의 이름으로 던지는 질문이다.

_〈한겨레〉(2019. 08. 02.)

문학에 빠져 죽지 않기

태어나느냐 마느냐,
햄릿적인 태아의 고민

넛셸
이언 매큐언 지음, 민승남 옮김
문학동네, 2017

영국 작가가 셰익스피어에 대한 오마주 작품을 쓰는 것은 특이한 일이 아니다. 대표작 『햄릿』을 다시 쓴다고 해도 놀랄 일이 아니다. 이 언 매큐언의 『넛셸』은 이 두 가지에 모두 해당하므로 특이하지도, 놀 랄 것도 없는 소설이지만 그것은 첫 페이지를 펼치기 전까지만이다. "나는 여기, 한 여자의 몸속에 거꾸로 들어 있다"고 말하는 화자가 태 아여서다. 공정하게 말하자면 자궁 속 태아가 화자로 등장하는 소설 이 없지는 않다고 한다. 다만 햄릿을 태아로 설정한 전례는 없었다. 사느냐 죽느냐를 고민하는 햄릿이 『넛셸』에서는 태어나느냐 마느냐 를 고민하는 태아로 바뀌었다. 어떤 결말로 이어질지 궁금하지 않을 수 없다.

아직 자궁 속에 있으니 '나'는 이름을 갖고 있지 않다. 출산일이 얼마 남지 않았지만 태명도 없고 특별한 태교도 받지 않는다. 그의 탄생에 관한 준비는 전혀 이루어지고 있지 않다. 젊은 어머니 트루디가 아이보다는 다른 일에 정신이 팔려 있어서다. 이미 의식을 갖고 있는 '나'는 자궁 속에서 전해듣는 정보만으로 사태를 파악하는데, 트루디는 남편 존의 동생 클로드와 불륜에 빠졌다. 존은 가난한 출판사를 운영하면서 시를 쓰는 시인이고, 클로드는 옷과 자동차밖에 모르는 부동산 개발업자다. 형제라고는 하지만 두 사람은 전혀 닮은 구석이 없다. 그것은 마치 "내가 베르길리우스나 몽테뉴를 닮지 않은 것"과 같다. 셰익스피어의 햄릿이 숙부인 클로디어스가 부왕 햄릿을 닮지 않은 것은 마치 자신이 헤라클레스를 닮지 않은 것과 같다고 말하는 대목을 떠올리게 한다.

어머니를 사이에 두고 아버지 형제가 삼각관계를 형성한다는 점에서 『넛셸』은 『햄릿』을 패러디하고 있지만, 트루디와 클로드가 공모하여 존을 독살한다는 전개는 『맥베스』를 비튼 것이다. 태아인 '나'는 두 사람의 음모를 저지하고자 하지만 자궁 속에서 할 수 있는 일은 별로 없다. 두 사람의 음모가 성공한다면 '나'는 그들 관계의 걸림돌로 버려질지도 모른다. 반대로 만약 실패한다면 '나'는 어머니와 감방에서 인생을 시작해야 할 것이다. '나'는 태어나고 싶지 않다는 생각에 더해 탯줄을 목에 감고 자살할 궁리까지 한다. 하지만 자살은 숙부에 대한 결정적인 복수가 되기보다는 오히려 도움이 될 것이다. 게다가

‘나’는 아직 출간되지 않은 자신의 책 『나의 21세기 역사』를 끝까지 읽고 싶어한다. 자살 대신에 삶을 선택하는 이유다.

『햄릿』에서 아들 햄릿은 부왕의 유령을 통해서 숙부의 암살행위를 알게 되지만 『넛셸』의 ‘나’는 이미 어머니와 숙부의 음모와 그 결과를 알기에 부왕의 유령이 따로 필요하지 않다. 그렇다고 유령이 등장해 두 악인을 응징할 수도 없다. 과연 어머니와 숙부의 범죄는 아무런 응징을 받지 않는 완전범죄가 될 것인가. 사건의 해결은 조사차 이들을 찾아온 경찰의 몫이 된다. 그리하여 셰익스피어 비극을 따라가던 『넛셸』의 결말은 애거사 크리스티의 추리소설에 바통을 넘겨준다.

햄릿적인 태아를 화자로 설정해 흥미로운 이야기를 들려주지만 『넛셸』은 아무래도 태아의 이야기라기보다는 이언 매큐언의 이야기다. 작가 매큐언의 존재가 너무 강하게 드러나기 때문이다. 세상에 태어나지도 않은 존재가 성 정체성부터 기후변화에 이르기까지 온갖 이슈에 대해서 박학한 식견을 갖고 있는 것은 아무리 허구적 설정이라 하더라도 공감을 떨어뜨린다. 매큐언의 햄릿도 너무 생각이 많다.

_〈주간경향〉(2019.05.27.)

파괴적 시간에 맞서는 인간적 책임

예감은 틀리지 않는다
줄리언 반스 지음, 최세희 옮김
다산책방, 2012

『예감은 틀리지 않는다』는 2011년에 '너무 늦었다'는 평을 들으며 줄리언 반스에게 영국 최고의 문학상인 맨부커상을 안겨다준 작품이다. 앞서 세 차례나 최종심에 올랐으면서도 매번 고배를 마신 반스는 수상작 발표 전에 어떤 예감을 가졌을지 궁금하다. 물론 제목의 '예감'은 문학상과는 아무 관계가 없다. 원제를 그대로 옮기면 '종말의 예감' 정도라서다.

종말은 시간이라는 지평에서의 사건이다. 곧 시간 속에서 살아가는 존재에 주어지는 불가피한 조건이다. 이 소설이 시간에 대한 성찰로 시작하는 것은 자연스럽다. "우리는 시간 속에서 살아간다"고 운을 뗀 소설은 마지막 페이지의 "인간은 생의 종말을 향해 간다"는 문장을 향해 간다. 종말로 향하는 시간은 궁극적으로 모든 것을 무력화하고 무의미한 것으로 만든다. 시간 속에서 모든 인간은 늙어가며 삶의 성취는 마모되고 그 의미는 변질되어간다. 세상을 '거대한 혼란'으로 몰고 가는 시간의 파괴적인 힘 앞에서 인간은 어쩔 수 없이 패배자가 되는 것처럼 보인다. 다른 길은 없는 것일까.

반스가 제시하는 것은 주인공이자 화자인 토니 웹스터의 사례다. 아직 본격적인 인생이 시작되기 전 학창시절에 토니의 패거리는 셋이었다. 그들은 결속을 다지기 위해 손목시계를 손목 안쪽으로 돌려서 차고 다녔다. 허세이긴 했지만 시간에 대한 저항의 상징성도 갖는다. 시간을 사적이면서 내밀한 것으로 만들려는 시도라고 할 수 있을까. 이들 사이에 전학생 에이드리언 핀이 끼어든다. 명민한 수재로 수업시간에 교사들과 당당하게 논쟁하는 능력자다. 카뮈와 니체를 읽은 에이드리언은 "자살이 단 하나의 진실한 철학적 문제"라는 카뮈의 말을 복창하고 "역사란 부정확한 기억이 불충분한 문서와 만나는 지점에서 빚어지는 확신"이라는 역사 허무주의적 견해를 제시한다.

역사에 대한 이러한 회의주의적 견해는 얼마나 정당하며 어디까지 방어될 수 있을까. 아이러니하게도 이를 재검토하게 만드는 것은 에이드리언의 자살이다. 대학에 진학한 토니는 베로니카라는 여학생을 사귀다 헤어지는데, 베로니카는 다시 에이드리언과 사귀게 되고 에이드리언은 토니에게 둘이 데이트를 해도 좋은지 묻는 편지를 보낸다. 토니는 아무 상관이 없다는 엽서와는 별개로 술에 취한 상태에서 악담과 저주를 담은 답장을 보내고 장기간의 미국 여행을 떠난다. 여행에서 돌아온 뒤에 토니는 에이드리언이 손목을 긋고 자살했다는 소식을 전해듣는다. 그러고는 40년의 세월이 지난다.

이제 60대가 된 토니는 그 사이에 결혼해 자녀를 두었지만 아내와 이혼했고 직장에서도 은퇴한 뒤 노후를 보내는 중이다. 그가 뜻밖의 유산을 물려받게 되는 일이 이야기의 출발점인데, 그 유품은 베로니카의 어머니가 세상을 떠나며 남긴 500파운드의 돈과 에이드리언의 일기장이다. 토니는 뒤늦게야 에이드리언의 자살에 자신도 연관돼 있었다는 사실을 알게 된다. 그가 건네받은 에이드리언의 일기 일부에서 에이드리언은 '축적'이란 용어를 써서 자신의 상황을 수학공식으로 표현하는데, 축적이란 토니의 표현으로는 '책임'에 해당한다. 자신의 과거를 잊거나 부인하던 토니는 비로소 충격적인 진실과 대면하고 그에 대한 책임을 자각한다. 기억의 서사로서 '종말의 예감'이 책임의 서사로 전환되는데, 이 책임이 파괴적 시간에 맞서는 인간적 대응이다.

_〈주간경향〉(2019. 04. 29.)

노부부의 사랑을 유지시킨
망각의 힘

파묻힌 거인
가즈오 이시구로 지음, 하윤숙 옮김
시공사, 2015

    일본계 영국 작가로 부커상과 노벨문학상 수상 작가인 가즈오 이시구로는 1982년 첫 장편을 발표한 이래 모두 일곱 편의 장편소설을 발표했다. 『파묻힌 거인』(2015)이 현재로선 마지막 작품이다. 한 권의 단편집을 포함해 그의 모든 작품이 국내에 소개됐지만 새로운 작품이 나오지 않는다면 이미 읽은 소설을 다시 읽는 수밖에 없다. 『파묻힌 거인』도 그렇게 다시 읽었다. 물론 다시 읽을 만한 가치가 있는 작가라서 가능한 일이다.

    대표작 『남아 있는 나날』과 『나를 보내지 마』 등 이시구로의 거의 모든 작품은 기억의 문제를 핵심 주제로 다룬다. 문학작품에서 기억이 결코 새로운 주제는 아니지만 이시구로는 주관적 기억과 진실 사이의 괴리를 새로운 시각으로 조명함으로써 기억의 의미를 다시 묻는다. 좋은 소설은 이미 알고 있는 앎을 반복하는 것이 아니라 되묻게 한다는 사실을 새삼 일깨워주는 사례다. 그 점에서 『파묻힌 거인』도 예외가 아니다.

전작들에서 한 번도 시도하지 않은 판타지 형식을 빌림으로써 독자들을 놀라게 한 『파묻힌 거인』은 흥미롭게도 사랑의 문제를 정면에서 다루고자 한다. 하지만 남녀 간의 사랑이 아니라 부부간의 사랑을 다룬다는 점에서 특별하다. 소설은 미혼 남녀가 결혼에 이르는 과정을 다루거나 결혼한 부부가 파경에 이르는 과정을 주로 다루지, 부부간의 사랑은 잘 다루지 않는다. 근대 소설에서 세계의 본질이 시간과 함께 주어진다는 공식을 다시 떠올려봐도 좋겠다. 부부간의 관계는 지속적인 데 비해서 사랑의 감정은 이 지속을 대개 견디지 못한다. 통상 부부간의 사랑이 미담의 사례가 될 수는 있을지언정 걸작 소설의 주제로는 등장하지 않는 이유다. 이시구로의 소설은 이러한 통념에 도전한다고 할까.

중세 영국을 배경으로 한 이 소설에서는 브리튼족과 색슨족이 반목하고 있고 아서왕의 조카 가웨인 경이 용의 수호자로 나온다. 그렇지만 이러한 판타지적 배경은 액슬과 비어트리스의 사랑을 조명하기 위한 장치다. 두 사람은 서로를 극진히 사랑하는 노부부다. 그런데 이들은 용이 뿜어낸 안개 때문에 과거의 기억을 망실한 상태다. 어떤 이유에서인지 아들이 이들과 떨어져 있고 그 아들을 오랫동안 보지 못했다. 노부부는 아들을 만나기 위한 여정에 나선다. 이 여정은 동시에 과거의 진실과 마주하게 되는 여행이기도 한데, 소설의 말미에서 색슨족의 기사에 의해 용이 퇴치되고 안개가 걷히자 잊고 있었던 기억도 되살아난다. 노부부는 과거의 아픈 기억과 아들의 죽음을 떠올리게 된다.

두 사람은 망각 덕분에 오랜 시간을 같이해오면서 깊은 신뢰와 사랑을 쌓을 수 있었다. 하지만 만약 두 사람이 서로에게 상처를 주었던 과거를 계속 기억할 수 있었다면 그 관계가 지속될 수 있었을까. 마지막 장면에서 액슬이 비어트리스에게 던지는 질문은 작가 이시구로가 독자에게 던지는 질문으로도 읽힌다. 공통의 기억이 관계를 유지시킨다는 통념에 맞서 이시구로는 때로는 망각이 관계를 유지시켜주는 비결이 아닌지 묻는다. 상호 간의 신뢰가 구축되지 않은 상황에서 기억은 적대감만을 부추길 수도 있다. 좋은 소설은 모든 문제를 더 복잡하게 생각하도록 이끈다.

_〈주간경향〉(2019. 04. 15.)

4.

바틀비라는
우화

'바틀비'라는 자본주의 우화

필경사 바틀비
허먼 멜빌 지음, 공진호 옮김
문학동네, 2011

『모비딕』(1851)의 작가 허먼 멜빌은 언제부턴가 『필경사 바틀비』(1853)의 작가로도 불린다. 대작 장편과 단편을 같은 비교 대상으로 삼기는 어렵지만 당대에 주목받지 못하다가 오늘날 독보적인 걸작으로 평가받고 있다는 점에서는 공통적이다. 이에 부응하듯 번역본도 다수가 출간되었다. 분명 필경사라는 직업은 사라진 지 오래임에도 불구하고 '필경사 바틀비'가 문제적인 작품으로 평가받는 이유는 무엇일까. 새로 읽을 때마다 던지게 되는 질문이다.

힌트가 되는 것은 '월스트리트 이야기'라는 부제다. 19세기 중반에 쓰인 작품이지만 뉴욕의 중심가로서 월스트리트는 오늘날에도 미국 자본주의의 심장이다. '필경사 바틀비'를 자본주의 체제에 대한 의미심장한 우화로도 읽을 수 있는 근거다. 이야기는 바틀비를 고용한 적이 있는 변호사 화자의 회고로 시작한다. 월스트리트에서 사무실을 운영하면서 그는 법률서류를 베껴 쓰는 직원으로 필경사들을 고용하고 있었는데 일이 폭주하게 되자 한 명을 더 채용하게 된다.

그때 찾아온 청년이 바틀비인데 기존 직원들과 달리 조용해 보이는 인상 때문에 변호사는 바틀비에게 가장 가까운 책상을 내준다. 기대에 어긋나지 않게 바틀비는 마치 베껴 쓰는 일에 굶주리기라도 한 듯이 밤낮으로 일에 몰두한다. 그는 잠시도 쉬지 않고 조용히 기계처럼 일한다. 하지만 그렇게 성실한 태도를 보여주던 바틀비가 뜻밖에도 베낀 서류를 원본과 대조해보자는 변호사의 주문을 거절하는 일이 벌어진다. 그는 특이한 상용구를 반복하는데 번역본들에서는 이렇게 옮겨졌다. "안 하고 싶습니다"(창비), "안 하는 편을 택하겠습니다"(문학동네), "하지 않는 게 좋겠습니다"(현대문학).

예기치 않은 반응에 깜짝 놀란 변호사는 바틀비를 뚫어지게 바라본다. 흥미롭게도 바틀비의 표정에는 일말의 동요나 흥분도 비치지 않았다. 마치 석고 흉상 같은 바틀비의 태도에는 인간다운 요소가 전혀 없었다. 바틀비 이야기에서 중요한 것은 이러한 비대칭성으로 보인다. 곧 변호사에게는 지시의 이행과 거부가 현격한 차이를 갖고 있지만 바틀비에게는 그렇지 않은 것으로 보이는 것이다. 이 비대칭성을 이야기의 핵심으로 받아들이게 되면 '필경사 바틀비'의 결말도 다른 시각으로 바라보게 된다.

문학에 빠져 죽지 않기

서류 대조 작업 거부로 시작된 바틀비의 거부는 정서 작업 자체에 대한 거부로 이어지고 변호사는 바틀비를 방치한 채 아예 사무실을 이전한다. 주인이 바뀐 사무실에 남겨진 바틀비는 부랑자로 간주돼 교도소에 수감되는 처지에 이르고 나중에는 음식까지 거부하다가 아사한다. 변호사는 이 기이한 인물의 뒷이야기를 전해듣고서야 바틀비를 이해하게 된다. 자신의 사무실을 찾아오기 전에 바틀비가 배달 불능 우편물 취급 부서에서 일했다는 사실을 풍문으로 듣는데, '죽은 편지들'을 다루다보니 바틀비가 그렇게 되었으리라고 그는 추정한다. '아, 바틀비여! 아, 인간이여!'라는 영탄은 그가 바틀비를 이해하고 동정하게 되었다는 표현이다.

이러한 결말에서 변호사와 바틀비의 비대칭성은 과연 해소되는 것일까? 마치 기계와도 같았던 바틀비는 '인간화'되는 것일까? 그와는 반대로 비대칭성을 그대로 고수하는 해석도 가능하다. 사실 배달 불능의 우편물이 '죽은 편지들'이었다면 오늘날에는 복사기에 의해 대체된 서류 베껴 쓰기는 인간적인 노동이 아니라 기계적인 노동이고 '죽은 노동'이다.

사무실의 다른 동료들이 그 무료한 노동을 견디지 못해 오전과 오후에 각각 발작을 일으킴에도 불구하고 바틀비는 그 죽은 노동을 기계처럼 반복했다. 지시의 이행과 분간되지 않는 그의 지시 거부는 그러한 '기계'의 오작동이 아니었을까. 바틀비를 자본주의 체제에 맞서는 저항의 주체로 보는 철학자들의 견해에는 동의하기 어렵지만, 자본주의에 대한 기계적 충실성이 역설적으로 강력한 위협이 되는 사례를 바틀비에게서 발견한다.

_〈한겨레〉(2018. 12. 14.)

문학에 빠져 죽지 않기

사랑의 전제 조건으로서 복수

벤허
루 월리스 지음, 김석희 옮김
시공사, 2015

사실부터 고백하자면 『벤허』에 대한 나의 기억은 윌리엄 와일러의 영화 속 몇 장면이 전부다. 아마도 어릴 적에 TV에서 보았던 듯한데, 벤허가 갤리선의 노예로 노를 젓는 모습과 전차 경주에서 필사적인 경합 끝에 승리를 거두는 장면만이 『벤허』의 이미지로 남아 있다. 어떻게 해서 노예가 되었는지, 그리고 전차 경주가 끝난 뒤에는 어떤 이야기가 이어지는지에 대해서는 백지상태였던 것이다. 더 솔직히 말하자면 '벤허'가 주인공의 이름이라는 것도 특별히 의식하지 못했다. 하물며 루 월리스의 원작 소설을 영화로 옮긴 작품이라는 사실을 어찌 알았으랴.

하지만 『벤허─그리스도 이야기』(1880)의 완역본이 지난해 말에야 나왔으니 나를 포함한 우리의 '상식적' 무지는 정상참작의 여지가 있다. 설사 영화의 원작이 있다손 치더라도 그간에는 읽어볼 여건이 안 되었다는 얘기니까. 여하튼 『벤허』는 아주 뒤늦게 우리에게 왔다. 그것도 미더운 번역자의 손을 거쳐서 탄탄한 모양새의 책으로. 더 나아가 '우리가 읽기 전에는 책은 존재하지 않는다'는 의미에서 말하자면, 『벤허』는 이제야 비로소 실재하는 책이 되었다. 적어도 우리에게는 말이다.

『벤허』를 손에 들면서 먼저 두 가지 사실에 놀랐다. 먼저 1880년 작이라는 사실. 즉 19세기 소설이다. 아카데미상 기록을 갈아 치운 1959년 영화의 원작이라고 해서 막연히 그맘때 나온 작품이겠거니 했지만 뜻밖에도 상당히 오래전 작품이었다. 게다가 '미국 대중소설의 금자탑'으로 마거릿 미첼의 『바람과 함께 사라지다』(1936)가 출간되기 전까지 미국문학사상 최대 베스트셀러였다고 하니 한 번 더 놀란 표정을 지어야 한다. 그리고 또 한 가지는 '그리스도 이야기'가 부제라는 사실. 그리스도의 탄생과 죽음을 벤허의 이야기와 병치하고 있는 영화의 내용을 기억하고 있었다면 놀랄 일은 아닌데, 여하튼 나처럼 막연히 '벤허 이야기'로만 생각해온 독자에게는 부제가 특이하게 여겨진다.

제목과 부제를 유의해서 읽자면, 작가 월리스는 벤허의 이야기를 통해서 우회적으로 그리스도 이야기를 다루고자 한 게 아닌가 싶다 (교황 레오 13세에게 축성까지 받은 이 작품은 지금까지도 최고의 '그리스도교 소설'로 꼽힌다). 그럼에도 사실 그리스도가 이 소설에 등장하는 장면은 상당히 적은 편이다. 비록 소설의 시작과 끝이 그리스도의 탄생과 죽음에 초점을 맞추고 있지만 대부분의 분량은 예루살렘의 유대인 귀족 유다 벤허의 인생 이야기에 할애돼 있다. 당연하게도 이 두 이야기가 어떻게 연결되는가를 이해하는 것이 이 작품 읽기의 관건이다. 자연스레 벤허와 그리스도가 만나는 장면이 주목거리가 될 수밖에 없는데, 작가는 단 두 장면만을 배치해놓았다.

먼저 부유한 귀족 벤허가 신임 총독의 거리 행군을 구경하다가 지붕의 기왓장을 떨어뜨리는 실수를 저지르는 바람에 체포돼 이송되던 중 나사렛 마을에서 그리스도를 만나는 장면. 갈증에 고통받던 그에게 비슷한 나이의 한 젊은이가 우물에서 길어 온 물병을 건넨다. "유다는 물병에 입을 대고 단숨에 물을 들이켰다. 그동안 젊은이는 아무 말도 하지 않았고, 유다 역시 아무 말도 하지 않았다."

유다와 예수는 그렇게 처음 만나고 헤어진다. 벤허가 예수를 다시 만나는 것은 예수가 십자가에 못 박혀 죽음을 목전에 둔 때이다. 벤허는 막대기에 매단 해면을 포도주에 축여서 이 '나사렛 사람'의 입술에 갖다댄다. 예수는 "아버지, 제 영혼을 아버지 손에 맡깁니다"라는 말을 남기고 세상을 떠난다.

그리스도의 탄생과 죽음 사이에 놓여야 하는 것은 그의 행적과 말씀이다. 그것을 『벤허』는 특이하게도 벤허의 복수 이야기로 대체했다 (복수란 주제는 영화 〈벤허〉에서 주연을 맡은 찰턴 헤스턴의 눈빛과 함께 더 강렬하게 그려진다). 로마인 메살라의 친구이기도 했지만 벤허는 억울한 죄명을 뒤집어쓰고 재산을 모두 강탈당한 뒤 갤리선의 노예가 된다. 어머니와 누이동생은 지하 감옥에 갇힌다. 복수의 일념으로 그는 지옥 같은 생활을 버텨내고 우연한 기회에 로마인 사령관의 목숨을 구한 덕분에 그의 양자가 된다. 절치부심하던 그가 전차 경기에서 원수인 메살라의 전차를 박살내 마침내 복수하는 것은 영화의 하이라이트이면서 소설에서도 핵심 장면이다(영화에서와 달리 소설에서 교묘한 술수를 쓰는 것은 메살라가 아니라 벤허다). 가족과의 재회와 그리스도교 귀의는 이러한 복수 이후에 이루어진다.

그리스도가 세상을 떠난 뒤 벤허는 자신의 많은 재산을 교회에 기부하고 지하 교회의 든든한 후원자가 된다. "그리스도교는 그 넓은 지하 교회에서 로마 황제의 지상 권력을 능가하는 영원한 힘을 이루어 냈다"는 것이 소설의 대미다. 그리스도의 가장 큰 가르침은 사랑이지만, 『벤허』는 그 사랑의 전제 조건으로 복수를 배치했다. 월리스가 발명해낸 그리스도교의 새로운 공식이자 『벤허』의 성공 비결처럼 여겨진다.

_〈책과삶〉(2016년 3월호)

위대한 건 개츠비의 환상

위대한 개츠비
프랜시스 스콧 피츠제럴드 지음, 김영하 옮김
문학동네, 2009

스콧 피츠제럴드의 『위대한 개츠비』(1925)를 읽고 나면 자연스레 궁금해진다. 어째서 '위대한' 개츠비인가. 주인공의 이름대로 '제이 개츠비'라고 하거나 '개츠비와 데이지'라고 했어도 무방했을 작품이다. 정작 피츠제럴드는 아내와 편집자가 고른 '위대한 개츠비'란 제목을 막판까지도 꺼렸다는데, 그래도 그가 마음에 두었다는 '황금모자를 쓴 개츠비'나 '웨스트에그의 트리말키오'보다는 훨씬 더 그럴듯한 제목이다.

『위대한 개츠비』를 대신할 뻔했던 제목 '웨스트에그의 트리말키오'에서 웨스트에그는 개츠비의 저택이 있는 지명이고, 트리말키오는 로마시대의 소설 『사티리콘』에 등장하는 벼락부자다. 영화 〈위대한 개츠비〉에서도 화려한 볼거리가 되지만, 소설의 전반부를 장식하는 건 벼락부자 개츠비의 대저택에서 벌어지는 사치스러운 파티다. 5인조 편성이 아닌 완벽한 오케스트라가 동원될 정도다.

단지 부를 과시하거나 기분을 내보려는 파티가 아니다. 개츠비는 만灣 건너편 이스트에그에 사는 첫사랑 데이지가 파티 소문을 듣고 찾아와주길 기대한다. 하지만 데이지와의 재회는 옆집 이웃이자 소설의 화자인 닉 캐러웨이의 도움으로 이루어진다. 데이지와 친척뻘인 닉에게 부탁해 마련한 자리였다. 개츠비는 꿈에도 그리던 만남을 기뻐하면서도 동시에 당혹스러워한다. "5년에 가까운 세월! 그날 오후에도 데이지가 그의 꿈에 미치지 못한 순간이 분명 있었을 것이다. 그것은 데이지 자신의 잘못이 아니라 그의 환상 때문이었다. 그의 환상은 그녀를 넘어섰고 모든 것을 넘어섰다."(열림원)

데이지밖에 모르는 남자가 개츠비이건만 그의 환상은 놀랍게도 데이지를 넘어선다! 여기에 개츠비의 비밀이 있는 건 아닐까. 닉에게 들려준 바에 따르면 개츠비의 부모는 실패한 농사꾼이었다. 그는 한 번도 그들을 부모로 받아들이지 않았다. 그래서 열일곱 살에 '제임스 개츠'라는 원래 이름을 '제이 개츠비'로 개명한다. 말하자면 개츠비는 개츠의 '이상적 자아'다. 놀라운 것은 그가 자기 이상 혹은 환상을 현실로 만들었다는 점이다. 비록 우연히 만난 벼락부자와 암흑가 거물의 도움을 받기도 하지만, 그가 어릴 때부터 출세하기로 작정하고 철저하게 자기 계발에 애쓴 결과다. 개츠비판 아메리칸드림인 것이다.

개츠비에게 데이지는 그 아메리칸드림의 대미여야 했다. 그녀는 5년 전 그가 아직 출세하기 전에 처음 만난 '멋진' 여자였다. '멋진'은 '나이스nice'의 번역인데, '우아한'(민음사)이나 '상류층'(문학동네)으로도 번역된다. 개츠비가 빈털터리라는 이유로 실연당한 걸 고려하면 복합적인 의미를 갖는 단어다. 이제 자신 또한 상류층의 멋진 남자가 돼 돌아온 개츠비는 5년간의 공백을 완전히 제거하려고 한다. 데이지에게는 톰 뷰캐넌과의 5년간의 결혼생활이다. 톰을 사랑하지 않는다고 공개적으로 고백해달라는 개츠비의 요구에 데이지는 이렇게 말한다. "아아, 당신은 너무 많은 걸 바라는군요! 나는 지금 당신을 사랑해요. 그걸로 충분하지 않나요?"

『위대한 개츠비』에서 개츠는 두 가지 환상에 도전한다. 처음엔 개츠비가 되는 것, 그리고 데이지의 완벽한 사랑을 얻는 것. 그 환상이 그를 성공으로 이끌고 또 파국으로 몰아넣는다. 진심이건 반어이건 위대한 건 개츠비가 아니라 그의 환상이라고 해야 할 듯싶다.

_〈한겨레〉(2013. 11. 04.)

첫사랑에게 되돌려진 피츠제럴드의 편지

위대한 개츠비
프랜시스 스콧 피츠제럴드 지음, 김영하 옮김
문학동네, 2009

미국의 재즈시대를 대표하는 작가 스콧 피츠제럴드의 독자라면, 그리고『위대한 개츠비』(1925)를 흥미롭게 읽은 독자라면 주인공 개츠비의 필생의 사랑인 데이지 뷰캐넌의 모델이 누구일까 궁금해할 법하다. 첫 소설『낙원의 이편』(1920)부터 피츠제럴드는 주로 자전적인 경험을 소재로 작품을 썼기 때문이다. 최근에 만들어진 바즈 루어만 영화 〈위대한 개츠비〉(2013)에서라면 데이지 역을 맡은 캐리 멀리건의 모델이라고 생각하면 되겠다. 제임스 웨스트 3세의『완벽한 시간 Perfect Time』(2005)은 그 데이지의 모델이 피츠제럴드의 첫사랑이었던 지네브라 킹이며, 두 사람은 세간에 알려진 것보다 훨씬 깊은 사이였다는 사실을 두 사람이 주고받은 편지들에 근거해서 밝히고 있는 책이다.

문학에 빠져 죽지 않기

『낙원의 이편』에 등장하는 이저벨의 모델이기도 한 지네브라의 존재 자체는 피츠제럴드의 전기 작가들도 이미 알고 있었다. 그렇지만 생전의 인터뷰에서 지네브라는 피츠제럴드가 젊은 시절 자신을 둘러쌌던 많은 남자들 가운데 하나였을 뿐이라고 일축했다. 두 사람의 관계를 입증할 만한 증거도 없는 터여서 특별한 사이가 아니었다는 그녀의 말이 그대로 받아들여졌다. 피츠제럴드 역시 떠들썩한 연애 상대였던 젤다 세이어와의 결혼을 위해 『낙원의 이편』 출판을 서둘렀기에 대개 그렇듯이 그의 첫사랑은 '지나간 사랑'으로 여겨졌다. 당시 판매는 『낙원의 이편』에 미치지 못했지만 피츠제럴드 자신은 대표작이라고 자부한 세번째 소설 『위대한 개츠비』에서도 데이지의 모델은 젤다 세이어인 것으로 추정되었다.

그런데 숨겨진 내막은 달랐다. 피츠제럴드가 젤다 세이어에 매혹된 것은 두 가지 이유에서였는데, 젤다가 지네브라와 마찬가지로 부잣집 딸이라는 점과 지네브라와 외모가 닮았다는 점이 그것이다. 젤다 모습 속의 지네브라를 사랑했다고 해야 할까. 거슬러 올라가면 피츠제럴드가 지네브라를 처음 만난 건 1915년 1월의 한 파티에서였다. 두 사람은 첫눈에 호감을 느끼며 사랑에 빠졌지만 아직 10대였던 두 사람은 자주 만날 수 없었고 주로 편지로 마음을 주고받았다. 사랑이 무르익기도 했지만 결국 2년 뒤인 1917년 1월에 두 사람은 관계를 정리하는데, 그들의 이별에는 빈부의 차가 가장 결정적이었다. 1916년 피츠제럴드는 지네브라의 아버지인 시카고의 갑부 사업가 찰스 킹이 한 말을 기록하고 있다. "가난한 남자는 부잣집 여자와의 결혼을 생각지도 말아야 한다."

　서로 헤어지게 되자 지네브라는 피츠제럴드에게서 받은 편지를 모두 소각하고 자신이 보낸 편지도 소각해줄 것을 요구했다. 피츠제럴드는 그 요구에 따랐는데, 다만 자신이 타이핑한 사본을 따로 만들어둔 다음이었다. 1940년 피츠제럴드가 죽고 나서 이 사본을 보관하던 딸 스코티는 1950년에 이를 지네브라에게 되돌려주었다. 지네브라는 이 사본을 평생 옷장에 보관하다가 1980년에 세상을 떠났고, 그녀의 손녀가 2003년에야 할머니의 유품을 우연히 발견함으로써 다시 공개되기에 이르렀다. 비록 피츠제럴드의 편지는 남아 있지 않지만 지네브라 킹의 편지를 통해서 그들의 관계가 재구성되기까지의 여정이다.

　이러한 사실이 『위대한 개츠비』를 읽는 데 어떤 도움이 될까. 최소한 작가 피츠제럴드에게 어떤 의미를 갖는 작품인지는 해명할 수 있을 듯하다. 즉 상처 입은 자존심을 회복하기 위한 시도로 읽는 것은 충분히 가능한 일이다. 더구나 데이지의 남편 톰 뷰캐넌의 외모가 찰스 킹을 닮았다는 점도 피츠제럴드가 어떤 의도에서 이 소설을 구상했는지 짐작하게 해준다. 소설에서 데이지를 완벽하게 되찾으려는 개츠비의 시도는 실패로 돌아가지만, 작품 속 화자 닉 캐러웨이의 말대로 개츠비는 적어도 뷰캐넌 부부보다는 도덕적으로 더 우월하다. 소설가의 정산법이다.

_〈동국대학원신문〉(2014. 12. 01.)

포크너의 미국 남부 가난한 집안 얘기

내가 죽어 누워 있을 때』
윌리엄 포크너 지음, 김명주 옮김
민음사, 2003

미국 현대문학의 가장 위대한 작가로 꼽히는 윌리엄 포크너의 대표작은 『소리와 분노』(1929)이지만 그가 연이어 발표한 『내가 죽어 누워 있을 때』(1930)도 '명불허전'에 속한다. 고투 끝에 완성한 『소리와 분노』와는 달리 포크너가 불과 6주 만에 단숨에 쓴 작품이기도 하다. 『소리와 분노』의 난해함에 당혹했던 독자라도 편하게 읽을 수 있는 소설이지만 그렇다고 해서 아주 만만하지만은 않다. 15명의 등장인물이 들려주는 59개의 독백이라는 형식 자체가 독서의 긴장을 늦춰주지 않는다.

어떤 이야기를 담고 있는가. 『소리와 분노』가 미국 남부의 귀족 콤슨 가문의 몰락을 다뤘다면 『내가 죽어 누워 있을 때』는 빈곤한 번드런 집안 얘기다. 이야기는 오남매의 어머니 애디 번드런이 병상에 누워 있고 목수이기도 한 장남 캐시는 마당에서 어머니의 관을 짜고 있는 장면에서 시작한다. 둘째 아들 달과 셋째 아들 주얼은 자칫 어머니의 임종을 지키지 못할 걸 알면서도 3달러를 벌기 위해 길을 나서고 아버지 앤스는 이를 만류하지 않는다. 앤스는 젊을 적에 바깥에서 일하다 한번 병을 얻은 적이 있다. 그뒤에는 땀을 흘리게 되면 죽을 거라고 믿는 위인이다. 가장이 힘들여 일하지 않기에 모든 일은 아내 애디와 자녀들의 몫이 된다.

애디의 독백은 작품에서 단 한 번 나오는데 병상에서 앤스와의 불행한 결혼생활을 회고한다. 거슬러올라가면, 인간이 사는 이유는 죽음을 준비하기 위해서라는 생각을 늘 주입했던 그녀의 아버지가 불행의 시작이었다. 애디는 고독에 갇혀 살았다. 남편 앤스도 그 고독을 깨뜨려줄 수 있는 인물이 아니었다. 오히려 애디는 앤스가 말하는 사랑이 공허한 말의 껍질에 불과하다고 생각한다. 앤스에게 아이들을 낳아주지만 자신은 아이를 원하지 않았다. 남편에게 아무것도 바라지 않는 것이 자기의 의무라고 믿는다. 그녀에게 남편 앤스는 이미 죽은 존재다. 매질을 하면서도 다른 가족 몰래 더 아낀 셋째 아들 주얼은 혼외관계로 얻은 자식이다. 그녀는 속죄의 의미로 앤스에게 딸 듀이 델과 늦둥이 막내아들 바더만을 낳아준다.

원하지 않은 둘째 아들이 태어났을 때 애디는 자신이 죽으면 40마일이나 떨어져 있는 친정의 가족묘지에 묻어달라고 미리 약속을 받아낸다. 남편에 대한 애디식 복수다. 번드런가의 가족묘지가 가까이에 있었지만 최소한 죽어서는 '번드런'에서 벗어나고자 했다. 그런 애디가 세상을 뜨자 남은 가족, 즉 남편과 자식들의 여정이 시작된다. 더운 여름날 애디의 관을 마차에 싣고 묘지가 있는 읍내까지 가는 열흘간의 간단치 않은 여정이다. 홍수가 난 강을 건너다가 큰 곤경을 치르고 착란을 일으킨 아들 달이 헛간에 불을 지르는 바람에 관이 불타버릴 뻔한다.

무모한 여정의 끝에 다리를 다친 캐시는 불구가 되고 달은 정신병원으로 보내진다. 정작 삽도 챙겨오지 않았던 아버지 앤스는 아내의 장례를 치르자마자 번듯하게 의치를 해 넣고 '오리같이 생긴 여자'를 데려와 새엄마로 아이들에게 소개한다. 자식들이 아무것도 얻지 못하고 봉변만 당한 것과는 대조적으로 그는 모든 걸 얻는다. "내겐 시련의 연속이군"이라는 그의 입버릇이 무색하다. 『소리와 분노』에서와 마찬가지로 『내가 죽어 누워 있을 때』에서도 아버지의 무능력, 어머니의 무관심과 편애가 자식들에게 상처를 주고 불행으로 이끈다. 그게 인생이야, 라고 말하기엔 너무 부조리한 불행으로.

_〈한겨레〉(2013. 02. 24.)

헤밍웨이의 미국 대공황 사회소설

가진 자와 못 가진 자
어니스트 헤밍웨이 지음, 황소연 옮김
소담출판사, 2014

『가진 자와 못 가진 자』(1937)는 가장 유명한 미국 작가라고 해야 할 어니스트 헤밍웨이의 가장 덜 알려진 소설이다. 생전에 발표한 다섯 편의 주요 장편소설 가운데 『태양은 다시 떠오른다』와 『무기여 잘 있거라』, 『누구를 위하여 종은 울리나』가 대표작으로 환대를 받았다면 『노인과 바다』 직전에 발표한 『강 건너 숲속으로』와 함께 이 작품은 작가의 명성에 못 미치는 작품으로 간주되어왔다. 그럼에도 이 소설에 관심을 갖는 건 거장의 '졸작'에 대한 호기심 때문이 아니라 헤밍웨이의 작품으로선 희귀하게도 미국의 현실을 다룬 '사회소설'이라는 점 때문이다.

1920년대에 발표한 두 편의 장편소설 『태양은 다시 떠오른다』, 『무기여 잘 있거라』는 미국인이 주인공으로 등장하지만 공간적 배경은 미국과 거리가 멀었다. 『가진 자와 못 가진 자』에 와서야 비로소 미국 사회의 현실을 다루게 되는데, 소설이 쓰인 1930년대 중반은 1929년 대공황의 여파로 실업자가 급증하고 빈부격차가 심화하던 때였다. '가진 자와 못 가진 자'라는 제목 자체가 이 시기의 문제적 상황을 압축하고 있다. 자연스레 주목하게 되는 것은 자신의 분신적인 '고독한 개인'을 주인공으로 삼아온 헤밍웨이가 '가진 자(유산계급)'와 '못 가진 자(무산계급)'의 대립이라는 문제를 어떻게 다루고 있느냐다.

주인공 해리 모건은 플로리다 남단 키웨스트에서 낚싯배 대여를 생업으로 삼고 있는 중년 가장이다. 그에게는 아내와 세 딸이 있다. 키웨스트는 쿠바와 가까워서 큰돈을 주겠다는 밀항자들이 있지만 위험을 무릅쓰고 불법까지 저지르려고 하지는 않는다. 자칫 가족에게 치명적인 피해를 줄 수 있어서다. 그런데 그에게 몇 주간 배를 빌리고 바다낚시중에 낚시도구들까지도 날려버린 한 부자가 그의 돈을 떼먹고 달아나는 일이 벌어진다. 졸지에 빈털터리가 된 해리는 하는 수 없이 밀항자들과 거래를 하고 급기야는 살인까지 저지른다.

그의 추락은 거기서 그치지 않는데, 쿠바에서 술을 밀수하다가 쿠바 경비대의 총격으로 한쪽 팔을 잃고 엎친 데 덮친 격으로 미국 관리에게 밀수 사실이 적발돼 배마저 압류당한다. 바닥에까지 내몰린 해리는 거액의 돈을 받는 조건으로 압류된 배를 훔쳐내 쿠바 혁명조직의 밀항을 거들지만 도중에 그들과 교전이 벌어져 숨지고 만다. 그가 숨지기 전에 마지막으로 남기는 말은 "한 사람으로는 안 돼"라는 것이다.

　보통의 사회소설에서라면 해리의 마지막 각성은 사회문제가 개인의 문제가 아닌 구조의 문제이며 그 해결은 집단적 차원, 계급적 차원에서 모색되어야 한다는 결론으로 유도된다. 하지만 노동운동이나 쿠바에서의 혁명 시도에 회의적이었던 헤밍웨이는 이 작품에서도 예상밖의 결말을 제시한다. 가진 자와 못 가진 자의 대립이 역전돼 부유층 여성들이 실제로는 해리와 같은 남자다운 남자를 '갖지 못한 여자'이며, 반대로 해리의 아내 마리는 가난하지만 해리와 같은 남자를 '가진 여자'라는 것이다. 가진 자와 못 가진 자의 대립이 이렇게 해소되기에 헤밍웨이는 빈부의 문제를 더이상 다룰 필요가 없어진다. 헤밍웨이식 사회소설의 흥미로운 결론이다.

_〈주간경향〉(2018. 12. 03.)

노인과 청새치의 존재 증명 투쟁

노인과 바다
어니스트 헤밍웨이 지음, 이인규 옮김
문학동네, 2012

'헤밍웨이가 쓴 최고의 이야기'로 꼽히는 『노인과 바다』(1952)는 알다시피 혼자 고기잡이를 나간 노인이 오랜 사투 끝에 청새치를 잡지만 돌아오는 길에 상어떼를 만나 다 뜯기고 뼈만 앙상하게 남은 고기와 함께 귀항한다는 내용이다. 물론 이런 줄거리가 말해주는 건 별로 없다. 작품의 말미에서 거대한 꼬리와 하얀 등뼈만 남은 청새치를 두고 멋진 상어라고 감탄하는 관광객 신세가 되지 않으려면, 우리도 자칭 '이상한 노인'을 따라나서서 그가 무엇을 상대로 어떻게 사투를 벌였는지 직접 목격하는 게 최선이다.

84일 동안 고기를 한 마리도 못 잡은 산티아고 노인은 40일까지는 동행하던 소년의 부모가 이른 대로 이젠 운수가 바닥이 난 것처럼 보인다. 전설적인 어부였는지 모르지만 이제 더는 그렇지 않다. 그는 늙었다. 하지만 그의 두 눈은 여전히 생기와 불굴의 의지로 빛난다. 그는 85가 행운의 숫자라고 믿으며 다시금 출항한다. 그는 거대한 물고기를 잡기 위해 먼바다에 가서 깊이 낚싯줄을 드리운다. 예상을 훌쩍 넘어선 대단한 놈이 미끼를 물고 사흘간의 쟁투가 벌어진다. '평생 듣도 보도 못한 굉장한 물고기'와의 무모한 사투는 노인에게 어떤 의미를 갖는가.

사랑하고 존경한다고까지 말하지만 노인은 상대인 청새치를 죽이려고 한다. 생계는 부차적이다. "나는 인간이 어떤 일을 할 수 있는지, 또 얼마나 견뎌낼 수 있는지 놈에게 보여주고 말겠어"라는 게 그의 결심이다. 즉, 그는 자기의 존재를 증명하기 위해 싸운다. 헤겔식으로 말하면 누가 주인인지를 겨루는 '인정투쟁'이다. 생사를 건 이 투쟁에서 비켜나 패배를 자인하면 노예로 전락한다. 더불어 이 투쟁에선 과거의 증명이 아무 의미를 갖지 못한다. '지금 이 순간'이 전부이며 매번 새롭게 자기를 증명해 보여야 한다. 서로를 닮은 이상한 노인과 이상한 물고기의 자존심까지 건 쟁투가 갖는 의미다.

마침내 수면으로까지 올라온 거대한 청새치를 작살로 꽂아서 죽인 노인은 이렇게 중얼거린다. "난 지쳐빠진 늙은이야. 하지만 내 형제인 저 물고기를 죽였고, 이제부터 고된 잡일을 해야만 해." 자기 존재를 증명하기 위한 인정투쟁이 주인의 노동이라면 나머지 뒤치다꺼리는 노예의 노동이다. '고된 잡일'(문학동네)은 '노예의 일slave work'을 옮

문학에 빠져 죽지 않기

긴 것인데, 다른 번역본에서는 '궂은일'(시공사), '잡일'(열린책들), '노예처럼 더러운 노동'(민음사) 등으로 옮겼다. 청새치가 흘린 피냄새를 맡고 몰려든 상어떼와의 싸움도 마찬가지로 뒤치다꺼리라고 해야 할까. 똑같은 사투처럼 보이지만 자기의 소유를 방어하기 위한 싸움과 자기 존재를 증명하기 위한 싸움은 종류가 다르다. 통상 바다는 생존투쟁의 공간이지만 노인에게는 인정투쟁의 공간이기도 했다.

인간은 파멸할지언정 결코 패배하지는 않는다는 게 노인의 신념이자 작품의 주제다. 노인과 대등하게 맞섰던 청새치는 죽음을 맞았지만 그 또한 패배하지 않았다. 상어들에게 계속 전리품이 뜯겨나가는 중에도 노인이 물고기가 자유롭게 헤엄칠 수 있다면 상어 놈들과 어떻게 싸웠을까를 생각하며 즐거워한 것만 보아도 알 수 있다. 둘은 모두 죽을 때까지 싸운다는 점에서 공통적이다. 우리는 단지 살아남기 위해서 사는 노예일 수 없다는 걸 노인은 온몸의 고투로 보여준다.

_〈한겨레〉(2013. 12. 02.)

굶주린 남자에게 물린 젖의 의미

분노의 포도
존 스타인벡 지음, 김승욱 옮김
민음사, 2008

"굶주린 사람들의 눈 속에 점점 커져가는 분노가 있다. 분노의 포도가 사람들의 영혼을 가득 채우며 점점 익어간다." 존 스타인벡의 『분노의 포도』(1939)에 나오는 유명한 구절이다. 1930년대를 배경으로 한 이 사회소설은 미국 중부 오클라호마에서 서부 캘리포니아로 이주해간 조드 일가의 여정을 따라간다. 고향을 떠날 수밖에 없었던 건 오랜 가뭄과 모래폭풍 때문이다. 대출받은 돈을 갚을 수 없게 되자 담보로 맡긴 농지는 은행으로 넘어가고 농민들은 일거에 생활터전을 잃고 나앉게 된다. 일꾼을 모집한다는 전단을 유일한 희망으로 삼은 이들은 캘리포니아로 이주를 결심한다. 그렇게 이주민 대열에 나선 농민들이 30만 명에 이르며, 『분노의 포도』는 스타인벡이 이들과 동행한 경험을 바탕으로 쓴 작품이다.

　주인공 톰 조드를 비롯한 조드 일가의 사람들이 낡은 중고차에 타고 66번 도로를 따라서 캘리포니아로 가는 길에 동승한 이는 케이시 목사다. 목사라고는 하지만 자신에게 더이상 성령이 없다고 생각해서 설교까지 그만둔 상태다. 그는 자신이 황야로 나갔던 예수처럼 지쳤다고 말한다. 하지만 인간에 대한 사랑과 믿음만은 잃지 않는다. 그가 사랑하는 인간은 전체로서의 인간이다. 그는 모든 사람이 하나의 커다란 영혼을 이루고 있으며 인류가 하나일 때 거룩해진다고 생각한다. '나'에서 '우리'로 변화할 때 인간은 거룩해진다는 것이다. 그러한 변화를 가로막는 것이 사적 소유이다.

　캘리포니아는 조드 가족이 기대했던 '약속의 땅'이 아니었다. 이주민들이 계속 몰려들자 품삯은 점점 떨어졌고 사람들의 눈빛은 굶주림과 분노로 채워졌다. 하지만 기업들은 노동자들의 품삯을 더 올려줄 수도 있을 돈을 노동자들의 연대를 분쇄하기 위해 썼다. 독가스와 총을 사들이고 공작원과 첩자를 고용했다. 노동운동에 나선 케이시는 블랙리스트에 오르고 기업의 하수인들에게 희생된다. 곡괭이 자루를 들고 달려드는 그들에 맞서 케이시가 "너희들은 지금 자기가 무슨 짓을 하고 있는지 몰라"라고 한 말은 다시금 그를 예수의 모습과 중첩되게 한다.

　『분노의 포도』의 케이시는 작가 스타인벡의 인식과 성찰을 대변하는 인물로 보인다. 비록 그는 비명횡사하지만, 톰은 그의 유지를 계승한다. 그는 어머니에게 케이시가 하던 일을 계속 해나가겠다는 결심을 말한다. "저는 사방에 있을 거예요. 어머니가 어디를 보시든. 배고픈 사람들이 먹을 걸 달라고 싸움을 벌이는 곳마다 제가 있을 거예요. 경찰이 사람을 때리는 곳마다 제가 있을 거예요." 바로 그렇게 톰은 케이시처럼 말하고 행동하게 된다. 마치 케이시에 빙의된 것처럼.

사실 톰의 그러한 결심으로 소설은 마무리될 수 있었을 터인데, 스타인벡은 이 '남성적 결말'에 상응하는 '여성적 결말'을 덧붙인다. 톰의 여동생 샤론의 로즈가 아이를 사산하고 굶주림에 죽어가는 남자에게 젖을 물리는 유명한 마지막 장면이 그것이다. 남자들이 무력하게 바라보고만 있는 상황에서 어머니 조드와 샤론의 로즈는 서로 눈빛을 주고받으며 예기치 않은 결단을 내렸던 것이다. 얼핏 두 가지 결말 모두 가족애의 사회적 확장과 연대로 수렴되는 듯싶지만, 차이도 없지 않다. 남자들은 단계별로 인생을 살아가는 데 반해서 여자들은 삶 전체를 하나의 흐름으로 살아간다는 어머니 조드의 말이 시사하는 만큼의 차이다.

_〈한겨레〉(2014. 05. 26.)

'아메리칸드림의 죽음' 혹은
'아버지의 죽음'

세일즈맨의 죽음
아서 밀러 지음, 강유나 옮김
민음사, 2009

아서 밀러의 『세일즈맨의 죽음』(1949)을 읽기 위하여 특별한 명분이 필요하지는 않다. 사뮈엘 베케트의 『고도를 기다리며』(1953)와 함께 제2차세계대전 이후에 나온 가장 유명한 극작품이기 때문이다. 게다가 지금도 매년 공연되고 있는 만큼 여전히 현재적이다. 발표 70주년을 맞으면서도 생명력을 잃지 않고 있는 『세일즈맨의 죽음』을 다시읽으며 그 현재성이 어디에 있는지 생각해보았다.

알려진 대로 『세일즈맨의 죽음』은 늙은 세일즈맨 윌리 로먼의 애환과 죽음을 다룬 작품이다. 윌리는 아내와 두 아들을 식구로 거느린 가장이다. 과거에 전성기가 없지는 않았지만 예순을 넘긴 현재는 30년을 넘긴 영업직 생활에 지쳤고 수입은 점점 줄어들어 허탕을 치는 날도 잦다. 윌리가 귀가하는 장면부터 시작하여 그다음날까지 만하루를 시간적 배경으로 하지만 작가는 윌리의 회상과 환상 장면들이 무대에 동시에 제시될 수 있도록 했다. 소설에서는 '의식의 흐름'으로 불리는 모더니즘의 기법이 희곡에 가장 성공적으로 적용된 사례가 아닐까. 덕분에 관객은 세일즈맨 윌리의 하루뿐 아니라 그의 전생애를 압축적으로 보게 된다.

월리의 회상과 환상에 가장 빈번하게 등장하는 인물은 그의 형 벤이다. 윌리와는 나이 차이가 많이 나는 벤은 알래스카로 떠난 아버지를 찾으러 나섰다가 엉뚱하게도 아프리카로 가서 다이아몬드 광산을 발견하고 부자가 되었다는 인물이다. "나는 열일곱의 나이에 정글 속으로 걸어들어가 스물한 살에 걸어나왔지. 부자가 되어서 말이야"라고 자랑을 늘어놓는 벤은 조카들에게 처세훈도 남긴다. "모르는 사람과는 절대 공정하게 싸우지 마라, 얘야. 그래서는 절대 정글을 빠져나오지 못한다."

부자가 되었다는 주장이 사실이든 허세이든 벤은 윌리의 모델이되며 윌리는 그를 닮고자 한다. 그렇지만 정글처럼 비정한 자본주의 사회에서 아직 인정에 호소하려는 윌리의 모습은 그가 세일즈맨으로서 왜 낙오하게 되었는가를 시사한다. 아들에게 남겨줄 보험금을 노리고 자동차에 오르는 마지막 장면에서도 그가 의지하는 것은 환각을 통해 불러낸 벤이다. 벤이 소위 아메리칸드림의 상징이라면 윌리가 마지막까지 빠져나오지 못하는 것은 그 아메리칸드림이라는 환상이다. 때문에 한 세일즈맨의 죽음은 아메리칸드림의 죽음으로도 읽힌다. 한때는 가능했지만 지금은 가능하지 않은 꿈을 평생 추구한 인물이 윌리 로먼이라고 해도 좋겠다.

윌리의 죽음과 장례식으로 마무리되는 작품이지만 그렇다고 희망의 단초가 전혀 없는 건 아니다. 그 희망은 장남 비프가 보여주는 것인데, 작품에서 다른 식구들과 달리 유일하게 현실을 직시하는 인물이 비프다. 아버지의 과도한 기대에 부응하려고 헛되게 부유하며 젊은 시절을 낭비한 비프는 "네 인생의 문은 활짝 열려 있어!"라고 독려하는 아버지 윌리에게 맞서며 "아버지! 전 1달러짜리 싸구려 인생이고 아버지도 그래요!"라고 폭로한다. 그런 비프가 흐느끼는 것을 보고서도 감동하여 "저애는 훌륭한 사람이 될 거야!"라는 기대를 놓지 않는 게 아버지 윌리의 부성父性이다. 구제불능이라고 할 만한데, 『세일즈맨의 죽음』의 또다른 주제는 그 '아버지의 죽음'이라고 해야 할지도 모른다.

_〈주간경향〉(2019. 06. 10.)

『앵무새 죽이기』의 뒷이야기

파수꾼
하퍼 리 지음, 공진호 옮김
열린책들, 2015

올해 미국 출판계의 최대 화제작은 하퍼 리의 『파수꾼』이다. 『앵무새 죽이기』(1960)라는 기념비적 소설의 저자가 무려 55년 만에 발표한 '신작'이어서다. 1926년생으로 아흔을 바라보고 있는 작가가 이전까지 발표한 작품은 『앵무새 죽이기』 단 한 편이었다. 1964년의 한 인터뷰에서 글쓰기를 너무 좋아하는 게 아닐까 걱정이 될 정도이며 언제 어디서건 글을 쓸 거라고 고백한 작가의 소출로서는 기이한 수준이었다. 젊은 하퍼 리는 자신의 소망이 "남부 앨라배마의 제인 오스틴이 되는 것"이라고 말했는데, 절반의 생애도 살지 못하고 마흔둘에 세상을 떠난 오스틴조차도 여섯 편의 장편소설을 쓰지 않았던가. 심지어 은둔 작가의 대명사 제롬 샐린저도 『호밀밭의 파수꾼』 외에 세

권의 작품집을 남겼다. 하퍼 리가 그대로 세상을 떠났다면 거의 전무후무한 기록감이었다. 그런 작가가 신작을 발표하다니!

정확하게 말하면 신작은 아니다. 오히려 구작이다. 『앵무새 죽이기』보다 먼저 쓰인 작품으로 순서상 먼저 발표될 뻔했었기 때문이다. 하지만 테이 호호프라는 베테랑 편집자의 모습으로 나타난 운명의 여신은 작품의 운명을, 혹은 순서를 뒤바꿔놓았다. 『파수꾼』이 1950년대 말 당시 시대적 상황에 너무 밀착된 뜨거운 이슈(인종차별 문제)를 다루고 있다고 판단한 편집자는 작품의 회상 장면에 주목하여 차라리 주인공 진 루이즈(스카웃)의 어린 시절 이야기를 확장해볼 것을 권한다. 그녀의 조언에 따라 하퍼 리는 2년에 걸쳐 어린아이 시점의 1인칭 소설을 다시 쓰는데, 그것이 바로 '20세기 가장 영향력 있는 소설'(《라이브러리 저널》)로 꼽히기도 한 『앵무새 죽이기』다.

그렇게 출간 순서가 뒤바뀌었다 하더라도 이미 완성된 작품이기에 『파수꾼』을 『앵무새 죽이기』에 뒤이어 발표할 수도 있었을 텐데, 어찌된 영문인지 하퍼 리는 그렇게 하지 않았다. 무덤 속에까지 가지고 가려고 했는지 아니면 작가 스스로 출간을 포기했는지는 수수께끼다. 그렇게 50여 년이 지나고 상황이 바뀐 것은 하퍼 리의 보호자였던 언니 앨리스가 세상을 떠나고 나서다. 그 뒤를 이어 보호자 역할을 맡은 변호사 토냐 카터가 하퍼 리의 금고에서 『파수꾼』의 원고를 발견하고 저자의 동의를 얻어 마침내 세상에 내놓게 된 것이다. 무엇이 하퍼 리의 마음을 바꾸게 한 것인지 현재로서는 알 수 없다. 다만 이제 하퍼 리는 『앵무새 죽이기』의 작가이면서 동시에 『파수꾼』의 작가가 되었다. 이것은 어떤 의미를 가질까.

『파수꾼』이 갖는 문제성은 아무래도 『앵무새 죽이기』의 주인공 스카웃의 뒷이야기라는 점에 놓인다. 뉴욕에서 생활하며 이제는 스물여섯 살이 된 진 루이즈 핀치는 잠시 고향인 앨라배마의 메이콤으로 돌아온다. 『앵무새 죽이기』의 배경이기도 한 메이콤은 하퍼 리가 그녀의 고향 먼로빌을 모델로 삼은 곳이다. 절친했던 오빠 젬은 갑작스레 세상을 떠났고 아버지인 변호사 애티커스는 일흔두 살의 노인이 되었다. 남편과 별거중인 고모 알렉산드라가 애티커스와 함께 살면서 안주인 역할을 하고 있고, 진 루이즈보다 네 살 많은 청년 헨리 클린턴(행크)이 애티커스의 일을 돕고 있다. 아들 젬을 잃은 뒤에 애티커스는 헨리를 아들처럼 여긴다. 진 루이즈는 고향에 들를 때마다 헨리와 데이트를 즐기며 그와의 결혼도 고려하지만 알렉산드라는 '백인 하층민 쓰레기'의 자식이라는 이유로 탐탁잖아한다. 그러던 차에 진 루이즈는 아버지 애티커스와 헨리가 인종차별주의 성격이 강한 주민협의회에 나간다는 사실을 알고는 충격을 받는다. 어째서 충격인가.

『앵무새 죽이기』에 등장하는 변호사 애티커스는 '깜둥이 애인'이라고 조롱당하면서도 강간 혐의로 기소된 흑인 팀 로빈슨을 구조하기 위해 최선을 다한다. 비록 백인 남성으로만 구성된 배심원단은 유죄를 선고하지만 모든 사람은 평등하다고 믿으며 정의에 헌신하는 애티커스의 모습은 스카웃과 젬, 두 남매에게 강한 인상을 남긴다. 곧 애티커스는 진 루이즈가 가장 자랑스러워하는 아버지이자 신이었다. 작품 바깥에서도 1962년에 영화 〈앵무새 죽이기〉가 개봉되고 나서 그레고리 펙이 배역을 맡은 애티커스는 정의의 대명사이자 백인의 양심을 상징하는 인물로 간주되었다. 이런 전력이 『파수꾼』에서는 자세히 묘사되지 않지만, 그가 강간 혐의로 기소된 흑인 청년에게 무죄 선고를 얻어내는 '전무후무한 성과'를 거두었다는 사실은 언급된다. 사실 당시 시대적 배경상 백인 변호사가 흑인을 변호하여 법정에서 승리를 거두는 것은 기대하기 어려운 일이었지만 『파수꾼』에서는 그렇게 기술된다(나중에 쓰인 『앵무새 죽이기』와의 사소한 차이점이다).

바로 그런 존재였던 아버지 애티커스의 '변신'은 진 루이즈에게 큰 실망과 배신감을 안겨준다. 『앵무새 죽이기』의 독자로서 『파수꾼』을 계기로 애티커스와 '재회'하게 되는 많은 이들도 그녀와 마찬가지로 당혹감을 감추기 어려울 것이다. 그렇다면 연이어 쓴 두 편의 소설, 연작소설로도 읽을 수 있는 『파수꾼』과 『앵무새 죽이기』에서 하퍼 리는 두 명의 애티커스를 그려놓은 것일까. 아니면 '영웅'의 이면을 그의 딸도, 그리고 독자들도 그동안 보지 못했던 것일까.

당연하게도 『파수꾼』의 하이라이트는 두 부녀의 충돌 장면이다. 이제 성인이 된 진 루이즈는 지금까지 자기 존재의 지주이자 파수꾼이었던 아버지를 매섭게 비판한다. 애티커스는 어째서 주민협의회에 참석하여 인종차별주의자들의 터무니없는 연설을 듣고 있었던 것일까. 그는 연방정부와 NAACP(흑인지위향상협회)가 원인이라고 말한다. 도

화선이 된 건 1954년 연방 대법원의 판결이다. 브라운대 교육위원회 소송 사건에서 연방 대법원은 공립학교의 인종 분리가 불법이라는 판결을 내린다. 분리교육을 채택하고 있던 남부에서 이 판결은 주정부의 자치권을 연방정부가 짓밟은 것으로 받아들여져 남부 백인들의 격렬한 반발을 샀다. 애티커스 또한 이러한 백인 가운데 한 명이었던 것이다. 그렇다면 진 루이즈에게 "만인에게 평등권을, 특권은 없습니다"라는 생각을 주입한 장본인인 애티커스는 정작 그러한 평등을 인정하지 않는 위선자란 말인가.

문제는 생각보다 복잡하다. 진 루이즈는 "만인에게 평등권을, 특권은 없습니다"라는 제퍼슨의 말을 글자 그대로 받아들이지만, '제퍼슨 민주주의 옹호자'를 자처하는 애티커스는 달리 생각한다. 그에 따르면 제퍼슨은 시민권이란 각자가 획득해야 하는 특권으로 결코 가볍게 주어져서는 안 된다고 생각했다. 단지 사람이라는 이유로 투표권이 허락될 수는 없다는 것이다. 다시 말해서 시민의 자격이 있는 자에게만 시민권이 주어져야 한다. 그리고 애티커스가 보기에 흑인은 시민의 신분에 따르는 책임을 충분히 나눌 만한 능력을 결여하고 있다. 그의 경험은 백인은 백인이고 흑인은 흑인이라고 말해준다.

그런 면에서 애티커스는 분명 백인우월주의자이지만 한편으로 시민에게는 시민으로서의 자격이 요구된다고 생각하는 점에서 공화주의자이기도 하다. 그가 흑인 청년을 법정에서 변호한 것은 평등하게 재판받을 수 있는 권리가 동등하게 주어져야 한다고 믿어서였지만,

그에게 사법상의 평등권이 곧바로 동등한 정치적 권리를 의미하지는 않았던 것이다. 하지만 이 점을 뒤늦게 깨달은 진 루이즈는 애티커스가 자신을 속였다고 생각한다. "나는 다시는 아빠가 하는 말을 믿지 않을 거예요. 아빠와 아빠가 지지하는 모든 것을 경멸해요"라고 그녀는 말한다.

이렇게 분명한 차이를 확인하게 된 이상 상황은 애티커스와 진 루이즈 부녀의 관계가 파국으로 치닫는 것처럼 보이지만, 하퍼 리는 애티커스의 동생 핀치 박사를 중재자로 내세움으로써 진 루이즈에게 자신을 되돌아볼 시간을 갖게끔 한다. 핀치 박사에 따르면 모든 것을 아버지에게 의지하며 아버지의 답이 곧 자신의 답이라고 생각해온 진 루이즈는 정서적 불구자였다. 그래서 아버지 애티커스를 하느님으로 혼동하면서 그가 가진 인간적 결점들을 미처 보지 못한 것이다. 그가 이렇게 충고한다. "각자의 파수꾼은 각자의 양심이야. 집단의 양심이란 것은 없어."

『파수꾼』의 원제는 성경의 이사야서에 나오는 '가서 파수꾼을 세우라'란 구절이다. 진 루이즈에게는 그동안 아버지 애티커스라는 듬직한 파수꾼이 있었다. 하지만 그녀가 자신만의 양심을 갖게 된 이상 이전의 파수꾼과는 작별할 시간이 되었다. 아버지라는 우상을 무너뜨리고 그녀는 이제 자신의 삶을 살아가야 할 나이가 된 것이다. 『앵무새 죽이기』가 어린 스카웃의 성장소설이었다면 『파수꾼』은 스물여섯 살 진 루이즈의 성장소설이다. 스카웃이 진 루이즈로 성장하기까지 십수

넌이 걸린 걸 고려하면, 『앵무새 죽이기』의 출간으로부터 55년이 지난 뒤에야 『파수꾼』이 빛을 보게 된 것은 너무 과도한 '성장 지체'로 여겨진다.

_⟨출판문화⟩(2015년 8월호)

1940년대 말 미국 목장소년의 성장기

모두 다 예쁜 말들
코맥 매카시 지음, 김시현 옮김
민음사, 2011

〈노인을 위한 나라는 없다〉와 〈로드〉 같은 영화의 원작 소설 작가로 우리에게 알려진 코맥 매카시의 대표작은 초기 걸작 『핏빛 자오선』(1985) 이후의 소설들이다. '국경 3부작'으로 불리는 일련의 소설인데, 전미도서상 수상작인 『모두 다 예쁜 말들』(1992)이 그 첫 작품이다. 열여섯 살 소년이 청년이 되어가는 과정을 다룬 소설이지만 예순에 접어드는 작가의 원숙한 시선과 특유의 세계관이 독특한 문체에 실려 감동을 자아낸다.

매카시는 흔히 서부 장르소설을 고급 문학으로 승격시켰다는 평과 함께 '서부의 셰익스피어'로 불린다. 이런 평가는 성장소설의 외양을 지닌 『모두 다 예쁜 말들』에도 그대로 적용된다. 이야기의 배경은

1940년대 말이다. 외할아버지의 장례식 장면에서 시작되는데, 주인 공 소년은 목장에서 말들과 함께 성장하고 목장 사람들이 그렇듯이 목장이 천국 다음의 장소라고 믿는다. 하지만 외할아버지로부터 목장 을 상속받은 어머니는 바로 처분하고자 한다. 배우로서 사교적인 삶 을 더 좋아하는 소년의 어머니는 남편과 오랜 별거 끝에 이혼 수속까 지 마친 상태이고 미성년자인 소년은 그의 아버지와 마찬가지로 상 속 문제에서 아무런 권리를 갖고 있지 못하다. 이러한 사정을 반영하 듯 소설의 앞 장면에서 소년은 '그'라는 3인칭으로만 지칭된다.

근대 소설의 주인공들이 대개 그렇듯이 그는 자신의 존재를 입증 하기 위해서 고향을 떠난다. 가족은 해체되었고 그는 아무런 재산도 갖고 있지 못한 처지다. 그는 "자신이 세상에 올바로 서기 위해 필요 한 무언가가 빠져 있음을 알고 있었고" 이를 찾기 위해서 방랑은 불가 피하다. 방랑에 나서면서 소년은 비로소 존 그래디라는 이름으로 불 린다. 그는 친구 롤린스와 함께 말을 타고 텍사스의 샌앤젤로를 떠나 멕시코로 향한다. 미국에서 목장은 수익을 내기는커녕 더이상 현상 유지도 어려울 만큼 세상은 변해가고 있었다. 멕시코에서 그는 자신 의 꿈을 이룰 수 있을까.

존 그래디와 롤린스는 국경을 넘어 멕시코 땅에 도착한다. 그 과정 에서 블레빈스라는 소년과 인연을 맺게 된다. 롤린스는 이 인연이 불 행을 가져다줄 것이라며 탐탁지 않게 생각하지만 존은 소년을 선의 로 대한다. 존과 롤린스는 멕시코인 대지주가 주인인 목장에서 일거리를 얻고 잠시 정착한다. 말을 길들이는 카우보이로서의 솜씨를 보여주고 지주의 인정도 받지만 목장주의 딸 알레한드라와 사랑에 빠지고 이것이 그를 재앙으로 내몬다. 블레빈스와 함께 둘은 말도둑 일당으로 몰려서 목장주의 묵인하에 경찰에 체포되고 악명 높은 감옥으로 가는 도중 블레빈스는 경찰에게 살해된다. 감옥에서 존과 롤린스의 운명도 블레빈스보다 낫지 않았다. 둘은 생지옥을 경험하고 가까스로 빠져나온다. 알레한드라의 고모할머니가 존과의 결별을 조건으로 돈을 써준 덕분이었다.

존은 다시 목장을 찾아가지만 고모할머니로부터 비정한 세상과 인생에 대한 설교만 듣는다. 알레한드라와 어렵사리 재회하고 사랑을 확인하지만 아무것도 가진 것이 없는 청년과 대지주 딸의 사랑은 현실에서 이루어질 수 없는 사랑이다. 존 그래디는 분명 엄청난 경험을 했고 많은 것을 깨닫게 되었다. 하지만 그는 고향에서도 여전히 방랑자다. 그보다 앞서 돌아온 롤린스가 "여긴 썩 괜찮은 나라"라고 말하지만 존은 "하지만 나의 나라는 아니야"라고 응수한다. 여느 성장소설답지 않은 결말이면서 현대 세계에 대한 작가 매카시의 부정적 전망을 읽게 해준다.

_〈주간경향〉(2019. 08. 19.)

필립 로스 문학의 탄생

포트노이의 불평
필립 로스 지음, 정영목 옮김
문학동네, 2014

『포트노이의 불평』(1969)은 필립 로스의 '사고작'이다. 데뷔작『굿바이 콜럼버스』로 이미 전미도서상을 수상했지만 정작 필립 로스란 이름이 미국 전역에 알려지게 되는 건 그에게 명성과 함께 오명까지 안겨준 이 책이 출간되면서다. 일종의 대형 사고라고 할까. 미국문학사에 필립 로스라는 브랜드의 소설이 탄생하는 순간이다.

'포트노이의 불평'이라고 번역되었지만 제목은 작품에서 중의적이다. 주인공 앨릭잰더 포트노이의 이름을 딴 의학적 질환의 이름으로도 쓰이기 때문이다. 이 경우는 '포트노이증'이라고 옮겨졌다. 흔히 쓰는 방식대로라면 '포트노이 콤플렉스'라고도 부름직하다. 소설은 주인공이 정신과 의사 슈필포겔에게 자기의 과거를 토로하는 긴 독백

형식을 취하고 있는데 이를 토대로 슈필포겔이 지어낸 병명이 바로 포트노이 콤플렉스다. 사전 형식의 정의에 따르면 "강력한 윤리적, 이타주의적 충동들이 종종 도착적 성격을 띠는 극도의 성적 갈망과 갈등을 일으키는 질환"이다. 도덕적 충동이 어떤 종류의 성적 만족도 좌절시키는 질환으로 대개는 어머니와 자식의 결속 관계에 그 원인이 있다는 설명이 제시된다.

포트노이는 작가 로스와 마찬가지로 1933년생의 유대인이다. 중산층 가정에서 성장한 30대 중반의 엘리트 변호사로 성공 스토리의 주인공이어야 할 것 같은 인물이다. 하지만 정신과의 카우치에서 그가 토로하는 인생 이야기는 좌절과 울분으로 가득차 있다. 빈민 지역의 보험외판원인 아버지는 유대인이라는 이유로 승진의 기회를 잡지 못하고 그 분노와 좌절감 때문에 변비에 시달린다. 처음으로 원자폭탄이 터졌다는 뉴스가 라디오에서 흘러나올 때에도 어쩌면 변비에 효과가 있을지도 모른다고 말하는 위인이다. 가정에 헌신적이지만 정작 가장으로서는 인정받지 못한다.

아버지의 권위를 대신하는 인물은 어머니다. 결벽증적인 어머니는 학교에서 가장 똑똑한 학생인 포트노이를 매번 잔소리와 협박으로 주눅들게 한다. 누나를 똥이라고 불렀다고 아들의 입을 세탁비누로 닦아내고, 밤참을 먹지 않겠다고 하자 아직 예닐곱 살밖에 되지 않은 아들에게 긴 빵칼을 들이밀며 위협한다. 포트노이에게 어머니는 규제와 금지의 화신이어서 처음 학교에 갔을 때 교사들이 모두 변장한 어

머니라고 생각할 정도였다. 그의 울분은 이렇다. "아버지가 어머니이
기만 했다면! 그리고 어머니는 아버지이고! 하지만 우리집에서는 왜
성별이 다 바뀌었는지!"

포트노이는 일찌감치 자위행위에 빠진다. 기행에 가까운 그의 자
위행위는 뒤바뀐 오이디푸스적 가족관계 속에서 포트노이가 자기 존
재감과 정체성을 얻기 위해서 벌이는 고투의 의미를 갖는다. 그가 갈
망하는 것은 강한 남자가 되는 것이다. 그는 의사 슈필포겔에게 호소
한다. "선생님, 이렇게 아무것도 아닌 일에 벌벌 떨며 사는 건 더이상
못 견디겠어요! 남자가 되게 해주세요! 용감하게 만들어주세요! 강하
게 만들어주세요! 온전하게 만들어주세요!"

그러나 포트노이의 고투는 끝내 실현되지 않는다. 그는 유대인의
정체성을 거부하지만 새로운 정체성을 얻는 데는 실패한다. 포트노이
에게서, 그리고 작가 로스에게서 새로운 정체성이란 미국인이고, 이
제 그는 미국인이 된다는 것의 의미를 묻는 단계로 나아간다. 필립 로
스가 그의 또다른 대표작이 될 『미국의 목가』(1997)를 비롯한 '미국
3부작'으로 나아가는 출발점이다.

_〈한겨레〉(2020. 01. 03.)

배신의 쾌감이 금지를 대신한 시대

나는 공산주의자와 결혼했다
필립 로스 지음, 김한영 옮김
문학동네, 2013

"모든 사람은 우울에 빠지는 성향을 타고나지만, 일부만이 우울을 습관화한다." 우리에게는 아직 완역본이 나오지 않은, 17세기 영국 목사 로버트 버턴의 저작 『우울의 해부』(1624)에 나오는 내용이다. 그런데 우울의 습관화는 어떻게 형성되는 것일까? 버턴은 답하고 있지 않지만 미국 작가 필립 로스는 장편소설 『나는 공산주의자와 결혼했다』(1998)에서 나름의 견해를 제시한다. 정확하게는 소설의 화자 네이선 주커먼에게 그의 고등학교 은사 머리 린골드가 들려주는 견해다. 정답은 배신이라는 것. 즉 인간은 배신을 당하면 소질로만 갖고 있던 우울을 습관화한다.

거창하게 보자면 인류의 역사가 배신으로 점철된 역사라고 머리는 말한다. 성서에서 예를 찾자면 배신당한 아담부터 배신당한 요셉과 삼손, 배신당한 다윗과 배신당한 욥까지. 그리고 인간들에게 끊임없이 배신당한 하느님까지. 『나는 공산주의자와 결혼했다』의 주제 역시 배신이다. 머리 린골드가 공산주의자 동생 아이라 린골드의 삶을 회고하는 소설에서 주로 초점을 맞추고 있는 것은 1946년에서 1956년 사이로 미국 현대사에서 배신행위가 휩쓴 시대다. 매카시즘의 광기가 횡행했던 이 시기는 가히 '배신의 시대'라고 불림직한데, "그 시대에 배신은 미국인이면 아무 데서나 저질러도 되는 용인된 위반"이었다. 배신의 쾌감이 금지를 대신하고, 배신을 저지르고도 도덕적 권위를 유지할 수 있었다.

고등학교를 중퇴한 뒤에 광산 광부와 레코드공장 노동자로 밑바닥 생활을 하던 아이라 린골드는 노조 행사에서 링컨을 연기하며 인생의 전기를 맞는다. 링컨의 연설들을 감동적으로 낭독한 덕분에 라디오 드라마의 주역이 되고 '아이언 린'(강철의 린골드)으로 불리며 대중의 스타로 부상한다. 아이라는 자신이 연기한 영웅들을 몸에 익히고 대중은 그를 영웅의 화신으로 믿었다. 그런 아이라에게 세 번 이혼하고 40대에 접어든 여배우 이브 프레임이 반한다. 어린 나이에 어머니의 사랑을 잃은 아이라 역시 이브의 모성적인 면과 불행한 개인사에 끌려 그녀와 결혼한다.

하지만 열정적인 공산주의자와 스타 여배우의 결합은 이미 모순과 충돌을 예고하는 것이었다. "개방적인 성격과 공산당의 비밀주의. 가정생활과 당"은 양립하기 어려운데다가 아이라는 자식에 대한 갈망을 갖고 있었다. 게다가 이브에게는 앞선 결혼에서 낳은 딸이 있었다. 그녀의 딸 실피드는 이브의 배우생활과 연이은 결혼 때문에 상처를 입고 어머니에게 욕설과 폭력을 서슴지 않는 아이로 성장했다. 이브는 아이라의 아이를 임신하지만 실피드의 강요에 따라 낙태하게 되고 부부 관계는 불행의 나락으로 떨어진다. 급기야는 딸에 대한 맹목적인 애정 때문에 그녀를 보호한다는 명분으로 이브는 남편을 배신하고 아이라의 공산주의자 전력을 폭로하는 책을 발표하기까지 한다. 그 제목이 '나는 공산주의자와 결혼했다'이다.

이브의 폭로로 아이라는 노동계급의 배신자로 낙인찍히고 정신병원에 입원하는 처지에 이른다. 그렇지만 형 머리가 들려주는 동생 아이라의 또다른 진실은 그가 열여섯 살에 저지른 살인이었다. 아이라의 인생은 '냉혹한 살인자 아이라'에서 벗어나 자신의 삶을 찾기 위한 필사적인 시도였다. 광산에서, 공장에서, 그리고 성우 연기와 민중 선동에서, 프롤레타리아 생활과 부르주아 생활에서, 결혼과 간통에서, 흉포한 행동과 예의바른 사교생활 어디에서도 동생은 자신의 삶을 찾지 못했다는 것이 형의 평가다. 결국 공산주의자와 결혼했다는 이브의 폭로도 진실과는 거리가 있다. 그녀는 "자신의 삶을 끊임없이 갈망한 남자"와 결혼한 것이기에 그렇다. 여기까지 읽어온 독자라면 필립 로스가 붙인 제목에서 배신감을 느낄 수도 있겠다.

_〈한겨레〉(2019. 07. 05.)

보통 사람의 보편적 운명

에브리맨
필립 로스 지음, 정영목 옮김
문학동네, 2009

지난해 세상을 떠난 필립 로스는 생전에 미국문학을 대표하는 간판 작가였다. 2016년 밥 딜런이 노벨문학상 수상자로 선정되었을 때 오히려 문학 독자들의 시선은 필립 로스를 향하기도 했다. 밥 딜런이 누구도 예상치 못했던 수상자였다면 필립 로스는 누구라도 동의할 만한 수상 후보였다. 미국 최고의 작가라는 평판과 30여 편의 소설을 발표한 다작의 작가임에도 불구하고 필립 로스가 국내에 본격적으로 소개된 것은 오래되지 않는다. 처음 정식 판권계약을 맺고 출간된 『에브리맨』(2006)이 신호탄이었다. 2012년 절필을 선언한 그에게는 말년작의 하나다.

노년에 이른 작가에게는 자연스러운 일이지만 필립 로스의 말년작들은 노년과 죽음을 주제로 다룬다. 『에브리맨』도 마찬가지다. '보통 사람'을 뜻하는 '에브리맨'은 소설에서 주인공의 아버지가 운영했던 보석가게의 이름이지만 죽음을 주제로 다룬 이 작품에서는 '모든 인간은 죽는다'는 명제의 주어를 떠올리게 한다. 더불어 구체적인 한 인물의 죽음과 죽어가는 과정을 통해 인간의 보편적 운명을 환기시켜준다는 점에서는 톨스토이의 소설 『이반 일리치의 죽음』(1886)과도 비교하게끔 만든다('이반'이라는 이름 역시 러시아에서는 가장 흔한 이름이다).

이반 일리치의 부고와 장례식 장면으로 시작하는 『이반 일리치의 죽음』과 마찬가지로 『에브리맨』도 이름 대신에 '그'라고만 지칭되는 주인공의 장례식으로 시작해 그가 살아온 생애를 죽음에 이르기까지의 과정으로 따라간다. 광고회사의 아트디렉터로서 사회적으로는 성공한 삶을 산 축에 속하지만 그는 사생활에서는 그만한 성공을 거두지 못한다. 세 번의 결혼과 이혼 끝에 혼자서 은퇴자 마을에 살다가 심장수술중에 사망한다. 그렇지만 공적인 경력에서나 사생활에서 그의 삶이 특별하거나 도드라진 것은 아니다. 가족과 일부 지인만 참석한 장례식도 일상적이고 지극히 평범하게 치러진다. 오히려 인상적인 것은 그런 평범함이다. "가장 가슴 아린 것, 모든 것을 압도하는 죽음이라는 현실을 한번 더 각인시킨 것은 바로 그렇게 흔해빠졌다는 점"이라는 토로는 작가의 육성으로 들린다.

『이반 일리치의 죽음』에서 일리치는 의문의 병으로 죽어가면서 마지막까지 죽음에 대한 의식으로 고통받는다. 죽음이 그가 살아온 삶과 성취를 무효로 만들 것이라는 생각이 죽음에 대한 공포를 가중시킨다. 하지만 마지막 순간 자신의 삶 전체가 기만에 불과했다는 사실을 인정하면서 그는 죽음의 공포에서 해방된다. 역설적인 일이지만 주인공 일리치는 죽으면서 죽지 않는다. 이반 일리치란 존재가 부정된다면 그의 죽음이란 사건도 성립할 수 없기 때문이다. 반면 『에브리맨』에서는 그러한 회심과 반전이 일어나지 않는다. 자신의 인생을 통째로 부정하는 이반 일리치와 달리 『에브리맨』의 주인공은 '현실을 다시 만들 수는 없다'는 생각을 좌우명으로 여긴다. 비록 후회할 만한 짓을 저질렀다 하더라도 그것을 물릴 수는 없다.

그렇다면 죽음에 대해서는 수용적 태도만 가능한 것일까. 소설의 결론은 아니지만 필립 로스는 젊은 시절 자신이 가졌던 생각을 주인공의 생각에 슬쩍 끼워 넣는다. 그것은 죽음의 부당성에 대한 생각이다. '사람이 일단 삶을 맛보고 나면 죽음은 전혀 자연스러워 보이지 않는다'는 생각이 필멸적 존재가 갖는 반항의 최대치다. 『에브리맨』은 그 반항을 주제로 삼고 있지 않다는 점에서도 보통 사람들을 위한 '보통 사람'의 소설이다.

_〈주간경향〉(2019. 06. 24.)

문학에 빠져 죽지 않기

어떻게 죽을 것인가

제로 K
돈 드릴로 지음, 황가한 옮김
은행나무, 2019

『제로 K』(2016)는 현대 미국문학의 거장으로 꼽히는 돈 드릴로의 최신작이다. 1936년생으로 이미 팔순을 넘긴 작가가 신작에 착수했다고 하지만 그것이 완성되기까지는 『제로 K』가 그의 마지막 소설이다. 작가들의 노년작이 대개 그렇듯이 이 소설 역시 죽음의 문제를 다룬다. 그렇지만 동시대 주요 이슈를 정력적으로 다뤄온 작가의 이력을 반영하듯 소재는 특이한데, '냉동보존'이 그것이다.

줄거리는 비교적 단순하다. 화자 제프 록하트의 아버지 로스는 억만장자로 냉동보존 프로젝트의 주요 투자자다. 그런 관심은 불치병에 걸린 두번째 아내 아티스 때문에 얻어진 것이기도 하다. 아티스는 아직 의식이 있는 상태에서 죽음 대신에 죽은 상태, 곧 냉동보존을 선택한다. 몸에서 필수 장기를 제거하고 캡슐 속에 넣어 냉동보존하는 것을 말하는데 뇌는 몸에서 분리해 별도로 보관한다. 현재의 기술로는 불가능하지만 미래에 냉동상태에서 깨어나게 되면 뇌는 건강한 나노 몸과 접합해 새로운 생명으로 탄생하게 한다는 것이 냉동보존 프로젝트다. 로스는 평균수명을 기준으로 자연사하기까지 아직 20년이 더 남아 있지만 아티스를 따라 냉동표본이 되고자 한다. 로스는 "나는 한 형태의 삶을 끝내고 또다른, 훨씬 더 영속적인 형태의 삶을 살겠다는 거야"라고 말한다. 비록 마지막 순간의 망설임으로 지연되지만 2년 뒤에 결국 그는 아내의 뒤를 따른다.

로스의 첫 아내이자 제프의 어머니 매들린이 아들에게 들려준 바에 따르면 로스 록하트란 이름은 그가 대학을 졸업하면서 스스로 지어낸 것이다. 본명은 니컬러스 새터스웨이트였지만 더 열심히 일하고 더 냉철하게 생각하기 위한 계기로 개명을 결심하고 종이에다 후보가 될 만한 이름들을 적었고 거기서 고른 이름이 로스 록하트였던 것이다. 니컬러스 새터스웨이트가 로스 록하트로 재탄생한 셈인데 그것을 매들린은 '자아실현'이라고 불렀다. 아내와 아들을 버리고 새로운 인생을 선택해 성공한 자산가가 된 로스의 삶이 자아실현의 사례다. 그 연장선에서 로스는 죽음도 선택하고자 한다. 그의 생각은 "우리가 태어나는 것은 자신의 선택이 아니죠. 하지만 죽는 것도 반드시 똑같은 방식이어야만 할까요?"라는 냉동보존 프로젝트 관계자의 말이 잘 대변해준다.

문학에 빠져 죽지 않기

소설에서 이러한 로스의 선택과 대비되는 것이 제프의 여자친구 에마의 양아들 스택의 죽음이다. 스택은 에마의 전 남편이 우크라이나에 갔다가 버려진 아이들을 위한 시설에서 발견하고 미국으로 데려온 아이다. 부부가 이혼한 뒤에는 양쪽을 오가며 성장한다. 아직 10대인 스택은 우크라이나 민병대에 가담했다가 총에 맞고 전사한다. 죽음의 선택이라는 점에서는 같지만 로스의 죽음과 스택의 죽음이 갖는 의미는 다르다.

냉동보존 프로젝트는 지구라는 행성을 뒤덮고 있는 테러와 전쟁에서 종말론적 징후를 읽어내면서 그러한 현실로부터 벗어나고자 꿈꾼다. 로스의 죽음이 역사적 현실에서 탈출하고자 하는 탈역사적 기획이라면, 스택의 죽음은 여전히 지옥과도 같은 현실의 엄중함을 증언하는 역사적 죽음, 역사 속의 죽음이다. 드릴로는 어떻게 살 것인가라는 삶의 선택이 아닌, 어떻게 죽을 것인가라는 죽음의 선택이 이 시대의 화두라고 말하려는 듯하다.

_〈주간경향〉(2019. 07. 22.)

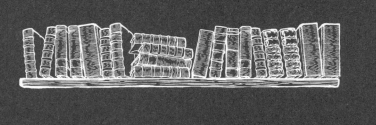

5.
두 천치의
지적 편력

근대 소설의 새로운 출발점

적과 흑
스탕달 지음, 임미경 옮김
열린책들, 2009

    근대 문학은 청년의 문학이라는 것을 스탕달만큼 여실히 보여주는 작가도 없을 것이다. 거꾸로 말하는 것도 가능한데, 스탕달의 문학은 청년의 문학이어서 근대 문학에 값하며 근대 소설의 새로운 출발점이 된다. 스탕달의 청년 주인공 가운데 가장 유명한 인물은 물론 『적과 흑』(1830)의 쥘리앵 소렐이다. 가난한 평민(목수)의 셋째 아들로 태어나 형들의 구박이나 받던 처지였지만 쥘리앵은 라틴어 성경을 암송하는 뛰어난 지적 능력 덕분에 레날 시장 댁의 가정교사가 된다. 근대란 그렇듯 각자의 능력이 타고난 신분의 제약에서 벗어나 인생 역전의 기회를 갖게 해주는 시대를 가리킨다. 그렇다면 쥘리앵의 인생 역전은 어디까지 가능했던가.

포괄적으로 '근대'라고 적었지만『적과 흑』의 시대적 배경은 프랑스의 왕정복고기다. 1789년 대혁명 이후 구체제가 붕괴되었지만 1815년 워털루 전투에서 패배한 나폴레옹이 완전히 몰락한 이후에 프랑스는 다시금 성직자와 귀족이 지배하는 낡은 체제로 복귀한다. 혁명을 통해서 신분사회는 유동적인 계급사회로 탈바꿈했지만 이 유동성에도 제한이 가해진다. 능력이 기회를 갖게끔 해주지만 이 기회가 모든 것을 가능하게 해주지는 않는다. 쥘리앵이 그 대표적 사례다. 쥘리앵 소렐은 누구인가. 무엇보다도 그가 나폴레옹 숭배자라는 점이 지적되어야 한다. 코르시카의 한미한 가문 출신으로 포병 장교를 거쳐서 황제의 자리에까지 오른 나폴레옹은 신분 상승을 꿈꾸는 당대 청년들에게 탁월한 롤 모델이었다. 쥘리앵 역시 그런 나폴레옹을 꿈꾼다.

하지만 나폴레옹의 몰락과 함께 들어선 왕정복고체제는 더이상 그러한 꿈을 용인하려 들지 않는다. 소설의 제목 '적과 흑'은 그런 상황에서의 선택지를 잘 압축하고 있다. 군복의 색인 '적'이 군인으로서의 출셋길을 상징한다면 사제복의 색인 '흑'은 성직자로서의 출셋길을 뜻한다. 이 두 가지 선택지 가운데 군대에서의 경력을 차단당한 쥘리앵에게는 오직 흑만이 현실적으로 가능한 선택지가 된다. 성경 암송 능력으로 교구신부의 추천을 받아 가정교사가 된 그는 마치 나폴레옹의 군사적 원정을 흉내내듯이 레날 부인을 유혹하고 나선다. 그를 짝사랑한 하녀의 밀고로 부인과의 관계가 탄로나서 쫓겨나지만 다시금 파리의 대귀족 라 몰 후작의 비서가 됨으로써 재기의 기회를 잡는다. 쥘리앵은 이번에는 도도한 귀족 처녀 마틸드를 유혹하며 아주 어렵게 성공을 거둔다. 그의 아이를 임신하게 된 마틸드의 처지를 고려해 후작이 그에게 귀족 신분을 마련해준 것이다. 쥘리앵 소렐이 기사 라 베르네이로 재탄생하게 되는 과정이다.

사실 귀족으로 신분을 세탁하고 기병 중위가 되면서 쥘리앵의 인생 역전 이야기는 일단락될 수도 있었다. 쥘리앵 자신도 "내 소설은 끝났다"고 말한다. 그렇지만 소설은 레날 부인과의 관계를 폭로하는 투서가 후작에게 전달되자 격분한 쥘리앵이 고향에 내려가 레날 부인을 총으로 쏘는 장면으로 이어진다. 스탕달은 단순한 신분 상승의 결말 대신에 계급투쟁을 선언하고 단두대의 이슬로 사라지는 비극적 영웅의 결말을 선택한다. 살인미수 혐의로 재판정에 선 쥘리앵은 자신의 진짜 범죄는 하층계급 출신이면서 감히 상류사회에 끼어들려고 한 것이었다고 말한다. 그는 배심원석의 부르주아들에게 비굴하게 자비를 구하는 대신에 당당하게 죽음을 맞는다. 라 베르네이라는 귀족의 지위도 어렵사리 얻어낸 쥘리앵은 스스로를 '일개 농부'로 지칭한다. 역설적으로 그런 행위를 통해서 쥘리앵은 진정 귀족다운 태도를 부르주아들 앞에서 과시한다. 덕분에 『적과 흑』은 신분 상승담을 넘어서 계급투쟁의 교과서적인 작품으로 승격된다.

_〈한겨레〉(2019. 11. 01.)

라스티냐크와 라스콜니코프라는
갈림길

고리오 영감
오노레 드 발자크 지음, 이동렬 옮김
을유문화사, 2010

몇 년 전에 프랑스문학을 강의하면서 발자크의 소설과 처음 만났다. 프랑스 소설의 거장을 대학시절에 손에 들지 않았던 것은 아니지만 '만남'이라고 하기에는 미진했다. 도스토옙스키가 러시아어로 번역했다는 『외제니 그랑데』도 읽다가 덮은 기억이 있다. 발자크 소설의 재미와 의의를 알아보지 못했던 탓이다. 하지만 세월이 흐른 때문인지, 문학을 보는 안목이 달라진 덕분인지 정색하고 손에 든 발자크는 매우 흥미로웠다. 근대 소설이란 무엇인가라는 질문에 대한 확실한 답변을 발자크는 제시하는 듯 보였다.

무엇이 근대인가. 좁은 의미의 근대를 산업혁명(영국)과 시민혁명(프랑스)이라는 이중 혁명의 결과로 이해한다면 본격적인 근대는

19세기 이후에 시작된다. 근대의 대표적 문학 장르로서 소설의 전성기가 19세기인 것은 자연스럽다. 그 전성기에 구간을 설정하자면 발자크부터 도스토옙스키까지다. 작품으로는 『올빼미당원』(1829)에서 『카라마조프가의 형제들』(1880)까지인데, 근대 소설의 표준으로는 발자크의 『고리오 영감』(1835)을 꼽을 수 있다.

작중에서 '부성애의 화신'으로 등장하는 고리오 영감을 제목으로 삼았지만 이 소설의 주인공은 몰락한 시골 귀족의 아들 외젠 라스티냐크다. 그는 출세를 위해 파리로 상경하여 하숙생활을 하며 법과대학에 등록한다. 법조인이 되는 것이 출세의 지름길이라고 생각해서다. 그렇지만 마음을 바꾸게 되는데, 사회적 성공을 위해서는 상류사회 귀부인들과의 연줄이나 결혼이 더 중요하다는 걸 알게 되기 때문이다. 막대한 지참금을 동원하여 자신의 두 딸을 귀족들과 결혼시킨 고리오 영감의 둘째 딸과 라스티냐크는 가까워진다. 평생 모은 재산을 딸들에게 쏟아부은 고리오 영감은 라스티냐크와 같은 하숙집에 기거하는 처지다. 그런 아버지를 두 딸과 사위는 체면상 부끄럽게 여기며 결국 아버지의 장례식에도 사람이 타지 않은 빈 마차만 보낸다. 쓸쓸한 장례식을 치른 라스티냐크가 파리를 향하여 "이제 우리 둘의 대결이다!"라고 선언하는 것이 소설의 결말이다.

라스티냐크의 투쟁 선언은 그가 사회에 던지는 첫번째 도전행위다. 그런 의미에서 『고리오 영감』은 라스티냐크의 탄생기이기도 하며, 이후 발자크 소설에서 라스티냐크는 가장 자주 등장하는 인물 가운데 하나가 된다. 그에게 투쟁은 어떤 의미였던가. 비속한 범죄가 난무하는 세상에서 그는 "사회의 3대 표현"을 본다. 몇 종의 번역본을 참고하면, 복종(순종)과 투쟁, 그리고 반항(저항)이 그것이다. 시골에 있는 가족들의 태도이기도 한 복종은 따분하고, 같은 하숙생이면서 범법자인 보트랭이 대표하는 반항은 불가능하다. 남은 것은 비록 불확실하더라도 세상(사회) 속으로 나아가는 투쟁이다.

『고리오 영감』이 표준적인 소설이라는 말은 라스티냐크의 투쟁이 근대 소설의 기본형이라는 뜻이다. 근대 소설은 라스티냐크와 같은 청년 주인공이 상경하여 출세를 위해 분투하는 이야기다. 이러한 이야기가 표준일 때 도스토옙스키의 소설 『죄와 벌』(1866)이 갖는 특이성이 드러난다. 가난한 법대 휴학생이 전당포 노파를 도끼로 살해하는 이 소설에서 주인공 라스콜니코프는 비범한 존재로 인정받고자 했지만 사교계의 귀부인들과 아무런 연줄도 없었던 러시아판 라스티냐크다. 신분 상승의 경로가 막연한 상황에서 자신의 존재 가치를 입증하려는 주인공의 시도는 과격한 방식을 취하게 된다. 게다가 고리오 영감과 그의 귀부인 딸이 곁에 있었던 라스티냐크와 달리 라스콜니코프에게는 가난한 술주정뱅이 마르멜라도프와 창녀 소냐가 있었을 따름이다. 발자크와 도스토옙스키의 차이이면서 프랑스 소설과 러시아 소설의 차이다.

_〈한겨레〉(2018. 09. 14.)

문학에 빠져 죽지 않기

'두 천치'의 무용한 지적 여행

부바르와 페퀴세
귀스타브 플로베르 지음, 진인혜 옮김
책세상, 2006

　문학 강의에서 곧잘 프랑스문학과 러시아문학 간의 평행이론에 대해 언급한다. 프랑스 근대 소설사의 출발점이 되는 작가 발자크와 러시아 국민문학의 아버지 푸시킨의 생년이 똑같이 1799년이라는 사실에 덧붙여 그 뒤를 잇는 플로베르와 도스토옙스키의 생년이 1821년으로 같다. 발자크와 플로베르의 관계를 푸시킨과 도스토옙스키의 관계와 비교하는 것은 자연스럽게 두 나라 문학의 공통점과 차이점에 대한 인식을 가능하게 한다. 정확히 동시대를 살았던 플로베르와 도스토옙스키의 문학적 여정 역시도 당연히 대비해서 살펴볼 수 있다.

　플로베르와 도스토옙스키는 똑같이 의사 아버지를 둔 차남이었고 간질 발작의 경험도 공유한다. 그렇지만 더 많은 대목에서 차이점을 보여주는데, 비밀 정치서클에서 활동하다가 체포되어 시베리아에서 10년 가까운 수감과 유형 생활을 했던 도스토옙스키의 경험을 플로베르는 갖고 있지 않다. 또 평생 독신으로 살았던 플로베르와 달리 도스토옙스키는 두 차례의 결혼에서 네 자녀를 둔 가장이었다. 이러한 간단한 차이점만으로도 두 작가의 마지막 작품을 이해할 수 있는 실마리를 얻을 수 있다. 플로베르의 유작『부바르와 페퀴셰』(1881)의 두 주인공이 독신인 데 반해서 도스토옙스키의 마지막 작품『카라마조프가의 형제들』(1880)이 부친 살해 사건을 다룬다는 점은 자연스러운 차이로 보인다. 물론 두 소설은 그 이상의 차이점을 갖는다.

가장 큰 차이로 지적할 수 있는 것은『부바르와 페퀴셰』에 등장하는 인물들이 두 주인공을 포함하여 내면성을 갖추고 있지 않다는 점이다. 반면에『카라마조프가의 형제들』에서는 주요 인물들은 물론이고 주변 인물들조차도 복잡한 내면성의 소유자로 등장한다. 무더운 어느 날 길거리 벤치에서 만나 대번에 의기투합하여 친구가 되는 부바르와 페퀴셰만 하더라도 필경사라는 직업으로 어림할 수 있듯이 남다른 개성의 소유자로 보기는 어렵다. 마흔일곱의 동갑내기 필경사인 두 사람은 각자의 사무실에서 반복적이고 단조로운 일상을 살아왔다. 그렇다고 불행했던 건 아니고 그런대로 행복하다고 생각했다. "그러나 자존심을 갖게 되면서부터 그들은 자신들의 직업에 굴욕을 느끼게 되었다."

그러던 차 부바르가 뜻밖에 막대한 유산의 상속자가 되면서 두 사람은 그동안의 생활을 청산하고 시골로 내려가 새로운 인생을 기획한다. 그들은 굴욕에서 벗어나 진짜 삶을 살 수 있을까. 하지만 유감스럽게도 그들은 반복적인 모든 시도에서 실패만을 거듭한다. 가령 게걸스럽게 책을 읽고 농사를 지어보지만 결과는 이들의 기대를 벗어나기 일쑤다. 게다가 읽는 책마다 다른 주장을 내놓아서 둘은 낭패감을 느낀다. 그럼에도 두 사람의 순진하고도 끝없는 지적 호기심은 온갖 학문으로의 지식 순례에 나서게 만든다. 화학과 해부학, 생리학, 위생학, 천문학, 동물학, 지질학에 문학과 연극, 미학에 이르기까지 끝없이 이어지는 지식 여행은 그렇지만 놀랍게도 어떠한 종착점에도 이르지 못한다. 부바르와 페퀴셰의 지적 편력은 다른 속물적인 부르주아들에 비하면 평가할 만하지만 궁극적으로 그들을 어리석음에서 벗어나게 해주지는 않는다. 플로베르의 '두 천치'는 다만 지적인 천치가 될 뿐이다. 그들이 다시금 필경 일에 착수한다는 결말은 플로베르의 도저한 회의주의를 읽게끔 한다. "카라마조프 만세!"로 끝나는 도스토옙스키의 세계와는 너무도 다른 세계다.

_〈한겨레〉(2019. 11. 29.)

시적 진실과 산문적 진실

사포
알퐁스 도데 지음, 김종태 옮김
예문, 2014

프랑스 작가 알퐁스 도데는 우리에게 「별」이나 「마지막 수업」 등의 단편으로 친숙하다. 한동안 국어 교과서에 실렸던 작품들이어서 한국 독자들에게는 가장 유명한 19세기 프랑스 작가였다고 해도 과언이 아니다. 동시대 작가로 더 중요한 문학사적 의의를 갖는 에밀 졸라의 작품을 우리가 얼마나 알고 있는지 비교해 보아도 도데의 인지도는 예외적이다. 그렇지만 그런 명성의 이면도 없지 않다. 그는 적잖은 장편소설을 남겼다. 졸라와 모파상 등과 함께 자연주의 작가로 분류되는 그의 장편들이 과연 단편들에 견주어 여전히 읽을 만한 가치가 있는가. 현재로선 유일하게 번역된 장편 『사포』(1884)를 손에 들며 던지는 질문이다.

문학에 빠져 죽지 않기

제목의 '사포'는 그리스의 여성시인 사포를 가리키는데 소설에서는 여주인공 파니의 별명이다. 사포의 조각상 모델이 되면서 파니는 사포라고도 불린다. 주정뱅이 마차꾼의 딸인 파니는 남의 손에 자라다가 열일곱 살에 조각가 카우달의 눈에 띄어 모델이 되고 동거녀가 된다. 그런 그녀를 시인 라구르너리가 달콤한 시로 유혹하고 파니는 새로운 동거생활에 들어간다. 그렇지만 그 또한 3년 만에 종지부를 찍게 되고 그녀는 또다른 예술가의 손에 넘어간다. 파니의 남성편력은 그런 식으로 20년 가까이 이어지는데, 그러다가 한 가면무도회에서 장 고생과 만나 운명적인 사랑에 빠지게 되는 것이 소설의 서두이다. 파니는 무엇보다도 장의 젊음에 반한다.

스물한 살의 미남 청년 장은, 파니를 뮤즈로 희롱하거나 숭배한 예술가나 부르주아 들이 갖고 있지 않은 아름다움을 지녔다. "스물한 살의 나이와 단지 사랑한다는 것 외에는 아무런 관심도 갖지 않는 단순함, 그게 바로 아름다움"이라는 게 파니의 생각이다. 열다섯 살의 나이 차이에도 불구하고 두 사람은 열정적인 사랑에 빠지고 동거에 들어간다. 하지만 곧 두 가지 장애에 부딪힌다. 하나는 파니의 과거이고 다른 하나는 두 사람의 계급차다. 남부 프로방스 출신으로 파리 사교계에 익숙하지 않았던 장은 파니의 남성편력을 알게 되면서 당혹감을 느낀다. 파니가 내뱉는 저속한 말들도 불편하게 생각한다. 장은 지주 집안의 장남으로 외교관이 되기 위해 파리에 상경했으며 시험에 합격한 뒤 연수기간 동안만 한시적으로 파니와 동거하리라 생각한다.

사회통념상 하층계급 출신의 '매춘부' 파니는 동거 상대는 될지언정 배우자는 될 수 없었기 때문이다.

파니와의 관계에 염증을 느끼던 장이 이렌느라는 젊은 처녀를 사랑하게 되면서 둘의 관계는 파국에 이르는 것처럼 보인다. 이미 두 사람은 서로를 "더러운 부르주아!" "화냥년!"이라고 부르면서 감정의 밑바닥까지 내보인 상태였다. 비록 파니는 마지막 순간까지 장과의 이별을 아쉬워하지만 장에게 다른 선택이 없다는 것도 이해한다. 그렇게 파니를 떠난 장이 이렌느와 결혼하고 자신의 사회적 위치로 복귀하면서 끝난다면 자연스런 소설의 결말이라고 할 수 있다. 그런데 이 대목에서 도데는 방향을 튼다. 파니가 사랑했던 가난한 조각가 플라망이 위조수표 발행 혐의로 구속됐다가 풀려났다는 소식을 듣게 되자 장은 질투심을 이기지 못하고 다시금 파니를 찾아간다. 이 선택의 결과로 장은 이렌느와의 파혼과 아버지와의 의절을 대가로 지불한다. 그는 다만 외교관으로 파니와 함께 페루로 가려고 한다. '시적 선택'이라고 할 만한데 마지막 순간 파니는 자신이 그런 선택에 동참하기엔 더이상 젊지 않다는 이유로 장을 거부한다. 도데의 『사포』가 보여주는 것은 이렇듯 엇갈리는 시적 진실과 산문적 진실의 조우이다.

_〈한겨레〉(2020. 01. 30.)

목걸이의 진실과 자본주의

비곗덩어리
기 드 모파상 지음, 정혜용 옮김
시공사, 2017

    안톤 체호프와 함께 근대 단편소설의 거장으로 평가되는 기 드 모파상은 한국에도 일찌감치 소개된 작가다. 짧은 생애를 살았지만 빼어난 데뷔작 「비곗덩어리」(1880) 이후 약 300편의 단편을 통해서 단편소설의 규칙을 새롭게 창조했다. '모파상 단편'이라는 브랜드를 만들어냈다고 할까. 그런 인상을 각인시켜준 작품이 가장 널리 알려진 단편 「목걸이」다.

    여기 아름답고 매력적인 한 여성이 있다. 의당 부유하고 저명한 남자와 결혼하여 호사스러운 삶을 누려야 할 것 같은데 형편이 어려운 가정에서 태어나 아무런 기회도 잡지 못하고 평범한 하급 공무원의 아내가 되었다. 상황이 그렇게 되었다면 또 그런 처지에 적응하여 살 수 있을 터인데 그녀는 그러지 못했다. 그런 운명 혹은 운명의 착오가 자신에게 부당하다고 생각했다. 자신이 누려야 할 삶과는 다른 삶을 살고 있다는 생각에 고통받았다.

그녀의 이름은 마틸드 루아젤이다. 마틸드는 계급과 의식이 분열된 전형적인 사례다. 하층계급에 속하면서도 의식과 감각은 상류층에 맞추어져 있었다. 그녀에게는 근사한 옷이나 보석이 없었지만 그런 것을 갖고 싶어했고 자신에게는 그런 것이 어울린다고 생각했다. 기숙학교 시절의 부유한 동창 친구가 한 명 있었지만 만날 때마다 속상한 마음이 들어서 비탄에 빠졌고 더이상 만나지 않았다. 여기까지가 발단이다. 더 진행될 것 같지 않은 이야기를 끌고 가는 것은 어느 날 남편이 들고 온 초대장이다. 장관이 개최하는 연회에 초대되었다고 해서 남편은 의기양양해하지만 마틸드는 화부터 냈다. 연회에 입고 갈 옷이 어뎠느냐는 것이다. 남편은 몰래 모아놓은 비상금을 다 털어서 드레스 비용으로 내놓는다.

그렇지만 의상만으로 문제가 해결되지는 않았다. 마틸드에게는 마땅한 장신구도 없었기 때문이다. 부유한 여자들 사이에서 가난한 티를 내는 것보다 더 모욕적인 것은 없다며 마틸드는 울상이 된다. 남편은 부유한 동창에게 부탁해보라고 제안하고 마틸드는 오랜만에 친구를 찾아가서 고민을 털어놓는다. 친구는 흔쾌히 다이아몬드 목걸이를 빌려주고, 마침내 연회날 마틸드는 화려한 성공을 거둔다. 마땅한 의상과 장신구를 갖춘 그녀는 다른 여자들보다 더 예쁘고 우아하고 매력적이었으며 남자들의 주목을 한껏 받았다. 마틸드는 달콤한 승리감에 도취되었고 들뜬 행복을 만끽할 수 있었다. 그렇지만 마틸드는 다시 현실로 돌아와야 했다.

집에 돌아와보니 목에 걸었던 목걸이가 보이지 않았다. 마틸드와 남편은 이 끔찍한 참사에 경악하여 여기저기 행방을 찾아보지만 허사로 돌아가고, 두 사람은 거액의 돈을 빌려서 같은 목걸이를 구입해 친구에게 돌려준다. 이후 부부는 무시무시한 빚을 갚기 위해 끔찍한 내핍 생활을 하게 된다. 마틸드는 서민계급의 여자들처럼 억척스럽게 생활하며 돈을 아꼈고 마침내 10년이 지나고 나서 채무를 모두 청산할 수 있었다. 그녀는 가난한 가정의 주부가 되었고 이제는 나이도 들어 보였다. 그러던 어느 날 산책길에서 마틸드는 여전히 젊고 아름다운 모습의 동창 친구를 만나고 그녀가 10년 전에 돌려준 목걸이의 진실을 털어놓는다. 친구는 경악하며 마틸드의 손을 잡는다. 자기 목걸이는 가짜였다면서.

가장 먼저 떠올릴 수 있는 이 단편의 교훈은 자신의 분수를 알아야 한다는 것이다. 자기 분수를 몰랐던 마틸드의 허영이 그녀의 불행을 가져왔다고 보는 것이다. 그렇지만 한 걸음 더 나아가면 모파상의 단편은 물질적 부가 계급적 차이를 낳고 그에 따라 시간도 달리 배분된다는 자본주의 계급사회의 진실과 직면하게 한다. 이 진실은 마틸드뿐 아니라 독자까지도 경악하게 만든다.

_〈주간경향〉(2020.02.17.)

제롬과 알리사의 사랑을 막은 것

좁은 문, 전원 교향곡
앙드레 지드 지음, 이동렬 옮김
을유문화사, 2009

앙드레 지드의 『좁은 문』(1909)을 오랜만에 읽었다. 제롬과 알리사의 사랑 얘기다. 알다시피 그들의 사랑은 결실을 맺지 못한다. 사촌 관계가 장애물은 아니다. 무엇이 문제였던가. 지드의 자전적 이야기이기도 한 이 소설에서 발단은 제롬이 열네 살 때 벌어진다. 외사촌누나 알리사는 열여섯 살 때다. 방학 때마다 외삼촌댁에 들르던 제롬이 하루는 외숙모가 자기 방에서 젊은 장교와 서로 희롱하는 걸 엿보게 된다. 알리사의 방으로 가보니 그녀는 침대맡에 무릎을 꿇고 울고 있었다. 눈물에 젖은 알리사의 얼굴을 본 순간 제롬은 자기 운명이 결정됐다고 믿는다. 사랑과 연민에 도취되어 그는 인생의 목적이 알리사를 보호하는 것 외의 다른 것이 될 수 없다고 생각한다.

얼마 지나지 않아 제롬은 외숙모가 집을 나갔다는 소식을 듣는다. 외숙모는 아름다운 여성이었지만 미덕은 갖추지 못했다. 외삼촌 가족과 같이 간 교회에서 제롬은 '좁은 문으로 들어가기를 힘쓰라'를 주제로 한 목사의 설교를 듣는다. 멸망으로 인도하는 크고 넓은 길은 그에게 외숙모의 방을 떠올려주었고, 생명으로 인도하는 좁은 길은 알리사의 방문이 되었다. 그 '좁은 문'으로 들어가고자 제롬은 스스로를 축소하고 모든 에고이즘을 비워내기로 한다. 그 사랑으로 가는 길은 고행의 길이어야 했다. 이것이 제롬의 알리사에 대한 사랑의 형상이다. 암시적이게도 제롬은 예배가 끝나자마자 알리사를 찾아보려고도 않고 교회를 빠져나온다. "멀어짐으로써 그녀에게 더욱 합당한 사람이 될 수 있다"고 생각해서다.

제롬은 알리사와의 결혼을 원하지만 아직 젊은 나이와 불확실한 미래를 핑계로 결혼은 미뤄진다. 게다가 제롬은 약혼 같은 형식이 불필요하다고 생각한다. 약혼을 재촉하는 사촌동생 쥘리에트의 말에 "서약 같은 건 사랑에 대한 모욕"이라고 답할 정도다. 그런 서약은 사랑에 대한 의혹을 무마하기 위한 것으로 여겨진다. 제롬의 속내를 읽은 알리사가 먼저 약혼은 하지 말자고 제안한다. 게다가 만남도 자제하기로 한다. 그리하여 두 사람에게는 마치 결혼이 '좁은 문'처럼 된다. 결혼에 이르는 길은 좁고 험한 길이어야 한다!

제롬을 짝사랑한 쥘리에트가 잠시 장애가 되지만 쥘리에트가 다른 구혼자와 결혼하자 이제 제롬과 알리사 사이에는 아무런 장애물도 남지 않은 듯 보인다. 하지만 아무 장애물도 없는 상황이 오히려 두 사람의 사랑에 결정적인 장애물이 된다. 알리사에게 이르는 사랑은 좁은 문을 통과하는 사랑이어야 하기 때문이다. 그것은 알리사에게도 마찬가지다. 두 사람은 서로를 지극히 사랑한다고 생각하지만 아직 포옹도 해보지 못했다. 제롬이 더 적극적으로 구애했더라면 알리사의 태도도 달라질 수 있었을 테지만, 오랜 지체 끝에 결국 알리사는 '지상의 행복' 대신에 '성스러움'을 택한다.

제롬과의 결혼 대신에 알리사가 선택한 것은 '사랑보다 더 훌륭한 것'이다. 하지만 병든 몸으로 집을 떠나 요양원에서 쓸쓸한 죽음을 맞은 알리사의 운명이 '더 훌륭한 것'에 부합할까. 알리사가 제롬에게 남긴 일기는 그녀가 어떤 고뇌에 시달렸는지 알게 해준다. 알리사는 덕성과 사랑이 하나로 합류될 수 있는 영혼의 행복을 꿈꾸지만 결국 덕성이란 '사랑에 대한 저항'이라는 결론에 도달한다. '덕성의 함정'이면서 '좁은 문으로 들어가기를 힘쓰라'란 주제를 반어적으로 읽어야 하는 이유다.

_〈한겨레〉(2014. 01. 27.)

로맹 롤랑의 대하소설

장 크리스토프
로맹 롤랑 지음, 손석린 옮김
동서문화동판, 2016

올해도 노벨문학상은 한국 작가를 비켜 갔다. 프랑스에서는 공쿠르상, 영어권에서는 부커상 수상작이 더 주목받는다지만 작가에게 주어지는 상으로서 노벨문학상이 갖는 상징적 권위는 우리에게 여전한 갈망을 낳는다. 1901년에 제정돼 100년이 훌쩍 넘는 역사를 가진 노벨문학상의 역대 수상자들의 면면을 종종 확인해보는 것도 그런 갈망 때문일 것이다. 노벨문학상은 어떤 작가들에게 주어졌던가. 일례로 올해의 수상자와 정확히 100년 전인 1915년 수상자를 비교해보도록 하자.

2015년의 노벨문학상 수상자는 벨라루스의 여성 작가 스베틀라나 알렉시예비치다. 지난해에도 유력한 수상 후보의 한 명이었기에 수상

자체가 놀라운 것은 아니지만 그녀가 순수한 의미의 작가라기보다는 저널리스트라는 점에서 수상이 갖는 의미는 남다르다. 스웨덴 한림원은 "다성음악과도 같은 그의 저술들은 우리 시대의 고통과 용기를 기록한 기념비들"이라고 선정 이유를 밝혔다. 국내에는 그 기념비들 가운데 『체르노빌의 목소리』와 『전쟁은 여자의 얼굴을 하지 않았다』 두 권이 소개되어 있다. 특히 1985년에 출간된 『전쟁은 여자의 얼굴을 하지 않았다』는 알렉시예비치의 데뷔작이자 스스로는 '소설-코러스'라고 부른 장르의 출발점이 된 작품이다.

"알렉시예비치는 저널리즘의 형식을 초월해 새로운 문학 장르를 개척했다"는 한림원 사무총장의 말대로 알렉시예비치의 작품은 유례를 찾기 어렵다. 논픽션에 속하면서도 마치 소설처럼 읽히는 강렬한 매력을 품고 있어서 '목소리 소설'이라는 새로운 이름이 붙여졌을 정도다.

말 그대로 알렉시예비치는 많은 사람들의 목소리를 한데 모은다. 『전쟁은 여자의 얼굴을 하지 않았다』에서는 제2차세계대전에 참전했던 200여 명의 여성들의 생생한 목소리를 담아낸다. 전쟁이라는 가혹한 현실과 맞부딪혀야 했고 살아남아야 했던 평범한 여성들의 이야기는 그 생생한 육성을 통해서 강력한 반전의 메시지를 전달한다. 허구적 상상력을 압도하는 현실의 힘과 감동이 알렉시예비치의 문학을 구성한다. 이러한 작가의 작업은 문학의 영역을 확장하는 것이면서 동시에 작가의 사회적 책임을 다시금 일깨워주는 데 큰 의미가 있다.

문학에 빠져 죽지 않기

그렇다면 1915년의 수상자는 누구였을까. 바로 프랑스의 문호 로 맹 롤랑이다. 사실 노벨문학상은 초기에 톨스토이나 프루스트 같은 세계적인 문호들을 비켜 감으로써 문학상의 권위를 스스로 저버린 면이 있었다. 첫 수상자였던 프랑스 시인 쉴리 프뤼돔만 하더라도 오 늘날 그 이름을 기억하는 독자는 거의 없다(한국어로는 단 한 권도 소개 되지 않았다). 이후의 수상자들을 보더라도 세계적인 권위의 문학상이 라기보다는 지역적으로 편향된 상이라는 이미지가 더 강했다고 해야 할 것이다. 그럼에도 로맹 롤랑은 어느 정도 거장에 대한 기대치를 충 족시키는 작가였다.

우리에게 롤랑은 일찍부터 『장 크리스토프』와 여러 예술가의 평전 으로 이름이 알려졌는데, 바로 『장 크리스토프』가 롤랑의 대표작이자 노벨문학상 수상의 결정적인 배경이 된 작품이다. 파리 고등사범학 교 재학생이던 시절에 이미 당대의 대문호 톨스토이에게 편지를 보 내고 답장을 받은 인연으로 문학에 입문한 롤랑은 위대한 작가와 예 술가 들에 대한 일련의 전기를 집필한다. 『베토벤의 생애』, 『미켈란젤 로의 생애』, 『톨스토이의 생애』 등이 그러한 관심의 소산이었다. 그는 그 연장선상에서 상상적 인물의 방대한 전기를 완성하는데 『장 크리 스토프』가 바로 그 작품이다.

독일 태생의 음악가 장 크리스토프의 일대기를 다룬 이 '대하소설' 은 흔히 베토벤을 모델로 한 것으로 알려져 있지만 또다른 모델은 작 가 자신이었다. 롤랑은 베토벤의 전기에다 그 자신의 삶을 중첩시켜서 격동의 시대를 살아간 위대한 예술혼의 생애를 그려낸다. 크리스토프는 술주정뱅이 음악가와 하녀 사이에서 출생하여 뛰어난 음악적 재능에도 불구하고 곡절 많은 삶을 살게 되는데, 그럼에도 불굴의 의지를 통해서 시련을 극복해나간다. 그리고 마지막 순간에는 "이름이 아닌 작품이 남겨지길 원한다"며 숨을 거둔다. 오늘날 롤랑의 이름은 잊힐지라도 『전쟁과 평화』에도 비견되는 그의 대작 『장 크리스토프』만은 더 오래 생명을 유지하고 있다.

_〈다솜이친구〉(2015년 12월호)

문학에 빠져 죽지 않기

생텍쥐페리의 비행문학

야간비행
앙투안 드 생텍쥐페리 지음, 용경식 옮김
문학동네, 2018

『어린 왕자』의 작가 생텍쥐페리는 알려진 대로 소설가이자 조종사였다. 스물한 살 때 공군에 입대해 조종사가 됐고 전역한 뒤에는 항공사에 입사해 우편기를 몰았다. 초창기 비행기는 계기나 안정장치가 불안정해 사고가 나기 일쑤였고 생텍쥐페리 역시 여러 차례 불시착과 구사일생의 경험을 한다. 그는 이 경험을 시적인 문장으로 기록하는데, 그의 문학의 본령은 『어린 왕자』보다는 이 비행문학에 놓인다. 1931년에 발표한 『야간비행』도 그 가운데 하나다.

배경은 남미의 부에노스아이레스다. 파타고니아와 칠레, 파라과이에서 각기 출발한 우편기가 부에노스아이레스를 향해 오고 있다. 부에노스아이레스의 기항지에서는 이들 비행기에 실려 온 우편물을 자정 무렵 다시 유럽으로 신고 갈 비행기가 대기하고 있다. 이 모든 항공노선의 총괄책임자는 리비에르다. 태풍으로 기상조건이 악화돼 우편기들의 안전한 도착을 장담하기 어려운 상황이다. 리비에르는 당시만 해도 위험부담이 컸던 야간비행을 적극적으로 밀어붙인 인물이다. "그에게 사람이란 빚기 전의 밀랍덩이에 불과했다. 그는 이 재료에 영혼을 불어넣고 의지를 창출해야 했다."

리비에르는 조종사들에게 엄격한 규칙을 지키게 함으로써 그들이 자신을 극복하게끔 하고자 했다. 그런 자기 성취를 통해 인간은 스스로를 사랑하게 된다고 그는 믿는다. 강한 규율은 조종사들을 고통스럽게 만들지만 동시에 강렬한 기쁨을 맛보게 하는 것이다.

칠레에서 오는 우편기가 먼저 부에노스아이레스에 도착한다. 조종사 펠르랭은 험난한 폭풍우를 사투 끝에 빠져나왔다. 대단한 모험이었지만 그는 예사로운 일인 양 말한다. "리비에르는 마치 대장장이가 제 모루에 대해 말하듯 자신의 직업과 비행에 대해 담담하게 말하는 펠르랭을 사랑했다."

그런데 파타고니아에서 날아오는 우편기는 사정이 좋지 않았다. 안데스산맥의 뇌우 속은 '시계 제로'인 상황. 게다가 태풍으로 인해 정박할 곳이 없다. 연료를 다 소모하게 되면 불시착할 수밖에 없는 운명이었다. 조종사 파비앵은 절대적인 선택의 순간에 태풍의 틈 사이로 보이는 별빛에 마음이 끌린다. 함정인 줄 알았지만 빛에 너무도 굶주린 나머지 그는 고도를 올리고야 만다. 비행기가 솟구쳐오른 순간

기체는 평온을 되찾지만 이제 그들을 기다리는 건 죽음이라는 걸 파비앵은 안다.

파라과이에서 온 우편기는 무탈하게 도착하고 이제 두 대의 우편기에 실려 온 우편물들이 유럽행 비행기에 옮겨진 뒤에 예정된 시각에 출발할 것이다. 세 대의 우편기 가운데 한 대가 실종됐지만 그것은 과정의 일부다. "리비에르가 겪은 패배는 어쩌면 진정한 승리에 한 발 다가서는 출발점일지도 모른다. 오로지 전진하는 사건만이 중요하다."

실제 생텍쥐페리의 상사를 모델로 한 리비에르의 태도는 생텍쥐페리의 행동주의적 문학관을 집약하고 있다. 행동은 때로 행복을 파괴하고 사랑 또한 무력하게 만든다. 그럼에도 생텍쥐페리는 리비에르의 입을 빌려 이렇게 말한다. "이보게, 인생의 해결책이란 없어. 앞으로 나아가는 힘뿐." 새해를 맞아 한번 더 곱씹어보게 된다.

_〈주간경향〉(2019. 01. 14.)

한때 어린이였던 어른을 위하여

어린 왕자
앙투안 드 생텍쥐페리 지음, 황현산 옮김
열린책들, 2015

　전 세계 독자들에게 가장 사랑받는 프랑스문학 작품을 꼽으라면
단연 생텍쥐페리의 『어린 왕자』(1943)다. 100여 종이 넘는 번역본이
출간된 우리에게도 사정은 같다. 생텍쥐페리 자신이 직접 그린 삽화
로도 유명한 『어린 왕자』를 읽지 않은 독자가 과연 있을까 싶을 정도
로 이 작품은 친숙하다. 하지만 그런 친숙함이 곧바로 『어린 왕자』를
이해하는 데 도움이 되는 것만은 아니다. 어린이들이 가장 많이 읽는
동화, 아니 동화 아닌 동화이지만, 과연 어린이라면 『어린 왕자』를 아
무런 해설도 경유하지 않고 바로 이해할 수 있을까.

　아주 오랜만에 『어린 왕자』를 손에 들면서 궁금했다. 최근 타계한
불문학자 황현산 선생은 번역가로서 보들레르와 프랑스 상징주의 시

번역에 가장 큰 공을 들였지만 『어린 왕자』 번역자로도 이름을 올렸다. 비록 짧은 분량의 작품이긴 하지만 네 번이나 고쳐서 책을 낼 만큼 정성을 들이고 또 욕심을 낸 번역본이기도 하다. 그 번역본에 붙인 해설에서 선생은 이 해설이 어른들을 위한 것이라고 어린이 독자들에게 미리 양해를 구한다. "어린이들은 보아뱀의 겉모습을 보고 그 속을 알 수 있는 능력이 있기에 사실 이런 해설이 필요 없다"는 것도 이유다.

『어린 왕자』의 해설은 코끼리를 소화시키고 있는 보아뱀 그림을 보고서 모자를 그린 걸로만 생각하는 '우둔한 어른'들을 위한 것이다. 그렇다고 어른들이 『어린 왕자』의 독자로서 자격이 없는 것은 아니다. 정작 이 작품의 화자로서 사막에 불시착하여 우연히 어린 왕자를 만난 조종사 '나'도 어린 왕자와는 달리 양이 들어가 있는 상자를 꿰뚫어보지 못한다. 그는 자조적으로 "어쩌면 나도 얼마큼은 어른들처럼 되어버린 것은 아닌지" 미심쩍어한다. 그렇지만 이 '얼마큼은 어른', 한때 어린이였지만 지금은 더이상 어린이가 아닌 이들이 『어린 왕자』의 이상적 독자가 아닐까. 작가 생텍쥐페리가 바로 그런 존재였다. 그는 더이상 어린이가 아니어서 어린 시절의 분신으로 여겨지는 어린 왕자와 분리되어 있다. 하지만 여전히 어린이의 모습을 간직하고 있어서 어린 왕자의 친구가 된다.

네 살 때 아버지가 세상을 떠난 생텍쥐페리에게는 특히 그러했지만 어린이에게 어머니는 절대적인 존재다. 어머니는 사랑을 주기도 하지만 동시에 요구한다. 어느 날 어린 왕자의 별에 씨앗으로 날아온

꽃나무는 그런 어머니를 닮았다. 꽃은 아침마다 꼼꼼히 화장을 하고서야 모습을 드러내면서도 방금 일어난 척하며 어린 왕자에게 식사 시중을 요구한다. 바람이 끔찍하다면서 바람막이도 요구하고 거짓말을 꾸미다가 들통나면 억지 기침을 함으로써 어린 왕자를 괴롭힌다. 향기와 아름다움에도 불구하고 꽃의 심술궂은 허영은 어린 왕자를 불행하게 만든다. 어린 왕자가 자기 별을 떠나게 된 이유다.

지구에 와서야 어린 왕자는 자기 별의 꽃이 장미라는 걸 알게 되며 한 정원에 그와 같은 장미꽃이 5000송이나 피어 있는 것을 보고 슬퍼한다. 자신이 유일하다고 했던 꽃이 상심할까 염려해서다. 이때 어린 왕자에게 여우가 나타나 길들인다는 것의 의미를 알려준다. 물을 주고 벌레를 잡아주는 것은 물론 바람막이까지 씌워주었기에 그의 장미는 여느 장미와 다른 유일한 장미이며, 그는 그의 장미에게 책임이 있다는 걸 깨닫는다. 어린 왕자는 별을 떠난 지 1년 만에 다시 그의 별로 돌아간다. "난 꽃을 사랑하기엔 너무 어렸어"라는 게 조종사에게 토로하는 말이지만 그의 별을 떠난 지 고작 1년밖에 되지 않은 걸 고려하면 그 깨달음은 작가 생텍쥐페리의 것으로 보인다. 하지만 친구를 갖고 싶어서 자기 별을 떠난 어린 왕자가 다시금 그의 별로 돌아간 것을 성장이라고 볼 수 있을까. 황현산 선생은 "이 번역은 때때로 '엄숙하게' 말할 줄 아는 어린이들을 위한 것"이라고 적었다. 때때로 엄숙하게 말하더라도 어린이는 어린이다.

_〈한겨레〉(2018. 08. 17.)

문학에 빠져 죽지 않기

알베르 카뮈가 남긴 것

이방인
알베르 카뮈 지음, 김화영 옮김
책세상, 2012

1960년 1월, 갑작스러운 교통사고로 프랑스의 한 작가가 세상을 떠났다. 마흔일곱세의 짧은 생애였지만 20세기 문학의 신화가 되기에는 충분한 나이였다. 『이방인』의 작가 알베르 카뮈다. 연극배우이자 기자로서 활발한 활동을 펼치고 있었지만 작가로서는 무명이나 다름없었던 그가 저명한 출판사 갈리마르에서 『이방인』을 출간한 것이 1942년, 그의 나이 스물아홉 살 때의 일이다. 그로부터 15년 뒤인 1957년에 그는 노벨문학상을 수상함으로써 세계적인 작가로 문학사에 자신의 이름을 새겨넣었다. 오늘날에도 그의 이름은 20세기 프랑스문학의 성좌에서 가장 빛나는 이름 가운데 하나다. 그는 무엇을 쓴 것이고 어떻게 전설이 되었나.

『이방인』은 "오늘 엄마가 죽었다"는 첫 문장으로 시작한다. 알제리의 수도 알제의 평범한 직장인 뫼르소가 양로원에 가 있던 어머니의 부고를 받는다. 그는 장례를 치르기 위해 버스를 타고 양로원을 찾아가지만 내내 무관심한 태도를 보여 사람들을 놀라게 한다. 이튿날 바닷가에 해수욕을 즐기러 갔다가 우연히 여자친구와 만나 같이 코미디 영화를 보고 정사를 나눈다. 며칠 뒤 이웃 레몽의 불미스러운 일에 끼어들었다가 의도치 않게 한 아랍인을 총으로 쏘아 죽이고 재판에 넘겨진다. 재판에서도 뫼르소는 무관심한 태도로 일관하고, 검사는 살해 경위보다도 어머니의 장례식에서 눈물을 흘리지 않은 태도를 더 문제삼는다. 결국 뫼르소는 비종교적이고 비도덕적인 태도로 인하여 사형선고를 받는다. 하지만 그는 어차피 인간은 죽을 수밖에 없다는 추론 끝에 항소를 포기하고 사형 집행일을 기다린다. "나에게 남은 소원은 다만, 내가 사형 집행을 받는 날 많은 구경꾼들이 와서 증오의 함성으로써 나를 맞아주었으면 하는 것뿐이다."

　제목 '이방인'은 물론 주인공 뫼르소를 가리킨다. 그는 삶에 철저히 무관심한 모습으로 등장하며 아무런 열정이나 고집도 갖고 있지 않다. 어머니의 장례를 치르기 위해 휴가를 내려는 그에게 사장이 언짢은 기색을 비치자 "그건 제 탓이 아닙니다"라고 말한다. 그는 아무것도 선택하지 않으며 책임 너머에 있다. 또 여자친구인 마리가 자신을 사랑하는지 알고 싶다고 말하자, 그런 건 아무 의미도 없는 말이지만 아마 사랑하지 않는 것 같다고 답한다. 그럼에도 결혼은 왜 하느냐고 묻자 그런 건 전혀 중요하지 않지만 결혼을 해도 좋다는 식이다. 곧 뫼르소에게는 사랑을 하는 것과 하지 않는 것, 혹은 결혼을 하는 것과 하지 않는 것이 아무런 차이를 갖지 않는다. 그는 그러한 차이와 분별 너머에 있다.

뫼르소의 이러한 '비정상성'에도 불구하고 그에 대한 평가는 우호적인 편이다. 이는 관심의 초점이 주로 그의 살인보다는 부조리한 재판 과정에 두어졌기 때문이다. 법정은 뫼르소가 살인을 했기 때문에 범죄자인 것이 아니라, 범죄자이기 때문에 살인을 했다는 식으로 몰고 간다. 때문에 뫼르소는 가해자이지만 동시에 부조리한 재판의 피해자로도 여겨진다. 검사는 어머니의 장례식에서 눈물을 흘리지 않은 뫼르소의 태도를 문제삼아서, 정신적으로 어머니를 죽인 자는 곧 아버지를 자기 손으로 죽이게 될 자이기 때문에 사회적으로 추방해야 한다고까지 주장한다.

미국판에 붙인 서문에서 카뮈는 스스로 이 점을 부각한다. 그는 "우리 사회에서 자기 어머니의 장례식에서 울지 않은 사람은 누구나 사형선고를 받을 위험이 있다"고 비판한다. 카뮈는 뫼르소를 옹호하면서 그가 사회가 요구하는 연기演技를 하지 않았을 따름이라고 말한다. 그는 뫼르소를 어떤 영웅적인 태도를 취하지 않으면서도 진실을 위해서는 죽음도 마다하지 않는 인간으로 본다. 심지어 '우리들의 분수에 맞는 단 하나의 그리스도'라고까지 평했을 정도다. 하지만 다시 상기하자면 뫼르소는 살인죄로 기소됐으며, 우발적으로 총을 쐈다고 하지만 아랍인을 향해 첫 발을 쏜 이후에도 네 발의 총을 더 쏘았다. "그것은 마치, 내가 불행의 문을 두드린 네 번의 짧은 노크 소리와도 같은 것이었다."

이 '노크'는 모든 일에 무관심한 이방인 뫼르소에게 어떤 변화를 가져왔을까. 자신의 재판에도 마치 구경꾼처럼 대응하던 뫼르소였지만 정작 사형선고가 내려지자 이를 엄중하게 받아들인다. 『이방인』에서 뫼르소의 변화를 읽을 수 있다면 바로 이 대목에서다. "그 선고가 내려진 순간부터 그 결과는 내가 몸뚱이를 비벼대고 있던 그 벽의 존재와 마찬가지로 확실하고 준엄해진다는 사실을 인정하지 않을 수 없었다"고 그는 고백한다. 카뮈와 마찬가지로 아버지를 일찍 여읜 뫼르소는 아버지가 대표하는 '부권적父權的 기능'을 경험하지 못했다. 그래서 사회적 현실 바깥이나 경계에 위치하고 있는 듯 보이는 그에게 비로소 아버지의 역할을 수행하는 것이 바로 법이고 판결이다. 사형수로서 뫼르소는 사회로부터 배제되지만 동시에 '사형수'라는 위치를 정확하게 할당받았다는 점도 간과할 수 없다. 그것은 배제라는 형식을 가진 포함이다. 이러한 어긋남이 부조리하게 보일지라도 뫼르소는 그것을 기꺼이 수용한다. 그는 부조리로서의 삶을 사랑한다.

소설 『이방인』이 희곡 『칼리굴라』, 에세이 『시지프 신화』와 함께 부조리란 주제를 정면으로 다룬 3부작이라면, 연대기라고 이름을 붙인 『페스트』와 희곡 『정의의 사람들』, 그리고 에세이 『반항하는 인간』은 부조리에 대한 올바른 대응 태도를 제시하고자 한 3부작이다. 이 대응 태도를 카뮈는 '반항'이라고 부른다. 부조리와 반항의 3부작을 완성한 카뮈가 이어서 기획한 것은 『최초의 인간』을 시작으로 하는 '사랑의 3부작'이었다. 하지만 불의의 교통사고와 함께 그의 마지막 3부작은 완결되지 못했고, 『최초의 인간』만 미완성 소설로 남았다.

카뮈에게 또다른 걸작이 있다면 그러한 기획들과 무관하게 쓰인 『전락』(1956)이다. 네덜란드 암스테르담의 한 술집에서 자신을 '재판관 겸 참회자'라고 소개하는 클라망스는 파리의 유능한 변호사였다. 그는 언젠가 센강의 다리에서 투신한 한 젊은 여자를 그냥 지나친 기억을 갖고 있다. 클라망스의 대처법은 남들보다 먼저 자신을 심판대에 올려 단죄하는 것이었다. 타인을 심판하기 위해서 자신이 먼저 참회자가 되기를 선택하는 것이 그가 선택한 방책이었고, 이러한 태도는 『반항하는 인간』의 출간을 계기로 오랜 우정을 뒤로한 채 결별한 사르트르와 그 동료들을 은근히 겨냥한 것이기도 했다. 하지만 클라망스의 모습에는 사르트르뿐 아니라 카뮈 자신의 모습도 투영돼 있는데, 이러한 복합성이 『전락』을 단순한 풍자를 넘어선 걸작으로 만들어주었다.

_〈경희대학교 대학원보〉(2015.04.06.)

카뮈의 인간에 대한 '야심'

페스트
알베르 카뮈 지음, 김화영 옮김
책세상, 1998

    알베르 카뮈의 『페스트』(1947)는 애초에 한 가지 감옥살이를 다른 감옥살이로 표현해보려는 것이었다. '제2차세계대전 직후 최대의 걸작'이란 평판을 얻은 이 소설에서 페스트로 인한 오랑 시민들의 '감옥살이'는 일차적으로 작가와 동시대인들이 겪은 전쟁의 은유였다. 거기서 더 나아가 카뮈는 그 은유를 삶의 일반적인 차원으로까지 확대하고 싶어했다. 페스트는 죽음이라는 인간 조건 자체를 비유할 수도 있다. 그 죽음은 주인공이자 서술자인 의사 리유의 말을 빌리면 우리가 받아들일 수 없는 죽음, 곧 '익숙하지 않은 죽음'이다.

    작품의 또다른 주요 인물인 타루와의 대화에서 리유는 자신이 의사라는 직업을 그냥 한번 해볼 만한 직업 같아서 택했다고 말한다. 소

문학에 빠져 죽지 않기

위 '추상적인' 선택이었다. 의사가 된 이상 사람들이 죽는 장면을 볼 수밖에 없었는데, 한번은 어떤 여자가 죽는 순간에 "안 돼!"라고 외치는 걸 듣는다. "그때 나는 절대로 그런 것에 익숙해질 수 없다는 것을 깨달았지요"라는 게 그의 고백이다. 이 죽음과의 싸움, 죽음에 의해 좌우되는 세계의 질서와의 싸움은 일시적인 승리를 포함할지라도 언제나 패배할 수밖에 없다. 다만 리유는 불의와 마찬가지로 그런 죽음과는 타협하지 않고자 한다. 그것이 시시포스 신화를 떠올리게 하는 그의 '반항'이다.

리유와 몇몇 동료가 환자를 치유하고 페스트의 확산을 막기 위해 결사적으로 애쓰는 가운데서도 페스트는 막무가내로 도시를 점령하고 사람들을 쓰러뜨린다. 많은 희생자들 가운데 가장 고통스러운 장면을 연출하는 것은 한 어린아이의 죽음이다. 죄 없이 죽어가는 자의 오랜 고통 앞에서 주변은 신음과 흐느낌으로 채워진다. 페스트를 신이 내린 고통으로 수용하려는 파늘루 신부에게 리유는 격렬하게 외친다. "이애는, 적어도 아무 죄가 없었습니다!" 그러한 항의에 대한 신부의 대답은 "아마도 우리는 우리가 이해할 수 없는 것을 사랑해야 할지도 모릅니다"라는 것이었다.

리유와 파늘루 신부와의 논쟁 장면은 흡사 도스토옙스키의 『카라마조프가의 형제들』에 나오는 '대심문관' 편을 방불케 한다. 이반 카라마조프 역시 신의 섭리가 무고한 어린아이의 고통을 대가로 구현되는 것이라면 받아들일 수 없다고 말한다. 도스토옙스키는 그런 이반의 논리를 조시마 장로의 가르침과 대비하면서 여전히 인간의 지성을 넘어서는 사랑과 섭리의 편을 들고자 하지만 카뮈의 선택은 단연 파늘루 신부가 아닌 리유 쪽이다. 그렇더라도 어린아이의 무고한 고통과 신의 섭리에 대한 반항만을 주제로 삼았다면 『페스트』는 『카라마조프가의 형제들』의 아류작에 머물렀을 것이다.

　카뮈는 타루와 리유의 대화 장면을 통해 한 걸음 더 나아간다. 타루가 자신의 관심사는 신이 없이 어떻게 성인이 될 수 있는가라는 것이라고 말하자, 리유는 성인들보다는 패배자들에게 더 연대의식을 느끼며 자신의 관심은 그저 인간이 되는 것이라고 응답한다. 그러자 타루는 "그럼요, 우리는 같은 것을 추구하고 있어요. 다만 내가 야심이 덜할 뿐이죠"라고 정리한다. 만약 두 사람이 같은 것을 추구하는 것이라면 타루의 '성인'은 리유에게 '인간'이 된다. 타루에게 성인이라고 불릴 만한 이가 리유에게는 그저 인간일 뿐이라면 리유가 인간에 대해 훨씬 더 높은 기대와 야심을 가진 셈이 된다. 리유를 작가적 분신으로 내세운 카뮈는 대단한 야심가였다.

_〈한겨레〉(2013. 07. 08.)

고해하는 재판관 클라망스의 회한

전락
알베르 카뮈 지음, 김화영 옮김
책세상, 1989

알베르 카뮈의 대표작 가운데 가장 재미있게 읽은 건 고등학생 때 읽은 『이방인』이나 『페스트』가 아니라 대학생 때 읽은 『전락』(1956) 이다. 아마도 도스토옙스키의 『지하로부터의 수기』(당시엔 『지하생활자의 수기』로 나와 있었다)를 읽은 뒤여서 더 흥미로웠는지 모른다. 두 작품을 읽은 독자라면 같이 떠올리지 않는다는 게 불가능할 만큼 서로 닮았기 때문이다. 처음부터 끝까지 주인공 화자의 장광설로 채워진 형식을 비교해보더라도 그렇다.

도스토옙스키의 영향은 거기서 그치지 않는다. 〈악령〉의 각색가였던 카뮈는 무대에 올린 〈카라마조프가의 형제들〉에서는 이반 카라마조프 역을 한 것으로도 알려져 있다. 『카라마조프가의 형제들』에서

사상적으로 이반의 대척점에 놓이는 조시마 장로가 죽기 전에 남긴 설교의 한 대목. "당신은 어떤 사람의 심판자도 될 수 없다는 것을 결코 잊어서는 안 된다. 그것은 심판자 자신이 자기 앞에 서 있는 사람과 마찬가지로 죄인이며, 아니 자기야말로 다른 누구보다도 그 범죄에 대하여 책임이 있다는 것을 인정할 때까지는 아무도 죄인을 심판할 수 없기 때문이다. 이것을 깨달을 때 그는 비로소 심판자가 될 수 있다." 요는 자신이 죄인임을 먼저 인정할 때 심판자가 될 수 있다는 것이다. 바로 『전락』의 주인공 클라망스가 자처한 형상 아닌가.

네덜란드 암스테르담의 한 술집에서 자신을 '고해告解 판사'(범우사), '재판관 겸 참회자'(책세상), '속죄판사'(창비)라고 소개하는 클라망스는 원래 파리의 유능한 변호사였다. 육체를 향유하도록 태어났다고 생각하는 그는 항상 정상에 오르고자 하는 성향을 지녔으며 약간은 초인이 된 듯한 기분으로 우쭐대며 살아가는 인물이었다. 우월감은 성격의 기본 옵션이었다. 그러던 어느 날 저녁 센강의 한 다리를 건너던 중에 그는 등뒤에서 웃음소리를 듣는다. 깜짝 놀라 돌아보지만 아무도 없다. 환청을 들은 것이다. 대개 그렇듯이 그의 환청은 그가 억압한 기억과 관련이 있었다. 그날 저녁보다 2~3년 전에 그는 센강의 또다른 다리를 건너던 중 다리 난간에 허리를 굽히고 있던 젊은 여자를 본다. 외면하고 계속 가지만 아니나 다를까 물에 첨벙하고 뛰어든 소리가 들렸다. 그는 걸음을 멈추고 고개는 돌리지 않은 채 비명이 잦아지는 소리를 들었다. 하지만 '너무 늦었어'라고 자위해볼 따름이었다.

　그렇게 상기하게 된 사건은 그에게 오점, 곧 제거할 수 없는 얼룩이자 상처가 된다. 이 상처는 그의 표식이 돼 사람들이 곧 그를 심판대에 올려 세우고 마치 식인어처럼 달려들어 물어뜯을지 모를 일이었다. 인간은 모두가 재판관이고 남의 눈에는 죄인이기에 그렇다. 더는 '재판관판사'의 지위를 유지하기가 어렵다고 판단한 클라망스는 방책을 고안해낸다. 그건 남들보다 먼저 자신을 심판대에 올려 단죄하는 것, 곧 자발적 속죄자, 참회자가 되는 것이었다. 타인의 심판을 벗어나기 위한 교묘한 선택이라고 할까. 마지막 장면에서 그는 자신이 정말로 하고 싶었지만 수년 동안 억눌러왔던 말을 털어놓는다. "오, 아가씨, 이번에는 내가 우리 둘을 모두 다 구원할 수 있도록 한번 더 몸을 내던져주십시오!" 물론 이건 클라망스의 회한이자 유머이다. 하지만 현실에서는 그런 기회가 종종 주어지는 듯하다. 혹은 억지로 기회를 만드는 것인지도 모를 일이다.

_〈한겨레〉(2013. 09. 02.)

'그리스인 조르바'는
럼주의 향을 풍긴다

그리스인 조르바
니코스 카잔차키스 지음, 유재원 옮김
문학과지성사, 2018

그리스의 문호 니코스 카잔차키스는 대표작 『그리스인 조르바』 (1946)로 우리에게 친숙하다. 일찍이 번역가이자 소설가 이윤기 선생의 번역으로 소개되어 널리 읽혔고 수많은 번역본이 뒤를 이었다. 원작이 그리스어로 쓰인 걸 고려하면 대부분은 영어판에서 옮긴 중역본들이었다. 그리스학 전공자인 유재원 교수의 원전 번역본이 눈길을 끄는 것은 그래서이다. 원전 번역본과 중역본은 어떤 차이가 있을까? 그동안 우리가 읽어온 『그리스인 조르바』와는 전혀 다른 『그리스인 조르바』가 따로 있을까? 자연스레 던지게 되는 질문이다.

흥미로운 건 영어권에 소개된 『그리스인 조르바』도 사정이 우리와 비슷했다는 사실이다. 1950년대 초에 프랑스어판(1947)을 저본으로 옮긴 중역본이 그간에 읽히다가 2014년에 가서야 그리스어에서 직접 옮긴 새 번역본이 나온다. 카잔차키스 전문가로 대표 평전까지 쓴 피터 빈이 번역자인데 그는 기존 번역본이 많은 누락과 오역을 범하고 있다고 지적한다. 이윤기판을 비롯해서 대다수 한국어판이 고스란히 떠안을 수밖에 없는 오류였다. 몇 가지 예외가 새로 나온 번역본들인데, 김욱동판(민음사), 이종인판(연암서가)은 피터 빈의 새 영어판을 옮긴 것이고 이재형판(문예출판사)은 2015년에 나온 새 프랑스어판을 옮긴 것이며 유재원판(문학과지성사)은 그리스어판 번역이다.

지금까지는 이윤기판이 가장 많이 읽히는 번역본이었지만 원전 번역과 새 중역본 들이 그에 도전장을 내민 형국이다. 『그리스인 조르바』를 둘러싼 '번역 전쟁'의 풍경을 잠시 들여다보면 어떨까. 소설의 결말에서 나(카잔차키스)가 스스로 자유롭기에 조르바에게 동행할 수 있다고 말하자 조르바는 아직 그렇지 않다고 대꾸한다. 매여 있는 줄이 다른 사람들보다 조금 길어서 자유롭다고 생각할 뿐이고 진정한 자유를 위해서는 그 줄을 잘라내야 한다고 충고한다. 언젠가는 그 줄을 잘라낼 거라고 하자 조르바는 정색하며 고개를 가로젓는다.

"두목, 어려워요, 아주 어렵습니다. 그러려면 바보가 되어야 합니다. 바보, 아시겠어요? 모든 걸 도박에다 걸어야지요. 하지만 당신에게 좋은 머리가 있으니까 잘은 해나가겠지요. 인간의 머리란 식료품 상점과 같은 거예요. 계속 계산합니다. 얼마를 지불했고 얼마를 벌었으니까 이익은 얼마고 손해는 얼마다! 머리란 좀상스러운 가게 주인이지요."(이윤기) 조르바의 말은 카잔차키스가 좋은 머리를 갖고 있기에 계산하다보면 줄을 잘라낼 수 없을 거라는 것이다.

같은 대목을 원전 번역은 이렇게 옮긴다. "대장, 그건 어렵수다. 아주 어려워요. 그러려면 미쳐야 하는데, 듣고 있수? 미쳐야 한단 말요. 모든 걸 걸어야 해요! 하지만 대장, 당신은 머리가 있어 그게 대장을 갉아먹고 있죠. 정신이란 식료품 주인 같은 거요. 장부를 팔에 끼고서는 얼마 들어왔고 얼마 나갔고, 이건 이득이고 이건 손해고, 일일이 기입하죠. 정신은 알뜰한 주부 같아서 모든 걸 포기하지 못해요."(유재원)

'머리'와 '정신'의 차이가 대수롭지 않다면 '좀상스러운 가게 주인'과 '알뜰한 주부' 간에는 약간의 차이가 느껴진다. 전자가 직설적이라면 후자는 반어적이기에 그렇다. 아무려나 카잔차키스 같은 먹물은 줄을 잘라내기 어려울 거라는 게 조르바의 장담이다. 그렇지만 바로 그 점이 조르바로서는 안타깝다. "그러나 인간이 이 줄을 자르지 않을 바에야 살맛이 뭐 나겠어요? 노란 카밀레 맛이지. 멀건 카밀레 차 말이오. 럼주 같은 맛이 아니오. 잘라야 인생을 제대로 보게 되는데!"(이윤기) "하지만 그 끈을 자르지 않으면, 대장 인생에 뭐가 있겠수? 캐모마일 차, 맛있는 캐모마일 차 정도? 세상을 뒤집어엎을 럼주는 절대 아니죠."(유재원)

이 대목에서도 '멀건 카밀레 차'를 '맛있는 캐모마일 차'라고 하면 반어적으로 말하는 게 된다. 다른 번역본들에서는 '희석한 캐모마일 차'(김욱동)나 '이 맛도 저 맛도 없는 카밀레 차'(이재형)라고 옮겼다.

차이가 없지는 않지만 판을 뒤엎을 정도는 아니다. 캐모마일과 럼주의 대조만 확실하게 전달된다면 번역의 임무는 완수된 것으로 보아도 좋겠다. 책상물림과 거리가 멀기도 하지만 조르바라면 번역본의 사소한 차이들을 장부에다 적어놓을 것 같지도 않다. 조르바의 가르침에 충실하자면 『그리스인 조르바』는 캐모마일 차를 마시며 읽을 게 아니라 럼주를 마시며 읽어야 한다. 멀겋게 읽을 것인가 독하게 읽을 것인가. 번역본을 검토해본다고 나섰지만 좀상스러운 일 같아서 접어둔다.

_〈한겨레〉(2018. 06. 15.)

가벼운 삶이냐 무거운 삶이냐

참을 수 없는 존재의 가벼움
밀란 쿤데라 지음, 이재룡 옮김
민음사, 2009

삶은 얼마만큼의 무게를 갖는가. 아니 다시 질문해보자. 삶은 얼마만큼의 무게를 갖는 것이 적당한가. 가벼운 삶과 무거운 삶, 당신이라면 어느 쪽을 택할 것인가. 체코 출신의 프랑스 작가, 아니 그 자신의 바람대로라면 그냥 '보헤미아의 작가'이자 '중부 유럽의 작가' 밀란 쿤데라가 대표작 『참을 수 없는 존재의 가벼움』(1984)에서 우리에게 던지는 물음이다. 그에게 이런 물음의 물꼬를 터준 이는 철학자 니체다. 다른 무엇보다도 '영원회귀'를 설파한 철학자 니체.

"영원한 회귀란 신비로운 사상이고, 니체는 이것으로 많은 철학자들을 곤경에 빠뜨렸다. 우리가 이미 겪었던 것이 어느 날 그대로 반복될 것이고 이 반복 또한 무한히 반복된다고 생각하면! 이 우스꽝스러

문학에 빠져 죽지 않기

운 신화가 뜻하는 것이 무엇일까?"

『참을 수 없는 존재의 가벼움』은 니체의 영원회귀 사상이 갖는 수수께끼를 숙고해보는 데서 시작한다. 모든 것이 똑같이, 무한히 반복된다는 것은 선뜻 이해하기 어려운 사상이기에 '신비로운 사상'이다. 그에 따라 많은 해석이 제출된 건 당연한데, 일부에서는 그것이 너무나 우스꽝스러운 생각이기 때문에 진지하게 간주하면 곤란하다는 주장까지 편다. 니체는 중요한 철학자이지만, 바로 그렇기 때문에 그의 영원회귀 사상만큼은 그냥 농담으로 기각해야 한다는 견해도 있다. "철학자들을 곤경에 빠뜨렸다"는 말의 배경이다.

쿤데라는 이 문제적인 영원회귀 사상에 대한 나름의 해석을 제시함으로써 경합에 나선다. 그는 영원회귀가 주장하는 바를 뒤집어서 생각해보자고 제안한다. 만약 영원회귀가 없다면 인생은 말 그대로 단 한 번뿐인 인생이 될 것이고, 그렇게 한번 사라지고 다시 돌아오지 않는 인생이란 너무도 덧없어서 아무런 무게감도 갖지 못하게 될 것이다. 존재의 '참을 수 없는 가벼움'이다. 영원회귀는 바로 그런 대조효과를 유발한다. 영원회귀라는 '무거움' 옆에서 일회적인 삶은 '가벼움'을 면치 못한다. 그것도 너무도 가벼운, 참을 수 없을 정도의 가벼움이다.

그렇다면 한 번뿐인 삶 대신에 영원회귀의 삶을 선택해야 할까. 하지만 이 또한 만만찮다. "우리 인생의 매 순간이 무한히 반복되어야 한다면, 우리는 예수 그리스도가 십자가에 못박혔듯 영원성에 못박힌

꼴이 될 것"이기 때문이다. 니체도 『차라투스트라는 이렇게 말했다』에서 영원회귀 사상은 '가장 무거운 짐'이라고 토로했다. 어떤 장면에서인가. 차라투스트라가 달밤에 개가 울부짖는 소리를 듣고 다가가보니 젊은 양치기가 구역질을 하고 있었다. 묵직한 검은 뱀을 입에 물고 있어서였는데, "물어뜯어라! 대가리를 물어뜯어라!"란 그의 충고를 듣고 양치기는 뱀을 물어뜯어서 뱉어버린다. 그러자 양치기는 더이상 양치기가 아닌 '변화된 자'가 되어 웃음을 터뜨린다.

차라투스트라가 본 이 환영에서 양치기의 목구멍을 문 뱀은 바로 영원회귀 사상을 뜻한다. 그것이 목구멍에 걸려 삼키지도 뱉어내지도 못해서 곤경에 빠져 있었던 것이다. 차라투스트라 역시 영원회귀 사상 때문에 한바탕 앓고 나서야 자리를 털고 일어나는 걸 보면 젊은 양치기는 차라투스트라 자신의 모습이기도 하다. 영원회귀라는 위험한 사상을 수용·극복하고 나서야 차라투스트라는 영원회귀를 가르치는 자가 된다. 그는 영원회귀의 운명을 긍정하라고 가르친다. 자신의 인생이 반복되어도 좋다고 긍정하는 자, '다시 한번!'이라고 말하는 자가 다름 아닌 초인이다. 니체에게서 영원회귀와 초인은 그렇게 만난다. 그것은 '운명애'를 매개로 해서다.

니체와 쿤데라는 삶의 무거움과 가벼움의 대조를 좀더 오래 끌고 간다. 무거운 짐은 비록 우리를 짓누르면서 바닥에 깔아 눕히지만, 동시에 삶을 생생하게 만든다. 그것은 마치 우리를 지상으로 잡아당기는 중력이 우리에게 현실감을 부여해주는 것과 마찬가지다. 만약에 우리가 아무런 짐도 지고 있지 않다면, 우리의 삶은 너무 자유롭다 못해 무의미해질 것이라고 쿤데라는 생각한다. 어느 쪽도 쉽게 선택하기는 어려운 것이다.

바로 그런 선택적 상황에 놓인 주인공 토마시의 모습을 소개하면서 소설은 본격적으로 시작한다. 프라하의 한 병원에서 근무하는 의사 토마시는 아내와 이혼하면서 아들까지 떼어주고 부모와도 관계를 끊은 채 자유분방한 삶을 사는 바람둥이다. 가벼운 삶의 표본이라고 할까. 그는 여자들과의 관계에서도 무거움을 피하기 위해 '에로틱한 우정'이라는 걸 고안해낸다. 사랑을 나누더라도 서로의 자유에 대한 간섭을 배제하기 위해, 짧은 기간 동안 연달아 한 여자를 만날 수 있지만 3번 이상은 안 되며 수년 동안 한 여자를 만날 수 있지만 적어도 3주 이상의 간격을 두어야 한다는 '3의 법칙'을 수칙으로 삼는다.

하지만 테레자를 만나면서 토마시는 고민에 빠진다. 보헤미아의 한 작은 마을에 진료차 내려갔던 그는 우연히 카페의 여종업원 테레자를 만나는데, 그로부터 열흘 후에 테레자가 프라하로 그를 찾아온다. 둘은 그날로 동침을 하지만 테레자가 독감을 앓게 된 탓에 바로 떠나지 못하고 그의 집에 일주일을 더 머물다가 내려간다. 테레자는 마치 송진으로 방수된 바구니에 담겨 그의 인생에 도착한 듯했고, 그는 이것이 특별한 인연이 아닐까 생각한다. 어떤 여자든 간에 한 여자와는 살 수 없다고 믿어온 터이지만, 테레자가 떠난 뒤에는 아파트 창가에 서서 머리를 싸매게 된다. "테레자와 함께 사는 것이 나을까, 아니면 혼자 사는 것이 나을까?"라는 고민 때문이다.

기대할 수 있는 가장 좋은 조건은 두 가지 모두를 경험해보는 것이 겠다. 그렇다면 정확한 비교가 가능할 테니 말이다. 하지만 지구라는 '무경험의 행성'에서 우리는 아무런 리허설도 없이 무대에 오른 배우 신세다. 겪어보지 않은 상황에서 비교할 만한 기준도 없이 인생에서 가장 중요한 결정들을 내려야 하는 것이다. 이때 토마시가 되뇌는 독일 속담이 "아인말 이스트 카인말Einmal ist Keinmal"이다. 한번 일어난 일은 전혀 없었던 것과 마찬가지라는 뜻이다. 한 번만 산다는 것은 전혀 살지 않는다는 것과 마찬가지라는 의미도 된다. 우리 인생의 참을 수 없는 가벼움이다.

토마시는 결국 테레자와의 동거를 선택한다. 그는 비록 다른 여자와 정사를 나누는 것과 함께 잔다는 것은 서로 전혀 다른 두 가지 열정이라고 생각하지만, 테레자와의 동거 이후에는 술의 도움 없이는 다른 여자와 사랑을 나누지 못하게 된다. 그런 토마시의 모습을 보고 연인 중의 한 명인 사비나는 바람둥이 토마시의 그림자 위에 낭만적 사랑에 빠진 연인의 모습이 비친다고 말한다. 즉 바람둥이 돈 주앙인 토마시는 한편으로 테레자만을 생각하는 트리스탄이기도 하다. 비유컨대 돈 주앙이 가벼운 사랑의 대명사라면 중세 서사시의 주인공 트리스탄은 무거운 사랑, 운명적인 사랑의 화신이다.

토마시와 테레자는 '프라하의 봄'의 여파로 스위스의 취리히로 건너가지만 테레자는 토마시의 바람기를 더는 참지 못하고 혼자서 프라하로 돌아간다. 이때 토마시는 어떤 선택을 해야 할지, 테레자에게 돌아가야 할지 말지를 고민하게 된다. 그에게 길잡이가 되어주는 것은 베토벤의 4중주 곡에 쓰인 가사 "에스 무스 자인Es muss sein"이다. "그래야만 한다"는 뜻의 이 가사는 '어려운 결단'의 표현이기도 하다. 그는 테레자에게 다시 돌아가기로 결정함으로써 그의 운명을 짊어지기로 한다.

이렇듯 가벼움과 무거움 사이에서 진동하는 토마시의 삶은 "한 번뿐인 것은 아무것도 아니다"와 "그래야만 한다" 사이에 걸쳐 있는 삶이기도 하다. 어느 쪽이 옳은가? 오직 단 한 번밖에 살지 못한다면 그러한 가치판단은 우리의 몫이 아닌지도 모른다. 우리 역시 삶의 무거움은 부담스러워하면서 삶의 가벼움은 구제하고자 자주 서성이고 있는 듯싶기 때문이다. 쿤데라의 『참을 수 없는 존재의 가벼움』은 영원회귀 사상에 대한 소설적 성찰이면서 우리 존재의 딜레마에 대한 우아한 묘사다. 쿤데라와 함께 삶은 얼마만큼의 무게를 갖는 것이 적당할지 다시 생각해봐도 좋겠다.

_〈문화만개〉(2015년 7월호)

기욤 뮈소의 치유 서사

센트럴 파크
기욤 뮈소 지음, 양영란 옮김
밝은세상, 2014

'가슴 절절한 사랑 이야기'와 '숨막히는 서스펜스'가 결합된 소설이라면, 게다가 저자가 프랑스의 베스트셀러 작가 기욤 뮈소라면 선택의 여지가 없다. 베스트셀러 기피 독자가 아니라면 바로 손에 들어볼 만한 작품이 『센트럴 파크』(2014)다.

주인공인 파리 경찰청 강력계의 팀장 알리스는 간밤에 파리에서 술을 마셨다고 생각했는데, 아침에 뉴욕 센트럴파크의 벤치에서 깨어난다. 도대체 어떻게 된 일이며, 무슨 일이 벌어진 것인지 추적해가는 것은 당연한 일. 『센트럴 파크』는 그 추적 과정을 영화적 스토리 라인에 담은 추리소설로도 읽을 수 있다.

열쇠가 되는 건 함께 수갑이 채워진 상태로 옆에 누워 있는 남자

가브리엘이다. "당신은 누구죠?"라고 영어로 질문을 던지며 이야기는 시작된다. 이런 경우 소설은 추리소설의 외형을 갖고 있더라도 정체성에 관한 탐구가 핵심을 이룬다. 즉 소설의 서사는 가브리엘과 알리스의 정체가 무엇인지 발견하는 과정 자체가 된다.

자기 정체성의 바탕은 기억이다. 작가는 알리스의 3년 전부터의 기억을 떠올리는 회상(플래시백) 장면을 통해서 실마리를 제공한다. 그녀는 가족들로부터 인정받지 못하는 '투명인간'이고, 경찰청장까지 지냈지만 부패 혐의로 실형을 선고받은 아버지의 딸이었다. 그러던 중 의사 폴을 만나 인연을 만들고 결혼하여 아이까지 갖는다. 알리스 생애의 가장 행복한 시간이다. 하지만 임신한 상태에서도 연쇄살인범 수사에 과욕을 부렸다가 오히려 범인에게 역습을 당해 난자당하고 배 속의 아이를 잃는다. 남편 폴은 충격적인 연락을 받고서 병원으로 가던 중 교통사고로 세상을 떠난다. 알리스는 한순간의 만용으로 남편과 아이를 모두 잃었다고 자책한다. 알리스는 혼자 살아남았지만 죽음보다 더한 고통을 떠안게 된다. 하지만 그녀의 불행은 그게 전부가 아니었다.

인생에서 가장 소중한 사람들을 잃은 주인공이 가장 절망적인 상태에서도 다시 삶을 살아갈 수 있을까. 알리스가 자기의 모습을 발견하고 상처에서 벗어날 희망을 발견하기까지의 여정을 다룬다는 점에서 『센트럴 파크』의 서사는 치유의 서사이기도 하다.

_〈다솜이친구〉(2015년 3월호)

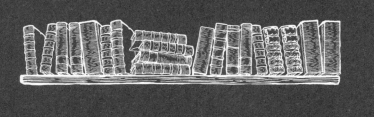

6.

우린 어떤 베르테르를 읽어왔나

우린 어떤 베르테르를 읽어왔나

젊은 베르테르의 슬픔
요한 볼프강 폰 괴테 지음, 함미라 옮김
보물창고, 2015

　한국에 가장 많이 번역된 독문학 작품이라면 헤세의 『데미안』과 함께 단연 괴테의 『젊은 베르테르의 슬픔』(이하 『베르테르』)을 꼽을 수 있다. '젊은 베르터의 고뇌'라는 제목의 번역을 포함해서 과도한 중복 번역의 사례로 지목될 만큼 많은 번역본이 나와 있다. 1774년 괴테 나이 스물다섯 살에 발표된 『베르테르』는 알려진 대로 대단한 사회적 반향을 불러일으킴으로써 괴테 자신의 운명에도 지대한 영향을 미친 작품이다. 게다가 셰익스피어의 햄릿이 그러하지만 베르테르 역시 작가보다 더 유명한 주인공의 하나다.

　그런 『베르테르』를 어떻게 읽고 이해할 것인가. 새삼스러운 질문을 던지는 것은 괴테의 『베르테르』가 두 가지 판본으로 존재하기 때문이다. 1774년에 나온 초판과 1787년에 나온 개정판이 그것이다. 초판본이 나온 이후에 오탈자를 교정한 판본들이 더 나왔지만 적극적인 개고 과정을 거쳐서 나온 1787년판을 통상 결정판으로 간주하며, 대부분의 한국어판 『베르테르』 역시 이 1787년판을 옮긴 것이다. 하지만 두 판본 간의 차이가 사소하지 않다면, 그리고 출간과 함께 독일을 포함하여 유럽 독서계에 충격을 던진 작품은 1774년판이라는 점을 고려하면 판본의 문제는 좀더 세심하게 고려되어야 한다.

두 판본 사이의 가장 큰 차이는 한 여주인을 사랑한 하인의 에피소드가 초판본에는 빠져 있다는 점이다. 다르게 말하면, 베르테르에게 치명적인 사랑의 모델이 되는 인물을 괴테는 개정판에 의도적으로 집어넣었다. 베르테르는 이 하인을 세 차례 만나는데 그때마다 사랑의 단계에 대해서 알아나간다. 처음 만났을 때 베르테르는 여주인에 대한 하인의 지고지순한 사랑에 감동하여 진정한 사랑이 어떤 것인지 비로소 깨달았다고 말한다. 베르테르에게 연애 경험이 없지 않았음에도 불구하고 하인은 새로운 경지의 사랑을 그에게 일깨워준 것이다. 베르테르가 로테를 만나서 사랑의 감정을 키워나가는 것은 하인과의 만남 이후에 벌어진 일이다.

마치 사랑의 교사 같은 역할을 하는 하인의 존재는 로테에 대한 베르테르의 감정을 모방적인 것으로 읽게 한다. 하인은 여주인에 대한 연모의 감정이 탄로나서 여주인의 오빠에게 해고당하고, 이후에 자신을 대신하여 여주인을 모시게 된 다른 하인을 질투심에 살해하고 만

문학에 빠져 죽지 않기

다. 베르테르는 살인범으로 체포되어 끌려가는 하인을 보고서 애통해하며 적극적으로 변호하고자 한다. 동병상련을 느끼며 베르테르가 자신의 운명을 하인에게 투사하고 있다는 점을 분명하게 알려주는 장면이다. 더불어 그의 감정이 자발적이거나 직접적이라기보다는 모델에 의해 매개된 것이 아닌가 의심하게 한다. 다시 말하자면 이러한 설정이 빠져 있는 것이 1774년판이다.

주인공 베르테르가 세계문학사상 가장 섬세한 감정의 소유자로 등장한다는 점을 고려하면 그가 자발적으로 행동하는 것인지, 아니면 어떤 모델의 행동을 흉내낼 뿐인지는 중요한 차이가 아닐 수 없다. 그리고 이 차이는 괴테도 의식했을 차이다. 개정판을 낼 무렵의 괴테는 이미 30대 후반으로, 1786년부터 1788년 사이의 이탈리아 여행을 통해서 고전주의자로 변모해가던 괴테다. 초판본을 내면서 '질풍노도' 운동의 대표자로 떠오르게 되는 젊은 날의 괴테와는 어느 정도 거리를 두게 된 괴테이기도 하다. 개정판 『베르테르』가 그러한 변화를 반영한 판본이라면 초판본과는 구별해주는 것이 온당하다고 여겨진다. 우리가 어떤 『베르테르』를 읽어왔으며 또 읽고 있는 것인지부터 확인해볼 필요가 있다.

_〈한겨레〉(2018. 10. 19.)

이탈리아 여행에서 찾은
위대한 것

이탈리아 기행
요한 볼프강 폰 괴테 지음, 박찬기 옮김
민음사, 2004

『젊은 베르테르의 슬픔』을 통해 독일에서 일약 가장 유명한 작가가 된 괴테는 스물일곱의 나이에 바이마르 공국의 고문관으로 초빙된다. 그리고 10년이 지난 1786년 가을, 중년의 초입에서 괴테는 오랫동안 벼르던 이탈리아 여행을 감행한다. 바이마르의 대공에게조차 행선지를 숨긴 비밀 여행이었다. 이탈리아 로마를 목적지로 한 그랜드투어는 당시 유럽 귀족층의 유행이었고 괴테의 아버지도 결혼 전에 1년간 이탈리아 여행을 다녀와서 이탈리아어로 쓴 여행기를 남겼다. 서른일곱 살 괴테로서는 더는 미룰 수 없는 필생의 과제가 이탈리아 여행이었다.

휴양지 칼스바트에서 출발한 괴테는 이탈리아 북부 볼차노와 트렌

토를 거쳐서 베로나와 베네치아에 이른다. 그의 최종 목적지는 제국의 기억을 간직한 '세계의 수도' 로마였는데 베로나에서 유적 가운데는 처음으로 원형극장을 보고서 경탄한다. 원형극장은 "민중들로 하여금 자신이 대단한 존재라는 기분이 들게 하고 자신들의 모습을 보고 스스로 즐기도록 하기 위해서 만들어진 것"이다. 평지에서 많은 사람이 무언가를 보려면 서로 높은 위치에 서려고 다투게 되지만 원형극장에서는 그럴 필요가 없다. 모두에게 시야가 확보되는 극장에서는 모두가 주인이 된다. 괴테는 원형극장 자체가 '위대한 작품'이라고 말한다.

각자가 주인이 되는 원형극장은 이탈리아 여행의 목적과도 무관하지 않다. 괴테는 그 목적이 자기 자신을 속이지 않고 "본연의 나 자신"을 깨닫기 위해서라고 말한다. 위대한 것, 아름다운 것이라면 기꺼이 존경하려는 마음이 그의 타고난 성격이었다. 그렇다면 그에게 행복한 삶은 그렇듯 위대한 것, 아름다운 것과 매일매일 접촉하면서 사는 삶일 수밖에 없다. 그가 오랫동안 로마를 꿈꿔온 이유다. 목표한 날짜에 로마에 닿기 위해 괴테는 피렌체를 포함해 여러 도시를 주마간산 격으로 지나친다. 그리고 마침내 로마에 입성한다. 상상을 초월하는 장관과 파괴의 흔적과 마주하여 경탄을 아끼지 않는다. 그는 마치 "커다란 학교"에 들어선 기분을 느낀다. 그러면서 "정신은 무미건조하지 않은 엄숙함과 기쁨이 넘치는 안정에 도달한다".

첫번째 로마 체류 기간까지를 다룬 괴테의 『이탈리아 기행』 1부는 실제 여행으로부터 30년이 지난 1816년에 출간된다(이탈리아 남부 여행의 기록까지 담은 최종판은 1829년에야 나온다). 여행시의 메모와 기록, 일기와 편지를 정리한 것이어서 세월의 경과에도 불구하고 생생한 실감이 구현되어 있다. 어쩌면 그 30년의 시간은 이탈리아 여행이 경험하게 해준 진정한 재생, 제2의 탄생에 견주면 사소한 의미만을 갖는 것인지도 모른다. 이 경우 중요한 것은 언어가 아니라 경험이다. 『이탈리아 기행』이 여러 종의 번역본으로 나와 있지만 이 책의 용도는 읽기 위한 것이 아니라 손에 들고 다니기 위한 것이 아닐까.

이달 초에 이탈리아 남부 여행까지는 따라가보지 못했지만 밀라노를 경유하여 베네치아에서 로마까지 괴테의 동선을 따라가며 『이탈리아 기행』을 손에 들고 수시로 펼쳐보았다. 괴테처럼 장기 체류를 감행할 형편은 아니었지만 위대한 것과 아름다운 것이 실재한다는 것을 체감하는 데는 많은 시간이 필요하지 않았다. 괴테는 "마흔이 되기 전에 위대한 것을 연구하고 습득해서 나 자신을 성숙시키고자 한다"고 서른일곱에 적었다. 각자가 자신을 성숙시키는 과제에 나이 제한이 있을 성싶지 않다. 마흔 이후에도 우리는 위대한 것을 연구하고 습득할 필요가 있다.

이탈리아 여행 이후에 완성한 『빌헬름 마이스터의 수업시대』에서 괴테는 예술과 여행 경험이 시민계급이 귀족계급과 대등하기 위해서 갖춰야 할 필수적인 요건이라고 말한다. 『이탈리아 기행』은 그 경험의 가치를 실증해준다.

_〈한겨레〉(2019. 03. 15.)

문학에 빠져 죽지 않기

P.S.

『이탈리아 기행』이 책으로 출간된 것은 실제 여행으로부터 30년 뒤인데, 그것은 괴테가 1811년부터 발표하기 시작한 자서전『시와 진실』의 연장선상에 놓이기 때문이다(전체 4부로 구성된『시와 진실』은 괴테 사후인 1833년에 완간된다).『시와 진실』은 출생부터 1775년 바이마르에 부임하기까지를 다룬다.

말테는 왜,
무엇을 바로 보고자 했나

말테의 수기
라이너 마리아 릴케 지음, 안문영 옮김
열린책들, 2013

"주여, 때가 왔습니다. 지난여름은 참으로 위대했습니다." 가을이면 생각나는 시가 「가을날」이다. 자연스레 「가을날」의 시인 릴케도 떠올리게 된다. 그가 남긴 유일한 장편소설 『말테의 수기』(1910)를 가을맞이로 다시 읽었다. 원제는 '말테 라우리츠 브리게의 수기'. 제목대로 시인의 분신 격 인물인 말테 브리게의 성찰과 단상을 모은 기록이다.

이 소설 혹은 수기가 내게 가장 와닿았던 때는 스물여덟 살 무렵이었는데 작품에서 말테의 나이이다. "우스운 일이다. 나는 여기 작은 방에 앉아 있다. 나 브리게는 스물여덟 살이 되었고, 아무도 나를 모른다. 나는 여기 앉아 있고, 아무것도 아니다." 말테가 앉아 있는 곳은 파리 한구석의 싸구려 호텔 6층 방이고, 릴케의 파리 체류 시기를 고려하면 때는 1902년 9월이다.

보통의 소설에서라면 파리 같은 대도시에 상경한 시골뜨기 주인공이 성공과 출세를 도모하려고 이곳저곳을 기웃거릴 터인데, 말테는 그와 달리 방구석에 앉아 이런저런 생각을 하거나 고작 도서관을 드나들 뿐이다. '아무것도 아닌 것'이라고 자칭하지만 그는 대단한 무엇이 될 생각이 없다. 대신에 이런 질문을 던진다. "사람들이 이제껏 어떤 실제적인 것과 중요한 것을 보지 못했고, 인식도 못했고, 말하지도 않았다는 것이 가능할까?" 따로 친구가 있는 것도 아니어서 이 질문에 대한 대답도 스스로 하는 수밖에 없다. "그렇다, 그럴 수 있다."

무슨 뜻인가? 이제까지 수천 년 동안 사람들이 잘 보고, 생각하고 기록할 시간이 있었음에도 그냥 흘려보냈을 수 있다는 것이다. "마치 버터빵과 사과 한 개를 먹는 학교 휴식시간처럼." 이런 문제의식하에 말테는 이제야말로 제대로 보고 생각하고 기록하고자 한다. 그 첫 단계가 바로 보기다. 말테는 여러 차례 보는 법을 배우고 있다고 말한다. 그는 무엇을 보는가. 가장 먼저 관찰하는 것은 파리에서 죽어가는 사람들이다. 559개의 병상이 있는 큰 병원에서 매일같이 사람들이 죽어가기에 마치 죽음이 공장에서 생산되는 것 같다고 느낀다. 이러한 죽음이 일상화되면서 사람들은 점차 '자기만의 죽음'을 죽겠다는 소망을 갖기 어렵게 되었다.

하지만 예전에는 그렇지 않았다. 말테는 시종관이었던 자기 할아버지의 죽음을 떠올리는데, 두 달간 지속된 죽음의 과정을 멀리 떨어진 농가에서도 알아챌 수 있을 정도로 대단한 죽음이었다. 릴케 시의 주요 주제이기도 한데, 말테는 사람들이 마치 과일이 씨를 품듯이 저마다 자신의 죽음을 품고 태어난다고 생각한다. 여자들은 자궁 속에, 그리고 남자들은 가슴속에. 그 죽음은 삶과 함께 과일처럼 익어간다. "그런 죽음을 지니고 있었기에 사람들은 독특한 품위와 조용한 자긍심을 부여받고 있었던 것이다."

릴케는, 그리고 말테는 사람들이 죽으려고 오는 것 같은 파리에 오래 머물지 않았다. 그는 어디에도 오래 머물지 않고 창작에만 집중하며 평생 배회하는 삶을 살았다. 『두이노의 비가』나 『오르페우스에게 바치는 소네트』 같은 대표작을 완성하고서 몇 년을 더 살았을 뿐인데, 그럼에도 그 유명한 묘비명을 미리 써놓는 데에는 충분한 시간이었다.

"장미여, 오 순수한 모순이여,/ 겹겹이 싸인 눈꺼풀들 속/ 익명의 잠이고 싶어라." 『말테의 수기』는 그러한 시적 여정의 이정표로 읽을 수 있다.

_〈주간경향〉(2019. 09. 23.)

P.S.

릴케에 대한 깊이 있는 접근은 김재혁 교수의 저서와 역서를 몇 권 참고할 수 있다. 리뷰에서 릴케가 평생 배회하는 삶을 살았다고 적었는데, 그 구체적인 행적에 대해서는 『릴케의 시적 방랑과 유럽 여행』(고려대학교출판문화원)이 요긴한 참고가 된다. 볼프강 레프만의 평전 『릴케』(책세상)가 절판된 것은 아쉽다.

휴양지에서 만난 아름다운 소년

베네치아에서의 죽음
토마스 만 지음, 홍성광 옮김
열린책들, 2009

이탈리아 문학기행에 나서 베네치아에 들렀다. '바다의 도시' 베네치아를 다룬 작품은 셰익스피어의 『베니스의 상인』을 필두로 해 많이 있지만 20세기 작가의 작품으로는 단연 토마스 만의 중편소설 『베네치아에서의 죽음』(1912)을 꼽을 수 있다. 독일문학 작품임에도 그의 책을 가방에 챙겨 온 이유다. 나이는 차이가 나지만 주인공인 중견 작가 아셴바흐에게는 집필 당시 30대 후반이던 토마스 만 자신의 모습이 투영되어 있다. 그리고 독자는 그 아셴바흐의 모습에서 자기의 모습을 발견하기도 하므로 작가와 독자는 그렇게 독서를 매개로 이심전심이 된다.

토마스 만의 또다른 대표작 『토니오 크뢰거』(1903)에서 주인공 크뢰거가 뮌헨에서 만의 고향인 뤼벡과 햄릿의 고향 헬싱괴르로의 동선을 보여준다면 『베네치아에서의 죽음』에서 아셴바흐는 뮌헨에서 남쪽 베네치아로 떠난다. 북쪽으로의 여행이 자기인식과 극복을 위한 여정이라면 남쪽으로의 여행은 탈출과 방임을 위한 여정이다. 평소 창작에 대한 압박에 시달리던 아셴바흐는 기분 전환에조차도 소극적이었지만 어느 날 어딘가로 훌쩍 떠나고 싶다는 충동에 몸을 맡긴다. 그가 향한 곳은 아드리아해의 한 섬. 바로 베네치아의 리도섬이다.

휴식차 떠난 여행이었지만 아셴바흐는 예기치 않게도 휴양지에서 완벽한 외모의 미소년 타치오를 보게 된다. 놀랄 만큼 아름다운 소년에게서 에로스 신까지 떠올리며 아셴바흐는 이렇게 중얼거린다. "정말이지 나를 기다린 건 바다와 해변이 아니었어. 네가 여기 있는 동안 나도 여기에 있어야겠어!" 그렇지만 그는 강렬한 유혹을 뒤로하고 섬을 떠나기로 결심한다. 만약 그가 결심한 대로 섬을 떠났다면 이 소설은 이성과 의지가 관능과 정념의 유혹을 극복해낸 이야기로 마무리되었을 것이다. 다시 말해, 플라톤의 사랑관을 그대로 반복한 '플라토닉 러브'의 서사가 되었을 것이다.

하지만 아셴바흐는 운명의 짓궂은 희롱에 말려든다. 호텔에서 짐을 엉뚱한 곳으로 부치는 바람에 그의 체류는 부득이하게 연장된다. 떠나려던 숙소로 다시 되돌아온 아셴바흐는 타치오에 대한 걷잡을 수 없는 열정에 빠져든다. 그의 사랑은 일방적인데, 거의 온종일 가까이에서 타치오를 바라보면서도 아셴바흐는 타치오에게 말 한마디 건

네지 않는다. 쉰을 넘긴 중년의 작가는 미소년을 오직 바라보기만 하면서 숭배한다. 아셴바흐는 타치오의 존재 자체에 압도당하며 도저한 열정에 몸을 떤다. 베네치아에 전염병이 퍼지면서 사람들이 떠나가는 와중에도 사랑에 빠진 자로서 그는 타치오만을 염려하며 타치오가 떠날까봐 두려워한다. 마침내 아셴바흐는 전염병에 걸려 숨을 거둔다는 것이 소설의 결말이다.

주인공의 죽음으로 끝나는 줄거리만 보자면 정념의 파국을 보여주는 교훈적인 작품으로도 읽힌다. 하지만 토마스 만의 계산법은 복잡하다. 그는 아셴바흐의 입을 통해서 그러한 예술의 교육적 이념에 대해서도 냉소를 아끼지 않는다. "예술을 가지고 대중과 젊은이를 교육하겠다는 생각은 해서는 안 될 대담한 발상이야." 천성적으로 타락의 심연에 빠져드는 성향은 어찌할 수 없다는 것이다. 토마스 만 자신의 동성애로 인한 은밀한 고충을 엿보게 하면서 동시에 인간의 이성과 욕망 사이의 항구적인 갈등에 대한 성찰도 이끌어낸다.

베네치아의 유혹을 뒤로한 채 나는 베네치아를 빠져나오는 바포레토(수상버스)에 바삐 몸을 실었다.

_〈주간경향〉(2019. 03. 18.)

　　　　　　　　　　　　　　　　　　문학에 빠져 죽지 않기

고향을 떠나 새 고향을 찾는 방랑자

크눌프
헤르만 헤세 지음, 이노은 옮김
민음사, 2004

헤르만 헤세의 고향 칼프를 찾았다. 칼프는 남독일의 작은 시골 마을이다. 작은 마을이어서인지 이 고장이 배출한 문호에 대한 배려와 자부심이 도드라져 보였다. 헤세 문학관이 있는 것은 물론이고 헤세가 다녔던 길 곳곳에 '헤세의 길'이라는 표지판과 함께 그의 시들을 감상할 수 있도록 했다. 작은 마을이어서 헤세가 다니지 않은 길이 따로 있을까 싶지만 작가에 대한 존경심의 표현이라면 납득할 수 있었다. 그만큼 칼프는 헤세를 사랑하는 것이리라.

헤세는 칼프에서 태어나서 우리로 치면 초등학교 시절을 보낸다. 매일같이 건너다녔다는 다리가 보존되어 있는데 다리 중간에는 노년의 헤세가 마을을 지긋이 바라보는 동상이 세워져 있다. 상급 학교에 진학하면서 고향을 떠나고 나중에는 스위스로 국적도 바꾸지만 헤세가 다른 곳과 바꿀 수 없었던 고향이 칼프였다. 칼프에는 헤세의 동상과 함께 그의 작품 주인공으로는 유일하게 크눌프의 동상이 세워져 있다. 『크눌프』(1915)의 주인공으로, 한때 『크눌프』는 한국 독자들에게 『데미안』만큼 많이 읽힌 작품이다.

칼프라는 이름이 작품에 등장하지는 않지만 헤세의 자전소설 『수레바퀴 아래서』(1906)가 칼프를 배경으로 하기에 주인공 한스 기벤라트의 동상을 만날 법했다. 하지만 칼프의 상징은 푸근한 방랑자의 모습으로 거리에 서 있는 크눌프였다. 실제로 헤세 자신이 고향을 떠난 지 오랜만에 아들과 함께 칼프를 다시 찾았을 때 고향의 거리 곳곳에서 살아 있다고 느낀 존재가 크눌프였다고 고백한 바 있다. 크눌프와 고향을 하나로 느꼈다고 하므로 크눌프가 곧 칼프인 셈이다.

시인이자 방랑자인 크눌프는 안온한 삶에 대한 거부자다. 병이 들어 무두장이 친구의 집을 찾아와 신세를 지지만 성실한 장인 남편과 사랑스러운 아내가 꾸리는 가정을 그는 동경하지 않는다. 그런 것은 그의 목표나 행복이 될 수 없다고 생각한다. 그에게는 부모도 낯선 존재다. 사랑을 받지 못해서가 아니다. 아무리 최고의 사랑을 베푼다 하더라도 부모가 영혼까지 물려줄 수는 없기 때문이다. 그래서 그는 집을 떠난다.

다른 한편 크눌프의 천성은 모든 사람에게 친화적이었다. "그는 마치 어린아이처럼 모든 사람들에게 말을 걸고 그들을 자신의 친구로 삼았으며, 모든 소녀들과 여인들에게 재미있는 이야기를 들려주며 매일매일을 일요일처럼 살았다." 작품의 결말에서 하느님은 자신이 인생의 실패자라고 자책하는 크눌프를 위로하며 이렇게 말한다. "나를 대신하여 넌 방랑하였고, 안주하여 사는 자들에게 늘 자유에 대한 그리움을 일깨워주어야만 했다."

고향을 떠났지만 크눌프는 새로운 고향을 찾아가는 방랑자다. 고향 상실의 시대가 근대라면 크눌프는 근대적 개인에 대한 자각을 잃지 않으면서 인간이 서로에게 친구가 되고 이웃이 되는 세계를 지향한다. 한국 독자들에게도 『크눌프』가 의미 있는 작품으로 읽힌다면 그러한 지향이 크눌프나 헤세만의 것은 아니기 때문이리라.

_〈주간경향〉(2018. 11. 05.)

『데미안』을 읽는 불편함

데미안
헤르만 헤세 지음, 안인희 옮김
문학동네, 2013

헤르만 헤세의 독자들에겐 반가운 일일 테지만 연초부터 헤세의 작품이 앞다투어 출간되고 있다. 1962년에 세상을 떠났기에 사망 50주년까지 보호받는 저작권이 작년에 만료됐고 올해부터는 저작권 없이도 출판이 가능해졌기 때문이다. 유난히 국내에서 많이 읽히는 『데미안』(1919)과 『수레바퀴 아래서』(1906)를 필두로 여러 작품이 새 번역본을 얻었고 앞으로 더 얻을 전망이다.

이미 많은 번역본이 나와 있지만 개인적으로 새 번역이 궁금했던 작품은 『데미안』이다. 중학생 때 『수레바퀴 아래서』를 읽고서 10대 시절 '내 인생의 책'으로 꼽기도 했지만 『데미안』과는 좀 서먹한 관계였고 성인이 돼 다시 읽어도 사정은 나아지지 않았다. "새는 알에서 나오려고 투쟁한다. 알은 세계이다. 태어나려는 자는 하나의 세계를 깨트려야 한다. 새는 신에게로 날아간다. 신의 이름은 압락사스"(민음사)라는 유명한 구절을 읽어도 주인공 싱클레어처럼 '깊은 생각'에 빠지진 않았다. 신의 이름이 '아프락사스'(문학동네)나 '아브락사스'(고려대출판부)로 바뀌어도 신에 대해서나 그 새에 대해서 모르는 건 싱클레어나 우리나 마찬가지다. 게다가 서문에서 헤세는 우리가 서로를 이해할 수는 있지만 자신의 의미를 해석할 수 있는 건 오직 자신뿐이라고 했으니 욕심은 금물이다.

『데미안』의 핵심 메시지는 서문에 나오듯이 "모든 사람의 삶은 제각기 자기 자신에게로 이르는 길이다"(문학동네)일 것이다. 그럴듯한 주장이지만 불편한 것은 제1차세계대전을 배경으로 쓰인 이 작품에서 주인공의 자기발견이 전쟁을 통해서 이루어진다는 점이다. 싱클레어는 인간이 이상을 위해 사는 경우가 극히 드물지만 전장에서는 많은 사람이 이상을 위해서 죽을 수 있다는 걸 발견한다. 다만 그 이상은 각자가 자유롭게 선택한 이상이 아니라 공동의 이상이라고 생각한다. 하지만 차츰 시간이 지나면서 생각이 달라진다. 획일화된 공동의 위험 속에서도 많은 사람들이 운명의 의지에 다가가는 게 보였기 때문이다. 바로 옆에서 많은 이들이 죽어갔는데, 그들의 증오와 분노가 대상과는, 곧 적과는 무관하다는 느낌을 받는다. 그럼 무엇인가.

"피비린내 나는 이들의 과업은 단지 영혼의 발산, 즉 자체 분열된 영혼의 발산이었으며, 이 영혼이 날뛰고 죽이고 섬멸하고 죽고자 했던 까닭은 새로 태어나기 위함이었다."(고려대출판부) 곧 싱클레어는 전장에서의 죽음을 거대한 새가 알을 깨고 나오려는 몸부림으로 본다. 알은 세계이기에 세계는 부서져 산산조각이 나야 했다. 그렇다면 세계에 대한 투쟁의 기회로 전쟁보다 맞춤한 것은 없으리라. 이것을 전쟁에 대한 긍정적인 의미 부여로 읽는 것은 과도한 해석일까.

아이러니한 것은 헤세 자신이 반전론자였다는 점이다. 서문에서도 그는 "지금은 각각 하나하나가 자연의 단 한 번뿐인 소중한 시도인 인간들을 무더기로 총으로 쏘아 죽이고 있다"고 적었다. 이것이 조금이라도 비판적 의미를 갖는다면, 전장에서의 살육을 새로 태어나기 위한 영혼의 발산으로 보는 관점과 양립하기 어렵다. "오늘날에는 인간이 대체 무엇인지 아는 사람이 드물다"면서 헤세는 스스로도 "나 자신이 무언가를 안다고 말할 수는 없다"고 했다. 헤세에게 너무 많은 걸 물어보는 것은 욕심일 듯하다.

_〈한겨레〉(2013. 01. 19.)

문학에 빠져 죽지 않기

카프카를 찾아서

카프카
클라우스 바겐바하 지음, 전영애 옮김
한길사, 2005

체코의 수도 프라하에 다녀왔다. 직항 편을 타지 않고 독일의 프랑크푸르트 공항을 경유했는데, 루프트한자의 보잉 747 여객기가 프랑크푸르트 공항에 착륙할 때는 은근히 비틀스의 노래 〈노르웨이의 숲 Norwegian Wood〉이라도 흘러나오지 않을까 기대했다. 세계 최대의 허브 공항 가운데 하나라지만 내가 아는 프랑크푸르트 공항은 하루키의 소설 『노르웨이의 숲』 서두에 등장하는 공항에 국한되기 때문이다. 중년의 주인공 와타나베는 착륙 즈음에 〈노르웨이의 숲〉이 흘러나오자 옛 시절이 떠올라 격한 감정에 빠져 두 손으로 얼굴을 감쌌다. 스튜어디스가 안부를 묻자 괜찮다고 대답하는 게 소설의 서두다. 한때는 비틀스의 노래가 흘러나오기도 했던 것인지 모르겠지만 내가 경험한 루프트한자 비행기에서는 "곧 착륙할 테니 좌석벨트를 단단히 매라"는 방송만 나왔다. 그리고 프라하행으로 환승하기까지 두 시간 남짓의 시간을 공항에서 보내야 했다. 러시아를 제외한 첫 유럽 여행이 그렇게 시작됐다.

특별히 프라하를 선택한 건 '카프카의 도시'여서다. 카프카와 동시대를 살았던 프라하의 시민들 가운데 누구도 그가 이 도시의 대표적 인물이 될 줄 예상하지 못했을 것이다. 거의 평생을 프라하에서 살았고 이 도시로부터의 탈출을 꿈꿨지만 그는 프라하를 빠져나갈 수 없다고 적었다. '베를린은 프라하의 해독제'라고도 말했지만 그의 베를린 체류는 말년의 수개월에 그쳤다. 그는 빈 근교의 결핵요양원에서 숨졌고 프라하의 유대인 묘지에 묻혔다. 생전에는 무명에 가까운 한 작가의 죽음이었지만, 사후에 그는 20세기 대표 작가의 한 사람이 되었다. 나 같은 이방의 독자도 그의 흔적을 찾아 프라하를 방문하게 만든 작가.

한밤중에 도착한 프라하 공항은 생각보다도 더 작았고, 안내판에 한글도 포함돼 있어서 놀라웠다. 짐을 찾아서는 거의 아무런 수속 없이 게이트를 빠져나와 로비로 들어서니까 미리 인터넷으로 예약한 택시기사가 팻말을 들고 서 있었다. 숙소까지 가면서 어둠에 잠긴 프라하에 대한 인상을 몇 마디 해보려고 했지만 기사는 영어에 서툴다면서 거의 입을 다물었다. 우리 가족이 어디서 왔느냐고도 물어보지 않았지만, 생각해보면 그럴 필요가 없기도 했다. 예약 손님이었으니까 이미 어디에서 오는지는 알고 있었던 것이다. 서로 침묵할 수밖에 없었지만 숙소에 도착하는 데 문제가 되는 건 아니었다. 기사는 프라하 시내 지도와 함께 안내책자를 친절하게 건네주고 떠났다. 호텔 로비에서 수속을 마친 뒤 객실에 여장을 풀자 비로소 프라하에 안착한 느낌이었다. 낯설지만 생각만큼 낯설지는 않은 데서 느껴지는 특이한 편안함.

이 편안함에 그로테스크한 느낌까지 얹어지는 데는 오랜 시간이 필요하지 않았다. 아침에 커다란 객실 창의 커튼을 걷어내자 바로 눈앞에 사진으로만 보던 프라하성과 블타바강의 장관이 한눈에 들어옴과 동시에 아이의 비명소리가 들렸다. 아이는 멀리 프라하성을 본 게 아니라 창문 밖에 여기저기 매달려 있는 거미들을 본 거였다. 카프카적인 세계를 가리키는 '카프카에스크Kafkaesk'란 말은 이런 풍경에도 들어맞지 않을까 싶었다. 세계에서 가장 아름다운 도시의 풍광과 창문의 거미들이 빚어내는 부조화.

이 그로테스크한 느낌은 카프카를 찾아서 프라하에 왔지만 어쩌면 결코 카프카의 세계로 발을 들여놓지 못할 수도 있겠다는 예감으로 이어졌다. 카프카의 『성』에서 측량기사 K가 전갈을 받고 성에 도착하지만 중심부에는 끝내 도달하지 못하는 것처럼. 카프카의 문학은 그러한 실패의 반복적인 기록처럼 보인다. 그렇다면 카프카의 흔적에 대한 순례도 그러한 실패의 반복으로서만 의미를 가질지도 모르겠다는 생각이 들었다. 프라하를 상징하는 다리 카를교를 건너서 프라하성을 둘러보고 그의 작업실이 있던 황금 소로의 계단 길을 내려와 버스 정류장마다 안내판이 붙어 있던 카프카 박물관에 들러 그의 유고와 유품 들을 눈으로 보면서도 뭔가 부족한 느낌이 들었던 것은 그런 실패를 예감해서였을까. 프라하를 떠날 수 없었다는 작가의 말을 되새기자면, 거꾸로 나는 프라하에 들어가기도 전에 프라하를 떠나야 했다. 프라하를 떠나는 것만 내겐 허용됐다.

_〈중앙일보〉(2014. 08. 26.)

인간이란 사실이 죄가 될 수 있는가

소송
프란츠 카프카 지음, 권혁준 옮김
문학동네, 2010

"누군가 요제프 K를 중상모략한 게 분명했다. 아무런 나쁜 짓도 하지 않았는데 이날 아침 느닷없이 그가 체포되었기 때문이다." 아마도 세계문학사의 유명한 서두 가운데 하나일 『소송』의 서두이다. 어느 날 느닷없이 체포되는 '요제프 K'와 마찬가지로 아무런 잘못도 없는 독자도 작품을 손에 드는 순간 K의 부조리한 '소송 이야기'에 휘말리게 된다. 흥미로운 건 미완성 소설임에도 카프카가 마지막 장 '종말'을 '체포'라고 제목을 붙인 첫 장과 함께 써두었다는 점. 서른한번째 생일 전날 밤에 찾아온 두 남자에 의해 채석장으로 이끌려간 K는 순순히 칼에 찔려 죽는다. "개 같군!"이란 말을 내뱉지만 그가 죽어도 치욕은 남을 것만 같았다는 게 마지막 문장이다.

아무런 나쁜 짓도 하지 않은 K가 자신의 무죄를 입증하고 중상모략에서 빠져나올 수 있을까? 숙부의 권유에 따라 변호사도 선임해보지만 소송은 지지부진하게 진행된다. 그러다 도움을 얻기 위해 만난 화가는 K가 법원에 대해 잘 모른다고 꼬집으면서 석방의 세 가지 가능성을 설명해준다. 실제적 무죄 판결, 외견상의 무죄 판결, 그리고 판결 지연이 그것이다. 이중 실제적 무죄 판결은 유례가 없기에 가능한 선택지가 아니다. 남은 건 외견상의 무죄 판결을 받거나 판결을 지연시키는 것뿐인데, 이를 위해서는 피고인이나 그 조력자가 법원과 끊임없이 사적으로 접촉해야만 한다.

판사나 법원 관계자 들과의 사적인 연줄이 중요하기에 변호사는 의뢰인보다도 우월하게 행세한다. K는 지지부진한 소송 진행에 책임을 물어 변호사를 해임하러 간 자리에서 자신과 같은 처지의 상인이 변호사의 환심을 사려고 구차하게 행동하는 걸 본다. '변호사의 개'나 다를 바 없었다. 영문을 모르더라도 일단 체포된 상황이라면 결국 두 갈래 선택지만 남는다. 외견상의 무죄 판결이나 판결 지연을 위해 힘을 써주겠다는 변호사의 '개'가 되거나, 그런 변호를 포기하고 개 같은 죽음을 맞거나. 분명 부조리해 보이지만 이 부조리가 소설 속 이야기만은 아니라는 데 이 작품의 문제성이 있다. 부조리의 보편성이라고 할까.

『소송』의 클라이맥스는 '법 앞에서'라는 우화가 포함된 '대성당에서' 장이다. 교도소 전속 신부는 K와 자리를 마련하고 소송의 경과가 좋지 않다고 일러준다. 사람들은 K의 죄가 이미 입증된 걸로 생각하기에 상급 법원으로 넘어가지도 않을 거라면서. K는 한 번 더 자신이 죄가 없다고 항변하면서 이렇게 말한다. "도대체 어떻게 인간이 무죄일 수 있을까요?"(펭귄클래식) 이 대목은 보통 다르게 번역된다. "도대체 인간이라는 사실이 어떻게 죄가 될 수 있단 말입니까?"(문학동네) "사람이 어떻게 죄를 짓겠습니까?"(열린책들) "도대체 인간이 어떻게 죄가 될 수 있단 말입니까?"(솔)

무죄를 주장하는 K의 논거는 특이하게도 자신이 '인간'이라는 점이다. 우리는 모두 인간이며 인간이라는 사실 자체가 죄가 될 수 없다면 자신도 무죄라는 것이다. 이것은 거꾸로 K가 유죄라면 인간도 유죄라는 뜻도 된다. 그런 점에서 K는 '단독적 보편성'을 체현하는 인물이다. 『소송』을 읽으며 아무래도 좋지 않은 소송에 말려든 느낌이다.

_〈한겨레〉(2013. 04. 06.)

폐허 속 희망을 본 하인리히 뵐

그리고 아무 말도 하지 않았다
하인리히 뵐 지음, 홍성광 옮김
열린책들, 2011

전후 독일문학의 양심으로도 불린 하인리히 뵐의 초기 대표작『그리고 아무 말도 하지 않았다』(1953)를 읽었다. 어떤 독자에게는 전혜린의 유고 에세이집 제목으로도 친숙할지 모르겠다. 전혜린은 뵐의 작품을 유고 번역으로 남겨놓았기에 인연이 없지 않다. 법과대학에 재학중이던 전혜린이 '새로운 땅' 독일로 유학을 떠난 해가 1955년이었다. 한국전쟁의 상흔을 뒤로하고 떠난 독일에서 전후문학의 기수가 쓴 '폐허문학'과 조우한 것이라고 할까.

1952년이 시간적 배경이지만 제2차세계대전 패전국의 상처는 다 아물지 않았고 주인공 프레드와 캐테 보그너 부부의 삶은 여전히 고달프다. 무엇보다도 가난이 일상을 짓누르며 이웃의 편견이 고통을 배가시킨다. 가톨릭교회의 유력한 신자이자 주택위원회 회장이기도 한 집주인 프랑케 부인이 프레드가 술주정뱅이이고 캐테가 성당의 단체 행사에 적극 참가하지 않는다는 이유로 이 부부의 주택 신청을 거부하는 바람에 사정은 더 나빠졌다.

프레드는 성당의 전화교환수로 일하지만 박봉이어서 부업으로 과외까지 병행한다. 그는 폭력을 본능적으로 혐오하지만 다섯 식구가 단칸방에 살면서 마음의 여유를 잃다보니 사소한 일로 아이들에게 손찌검까지 한다. 그는 더 참지 못하고 두 달째 가족과 떨어져 지낸다. 아이들과 남은 캐테의 일상은 더러움과의 투쟁으로 채워진다. 장롱을 조금만 움직여도 회칠한 벽에서는 석회 덩어리가 우수수 떨어지기에 하루에도 몇 번씩 걸레질을 해야 한다. 하지만 이런 구역질나는 현실 속에서 '신'이라는 단어만이 자신에게 남아 있는 유일한 것이라고 여기는 캐테야말로 진정한 신자다. 캐테는 프랑케 부인과 같은 사람들이 '하느님 장사'를 하는 건 아닌가라고 생각한다.

부부라고는 하지만 한 집에 살지 않으므로 프레드와 캐테는 가끔씩 바깥에서 만나 밤을 보낸다. 값싼 호텔에라도 하룻밤 묵으려면 프레드는 여기저기 돈을 빌리러 다녀야 하는 형편이다. 이들에게 희망이 있을까. 오랜만에 만난 주말에 아내는 헤어지는 게 낫지 않겠느냐는 말을 꺼낸다. 가난은 그렇게 부부의 사랑까지 파괴하는 듯이 보인다. 하지만 작가 뵐은 냉정한 현실을 과장 없이 묘사하면서도 동시에 회복의 길도 제시한다.

상이군인인 아버지, 바보 동생과 같이 살아가면서도 미소를 잃지 않고 이웃에게 친절을 베푸는 간이식당의 소녀에게서 프레드가 감동을 받았다고 하자 캐테는 자신도 그런 감동을 준 적이 있는지 묻는다. "그런 적은 없지만 내 마음을 돌린 적은 있어. 내가 아주 심하게 아플 때였지."(열린책들) 오래전 전혜린의 번역본에서는 "당신은 내 심장을 건드리질 않고 뒤집어엎어버렸어. 나는 그때 아주 병이 나 있었어, 그 때문에"라고 옮긴 대목이다.

프레드의 나이가 썩 젊지 않았던 때였음에도 캐테는 프레드의 마음을 뒤집어엎은 전력이 있다. 물론 그렇기 때문에 결혼한 것이기도 하다. 그때의 감정을 상기하면서 가난에 무뎌진 프레드의 열정은 다시 회복된다. 이튿날 길거리에서 어떤 여자의 모습을 보고 심장이 멎는 듯한 감동과 흥분을 느끼며 뒤쫓아가는 게 그 증거다. 한데 놀랍게도 그 여자는 아내 캐테였다. "15년간 결혼생활을 해온 내 아내는 여전히 내게 낯선 동시에 또 무척 낯익게 생각되었다." 이 소설이 프레드가 다시 집으로 돌아가겠다고 말하는 장면으로 마무리되는 것은 아주 당연해 보인다. 뵐이 암울한 폐허 속에서 발견한 은총인지도 모른다.

_〈한겨레〉(2014. 04. 21.)

문학에 빠져 죽지 않기

P.S.

인용한 대목에 대해 좀더 자세히 적으면, 보그너 부부의 대화 장면을 열린책들판은 이렇게 옮겼다.

"나도 당신 마음을 감동시킨 적이 있나요?"
"그런 적은 없지만 내 마음을 돌린 적은 있어. 내가 아주 심하게 아플 때였지. 그리 젊지 않을 때였고." 나는 말했다.

시사영어사에서 나온 대역판은 이렇게 옮긴 대목이다.

"Did I also touch your heart?"
"You didn't touch my heart, you turned it upside down. It made me quite ill at the time. I wasn't young any more," I said.
"나도 당신을 감동시켰어요?"
"당신은 날 감동시킨 게 아니라 내 가슴을 발칵 뒤집어놓았었지. 그래서 그때 난 아주 앓았었지. 이미 젊은 나이도 아니었는데 말이야." 나는 말했다.

이 대목만큼은 시사영어사판 혹은 영어판이 열린책들판보다 더 적합한 번역으로 보인다. 오래전 전혜린본에서 '뒤집어엎어버렸다'고 옮긴 것과도 상응하고. 독어 원문이 어떤지는 모르겠지만 요는 '마음을 감동시키다'보다 더 강한 표현이어야 하고, 그 결과로 프레드가 한바탕 가슴앓이를 했다는 내용이어야 한다.

전쟁의 폭력에 대한 문학의 책임

공중전과 문학
W. G. 제발트 지음, 이경진 옮김
문학동네, 2018

2001년 불의의 교통사고로 세상을 떠난 W. G. 제발트는 동시대 가장 경이로운 독일 작가라는 평가를 받았다. 생전 몇 권의 시집과 비평집 외에 단 네 권의 소설을 발표했을 뿐이지만 진작에 노벨문학상 후보로 꼽혔고, 현재는 독문학에서 가장 많이 연구되고 있는 작가다. 『공중전과 문학』은 1997년 취리히 대학 초청강연을 책으로 엮은 것으로 강연과 그에 대한 반응, 그리고 강연 이후의 소회 등이 담겨 있다.

제발트는 스위스 작가 로베르트 발저와의 짧은 여행에 대한 친구 카를 젤리히의 묘사를 읽고 강연의 주제를 구상하게 되었다고 밝힌다. 1943년 발저가 환자로 있던 스위스의 정신병원을 나선 한여름 날 밤에 독일 함부르크시는 영국 공군의 야간공습으로 철저히 파괴된다.

그렇지만 젤리히의 회고에서 이 우연의 일치는 아무런 주목을 받지 못한다. 거꾸로 제발트가 주목하는 것은 이러한 우연이 다시금 상기시켜주는 역사적 기억이다. 그 기억은 공중전에 대한 것인데, 좀더 정확히는 제2차세계대전 막바지 영국 공군의 폭격에 의해 초토화된 독일 도시들에 대한 기억이다.

공식적인 통계에 따르면 영국 공군은 40만 번의 출격으로 100만 톤의 폭탄을 독일 전역에 투하했고, 공격을 받은 총 131개의 독일 도시 가운데 드레스덴을 포함한 몇몇 도시는 완전히 파괴되었다. 이 공습으로 희생된 민간인 사망자만 60만 명에 달한다. 하지만 이 일은 당사자들의 회고뿐 아니라 전후문학에서 기이할 정도로 망각되었다고 제발트는 지적한다. 게다가 전범국가로서 독일의 책임은 이 과도한 폭격과 학살을 문제삼지 못하게 만든다. "독일 국민 대다수가 함께 경험한 극에 달한 파괴의 참상은 그렇게 일종의 터부에 묶여, 스스로 고백조차 할 수 없는 치욕스러운 가정사의 비밀로 남겨지고 말았다."

이 비밀의 소환과 환기가 제발트 문학의 비밀이고 핵심이다. 1944년생이고 알프스 북부 지방이 고향이기에 제발트는 당시의 폭격과 파괴에 대한 직접적인 체험을 갖고 있지 않다. 하지만 전쟁 당시의 사진이나 다큐멘터리 영화 등을 통해서 그는 전쟁세대로 재탄생한다. 그 끔찍한 사건의 그늘에서 한 치도 벗어나지 못한 제발트의 작품에서는 사진이나 이미지가 중요한 비중을 차지한다.

참혹한 역사적 기억과 그에 대한 문학적 책임을 되새겨보게 하는 에세이를 통해 제발트는 무엇을 말하고자 하는가. 제2차세계대전의 가해자 독일은 피해자이기도 하다는 것인가. 그렇지는 않다. 무엇보다도 독일 자신이 공중폭격의 원안자였다는 것을 그는 잊지 않는다. 실패로 끝나기는 했지만 나치스의 공군은 최신형 화염폭탄을 통해 런던을 거대한 불바다로 만들고자 했었다. 또한 게르니카와 바르샤바, 베오그라드 등의 도시를 공습함으로써 도취적인 파괴의 선례를 보여준 것도 독일이었다. 제발트는 결코 정당화될 수 없는 무자비한 폭격과 파괴행위를 공정하게 역사의 법정으로 소환하고자 할 뿐이다. 그는 그것이 여전히 문학의 몫이고 몫이어야 한다고 생각한 작가였다.

_〈주간경향〉(2018. 08. 20.)

7.
역사적 진실과
문학적 진실

역사를 보충하는 문학적 진실

대위의 딸
알렉산드르 세르게비치 푸시킨 지음, 심지은 옮김
펭귄클래식코리아, 2009

　제정러시아 시기 최대 농민반란이었던 푸가초프의 반란 (1773~1775)을 소재로 푸시킨은 두 편의 작품을 쓴다. 하나는 역사서 『푸가초프의 역사』(1834)이고(황제 니콜라이 1세의 명령에 따라 『푸가초프 반란사』로 출간된다), 다른 하나가 역사소설 『대위의 딸』(1836)이다. 똑같은 역사적 사건을 각기 다른 두 장르의 글로 다룬 것은 역사와 문학, 어느 한쪽의 진실만으로는 충분하지 않다는 뜻으로 해석할 수 있을까. 『푸가초프의 역사』에 이어 쓴 『대위의 딸』을 통해서 푸시킨은 무엇을 보충하려고 한 것일까. 혹은 역사적 진실은 어떤 문학적 진실에 의해서 보충되어야 할까. 『대위의 딸』을 읽을 때마다 염두에 두게 되는 질문이다.

문학과 역사의 상호 보완 관계는『대위의 딸』에서 '역사'와 '가족연대기'의 대립구도로 설정된다. 화자이자 수기의 저자인 그리뇨프는 푸가초프 반란의 한 격전지를 둘러보고서 이렇게 말한다. "나는 오렌부르크 봉쇄를 묘사하지 않으련다. 이는 역사의 영역이지 가족연대기의 영역은 아니기 때문이다." 그리뇨프의 이런 구분법은 그대로 푸시킨의 구분법으로 보아도 좋겠다. 푸시킨 자신이 푸가초프 반란의 격전지를 직접 답사하고 관련 자료를 두루 열람하였기에 당시의 참담한 상황과 농민들의 고통에 대해서는 누구보다도 잘 알고 있었다. 하지만『대위의 딸』의 이야기는 그리뇨프의 개인적 경험에 한정된다.

　　가족연대기이자 한 개인의 수기로 범위가 축소되는 대신에 소설의 방점은 다른 곳으로 이동한다. 귀족 출신의 장교로 지방의 한 요새에 배속되는 그리뇨프는 근무지로 가던 중에 눈보라를 만난다. 다행히 한 농부를 길 안내인으로 만나서 도움을 받고 그에게 답례로 토끼가죽 외투를 건넨다. 이 농부가 정부군을 피해 은신중이던 푸가초프였다는 사실을 그리뇨프는 나중에야 알게 된다. 자신의 요새가 반란군에 의해 함락되고 체포돼 농민 황제를 자처한 푸가초프의 면전에 나가서다. 푸가초프는 적군의 장교지만 그리뇨프의 후의를 상기하고 자비를 베푼다. 두 사람은 각각 반란군 수괴와 제국의 장교지만 서로 우정을 나눈다.

　　실제 현실에서는 벌어지기 어려운 이러한 장면은 소설의 말미에서 한번 더 연출된다. 푸가초프의 반란이 진압되고 그리뇨프는 푸가초프와 내통했다는 모함을 받아 체포돼 반역죄로 처형당할 상황에 처한다. 이때 마샤가 그리뇨프의 구명을 위해 황실을 찾아가 한 귀부인과 대화를 나누게 되는데 나중에 그녀가 여제 예카테리나 2세였다는 사실을 알게 된다. 푸가초프가 그랬듯이 여제 역시도 그리뇨프에게 선처를 베푼다. 푸가초프의 환대와 예카테리나 여제의 자비는 실제 역사에서는 가능하지 않은 비현실적 설정이다.

그렇지만 『대위의 딸』에 나타나는 자비라는 주제는 『푸가초프의 역사』와의 관계 속에서 제대로 음미될 수 있다. 그리뇨프의 수기가 끝나자 덧붙여진 발행인의 말에는 푸가초프의 처형 장면이 들어가 있다. 실제 역사에서는 반란의 경과도, 진압 과정도, 그리고 최후의 처분도 모두 참혹했다. 『대위의 딸』에서 푸시킨은 참혹했던 실제 역사를 최소화하는 대신에 가상의 환대와 자비를 집어넣는다. 미적 가상으로서 문학적 진실이란 냉혹한 역사적 진실을 회피하지 않으면서도 역사와 화해하려는 시도라는 것을 『대위의 딸』은 보여준다.

_〈주간경향〉(2019. 11. 04.)

러시아 전사 집단
카자크의 영웅서사시

타라스 불바
니콜라이 바실리예비치 고골리 지음, 조주관 옮김
민음사, 2009

'카자크'는 15세기에 드네프르강 유역에서 형성된 유목민 자치 집단으로 러시아인과 우크라이나인으로 구성되어 있었다. 카자크란 말은 '자유인'을 뜻하는 터키어에서 유래했는데, 경제공동체이자 군사공동체로서 자주권을 지켜왔다. 종교가 다른 폴란드의 핍박을 버텨냈고, 러시아의 지배에는 봉기로 맞서다가 18세기 말에 복속된 이후에는 용병으로서 영토 확장의 전위대 노릇을 했다. 러시아문학에서 카자크는 대표적인 전사 집단으로 묘사되는데 그 출발점이 된 소설이 고골의 『타라스 불바』(1842)다(20세기 소설로는 숄로호프의 대작 『고요한 돈강』이 그 계보를 잇는 작품이다).

『타라스 불바』는 편의상 소설로 분류되지만 내용상으로는 영웅서사시에 해당한다. 비슷한 시기에 발표한 장편 『죽은 혼』에도 고골은 '서사시'라는 부제를 붙였는데 고골은 근대 장편소설로 이행하는 대신에 중세적 서사시의 세계로 고개를 돌리고자 했다. 장르로서 서사시는 소설과 분명한 대립각을 형성한다. 근대 장편소설의 핵심 요건이 근대적 개인을 주인공으로 등장시키는 데 있다면 고골의 작품에서는 그러한 주인공 대신에 중세의 전사적 주인공이 등장한다. 이들은 고골의 단편들에 등장하는 페테르부르크의 하급 관리들이 보여주지 못하는 영웅성을 보여준다는 점에서 차별적이다. 『타라스 불바』의 주인공 불바가 대표적이다.

불바는 키예프의 신학교를 마친 두 아들이 집으로 돌아오자 이들에게 진짜 교육을 시키려 한다. 그에 따르면 신학교에서 배우는 온갖 책들과 철학 따위는 헛것에 불과하다. "너희들의 보물은 아무것도 가로막는 것이 없는 저 넓은 초원과 좋은 말이다. (…) 이 칼 보이지? 칼이 진짜 너희들 엄마다!" 불바는 두 아들을 데리고 진짜 카자크들이 모여 있는 자포로제로 향한다. 자포로제는 가장 야만적이고 호전적인 카자크 집단의 거점이었다. 그렇지만 자포로제에서도 두 아들은 전투 훈련을 받을 수 없었다. 카자크들은 훈련이 아닌 실제 전투에서 경험을 쌓았는데 당시는 폴란드와 평화협정을 맺고 있어서 전투를 치를 기회가 없었다. 음주와 방탕으로 대신하는 데도 한계가 있었다.

전쟁이 없는 생활을 불만스러워하던 차에 폴란드의 한 지방에서 유대인들이 정교도의 교회를 점거했다는 소식을 접하자 자포로제의 카자크들은 이를 빌미 삼아 출정한다. 오랜만에 전투를 치르게 된 카자크들은 온갖 만행을 서슴지 않는다. 불바의 두 아들 오스타프와 안드리도 전투 속에서 새로운 기쁨을 맛보며 도취된다. 그런데 카자크들이 한 도시를 포위하던 중에 차남 안드리는 폴란드 사령관의 딸이 신학교에서 만나 자신이 흠모하던 여자라는 것을 알게 된다. 도움을 요청하는 그녀를 만나러 비밀통로를 통해 도시로 잠입한 안드리는 사랑에 빠져 아버지와 카자크를 배신한다. 폴란드 귀족 처녀의 아름다움에 반한 그는 아무런 망설임도 없이 그녀에게 충성을 맹세한다. 그리고 아들의 배신에 격분한 불바는 전투중에 마주친 안드리를 유인해 직접 응징한다.

폴란드 편에 지원부대가 도착하면서 전황은 카자크에게 불리해지고 오스타프마저 체포돼 참혹한 고문 끝에 처형당한다. 불바는 처형장면을 직접 목도하면서 장남을 훌륭하다고 칭찬한다. 그는 카자크의 전력을 총동원해 다시금 폴란드군에 맞서다 포로가 되고 비장한 최후를 맞는다. 아버지 불바와 두 아들의 영웅적이면서도 비극적인 운명을 다룬다는 점에서 서사시적이지만 『타라스 불바』는 시대착오적이며 근대 사회 속에서 개인의 고투 과정을 다룬다는 근대 장편소설의 공식에도 부합하지 않는다. 『타라스 불바』는 그 성취보다는 한계를 통해서 고골 문학의 의의를 평가하게 해준다.

_〈주간경향〉(2019. 12. 02.)

러시아 잉여인간의 초상

루진
이반 세르게예비치 투르게네프 지음, 이항재 옮김
열린책들, 2011

한국 근대 문학에도 많은 영향을 미친 이반 투르게네프는 러시아 사실주의문학의 본격적인 문을 연 작가로 평가된다. 애초에 낭만적 서사시를 발표하면서 문단에 데뷔하지만 농노제하의 러시아 현실을 다룬 단편집 『사냥꾼의 수기』(1852)로 명성을 얻는다. 『사냥꾼의 수기』가 불러일으킨 반향은 1861년에 단행된 농노제 폐지에도 기여했다고 알려진다.

장편소설 작가로 투르게네프의 이력은 『루진』(1856)부터 시작되는데, 이후 마지막 장편소설 『처녀지』(1877)에 이르기까지 투르게네프는 여섯 편의 사회소설을 통해 19세기 후반 러시아 사회의 실상을 기록했다. 다만 그가 그려낸 실상은 주로 러시아의 시골 영지로 제정시대의 수도 페테르부르크를 배경으로 다룬 도스토옙스키의 『죄와 벌』(1866) 같은 작품과는 차이를 보인다. 도스토옙스키의 소설들이 발자크와 디킨스 같은 서구 작가들의 소설에서 많은 영감을 얻으면서 동시에 러시아적 변형을 보여준다면, 투르게네프의 소설은 러시아식 사회소설의 전형을 발명했다고 할까.

러시아식 사회소설이라는 표현은 투르게네프가 '잉여인간'이라는 독특한 형상의 인물들을 주인공으로 등장시키고 있다는 사실을 염두에 둔 것이다. 그가 『루진』에서 그려내고 있는 것 역시 대표적인 잉여인간이라고 할 주인공 루진의 초상이다. 루진은 서른다섯 살가량의 인물인데 한 부유한 여지주의 시골 별장에 예기치 않은 손님으로 처음 등장했을 때 좌중을 압도하는 지성과 논리적인 언변으로 사람들을 매혹시킨다. 특히 여지주 다리야 미하일로브나의 딸 나탈리야는 루진의 웅변에 감동해 잠을 이루지 못할 정도다. 나탈리야는 루진이 가진 높은 이상을 존경하며 급기야는 열렬한 사랑에 빠진다.

하지만 루진과 나탈리야의 사랑은 이루어지지 않는다. 어머니의 반대를 무릅쓴 나탈리야는 루진의 아내가 되기 위해서라면 모든 것을 포기할 준비가 되어 있었지만, 정작 루진은 뒤로 물러서며 운명에 순종해야 한다고 말한다. 풍부한 지적 교양과 고상한 이상을 품고 있음에도 루진은 그것을 현실로 옮겨놓을 수 있는 의지와 결단력을 갖추지 못한 인물이다. 그는 나탈리야를 떠나며 남긴 편지에서 자신의 운명에 대해 이렇게 탄식한다.

"그렇습니다, 자연은 내게 많은 것을 주었습니다. 그러나 내 힘에 걸맞은 일을 아무것도 못하고, 어떠한 유익한 흔적도 남기지 못하고 죽을 겁니다. 모든 풍부한 재능은 헛되이 사라지고, 나는 내가 뿌린 씨앗의 열매를 보지 못할 겁니다."

이렇듯 무력해 보이는 잉여인간의 형상은 1860년에 작가가 추가한 에필로그에 의해서 그 의미가 복잡해진다. 에필로그에서 루진은 1848년 6월 프랑스 파리의 바리케이드 봉기에서 정부군의 총에 맞고 죽는다. 이국의 실패한 혁명에 참여해 익명으로 죽는 루진은 그의 예언대로 오직 씨앗만 뿌렸을 뿐 열매는 보지 못한다. 종종 무의미한 죽음으로 폄하되기도 했지만 『루진』의 예기치 않은 결말은 혁명, 혹은 사회 변혁의 역량이 충분하지 않은 시기에 가능한 선택지를 시사하는 것으로도 읽힌다. 천고의 뒤에 올 초인을 위해 '가난한 노래의 씨'를 뿌렸던 시인을 나는 루진과 겹쳐서 떠올린다.

_〈주간경향〉(2019. 12. 30.)

도스토옙스키의 초기 소설들

가난한 사람들
표도르 도스토옙스키 지음, 석영중 옮김
열린책들, 2010

　가난한 하급 관리를 주인공으로 한 표도르 도스토옙스키의 초기 소설들을 다시 읽었다. 1846년에 연달아 발표한 데뷔작 『가난한 사람들』과 『분신』이다. 서간체 소설인 『가난한 사람들』에서는 중년의 하급 관리 마카르 제부시킨이 등장한다. 그는 먼 친척뻘 되는 소녀 바렌카에게 보내는 편지에서 어려운 형편에도 차를 마시는 일이 얼마나 중요한지 강조한다. "바렌카, 차는 다른 사람들을 위해서 마시는 셈이지요. 체면치레로 품위 유지를 위해서요."

　차를 거르게 되면 짓궂은 타인들은 곧장 '나'의 가난을 조롱하거나 측은하게 여길 것이다. 그것은 그들과 대등하지 않다는 뜻이다. 가난한 사람들은 다른 사람들의 시선과 평판에 예민하다. 그래서 까다롭다. 주변을 항상 잔뜩 주눅이 든 눈으로 살피면서 주위의 말에 신경을 쓴다. 양말에 구멍이 나 비어져나온 발가락이나 다 해진 팔꿈치가 제부시킨에겐 마치 처녀성을 드러낸 것처럼 부끄럽고 수치스러운 일이다.

'걸레보다도 못한 존재'였던 제부시킨이지만 바렌카와 편지를 교환하면서부터 차츰 자존심과 주체성을 회복한다. 책을 읽음으로써 그는 독서의 주체가 되고, 자신을 주어로 한 편지를 씀으로써 또 글쓰기의 주체가 된다. 그는 자신이 다른 사람보다 못한 것이 없다는 걸 알게 된다. 그래서 바렌카에게 "저 또한 사람이라는 것을, 가슴도 있고 생각도 할 줄 아는 사람이라는 것을 알게 된 겁니다"라고 고백한다. 하지만 제부시킨의 행복은 오래가지 못한다. 바렌카가 가난에서 벗어나기 위해 돈 많은 지주 비코프와 결혼하기 때문이다. 졸지에 사랑의 대상을 잃어버리게 된 제부시킨이 작별보다 더 두려워하는 것은 편지의 수신자를 잃는 것이다. 단지 문장이 좋아지고 있어서만은 아니다. 그에게 편지 쓰기란 자신의 주체성을 입증하고 보존하는 핵심 수단이기 때문이다. 편지를 쓰지 못하게 되면 그는 그 자신을 다시금 잃어버리게 되리라.

『분신』의 주인공 골랴드킨 역시 하급 관리다. 관료제 사회에서 그의 지위는 9등관이라는 관등에 의해 결정된다. 하지만 그는 그런 지위와 무관하게 더 나은 존재로 대우받고자 한다. 그는 주치의에게 "저는 제게 아주 특별하며, 제가 생각하는 바로 저는 그 누구에게도 종속

되어 있지 않다"고 토로한다. 그는 남들과 대등한 독자적인 인간으로 인정받고 싶어한다. 문제는 아무도 그의 독자성을 인정해주지 않는다는 데 있다.

골랴드킨은 과거 자신의 은인이었던 5등관 관리의 고명딸 생일잔치에 초대도 받지 않고 찾아갔다가 봉변만 당하고 쫓겨난다. 많은 사람들이 보는 앞에서 창피를 당하고 나락으로 떨어진 그는 죽임을 당한 것이나 다름없다. 사회적 체면이 끝장났기 때문이다. 대개 이런 경우 그 충격으로 자살하거나 정신을 잃고 미치광이가 되기 십상이지만, 골랴드킨은 자신과 완벽하게 똑같은 또다른 골랴드킨, 곧 그의 분신과 조우한다. 골랴드킨의 분신은 처음에는 골랴드킨에게 우호적인 모습을 보여주지만 곧 표변하여 골랴드킨을 파멸로 몰아넣는 데 일조한다. 결국 이야기는 골랴드킨이 정신병원에 붙들려 가는 걸로 마무리된다.

얼핏 관료주의 사회에서 무시당하고 파멸한 하급 관리의 불행을 다룬 이야기로 읽히지만, 한편으로 『분신』은 파멸적 상황에서 그 결말을 최대한 유예하고자 애쓴 고투의 이야기로도 읽을 수 있다. 자기분열은 때로 충격으로부터 자신을 방어하기 위한 유력한 방도이기도 하기 때문이다.

_〈한겨레〉(2014. 03. 24.)

문학에 빠져 죽지 않기

도스토옙스키와 백치

백치
표도르 도스토옙스키 지음, 김근식 옮김
열린책들, 2009

러시아의 문호 도스토옙스키는 1821년 빈민구제병원 의사의 아들로 태어났다. 투르게네프나 톨스토이와 같은 동시대 작가들과는 달리 도스토옙스키는 잡계급 출신의 작가이다. 제정러시아에서는 귀족도 농민도 아닌 중간층을 잡계급이라고 불렀는데, 의사와 상인, 성직자가 여기에 속했다. 공병학교에 다녔지만 문학청년이었던 도스토옙스키는 유럽문학의 거장으로 부상하던 프랑스 작가 발자크와 영국 작가 디킨스를 탐독했다. 바야흐로 1830년대는 근대 사회소설이 본격적으로 발아하던 때였다. 러시아문학사에서도 1830년대는 이전의 서정시 중심의 낭만주의문학에서 산문소설 중심의 사실주의문학으로 이행해가던 과도기였다. 도스토옙스키는 러시아 국민문학의 바탕을 마련한 푸시킨과 고골의 작품들을 읽으며 작가의 꿈을 키워나갔다.

공병학교 시절 도스토옙스키는 낭비벽으로 늘 돈에 쪼들렸고, 아버지에게 돈을 요구하는 편지를 줄기차게 보냈다. 작가로 데뷔한 이후에도 사정은 달라지지 않아서 투르게네프에게도 손을 벌렸다가 사이가 틀어진 일화는 유명하다. 도스토옙스키가 빌려달라는 돈의 절반만 빌려준 투르게네프가 나중에 전부를 빌려주지 않았느냐고 착각하는 바람에 도스토옙스키의 분노를 산 것이었다. 두 사람은 도스토옙스키가 죽기 수개월 전에야 화해했다. 이러한 이력을 갖게 될 작가의 데뷔작이 『가난한 사람들』이란 건 잘 어울리는 일이다. 1844년부터 쓰기 시작한 이 작품은 가난한 중년의 하급 관리 마카르 제부시킨과 그의 먼 친척 소녀 바르바라가 주고받은 편지로 구성되었다. 작품은 1846년 초에 한 잡지에 발표되지만 그 전해에 이미 도스토옙스키는 당시 시인이자 편집자였던 네크라소프와 최고의 비평가 벨린스키로부터 격찬을 받으며 러시아문학의 기대주가 된다.

청년 작가 도스토옙스키를 '제2의 고골'로 불리게 만든 『가난한 사람들』은 1840년대에 유행한, 하층민들의 삶에 대한 '생리학적 스케치'를 계승한 작품이지만, 도스토옙스키는 거기에다 가난한 사람들의 심리학을 덧붙였다. 고골과 그의 아류 문학에서 도스토옙스키 문학으로의 이행은 생리학에서 심리학으로의 이행이라고 이해해도 무방하다. 『가난한 사람들』의 두 주인공은 가난한 살림살이를 걱정하면서도 늘 타인의 시선과 험담에 신경을 쓴다. 데뷔작에서부터 선보인 '나'와

'타자'의 경쟁적 관계는 도스토옙스키 문학의 핵심 테마가 된다.

『가난한 사람들』로 문단의 격찬을 받으며 성공적인 데뷔를 했지만 도스토옙스키의 작가생활은 순탄하지 않았다. 뒤이어 발표한 작품 『분신』은 그 자신의 자부심과는 달리 미온적인 반응을 얻는 데 그쳤고, 결정적으로는 1849년에는 한 정치서클에 가담하여 활동한 게 문제가 돼 체포되어 사형선고까지 받았다. 이후에 감형되어 시베리아 유형을 떠나게 되지만 사형수로서 형 집행 직전까지 갔던 체험은 그의 여러 작품에 흔적을 남긴다. 특히 『백치』에서 미시킨이 들려주는 사형수의 마지막 순간에 관한 이야기는 작가의 직접적인 체험에 빚지고 있다.

동토의 땅에서 긴 유형생활을 마치고 다시 페테르부르크로 돌아온 것은 10년의 세월이 흐른 뒤인 1859년 말이었다. 그는 한 살 위의 형 미하일과 잡지를 발간하고 수감과 유형생활을 소재로 『죽음의 집의 기록』을 발표하면서 작가로서 재기한다. 1864년 자신이 주관하던 잡지에 『지하로부터의 수기』라는 문제적인 작품을 발표한 이후, 우리가 잘 아는 『죄와 벌』(1866)부터 『백치』(1869), 『악령』(1872), 『미성년』(1875), 그리고 『카라마조프가의 형제들』(1880)에 이르는 걸작 장편들을 연이어 발표한다. 러시아문학사뿐 아니라 세계문학사의 한 장관을 이루게 될 위대한 작가적 여정이다. 도스토옙스키는 두 권으로 계획했던 『카라마조프가의 형제들』의 첫 권을 발표하고 둘째 권은 시작하지 못한 채 1881년 눈을 감았다.

도스토옙스키는 여러 작품들을 통해서 '인간이란 무엇인가'라는 필생의 물음을 다루면서 '나는 누구인가'라는 정체성의 문제를 탐구했다. 그런데 이 정체성은 언제나 타인의 인정을 전제로 한다. '나'의 존재는 타인의 인정에 의존하기 때문에 '나'는 자신의 독자성을 주장하면서도 타인의 시선과 평가에 민감할 수밖에 없다. 이러한 상황에서 빚어지는 갈등과 쟁투가 도스토옙스키 초기 문학의 주제였고, 시베리아 유형 이후에 그는 이 문제를 국가적 정체성의 문제로 확장했다. '러시아는 무엇인가'란 질문을 던진 것이다. 이 경우에도 러시아의 정체성에 대한 모색은 유럽이라는 타자의 인정을 통해서만, 그리고 그 타자와의 비교를 통해서만 가능하다. 그리하여 누구보다도 유럽의 사상과 정치적 상황에 관심을 기울인 작가가 도스토옙스키였다. '가장 러시아적인 작가' 도스토옙스키가 '가장 유럽적인 작가'이기도 한 것은 이 때문이다.

첫 장편소설 『죄와 벌』에 뒤이어 작가적 여정의 두번째 기착지에 해당하는 『백치』는 도스토옙스키를 가장 극심한 창작의 고통으로 몰아넣은 작품으로도 유명하다. 초고와 최종판이 완연히 다른 것은 그러한 고통의 결과이다. 『죄와 벌』을 발표한 이듬해에 도스토옙스키는 신속한 작업을 위해 고용했던 속기사 안나 그리고리예브나와 결혼하고 장기간의 유럽 여행을 떠났다. 남편의 많은 채무가 창작에 방해가 될 것을 염려한 아내 안나의 결단에 따른 것이었다. 이 외유중에 구상하고 집필한 『백치』의 주인공은 원래 가냐 이볼긴이었다. 몰락한 장

문학에 빠져 죽지 않기

군 집안의 차남으로 가족을 부양하면서도 주변으로부터 멸시당하는 자존심 강한 청년이었고 게다가 간질병 환자였다.

야심을 가진 가난한 청년이 주인공이라는 점에서 가냐는 『죄와 벌』의 라스콜니코프를 떠올리게 하는데, 다른 한편으로는 발자크 소설의 전형적인 주인공도 상기시킨다. 그렇지만 이 주인공은 도스토옙스키를 만족시키지 못하며 결국 작가는 초고를 대폭 수정하는 과정에서 주인공을 교체한다. 소설의 첫 장면에서 치유차 수년간 스위스에서 머물다가 먼 친척뻘 되는 부인을 만나기 위해 기차를 타고 페테르부르크로 향하는 미시킨이 바로 교체된 주인공이다. 가냐가 소설의 주인공이었다면 발자크 소설의 주인공 라스티냐크와 마찬가지로 속물적인 부르주아들의 세계에서 속악한 방법으로 출세를 위해 고투하는 인물로 그려졌을 것이다. 아니, 그런 인물의 이야기가 소설의 줄거리가 되었을 것이다.

그렇지만 도스토옙스키는 이 발자크적인 이야기를 비틀고 다른 이야기로 감싼다. 그는 투쟁의 과정을 통해서 출세에 이르는 청년을 그리는 대신에 정체가 불분명한 간질병 환자를 등장시켜서 부르주아들의 타락하고 비속한 세계를 구제하고자 한다. 이것이 가냐가 주인공인 소설에서 미시킨이 주인공인 소설로의 이행이며 동시에 발자크 소설(유럽 소설)에서 도스토옙스키 소설(러시아 소설)로의 이행이다. 『죄와 벌』에서의 라스콜니코프가 스탕달의 『적과 흑』의 주인공 쥘리앵 소렐의 모방이면서 그 극복의 형상이었다면 『백치』의 주인공 미시킨은 지참금에 유혹되어 정략결혼을 감행하려는 가냐를 물리치고 나스타샤를 구원함으로써 유럽에 대한 러시아의 승리를 보여주어야 했다.

하지만 『백치』의 결말은 이러한 기대와 사뭇 대조된다. 그리스도와 돈키호테를 모델로 한 미시킨은 정욕의 화신인 로고진에 의해 살해된 나스타샤의 시신 앞에서 망연자실해하며 결국 더 나빠진 상태로 스위스로 다시 돌아간다. 작가적 구상에 비추어보면 이것은 실패다. 미시킨은 나스타샤를 구하는 데 실패하며 동시에 타락한 러시아를 구하는 데에도 실패한다. 도스토옙스키 역시도 이 실패에 대해서는 거리낌없이 인정했다. 다만 이 실패로 말미암아 도스토옙스키가 『카라마조프가의 형제들』로 이어지는 도정에 다시 들어가게 되는 것이기에 위대한 실패라고 불러도 좋겠다.

중요한 것은 실패의 원인과 과정이다. 작가 도스토옙스키의 지병이기도 했던 간질은 발작 과정에서 극도의 고통을 수반하지만 한편으로는 잠시 황홀경을 체험하게 한다. 아주 짧은 시간일지언정 조화와 화해의 순간을 경험하게 해주는 것이다. 미시킨의 간질은 그런 의미에서 구원의 비전이 될 수 있다. 또 스위스에서 미시킨은 마을 사람들로부터 따돌림당하고 학대받던 마리라는 처녀를 구해준 경험이 있다. 이러한 질병과 경험이 미시킨의 자격 요건이면서 타락한 페테르부르크, 타락한 러시아를 구원하기 위한 수단이다. 미시킨은 이를 통해서 나스타샤를 구원하고 아글라야에게 도움을 주고자 한다.

그렇지만 미시킨이 상대해야 하는 세계는 비속하면서도 막강하다. 구두쇠 상인이었던 아버지로부터 막대한 유산을 상속받고서 그것을 바탕으로 나스타샤를 손에 넣고자 하는 로고진에게 미시킨은 한갓 '유로지비'(러시아 중세의 바보 성자)에 불과하다. 로고진의 세계를 잘 대변하는 것은 그의 집에 걸려 있는 홀바인의 그림 〈무덤 속의 그리스도〉인데, 이 그림은 성화의 관례와는 다르게 그리스도를 신성한 존재가 아닌 시신으로 그렸다. 실제로 도스토옙스키는 유럽 여행중 스위스의 바젤 미술관에서 그림을 직접 보고 큰 충격을 받았고 이는 『백치』의 집필 동기의 하나다. 도스토옙스키에게 홀바인의 그림은 허무주의(무신론)를 웅변하면서 허무 그 자체로 여겨졌다.

도스토옙스키의 원작에서 이 허무주의를 대변하는 인물은 이폴리트다. 폐병으로 시한부 인생을 통보받은 이 소년은 자연의 법칙에 순종하기를 거부하고 그에 맞선 권리를 주장하기 위해 자살을 시도한다. 로고진이 욕정의 만족을 위해서 어떤 행위도 서슴지 않는 반항자의 형상을 보여준다면 이폴리트는 형이상학의 차원에서 그의 짝패가 된다. 그들의 반항에 맞서야 했던 미시킨은 홀바인의 그림 속 그리스도처럼 창백하고 무력하며 돈키호테처럼 순수하지만 착오적이고 긍정적이다. 아름다운 인간을 묘사하고 그를 통해서 세계를 구원해보고자 한 도스토옙스키의 시도는 작품의 말미에서 리자베타의 탄식으로 마무리된다. "이 모든 것, 이 모든 외국 것, 당신네 유럽의 모든 것은 오직 환상에 불과해. 외국에 나와 있는 우리 모두 환상에 불과할 뿐이야."

비록 미시킨의 시도는 실패로 돌아가지만 서구의 가톨릭과 사회주의 사상을 싸잡아 비판하면서 러시아와 러시아인, 러시아적인 것이 세계를 구원하리라는 그의 믿음은 도스토옙스키의 이후 작품들에서 계속 반복된다. 그 여정의 종착지에서 우리가 읽을 수 있는 작품이 『카라마조프가의 형제들』이다. 『백치』는 그 여정의 중요한 이정표로서 작가 도스토옙스키의 작품세계에 대한 이해는 물론 근대 소설의 의미와 역할을 이해하는 데 있어서도 중요한 통찰을 던져주는 작품이다.

_대전예술의전당 〈백치〉 공연 팸플릿 수록(2018. 09. 15.)

문학에 빠져 죽지 않기

비로소 읽을 수 있게 된 『전쟁과 평화』

전쟁과 평화
레프 니콜라예비치 톨스토이 지음, 박형규 옮김
문학동네, 2017

　레프 톨스토이가 한국에 처음 소개된 건 1909년 잡지 〈소년〉을 통해서였다. 최남선과 이광수가 주선자이자 그의 숭배자였다. 투르게네프와 함께 톨스토이는 1920년대 독자들에게 이광수만큼 많이 읽힌 것으로 알려진다. 그렇지만 어떤 톨스토이였나를 묻게 되면 대답은 궁색하다. 소설가로서 그의 대표작 『전쟁과 평화』나 『안나 카레니나』는 해방 이후에야 번역되기 때문이다. 번역된 이후에도 한국 독자가 주로 읽은 건 카츄샤와 네홀류도프의 사랑 이야기 『부활』이었다. 톨스토이를 모르는 독자는 거의 없지만 그를 제대로 읽었다고 말할 수 있는 독자도 많지 않다. 『전쟁과 평화』를 완독한 독자가 그리 많지 않은 것이다.

한때『안나 카레니나』도 강의에서 읽을 번역본이 없어서 애를 먹었는데『전쟁과 평화』는 그보다 더 오랫동안 사정이 좋지 않았다. 오래된 번역본 두어 종이 먼지를 뒤집어쓰고 있는 상태였다. 그러다 지난해에야 세계문학전집으로 새로 교정된 문학동네판이 출간되었고, 최근에 젊은 세대의 번역본으로 민음사판이 가세했다. 톨스토이의 걸작『전쟁과 평화』를 읽을 수 있는 조건이 비로소 갖춰진 것이라고 해도 과장이 아니다.

『전쟁과 평화』는 무엇이 특별한가. 1869년판에 붙인 후기에서 톨스토이는 자신의 작품이 "장편소설도 아니고, 서사시도 아니고, 역사적 연대기는 더더욱 아니"라고 적었다. 1812년 나폴레옹의 러시아 원정과 그 패배라는 사건을 중심에 두고 1805년부터 1820년까지 러시아 사회의 모습을 담은 이 소설은 당시 기준으로 표준적인 유럽 장편소설을 초과하고, 과거 사실의 기록을 지향하는 역사연대기도 훌쩍 넘어선다. 어느 한 범주로만 묶을 수 없어서 가족소설이면서 성장소설이고 전쟁소설이면서 역사소설이라고 말할 수밖에 없다. 그런 가운데서도 톨스토이가 특별한 비중을 둔 것은 역사관의 개진이었다. 나폴레옹 전쟁을 거리로 삼아서 역사란 무엇인가를 성찰해보려는 것이 그의 강력한 집필 동기였다. 그가 도달한 결론은 무엇인가.

놀랍게도 톨스토이는 국가적 대세에는 아무런 주의도 기울이지 않고 개인적 관심에만 골몰했던 사람들이 영웅적 행위를 통해 역사에 참여하려고 했던 사람들보다 훨씬 유익한 일을 했다고 본다. "역사적 사건에서 무엇보다 뚜렷한 교훈은 지혜의 나무 열매를 먹지 말라는 것이다. 무의식적인 활동만이 열매를 맺을 뿐, 역사적 사건에서 어떤 역할을 하는 사람은 결코 그 사건의 의미를 이해하지 못한다."(문학동네) "역사적 사건들 가운데 가장 명백한 사건은 선악과를 먹지 못하게 금지한 것이었다. 오직 무의식적인 활동만이 열매를 맺으며, 역사적 사건에서 어떤 역할을 수행하는 사람은 결코 자신의 의의를 이해하지 못한다."(민음사)

이러한 역사관에서 바라볼 때 나폴레옹 같은 세계사적 영웅이 역사를 움직여간다고 보는 영웅사관은 공상에 지나지 않는다. 실제로 나폴레옹은 『전쟁과 평화』에서 냉소거리가 되는데, 그가 아무리 군대를 지휘하고 명령을 내린다 하더라도 전장의 아수라장 속에서는 제대로 전달되지도 수행되지도 않는다. 나폴레옹 자신만 그렇게 믿을 뿐이다. 그렇다고 톨스토이가 민중사관에서처럼 민중을 역사의 주체로 본 것도 아니다. 톨스토이가 보기에 역사는 무의식적 과정이며 주체가 없다. 그것은 마치 사회성 곤충으로서 벌의 생활과 유사하며 실제로 톨스토이는 벌에 자주 비유한다. 개개의 벌은 자신이 무슨 일을 하는지 알지 못하지만 전체 군집의 생존과 존속에 기여한다. 역사적 과정에서는 인간도 이런 벌과 다를 바 없다는 것이 톨스토이의 교훈이다.

_〈한겨레〉(2018. 07. 20.)

톨스토이의 역사철학

전쟁과 평화
레프 니콜라예비치 톨스토이 지음, 박형규 옮김
문학동네, 2017

　톨스토이의 대작 『전쟁과 평화』(1869)가 단행본으로 출간된 지 150주년이 되었다. 이후에 쓰인 『안나 카레니나』, 『부활』과 함께 그의 '3대 장편소설'로 불리지만, 톨스토이의 기준으로는 『안나 카레니나』만이 유일하게 예술 장르로서 소설에 부합하고 나머지 두 작품은 소설을 초과한다. 톨스토이는 『전쟁과 평화』 단행본에 붙인 후기에서 '이것은 장편소설도 아니고, 서사시도 아니고, 역사적 연대기는 더더욱 아니다'라고 분명하게 못박았다. 물론 당대가 기준이기는 하지만 『전쟁과 평화』를 읽고 이해하려면 필수적으로 참고해야 할 사항이다.

　톨스토이가 말한 '장편소설'은 근대 유럽에서 발명된 산문 장르여서 '유럽의 형식'이라고도 지칭되는데, 동시대 작가로 이 장르의 대가는 투르게네프였다. 그런데 투르게네프는 『전쟁과 평화』를 격찬하면서도 작품에 포함된 상당 분량의 역사철학적 성찰이 너무 과도하며 소설의 미학적 성취를 해친다고 보았다. 프랑스 소설의 거장 플로베르도 투르게네프의 권유로 『전쟁과 평화』를 읽고서는 같은 견해를 내놓았다. 일례로 『전쟁과 평화』에는 2개의 에필로그가 붙어 있는데 작가의 역사철학을 장황하게 서술하고 있는 두번째 에필로그 같은 것은 군더더기에 해당한다고 보았던 것이다. 하지만 톨스토이에게는 그 역사철학을 제시하는 것이 핵심 의도였기에 그러한 비판에 개의치 않았다. 그는 군더더기를 포함한 초소설(소설을 초과하는 소설)을 선택한다.

톨스토이가 제시하는 역사철학이 과연 장황한 군더더기에 지나지 않는 것일까. 1812년 나폴레옹의 러시아 원정을 중요한 사건으로 다루고 있는 『전쟁과 평화』에서 통상적으로는 톨스토이가 당대의 영웅사관에 맞서서 민중사관을 제시한다고 이해한다. 이 전쟁에서 프랑스군에 맞선 러시아의 승리를 나폴레옹에 맞선 러시아 민중의 승리로 그렸다는 것이다. 하지만 톨스토이가 민중을 역사 발전의 주체로 보았다는 견해는 작품의 실상과 맞지 않는다. 역사의 전개는 나폴레옹과 같은 영웅의 의지와 무관하다는 것이 톨스토이의 생각이지만 그렇다고 민중계급이 영웅을 대신해 그 주체의 자리에 들어서는 것은 아니다.

톨스토이 역사철학의 핵심은 역사가 주체와는 무관한 몰주체적 과정이라는 데 있다. 그것은 마치 개미나 벌과 같은 사회성 곤충들의 행태와 닮았다. 각 개체는 각자의 일에 충실할 따름이지만 결과적으로 전체의 목적에 부합하게 된다. 톨스토이는 이렇게 말한다. "당시 대부분의 사람은 국가의 대세에는 아무런 주의도 기울이지 않고 눈앞의 개인적인 관심에만 지배되고 있었다. 게다가 그런 사람이야말로 당시 가장 유익한 사람들이었다."

톨스토이는 역사에서 필연의 법칙을 믿었지만 그것이 개인의 자유나 의지와는 별개라고 보았다. 우리 개개인은 각자의 활동 범위에서 자유를 누리지만 그것이 천체의 운동에 영향을 미치는 것은 아니다. 다시 말해 개인으로서 인간의 자유와 역사적 필연은 별개이며 각기 다른 법칙에 따른다. 비교하자면 인간의 자유가 유기체적 현상인 데 비해 역사는 초유기체적 현상이다. 따라서 역사를 영웅사관처럼 개인적 차원으로 환원하여 설명하려는 시도는 오류를 범할 수밖에 없다. 톨스토이의 역사철학이 이러한 윤곽을 갖는다면 이미 극복된 견해로 치부할 수 없다. 역사에 대한 성찰을 새롭게 하는 데에도 『전쟁과 평화』는 여전히 유효한 작품이다.

_〈주간경향〉(2019. 05. 13.)

문학에 빠져 죽지 않기

가장 위대한 사회소설이 말해주는 것

안나 카레니나
레프 니콜라예비치 톨스토이 지음, 박형규 옮김
문학동네, 2009

너무도 유명한 작가와 소설에 대해 간략하게 말하기, 이게 내게 주어진 미션이다. 톨스토이의 『안나 카레니나』(1877)를 읽은 소감을 적는다는 미션. "『안나 카레니나』는 예술작품으로서 완전무결하다"는 도스토옙스키의 평이 『안나 카레니나』 뒤표지에 박혀 있는데, 이건 사실 톨스토이 자신의 자부심이기도 했다. 작품의 주제가 뭐냐는 질문에, 그걸 말하려면 첫 문장부터 마지막 문장까지 읽어야 한다고 했다던가. 요컨대 군더더기라곤 한 군데도 없는 완벽한 작품이라는 뜻이리라.

완벽한 작품에 대해서 우리가 할 수 있는 일이란 많지 않다. 경탄이 아니라면 경탄에 경탄 정도? 독일문학을 대표하는 토마스 만조차도 예외가 아니었다. "『안나 카레니나』는 세계문학사상 가장 위대한 사회소설이다"라는 게 그가 남긴 경탄이다. 무얼 덧붙이겠는가. 햄릿의 말처럼 "그리고 침묵". 위대한 작품에 대해선 침묵하는 게 옳다. 일단은 그렇다. 그럼에도 몇 마디 거들려고 한다면 뭔가 다른 빌미가 필요한데, 이번에도 출처는 톨스토이 자신이다.

『안나 카레니나』를 쓰고 난 직후 소위 '정신적 위기'를 경험한 톨스토이는 『참회록』을 쓰면서 모든 예술을 부정한다. 너무도 '과격한' 톨스토이였기에 자신의 작품조차 예외가 아니었다. 예술작품으로서의 소설은 더이상 쓰지 않겠다는 게 그의 결단이었다. 만년에 그가 서가에서 빼낸 책을 읽다가 너무 재미있어서 표지를 보니 『안나 카레니나』였다는 전설적인 에피소드가 나오게 된 배경이다. 가장 완벽한 작품이지만 동시에 작가에게는 잊힌 작품. 근대 소설의 정점을 보여주지만 동시에 작가에게는 그 한계를 깨닫게 해준 작품. 『안나 카레니나』의 문제성이다. 이걸 어떻게 이해할 것인가.

너무도 유명한 첫 문장이 실마리이자 맥거핀이다. 실마리처럼 보이지만 아무짝에도 쓸모없는 게 히치콕이 즐겨 구사했던 맥거핀이다. 톨스토이는 이렇게 적었다. "행복한 가정은 모두 고만고만하지만 불행한 가정은 나름나름으로 불행하다." 이 문장은 1부의 첫 문장이기에 전체 8부로 구성된 소설 전체의 첫 문장이기도 하다. 그리고 통상 작품의 대략적인 내용과 주제까지 암시해주는 문장으로 읽힌다. '행복한 가정'과 '불행한 가정'이 있다는 것, 그리고 행복한 가정은 서로

엇비슷하지만, 불행한 가정은 제각각이라는 것. 소설의 초점은 물론 불행한 가정들에 맞춰진다.

행복한 가정은 엇비슷하기에 새로운 이야기가 나오지 않는다. 소설의 재미는 무엇보다 남들의 가지가지 불행한 가정사를 읽는 재미다. 아이들 가정교사와 바람을 피우다 들통이 나는 바람에 곤경에 처한 스티바와 돌리 커플의 이야기부터가 얼마나 흥미로운가! 오빠 부부를 중재하기 위해 페테르부르크에서 모스크바로 기차를 타고 달려온 안나가 젊은 장교 브론스키와 눈이 맞아 열애에 빠지게 되는 이야기는 또한 얼마나 위력적인가! 고위 관리이면서 가정에서도 사무적인 남편 카레닌이 안나의 불륜에 대한 응징으로 이혼을 거부함으로써 안나와 브론스키의 관계는 교착 상태에 빠지고 점차 삐걱거리게 된다. 브론스키의 애정이 예전 같지 않다는 생각에 상심한 안나는 심리적으로 불안정한 상태에서 결국은 기차에 몸을 던져 자살하고 만다.

대략 이런 줄거리라면 러시아식 '막장 드라마'의 소재로도 변주될 만하다. 여주인공 이야기의 기본 구조만 보자면 플로베르의 『마담 보바리』와 『안나 카레니나』의 거리는 몇 뼘 되지 않는다. 그런데 플로베르와 다르게 톨스토이는 안나의 이야기에 또다른 이야기를 병치시키고자 했다. 그것도 동등한 비중으로. 바로 레빈의 이야기인데, 건축에서 비유를 들자면 안나 이야기와 레빈 이야기는 『안나 카레니나』를 떠받치고 있는 두 기둥이다. 공정하게 제목을 붙이자면 '안나와 레빈'이라고 해야 맞을 만큼 레빈은 이 작품에서 적잖은 비중을 차지한다.

놀라운 것은 이 두 주인공이 거의 만나지 않는다는 점이다. 7부에 가서야 레빈은 안나를 찾아가 독대하고 그녀의 솔직함에 좋은 인상을 받는다. 바로 7부 끝부분에서 안나가 자살하게 되므로 둘의 만남은 분명 뒤늦은 감이 없지 않다. 대체 안나와 레빈의 이야기를 한데 묶어주는 '연결의 미로'는 무엇인가? 어째서 두 인물은 주인공이면서 각기 다른 장면에 나오는가?

물론 이런 의문을 작가가 의식하지 못했을 리 없다. 톨스토이는 소설의 두 기둥을 덮어주는 지붕이 작품에 존재한다고 시사했다. 잘 찾아보라고? 개인적인 견해를 밝히자면 이 작품에선 레빈만이 아니라 안나 또한 작가 톨스토이의 분신이다. 곧 레빈이 정신적 자아를 대표한다면, 안나는 육체적 자아를 대표한다. 톨스토이 자신이 레빈처럼 삶의 의미라는 형이상학적 물음에 과도하게 사로잡힌 인물이었고, 안나처럼 강렬한 육체적 욕망의 소유자였다. 문제는 이 두 자아의 통합이다.

육체적 욕망에 의해 결합된 안나와 브론스키 커플이 결국 파국에 봉착하는 데 반해서 레빈과 키티는 서로에 대한 이해와 교감을 통해 이상적인 커플 상을 보여주는 듯싶다. '행복한 가정'의 모델이라고 해야 할까. 하지만 8부의 마지막 장면에서 레빈은 자신의 깨달음을 혼자만의 비밀로 간직한다. 키티는 비록 사랑스러운 아내이지만 형이상학적 물음에는 별다른 관심을 보이지 않는다. 그녀는 레빈의 고뇌를 특이한 성벽性癖 정도로 이해할 공산이 크다. 실제로 톨스토이의 아내

소피야 역시 남편을 그런 시각으로 바라보았다. 그렇다면 가정의 행복은 어디에 있는가?

얼핏 행복한 가정과 불행한 가정을 대비시키려는 듯 보이지만,『안나 카레니나』는 행복한 가정의 가능성 자체에 회의의 그림자를 드리우며 마무리된다. "행복한 가정은 모두 고만고만하지만 불행한 가정은 나름나름으로 불행하다"란 첫 문장이 맥거핀이라고 말한 이유다. 불행한 가정에 대한 소설적 탐구는 작가 톨스토이로 하여금 '가정의 불행'이란 결론으로 이끈다. 모든 가정은 필연적으로 어긋날 수밖에 없다는 것이 그가 도달한 결론이다. 하지만 이 결론을 그는『안나 카레니나』안에는 적어두지 않았다. 아마도 이런 정도의 문장이지 않을까. "무릇 모든 가정이 행복을 꿈꾸지만 행복은 가정 안에 깃들지 않는다."

톨스토이에게 인생의 진리와 함께하지 않는 행복이란 가능하지 않으며, 설사 존재한다 하더라도 기만에 불과하다. 그리고 가정은 그런 진정한 행복의 공간이 아니었다. 그래서 톨스토이는『참회록』에서 예술과 함께 가정을 삶의 진리를 은폐하는 기만으로 간주한다.『안나 카레니나』를 떠나면서 톨스토이는 예술로부터, 그리고 가정으로부터 떠난다. '죽음'이라는 인생의 진리 앞에서 완벽한 예술도 행복한 가정도 모두가 기만에 불과하다. '위대함의 허무'를 보여준다는 점에서 『안나 카레니나』는 한번 더 위대한 소설이다.

_『한국 작가가 읽은 세계문학』, 문학동네, 2013

결혼이란 속임수의 파국적 결말

크로이체르 소나타
레프 니콜라예비치 톨스토이, 이기주 옮김
펭귄클래식코리아, 2008

『오만과 편견』(1813)의 작가 제인 오스틴은 열렬한 소설 독자이기도 했다. 비록 오스틴이 사망하고 반세기 뒤에나 나오기 때문에 불가능했던 일이지만 근대 서구소설의 정점으로 평가되는 톨스토이의 소설을 읽었다면 어떤 반응을 보였을지, 두 작가의 독자로서 궁금하다. 『전쟁과 평화』나 『안나 카레니나』 같은 대작뿐 아니라 특히 결혼을 주제로 다룬 문제적 중편 『크로이체르 소나타』(1889)를 오스틴은 어떻게 읽었을까. 더 나아가 『크로이체르 소나타』 이후에 오스틴 소설은 연애와 결혼이란 주제를 어떻게 다루게 될까.

한 독자의 호사가적 흥미만은 아니다. 서로 분리되어 있던 '연애'와 '결혼'을 소설적 서사로 결합한 공로가 오스틴에게 있다면 톨스토이는 이를 다시금 시빗거리로 만들고 있어서다. 오스틴부터 톨스토이까지가 연애(결혼)소설의 한 사이클이라고 할까. 이야기는 러시아 횡단열차에서 합석한 한 인물이 결혼을 화제로 한 다른 승객들의 대화에 끼어들면서 시작된다. 사랑이 결혼을 신성하게 만든다는 한 부인의 말에 냉소하면서 그는 이렇게 대꾸한다. "평생을 한 여자 또는 한 남자만 사랑한다는 것은 양초 하나가 평생 탄다는 것과 다를 바 없습니다." 그는 결혼이란 그저 속임수에 불과할 뿐이어서 파국적 결말을 피할 수 없다고 주장한다. 그 실례가 '아내를 살해한 에피소드의 주인공'으로서 그 자신이다.

이어서 펼쳐지는 것은 주인공 포즈드니셰프가 털어놓는 자기 인생과 결혼생활의 전모다. 지주이자 귀족 계급에 속한 인물로서 그는 젊은 시절 방탕을 일삼았다. 하지만 그것이 부도덕하거나 개인적인 일탈이라고는 생각지 않았다. 적당한 방종과 방탕은 상류 사교계의 문화였기 때문이다. 그러다 자신과 같은 상류층의 한 여성과 만나서 결혼한다. 그는 결혼이 상류사회의 결혼시장에서 벌어지는 거래로서 매매춘과 다를 바 없다고 생각한다. 유곽의 여성과 사교계의 여성 사이에 아무런 차이도 없다고 믿어서다. "엄밀히 말해서 짧은 기간의 창녀는 경멸을 당하고, 긴 기간의 창녀는 존경을 받는 거지요."

작품을 쓸 무렵 톨스토이는 예순에 접어든 나이였고, 선한 삶이라는 인생의 목적에 욕망이 가장 큰 장애가 된다고 보았다. 포즈드니셰프의 말을 빌리자면, 귀족들은 농부들과 달리 아무 일도 하지 않으면서 음식을 과잉 섭취한다. 과도하게 섭취된 열량은 정욕을 부추기게 되고 도덕적 타락으로 이어질 수밖에 없다. 그러한 계급적 생활조건 때문에 상류계급의 결혼생활은 불가피하게 무절제한 방종과 서로 간의 반목으로 치닫는다.

적대적인 감정이 쌓여가던 중 포즈드니셰프는 아내와 바이올린 연주자의 관계를 의심하고 급기야는 질투심에 아내를 칼로 찔러서 살해한다. 그 자신의 토로에 따르면 칼로 아내를 찌르기 훨씬 이전에 그는 아내를 죽였다. 욕망의 대상으로만 간주했기 때문이다. 남성과 여성을 포함해 인류는 진리와 선으로 나아가는 데 있어서 협력자가 되어야 하지만 남성은 쾌락을 얻을 궁리를 하고 여성은 그런 남성의 욕망을 부추겨서 이용한다. 이러한 상황에서라면 포즈드니셰프의 살인은 우발적이지만 동시에 필연적이다. 두 주인공이 서로의 오만과 편견을 극복하고 행복한 결혼생활의 입구에 들어서는 것으로 마무리되었던 제인 오스틴의 소설 세계로부터 얼마나 멀리 떠나온 것인가!

_〈주간경향〉(2020. 02. 03.)

문학에 빠져 죽지 않기

노라는 왜 지금도 무대에 오르는가

인형의 집
헨리크 입센 지음, 김창화 옮김
열린책들, 2010

1879년 말 덴마크의 코펜하겐에서 초연된 연극 한 편이 세계사를 바꾸게 되리라고는 아무도 예상하지 못했을 것이다. 노르웨이 극작가 헨리크 입센의 『인형의 집』이 바로 그 작품이다. 주인공의 이름을 따서 '노라'라고도 불리는 이 문제작은 우리에게도 일찌감치 소개된 편인데 1925년 처음 공연된 이래 지금까지도 생명력을 잃지 않고 있다. 알려진 대로 주인공 노라의 가출 장면으로 막을 내리는 이 작품의 문제성은 어디에 있으며 그 의의는 여전히 유효한가. 공연으로 작품을 보게 되거나 다시 읽을 때마다 던지게 되는 질문이다.

결혼 8년 차의 주부 노라는 세 아이의 엄마이자 남편 헬메르의 충실한 내조자다. 남편은 그녀를 '종달새'나 '다람쥐'라고 부르며 노라

또한 그런 역할을 마다하지 않는다. 다만 남편은 노라가 돈을 너무 흥청망청 쓴다고 생각한다. 노라는 오랜만에 만난 친구 린데에게 자신의 비밀을 털어놓는다.

첫아이가 갓 태어났을 무렵 남편이 중병에 걸려 절대 요양생활이 필요했다. 요양에는 거금이 필요했지만 돈에 관해서라면 결벽증적 태도를 가진 남편은 빚을 금기시했다. 게다가 노라의 아버지도 병으로 위중한 상태였다. 아버지에게 걱정을 끼치지 않고 남편에게도 부담을 지우지 않기 위해서 노라는 아버지의 서명을 위조해 돈을 빌리고 남편에게는 아버지의 도움을 받은 것처럼 한다. 남은 일은 남편에게 받는 생활비를 아끼고 아르바이트까지 해가며 몰래 빚을 갚아나가는 것이었다. 그렇게 억척스러운 노라를 남편 헬메르는 사랑스럽긴 하지만 낭비벽이 있는 여자로 오해한다.

아버지와 남편에게서 '인형'으로 대우받지만 노라의 숨겨진 비밀은 그녀가 남자와 같은 일을 했다는 것이다. 그러던 차에 남편은 은행장으로 부임하게 되고 노라의 힘들었던 이중생활도 끝나는 것처럼 보인다. 그런데 노라에게 돈을 빌려주었던 은행 직원이 비리로 해고 위기에 몰리자 차용증을 빌미로 노라를 협박한다. 결국 노라의 비밀을 알게 되자 남편 헬메르는 격분하고 노라는 자신의 행동이 남편에게 옹호되기는커녕 부당하게 매도당하는 현실에 절망한다. 그녀는 비로소 남편과의 관계는 물론 사회 속 여성의 지위에 대해서 눈을 뜨게 된다. 그녀는 무엇이 법이고 정의인가를 다시 묻는다. 『인형의 집』의 핵심으로 여겨지는 대목에서 노라는 헬메르에게 이렇게 말한다.

"분명히 알고 있는 사실은 내가 당신과 완전히 다르게 생각한다는 거죠. 법도 내가 생각했던 법이 아니라는 걸 알게 됐어요. 그래서 법이 옳다는 생각을 내 머릿속에 집어넣을 수가 없어요. 여자는 죽어가는 아버지를 위해 배려를 해줄 어떤 권리도 없고, 죽어가는 남편을 살리기 위한 일을 할 권리도 없나요? 난 이런 법을 믿을 수 없어요."(열린책들)

곧 노라의 항변은 자신의 생각과 다른 법을 상대로 한 항변이다. 노라는 그 법에 동의할 수 없고 따라서 순응할 수 없다. 노라의 이런 태도를 헬메르는 어린아이 같다며 비웃는다. 사회를 모른다는 것이다. 그러자 노라는 이렇게 대꾸한다. "난 세상과 나 가운데 누가 옳은지 확인하겠어요."(열린책들) 여기서 '세상'은 '사회'라고도 옮겨진다. "나는 사회가 옳은지 내가 옳은지 밝힐 거예요."(민음사) 노라의 가출은 이 결심에 따른 것이다. 오늘날 『인형의 집』이 여전히 읽히고 공연된다는 건 어떤 의미일까. 남성 중심의 세상(사회)과 노라의 대결이 여전히 진행형이라는 뜻으로 이해할 수 있을까.

_〈한겨레〉(2018. 11. 16.)

8.

사회주의적 영혼은
어디에 있는가

과도기 러시아 사회 지배계급의 교체

벚꽃 동산
안톤 파블로비치 체호프 지음, 오종우 옮김
열린책들, 2009

새로운 시대, 새로운 삶은 어떻게 시작되는가. 너무 당연한 일이지만 낡은 시대, 낡은 삶과의 작별을 통해서다. 그렇지만 이 작별은 순간의 의식으로만 이루어지지 않는다. 낡은 것에서 새로운 것으로의 교체, 혹은 이행은 일련의 과정을 필요로 한다. 안톤 체호프의 마지막 장막극 『벚꽃동산』(1904)이 이러한 이행기의 문제와 과제를 다룬 대표적인 작품이다. 처음 무대에 올려진 시기가 러시아 역사의 과도기였고 작품의 줄거리도 벚꽃동산의 주인이 바뀌는 이야기다. 어떤 교훈을 음미해볼 수 있을까.

작가가 '4막 코미디'로 부른 이 작품에서 주요 배역은 각각 두 계급을 대표한다. 지주계급의 대표로는 라네프스카야와 그녀의 오빠 가예프가 있다. 선량하지만 세상의 물정에는 너무 둔감하며 게다가 게으른 사람들이다. 이들은 상속받은 영지를 바탕으로 무위와 허영의 삶을 살아왔다. 점차 재산을 탕진하고 채무가 늘어가는 바람에 가장 아끼던 벚꽃동산이 경매로 넘어가게 되었지만 문제를 직시하기보다는 막연히 친척의 도움만을 기대한다.

연극은 아들을 잃고 5년간 외국생활을 하던 라네프스카야가 영지로 돌아오는 장면으로 시작한다. 그 일행을 기다리고 있는 이들 가운데 상인 로파힌이 또다른 계급의 대표자다. 아버지가 라네프스카야 집안의 농노였기에 스스로 농부라고 칭하지만 로파힌은 수완을 발휘해 재력가가 되었다. 전통적인 지주 귀족계급과 대비해 새롭게 부상한 중간계급의 대표 격이라고 할 수 있다. 비록 제대로 된 교육을 받지 못해서 책을 읽어도 아무것도 이해할 수 없다고 푸념하지만 현실의 물정에 대해서는 가장 정확하게 파악하고 있다.

로파힌이 라네프스카야를 기다린 것은 그녀에게 벚꽃동산의 경매와 관련한 조언을 해주기 위해서다. 비록 가예프에게는 "천박한 구두쇠"라고 조롱받지만 로파힌은 어린 시절 자신에게 호의를 베풀어준 라네프스카야를 곤경에서 구해주고자 한다. 그의 제안은 벚꽃동산을 별장지로 분할하여 임대하면 꽤 많은 수익을 얻을 수 있고 채무도 정리할 수 있으리라는 것이다. 벚꽃동산은 아름다운 경관을 보여주긴 하지만 경제적인 이익을 낳지는 못한다. 2년에 한 번 열리는 버찌는 판로도 없다. 파산 직전에 놓인 라네프스카야 남매로서는 귀담아들어볼 만한 제안이지만 이들은 수용하지 않는다. 임대사업을 위해 아름다운 동산의 벚나무를 베어내는 것은 터무니없는 일이라고 생각할 따름이다. 로파힌이 보기에 이들은 "경솔하고 비현실적이고 기이한 사람들"이다.

결국 아무런 방책도 세우지 않아 라네프스카야 남매의 벚꽃동산은 경매에 부쳐지고 가장 높은 가격을 부른 로파힌이 새 주인이 된다. 벚꽃동산의 주인이 바뀐다는 것은 확장해서 보면 러시아 사회의 지배계급이 교체된다는 상징적 의미도 갖는다. 그렇지만 이 과정을 체호프는 다소 특이한 시선으로 바라본다. 로파힌은 벚꽃동산의 주인이 되었다는 사실에 기뻐하면서도 한편으로 '가련하고 착한 부인' 라네프스카야가 자신의 제안을 수용하지 않은 것을 원망한다. 그래서 희희낙락하기보다는 모든 일이 빨리 끝나기만을 바란다. 로파힌은 새벽부터 저녁까지 일하는 성실한 인물이지만 한편으론 교양이 부족하고 사랑에는 숙맥인 인물로 그려진다. 아직 제대로 된 주인이 되기에는 부족한 것이다. 이러한 과도기의 사회적 풍경을 '코미디'로 감싸고자 한 작가가 체호프였다.

_〈주간경향〉(2019. 10. 21.)

사회주의적 영혼은 어디에 있는가

코틀로반
안드레이 플라토노프 지음, 김철균 옮김
문학동네, 2010

안드레이 플라토노프는 한국 독자들에게 비교적 낯선 이름이지만, 러시아에서도 사정은 마찬가지였다. 반혁명주의자로 낙인이 찍히면서『체벤구르』(1929)나『코틀로반』(1930) 같은 대표작들이 작가의 생전에는 출간되지 못했기 때문이다.『코틀로반』만 하더라도 1987년에 이르러서야 고르바초프의 개혁개방 분위기를 타고 문학잡지 〈신세계〉를 통해 처음 발표된다. 하지만 그렇게 소개되기 시작한 플라토노프는 가장 중요한 20세기 러시아 작가의 한 명으로 재평가된다. 20세기 러시아문학사의 가장 극적인 반전 가운데 하나라고 할까.

안드레이 플라토노프의 본명은 안드레이 플라토노비치 클리멘토프이다. 클리멘토프가 성이고 부칭인 '플라토노비치'는 그의 아버지 이름이 '플라톤'이란 것을 뜻한다. 그 부칭을 성으로 만든 게 '안드레이 플라토노프'라는 필명이다. 자연스레 철학자 플라톤을 연상시키는데, 우연찮게도 그는 가장 철학적인 작품을 쓴 20세기 작가에 속한다. '20세기의 도스토옙스키'란 평판도 무색하지 않다. 다만 도스토옙스키가 사회주의 이념에 매우 비판적이었던 데 반해서 플라토노프는 현실사회주의자들을 당혹스럽게 할 정도로 사회주의 이념에 투철했다. 아니 오히려 그게 문제였다. 실제로 반혁명주의자이자 부농의 앞잡이라는 비판을 받게 되었을 때 플라토노프는 스탈린과 고리키에게 쓴 편지에서 "저는 계급의 적이 아닙니다. 노동자계급은 저의 고향이며, 저의 미래는 프롤레타리아계급과 함께할 것입니다"라고 해명하기도 했다.

현실사회주의조차도 감당하기 어려웠던 플라토노프식 이상적 사회주의란 어떤 것인가. 『코틀로반』은 그런 관심의 연장선상에서 읽을 수 있는 작품이다. 내용은 크게 두 부분으로 나뉜다. 노동자들이 기초공사용 구덩이를 파는 이야기와 그들이 부농을 척결하는 데 동원되는 이야기. 작품의 배경이 되는 1920년대 말은 '스탈린 혁명'이라고도 불리는 본격적인 사회주의체제 건설이 시작되는 시기다. 1917년 러시아혁명 이후 1921년까지 러시아는 혁명군과 반혁명군 사이에 벌어진 내전의 전장이었다. 이로 인해 피폐된 경제를 회복하기 위해 레닌은 한시적으로 자본주의 시장경제체제를 도입하는 모험을 감행한다. 그것이 신경제정책(네프)이다. 그런 과정을 거치고 나서야 비로소

1929년부터 중공업화와 농업 집산화(농촌 집단화)를 핵심으로 하는 경제개발 5개년 계획이 추진된다. 농업 집산화란 간단히 말하면 집단 농장을 만드는 것이다. 이것은 부농척결을 명분으로 강압적으로 이루어졌고, 농민들의 거센 반발을 샀다. 플라토노프는 이 과정을 직접 목격한 작가로,『코틀로반』은 그 목격담이자 증언담으로도 읽을 수 있다.

다수의 인물들이 등장하는『코틀로반』은 노동자 보셰프의 이야기로 시작한다. 그는 서른번째 생일을 맞던 날 작업 시간에 자주 사색에 빠진다는 이유로 공장에서 해고되는데, 단지 자기 앞가림 때문이 아니라 '일반적인 삶의 계획'에 골몰하느라 그랬다. 모두가 당신처럼 사색에 빠진다면 일은 누가 하느냐는 공장위원회측의 질문에 그는 "생각을 하지 않는다면 일을 해도 의미가 없다"고 답한다. 그는 몸이 편하고 불편한 것에는 개의치 않지만 진리가 없다면 부끄러워서 살 수가 없다고 생각한다. 또다른 노동자 사프로노프는 생의 아름다움과 지성의 고귀함을 사랑하는 인물이다. 하지만 온 세계가 보잘것없고 사람들이 우울한 비문화적 상태에 빠져 있다는 사실에 당혹해한다. "어째서 들판은 저렇게 지루하게 누워 있는 걸까? 5개년 계획은 우리들 안에만 들어 있고, 온 세계에는 진정 슬픔이 가득한 건 아닐까?"라는 게 그의 풀리지 않는 의문이다.

이런 노동자들이 모여서 '전全 프롤레타리아의 집'을 건설하기 위한 공사용 구덩이를 판다. '코틀로반'은 그 구덩이를 가리키는 러시아어다. 이 공사의 책임자인 건축기사 프루솁스키는 거대한 공동주택을 고안해낸 인물이지만, 정작 거기에 살게 될 사람들의 정신 구조에 대해서는 느낄 수도, 머릿속에 그려볼 수도 없다. 그는 자신이 반드시 살아 있어야 할 만큼 가치 있는 존재라고도 생각지 않으며, 그에게 삶은 희망이 아니라 인내일 뿐이다. 하지만 이것은 프루셉스키 한 개인의 한계가 아니다. 사회주의라는 '거대한 공동주택'에 거주하게 될 사람들의 의식과 생각, 관념 따위, 곧 진정한 사회주의자의 '영혼'에 대해서 사회주의를 건설중인 노동자들은 가늠해볼 수가 없기 때문이다. "삶에 대한 무지도 가난과 배고픔만큼이나 사람의 마음을 괴롭혔다. 인간으로 존재한다는 것이 심각한 것인지 아니면 무의미한 것인지 알아야 했다." 하지만 그 대답은 유예된다. 이것이 이행기의 딜레마이다.

마르크스에 따르면, 사회주의의 정치 경제적 토대가 만들어져야 그 위에 사회주의적 의식, 즉 상부구조가 형성될 수 있다. 그런데 자본주의 부르주아사회에서 사회주의로 넘어가는 이행기에는 그 상부구조의 토대가 미처 형성되지 않았다는 게 문제다. 사회주의를 시작하긴 했지만 아직 그 토대가 형성되지 않아 사회주의 의식도 없고 영혼도 없는 상태인 것이다. 말하자면『코틀로반』에서처럼 '전 프롤레타리아의 집'을 짓기 위한 기초공사로 구덩이만 파놓은 격이다. 사회주의적 정신, 사회주의적 영혼이란 게 아직 없으니 사람들은 과연 어떤 생각을 하면서 살아가야 할지 모르는 상태다. 그래서 갖게 되는 정서가 슬픔과 연민이다.

보셰프는 이렇게 말한다. "슬픔이란 건 별게 아니오. 뭐가 슬픈 거냐 하면 온 세상을 지각하는 건 우리 계급인데 행복은 여전히 부르주아의 몫이라는 거요. 행복은 수치심으로 이어질 뿐이오." 곧 사회주의자를 위한 행복은 아직 발명되지 않았다. 그것은 미래의 몫이다. 고아 소녀 나스탸는 바로 그 미래 사회주의의 상징으로 등장한다. 하지만 『코틀로반』은 비극적이게도 나스탸의 죽음으로 끝난다. "그는 공산주의가 아이들의 느낌 속에, 또렷한 인상 속에 있지 않다면 이 세상천지 어디에 있다는 것인지 도무지 알 수 없었다. 진리가 곧 기쁨이며 약동인 작고 순진한 아이가 없다면 삶의 의미와 전 세계의 기원에 관한 진리가 무엇 때문에 그에게 필요하단 말인가?"라고 플라토노프는 보셰프의 눈을 빌려 묻는다. 유감스럽게도 현실사회주의는 이 질문에 답할 수 없었다.

_『한국 작가가 읽은 세계문학』, 문학동네, 2013

문학에 빠져 죽지 않기

공산주의 마을을 누가 파괴했을까

체벤구르
안드레이 플라토노프 지음, 윤영순 옮김
을유문화사, 2012

'소비에트 유토피아문학의 정수'로 소개됐지만 안드레이 플라토 노프의 『체벤구르』(1929)는 소련에서 거의 부재했던 작품이다. 고르 바초프의 페레스트로이카(개혁) 분위기를 타고 정식으로 출간된 게 1988년이기 때문이다. 이해에는 역시나 금서였던 보리스 파스테르나 크의 『닥터 지바고』도 출간돼 러시아 독자들과 만났다. 『닥터 지바고』 의 경우, 러시아혁명에 대한 불신과 회의를 노골적으로 보여주는 작 품인 만큼 소련에서 공식 출간되지 않은 것이 충분히 이해가 된다. 우 리에겐 '반공문학'으로 읽히기도 했으니까. 하지만 누구보다도 사회 주의 이념에 헌신적이었던 철도노동자 출신 작가의 대표작은 어째서 금지됐던 것일까.

전체 3부로 구성된 장편 『체벤구르』의 주인공은 사샤 드바노프이다. 어부였던 그의 아버지는 죽음이 무엇인지 너무 궁금해서 두 발을 밧줄로 묶고 호수에 몸을 던졌다가 죽었다. 죽음을 마치 여느 마을에 마실을 가는 것처럼 생각했던 것이다. 사샤는 아이들이 많은 드바노프 집안에 입양되지만 끼니를 제대로 이을 수 없는 가난 때문에 구걸에까지 나선다. 방랑자이자 기계공인 자하르 파블로비치가 그를 양자로 거두며, 혁명이 일어나자 두 사람은 당원이 된다. 모든 것을 담을 수 있도록 볼셰비키는 텅 빈 심장을 가져야 한다는 양아버지의 교훈을 품고서 사샤는 당의 명령에 따라 진정한 공산주의 마을을 찾아 떠난다. 당과 무관하게 자생적인 혁명이 일어나 공산주의를 건설한 마을들이 있었기 때문이다. 로자 룩셈부르크의 무덤을 찾아가는 순례자 코퓬킨이 사샤의 동행이 돼준다.

두 사람은 순례길에서 마을 사람들 모두가 유명인의 이름으로 개명한 마을도 거쳐간다. 혁명 이후의 삶은 그 이전과는 다른 삶이어야 한다는 생각에 이들은 '표도르 도스토옙스키'가 되고 '크리스토퍼 콜럼버스'가 됐다. 그리고 무엇이 새로운 완벽한 삶인지 고민에 고민을 거듭했다. 하지만 사회주의가 무엇이고 어떻게 건설해야 할지는 알지 못했다. 예컨대 '도스토옙스키'는 사회주의를 좋은 사람들의 모임 같을 걸로 생각했을 뿐이어서 필요한 물건이나 건물에 대해서 무지했다. 사샤와 코퓬킨이 도착하게 되는 공산주의 마을 체벤구르도 사정은 크게 다르지 않았다. 그렇지만 부르주아를 몰아내고 스스로의 힘으로 건설한 이 공산주의 유토피아에서는 태양도 이전보다는 더 열심히 일할 거라고 사람들은 믿었다. 이들의 '낙원'은 얼마나 보존될 수 있을까. 소설의 결말에서 체벤구르는 정체를 알 수 없는 외부 군대의 공격을 받고서 파괴된다. 코푠킨을 포함해 동지들이 모두 살해당하고 사샤만이 홀로 살아남아 고향으로 돌아온다. 사샤는 언젠가 아버지가 몸을 던졌던 호수로 걸어들어간다.

비극적으로 보이는 결말은 사회주의에 대한 플라토노프의 지극한 염려를 반영하는 듯이 보인다. 궁금한 것은 '외부 군대'의 정체를 작가가 어째서 모호하게 했을까 하는 점이다. 당시로서 적은 혁명군(적위군)이거나 반혁명군(백위군)일 수밖에 없다. 체벤구르가 반혁명군에 의해 파괴되는 건 충분히 가능한 일이다. 모호하게 처리할 이유도 없어 보인다. 혹 플라토노프는 다른 가능성을 염두에 둔 것이 아닐까. 이상적 공산주의 마을은 자본주의뿐 아니라 현실사회주의로서도 감당하기 어려웠던 것이 아닐까. 현실사회주의를 '현실과 타협한 사회주의'로 이해하게 되면 억측은 아닐지도 모른다.

_〈한겨레〉(2013. 08. 05.)

이젠 가볼 수 없는 구소련의 하루

이반 데니소비치의 하루
알렉산드르 솔제니친 지음, 이동현 옮김
문예출판사, 1999

러시아 월드컵이 막바지에 접어들고 있다. 이제는 러시아라는 이름이 자연스럽지만 대학에 들어가 러시아어와 문학을 공부할 무렵만 하더라도 소련이었다. 전공이 '소련학과'라고 소개해도 통하던 시절이었다. 역사의 뒤안길로 사라져 지금은 구소련이라고 불린다. 이제는 지도에서 사라진 구소련을 어떤 책을 통해 찾아가볼 것인가.

1991년 해체 이후에 사회주의 소련은 자본주의 러시아가 되었지만 그 흔적은 아직도 많이 남아 있다. 그 시대를 살았던 벨라루스의 노벨문학상 수상작가 스베틀라나 알렉시예비치는 '세컨드핸드 타임'이라고 염려할 정도다. 중고품시대, 더 속되게 말하면 재탕시대라는 뜻이다. 1917년 러시아혁명과 함께 탄생한 인류사 최초의 사회주의

국가 소련이 역사의 악몽으로만 기억될 것인가.

조지 오웰의 우화소설 『동물농장』(1945)을 통해서 소련식 사회주의 신화는 진작 폭로가 되었지만 소련 내부의 고발이 전격적으로 터져나온 것은 1962년의 일이다. 알렉산드르 솔제니친의 문제적 데뷔작 『이반 데니소비치의 하루』가 발표되면서 소련문학은 다시는 그 이전 시대로 돌아갈 수 없게 된다. 실제로 8년간 수용소에서 복역했던 솔제니친은 이 소설에서 주인공의 하루를 세밀하게 복원함으로써 오웰의 우화를 실사 버전으로 제공한다. 하루에 대한 묘사로 충분했던 건 10년 형을 선고받은 이반 데니소비치에게 모든 날이 똑같은 하루의 반복이나 다름없었기 때문이다.

이반 데니소비치는 제2차세계대전에 참전했다가 독일군의 포로가 되지만, 전쟁이 끝나면서 생환한 다른 포로들과 마찬가지로 조국에 대한 반역죄로 기소된다. 그를 기다린 건 감옥과 수용소의 나날이다. 비인간적 작업 환경에서 영하 30도까지 내려가는 혹한에 강제노역에 동원되는 인민들의 모습을 통해서 솔제니친은 사회주의 이상국가의 허상을 있는 그대로 폭로한다. 더 문제적인 것은 이러한 수용소 체제에 적응하여 생존의 규칙을 습득하는 과정에서 현실에 대한 비판의식을 망실한다는 데 있다. 내일 무엇을 하고 내년에는 또 어떤 일을 할지, 가족의 생계는 어떻게 돌봐야 할 것인지에 대한 생각이 아예 사라져버린다. "그가 걱정하지 않아도 모든 것은 높은 사람이 대신 생각해준다."

권력을 독점한 소수가 판단과 결정을 떠맡고 절대다수 인민은 그에 따르도록 강요받는 사회는 어떤 의미에서도 제값의 민주주의적 체제라고 말할 수 없다. 더군다나 '인민의 낙원'이라고 불리는 것은 어불성설이다. 그렇지만 솔제니친은 수용소 사회로 전락한 소련을 부정적으로만 묘사하고 있지는 않은데, 희망의 단초가 되는 것은 인민들의 소박한 인간성과 도덕성이다. 이제 마흔이 넘은 나이가 된 이반 데니소비치는 이빨도 반이나 빠져버리고 머리숱도 얼마 남지 않은 모습이지만 그럼에도 뇌물을 주거나 받은 경험이 없다. 그런 걸 배우지 못했을뿐더러 생각해보지도 않는다.

최악의 환경에서도 최소한의 도덕은 생존수칙이다. 수용소에서 오래 버티지 못하고 죽어나가는 자들은 남의 죽그릇을 핥으려는 자들이나, 의무실에 드나들 궁리만 하는 자들, 그리고 쓸데없이 간수장을 찾아다니는 자들이다. 비록 죽그릇을 속여서 두 그릇을 먹는 등 수용소생활의 요령은 터득하고 있지만, 이반 데니소비치는 최소한의 도덕과 성실성을 통해서 자신의 위엄을 지킨다. 그리하여 자칫 아침에 영창에 갈 뻔했던 하루를 거의 행복하기까지 한 하루로 만든다. 그렇지만 아이러니하게도 수용소의 하루일 뿐이다. 아무런 주장이나 설교 없이도 솔제니친은 소련이 이반 데니소비치와 같은 인민의 품성에 맞지 않다는 것을 역설한다.

_〈한겨레〉(2018. 07. 13.)

문학에 빠져 죽지 않기

동정보다는 조롱의 대상이 된 파멸

어둠 속의 웃음소리
블라디미르 나보코프 지음, 정영목 옮김
문학동네, 2016

　『롤리타』로 유명한 작가 나보코프는 러시아혁명 이후 망명자의 삶을 살았던 러시아 작가다. 1920년대부터 베를린의 망명문단에서 러시아어 작품들을 발표하면서 작가로 데뷔하고, 1930년대 말 나치의 위협이 거세지자 파리를 거쳐 미국으로 건너간다.『어둠 속의 웃음소리』(1938)는 러시아어 소설『카메라 옵스쿠라』를 영어로 번역하면서 일부 개작한 작품으로 미국에서 발표된 그의 첫 소설이었다.

　부유한 중년 남자가 어린 애인 때문에 아내를 버리지만 애인과 그 정부에게 농락당하고 비참하게 파멸하는 이야기라는 줄거리를 나보코프는 아예 서두에서 소개한다. 그렇게 요약될 수 있는 줄거리란 작품의 창작이나 독서에서 아무 의미가 없다는 것을 미리 선언한다고 나 할까. 대신에 그의 관심은 이야기를 해나가는 과정에서 얻을 수 있는 이득이나 기쁨이다. 그것은 독자에게도 마찬가지인데, 주인공 알비누스의 몰락 과정을 읽어나가면서 동정하기보다는 짓궂은 냉소, '어둠 속의 웃음소리'에 동참하게 된다. 무엇이 알비누스를 파멸로 이끌며 그의 파멸은 어째서 동정보다는 조롱의 대상이 되는 것인가.

베를린의 부유한 상속자 알비누스는 미술평론가이자 그림 전문가다. 연애운이 따르지 않았던 그는 평범한 결혼을 했고 여덟 살짜리 딸을 둔 상태다. 아내를 사랑한다고 느끼지만 동시에 로맨스에 대한 '은밀하고 어리석은 갈망'도 포기하지 못한다. 그 갈망은 예술에 대한 열정과도 구분되지 않는다. 어느 날 알비누스는 우연히 영화관에 들렀다가 안내인으로 일하는 마르고트를 보고서 반한다. 어둠 속에서 그녀가 '위대한 화가가 음영이 풍부한 어둠을 배경으로 그려놓은 것처럼' 보였고 곧바로 매혹된다. 하층계급 출신의 마르고트는 영화배우를 꿈꾸지만 연기에는 전혀 소질이 없었고 이런저런 일을 전전하다가 영화관 안내 일을 하던 터였다. 알비누스는 그녀에게 아파트를 얻어주지만 그들의 관계는 마르고트가 보낸 부주의한 편지 때문에 들통나고 알비누스는 차츰 불행의 길로 접어든다.

알비누스는 영화 제작에 나서며 마르고트를 배우로 데뷔시킨다. 영화를 만드는 과정에서 마르고트는 알비누스의 소개로 옛 애인이었던 화가 렉스와 재회하고 두 사람은 합작해 알비누스의 재산을 빨아내기 시작한다. 알비누스는 둘의 관계를 뒤늦게 알게 되지만 마르고트의 변명에 다시 넘어가고 교통사고로 실명까지 한 뒤에는 그녀에게 절대적으로 의존하는 처지가 된다. 알비누스는 마르고트의 보살핌을 받는다고 생각하지만 그녀의 곁에는 항상 렉스가 붙어 있었다. "알비누스는 누군가가 작게 킥킥거린다고 생각했다." 그 누군가는 물론 렉스지만 이 대목에 이르면 독자 또한 그 비웃음의 주인공이 된다.

소위 '예술에 대한 열정'에 너무 빠져든 나머지 알비누스는 예술의 대상(마르고트의 이미지)을 실제 현실(마르고트 자신)로 착각한다. 이 착각은 대가를 치르게 만든다. 알비누스는 권총을 들고서 뒤늦게 복수에 나서지만 장님인 그의 총구가 제대로 마르고트를 겨냥할 리는 만무하다. 권총까지 빼앗기고 끝내 죽음에 이르는 것은 알비누스 자신이다. 이렇듯 알비누스를 파멸로 이끌었지만 마르고트와 렉스는 소설에서 어떠한 응징도 받지 않는다. 도덕적 교훈을 혐오했던 작가 나보코프다운 결말이면서 노동계급에 무너진 어수룩한 자본가계급을 향한 그의 냉소로도 읽힌다.

_〈주간경향〉(2019. 08. 05.)

시적 에로티시즘과 심미적 희열의 세계

롤리타
블라디미르 나보코프 지음, 김진준 옮김
문학동네, 2013

　"롤리타, 내 삶의 빛, 내 몸의 불이여. 나의 죄, 나의 영혼이여. 롤-리-타." 이렇게 시작하는 『롤리타』(1955)는 특이한 작품이다. '롤리타 콤플렉스'라는 용어까지 낳은 한 중년 남성의 특이한 성적 취향을 다룬 작품이어서가 아니다. '어린 소녀에게만 성욕을 느끼는 콤플렉스'에 대한 흥미로 책을 집어든 독자라면 『롤리타』는 자못 난해한 소설로 여겨질 수도 있다. 실제로 이 '세기의 베스트셀러'도 정작 끝까지 읽은 독자는 많지 않다던가. 선정적인 내용을 제쳐놓더라도 『롤리타』는 특이한 책이다. 무엇이 특이한가. 해설을 맡은 처지에서 보자면, 작가와 작품은 분리해서 이해해야 한다는 문학론의 옹호자인 나보코프가 책 말미에 해설에 해당하는 '작가의 말'을 붙였다는 점이 특이하다. 물론 작가가 직접 쓴 해설을 참조할 수 있다는 점에서는 매우 유익하지만, 거기에 또 해설을 붙여야 하는 처지에서는 사실 조금 곤혹스럽다. 무엇을 더하고 무엇을 뺄 것인가.

처음부터 사정이 그랬던 것은 아니다. 1955년 파리의 올랭피아 출판사에서 초판이 출간됐을 때 『롤리타』는 '존 레이 주니어 박사'의 머리말과 『롤리타: 어느 백인 홀아비의 고백』이라는 원고로만 구성돼 있었다. 원고의 저자는 살인죄로 구속된 '험버트 험버트'였고, 존 레이 주니어 박사는 험버트의 사망 이후에 그의 담당 변호사로부터 원고의 편집을 부탁받고 머리말을 붙인 것이다. 그렇게 편집자가 원고 입수 경위를 밝히고 적당히 자신의 말을 더해 책으로 출간하는 일은 드물지 않다. 러시아문학사에서 유명한 사례를 찾자면 푸시킨의 단편집 『벨킨 이야기』(1830)로까지 거슬러올라간다. 그는 원제로 치면 『고故 이반 페트로비치 벨킨의 이야기』를 출간하면서 '간행자의 말'을 덧붙이는 트릭을 사용했다. 저자가 아니라 원고 전달자를 자임한 것이다.

『롤리타』의 저자가 존 레이란 가상의 인물을 편집자로 등장시킨 것은 그러한 트릭이자 문학적 유희의 일종이다. 문제는 '러시아문학의 아버지' 푸시킨보다 정확히 한 세기 뒤에 태어난 나보코프가 더 짓궂다는 데 있다. 그는 편집자를 자신의 대역이 아닌 허수아비로 데려다놓고 정신병리학의 전문가연하는 그의 말을 조롱의 대상으로 삼았다. 하지만 대부분의 독자들은 그런 유희와 조롱을 그와 함께 즐긴 것이 아니라 오히려 진지한 작가의 말로 오해했다. 『롤리타』가 정신병리학 분야의 고전으로 자리매김할 것이라는 식의 농담은 물론, "『롤리타』는 우리 모두에게—부모든, 사회사업가든, 교육자든—경각심과 통찰력을 심어줌으로써 더 안전한 세상을 만들고 더 나은 세대를 길러내는 일에 매진하도록 이끌어줄 것이다"와 같은 우스갯소리마저도 진지하게 받아들인 것이다. 나보코프가 '존 레이' 흉내로도 모자라서 작가 자신인 '블라디미르 나보코프' 흉내까지 낸 것은 『롤리타』가 음란물이라는 일부 비난에 대한 대응이면서 동시에 그런 오해를 불식하기 위한 조처다.

덕분에 우리는 '작가의 의도는 무엇인가?'와 같은 흔한 질문에 대해 나보코프가 내놓은 뜻밖의 친절한 답변을 들을 수 있게 됐다. 비록 "마술사가 어떤 마술을 설명하려고 다른 마술을 보여주는 것과 마찬가지"라는 주의사항을 달고 있더라도 말이다. 흉내라 할지라도 그는 너무도 솔직한 나보코프를 흉내낸다. 아마도 맨얼굴이야말로 가장 강력한 가면이 될 수 있다는 사실을, 이 트릭의 거장이자 소설의 마술사는 잘 알고 있었던 게 아닐까.

러시아혁명 이후 독일로 망명해서 베를린의 러시아 망명 문단에서 '블라디미르 시린'이란 필명으로 활동하던 나보코프가 잠시 파리에서 지내다가 일자리를 찾아 미국으로 건너간 것은 1940년의 일이다. 파리에서 완성한 최초의 영어 소설 『서배스천 나이트의 진짜 인생』 이후엔 주로 영어로 작품을 썼기에 나보코프는 '러시아어 작가'이면서 동시에 '영어 작가'가 된다. 미국 시민권을 얻고 코넬대학을 비롯한

문학에 빠져 죽지 않기

여러 대학에서 강의를 하면서도 나보코프는 미국이란 나라에 별다른 애정을 갖지 않았다. 그것은 1958년 뉴욕에서 『롤리타』가 출간되고 폭발적인 반응을 얻어 막대한 인세 수입이 생기자 문학교수직을 그만두고 곧장 미국을 떠난 데서도 알 수 있다. 그는 1960년 스위스 몽트뢰에 정착하여 여생을 보냈는데, 그곳은 자신이 어린 시절을 보낸 러시아와 가장 흡사한 풍광을 지녔다고 한다. 물론 망명 작가에게 러시아(당시 소련)는 다시 돌아갈 수 없는 모국이었다.

영어권뿐 아니라 전 세계에서 가장 유명한 작가 대열에 서게 됐지만 나보코프는 자신의 작가적 운명에 대해 호의적이지 않았다. 비록 미국의 대중문화와 할리우드라는 배경이 없었다면 『롤리타』는 쓰일 수 없었겠지만, 러시아 작가에게 영어로 작품을 쓸 수밖에 없는 운명은 분명 불행한 것이었다. 나보코프는 그런 '개인적인 비극'을 지극히 유감스러워했다. 『롤리타』에 붙인 작가의 말에서 그는 이렇게 적는다. "나의 개인적인 비극은 (…) 내가 타고난 모국어, 즉 자유롭고 풍요로우며 한없이 다루기 편한 러시아어를 포기하고 내게는 두번째 언어에 불과한 영어로 갈아타야 했다는 사실이다." 이 사실이 남들의 관심사가 될 수도 없고 되어서도 안 된다는 것을 그는 누구보다도 잘 알고 있다. 그것은 비극이되 소통되거나 공유될 수 없는 비극이다. 하지만 그 개인적 비극, 혹은 단독적 비극에 나보코프는 보편적 형식을 부여하는 데 성공한다. 흔히 변태적 성욕을 다룬 작품으로 오해되는 그의 『롤리타』는 바로 그러한 형식화의 결과다.

그 형식화는 어떻게 이루어졌는가. 요점부터 말하자면 『롤리타』는 독자의 몫과 작가의 몫이 구분되는 작품이다. 나보코프가 자신의 개인적인 비극을 독자들과는 공유할 수 없는 방식으로 텍스트에 짜넣었기 때문이다. 그러한 전략은 주인공과 서술자의 이중화로 나타난다. 물론 주인공과 서술자가 구분되는 것은 소설을 포함한 서사문학의 일반적인 관행이다. 하지만 『롤리타』에서는 주인공-험버트와 서술자-험버트가 구분될뿐더러 서술자-험버트의 목소리에 작가 나보코프의 목소리가 교묘하게 겹쳐 있다. 일단 주인공의 이름 '험버트 험버트'가 그런 이중화를 반영한다. '험버트'로는 충분하지 않다는 듯이 주인공은 자주 '험버트 험버트' 혹은 'H. H.'라고 불린다. 게다가 1인칭 수기임에도 서술시점은 1인칭과 3인칭을 오간다. 수기의 저자가 자신을 '나'로 호칭하는 동시에 '험버트 험버트'라고도 부르는 이유를 단지 서술의 객관화나 냉소적 거리두기라는 차원으로만 이해할 수는 없다. 『롤리타』에서 그것은 전략적 선택일 뿐만 아니라 작가의 존재를 때로는 은밀하게, 때로는 노골적으로 드러내는 방식이다.

이미 존 레이가 붙인 서문에서 나보코프는 암시하고 있다. "비비언 다크블룸'은 『나의 큐』라는 전기를 써서 곧 출간할 예정인데, 원고를 읽어본 평론가들은 한결같이 그녀의 최고 걸작으로 손꼽았다"는 대목을 보라. 롤리타를 두고 험버트와 경쟁하는 인물로 등장하는 극작가 클레어 퀼티의 파트너 '비비언 다크블룸Vivian Darkbloom'은 알려진 대로 '블라디미르 나보코프Vladimir Nabokov'의 철자 순서를 바꿔서 만든

　　　　　　　　　　　　　　　　　문학에 빠져 죽지 않기

이름이다. 텍스트 속에 잠입하는 나보코프 특유의 방식이다. 언제나 자기 영화에 카메오로 출연하여 서명을 새겨넣곤 했던 히치콕처럼 여성 작가로 분하여 작품 속에 등장한 나보코프! 흥미로운 것은 이러한 작가의 존재를 험버트 자신도 얼마간 의식하고 있다는 점이다. 재판 전 구금 상태에서 쓴 수기이기도 하지만, "나는 감시를 받으면서 이 글을 쓴다"는 진술은 중의적으로 읽어야 하지 않을까.

롤리타 이야기의 서술자, 즉 작가를 자임하는 것은 험버트 험버트이지만 그의 펜 끝을 움직이는 또다른 존재는 바로 작가 나보코프이다. 주인공-험버트의 고백이 금지된 욕망을 다룬 에로틱한erotic 이야기라면 서술자-험버트는 이를 시적인poetic 것으로 변모시킨다. 한 비평가의 말을 빌리면 『롤리타』는 포에로틱한poerotic 소설, 곧 시적 에로티시즘의 소설이다. 에로틱한 차원은 주인공-험버트가 롤리타를 만나 치명적인 매력에 빠지고 그녀의 의붓아버지가 된 뒤 함께 미국 전역을 누비면서 사랑을 나누는 이야기다. 롤리타는 어느 날 홀연히 사라지고, 오랫동안 롤리타의 행방을 찾던 험버트는 극작가 퀼티가 그녀를 유혹해 타락시켰다는 생각에 그를 찾아가 복수한 후 체포된다. 수감중에 험버트는 자신의 비밀스러운 욕망에 관한 이야기를 수기로 기록하는데, 서술자-험버트는 그때 탄생한다. 물론 그 서술자-험버트에 의해 주인공-험버트가 재창조되는 셈이니 주인공-험버트와 서술자-험버트는 서로가 서로의 꼬리를 물고 있는 형국이다.

서술자-험버트의 역할은 무엇인가. "님펫을 향한 사랑이라는 기이하고 무시무시하고 미칠 듯한 세계 속에서 지옥 같은 부분과 천국 같은 부분을 가려"내는 것이다. 그는 "더러운 것들과 아름다운 것들이 만나는 지점", 곧 그 경계선을 확인하고 싶어하지만 성공하진 못했다고 자평한다. 그가 실패한 지점이 한편으론 작가 나보코프가 성공하는 지점이기도 하다. 그것이 곧 서술자─험버트와 같은 목소리를 내면서도 작가 나보코프가 그와는 다른 결과를 얻어내는 방식이다. 험버트의 수기 『롤리타: 어느 백인 홀아비의 고백』과 나보코프의 『롤리타』가 같으면서도 다른 이유다. 험버트의 수기에서 서술자─험버트는 '저자'이지만 나보코프의 『롤리타』에서 서술자─험버트는 저자라는 배역을 맡은 것에 불과하다. 자신이 만든 세계의 주인이자 신이 되려 하지만 험버트는 그가 대상화하고 소유한 롤리타의 욕망조차도 간파하지 못하고 그녀를 잃는다. 그는 롤리타에 대한 자신의 열정을 방해하는 사람으로 또다른 작가 퀼티를 지목하고 그에게 복수하지만, 그것은 일종의 헛다리짚기다. 퀼티Quilty는 이름부터가 험버트의 죄의식Guilty을 반영하는 인물이므로 둘은 마치 거울상 같은 존재이기 때문이다(스탠리 큐브릭은 영화 〈롤리타〉에서 두 배역을 서로 외모가 비슷한 배우에게 맡겼다). 이 둘이 맞대결하는 장면은 나보코프식 유희와 조롱의 하이라이트다.

우리는 다시 맞붙어 몸싸움을 벌였다. 덩치만 커다랗고 재간은 형편없는 아이들처럼 서로 부둥켜안은 채 방바닥에서 이리저리 굴러

다녔다. 퀼티는 가운 속에 아무것도 입지 않았고 노린내도 극심해서 그가 내 몸에 올라탈 때마다 숨이 콱콱 막혔다. 내가 그를 올라탔다. 우리가 나를 올라탔다. 그들이 그를 올라탔다. 우리가 우리를 올라탔다. (…) 그와 나는 더러운 솜뭉치를 채워넣은 커다란 인형 같았다. 두 글쟁이가 벌이는 싸움은 조용하고 매가리 없고 어설프기 짝이 없었다. 한 명은 마약에 취해 허우적거리고 다른 한 명은 심장병과 과음 때문에 맥을 못 췄다.

거창한 서부영화의 결투 장면을 흉내내는 듯싶지만 두 글쟁이의 결투는 오히려 슬랩스틱 코미디를 닮았다. 험버트는 '운문 형식으로 쓴 판결문'을 퀼티에게 읽게 하고 품평을 듣고서 그를 권총으로 쏘는데, 막상 '처형' 장면은 코미디영화의 양식을 따라 여러 차례 총에 맞은 퀼티가 장렬하게 피를 흘리면서도 이 방 저 방으로 도망다니며 애원하는 모습을 연출한다. 마침내 퀼티를 죽인 험버트는 "퀼티가 나를 위해 마련한 기상천외한 연극이 이렇게 끝나는구나"라고 중얼거리지만, 그가 죽인 것은 자신과 똑같은 '더러운 솜뭉치를 채워넣은 커다란 인형'이었을 뿐이다. 게다가 인물들의 운명은 모두 짜인 각본에 따른 것이다.

롤리타에게 클레어 퀼티를 동정하지 말라고 당부하며 "그놈과 H. H. 중에서 한 명을 선택할 수밖에 없었고 H. H.가 그놈보다 두어 달이라도 오래 살기를 원했다. 그래야만 후세 사람들의 마음속에 네가 길이길이 살아남도록 할 수 있기 때문"이라고 말하는 목소리는 누구의 것인가? 험버트는 회고록이 롤리타가 살아 있는 동안에는 출간되지 않기를 바랐고 롤리타가 오래 살기를 염원했다. 그래서 2000년대에 가서야 그의 원고가 책으로 출판되어 읽히길 기대했다! 하지만 존 레이의 서문에 따르면 그의 '님펫' 롤리타, 혹은 '리처드 F. 스킬러 부인'은 1952년 크리스마스에 분만 도중 목숨을 잃고 험버트 험버트는 그보다 한 달쯤 전인 11월 16일 관상동맥혈전증으로 사망함으로써 그의 염원은 실현되지 않는다. 대신 그의 수기는 곧바로 출간될 수 있는 길이 열린다. 클레어 퀼티보다 험버트 험버트에게 살날이 좀더 주어지지만 딱 그 수기를 집필하는 데 필요한 만큼이었다. 험버트와 퀼티, 그리고 험버트의 '영혼'인 롤리타에게 이렇게 비정한 운명을 할당한 이는 누구인가? 물론 험버트의 목소리로 그의 수기를 똑같이 읽어나가는 작가 나보코프다.

따라서 『롤리타』는 최소한 두 번 읽어야 하는 작품이다. 한 번은 험버트의 목소리로, 다른 한 번은 나보코프의 목소리로. 실제로 나보코프는 소설을 어떻게 읽어야 하느냐는 물음에 이렇게 대답했다. "소설은 읽고 또 읽어야 합니다. 아니면 읽고 읽고 또 읽든가요." 그것이 소설을 읽는 두 가지 방법이고 『롤리타』도 예외가 아니다. 그러니 한번 더 읽어보자. "롤리타, 내 삶의 빛, 내 몸의 불이여. 나의 죄, 나의 영혼이여. 롤-리-타."

그렇게 험버트 험버트의 목소리가 주인공과 서술자로, 그리고 또 작가로 이중화, 삼중화된다면 자연스레 롤리타 또한 이중화, 삼중화된다. 곧 험버트의 롤리타가 있다면 나보코프의 롤리타도 있다. 아니 애초에 험버트가 욕망과 소유의 대상으로 삼은 롤리타마저도 이미 돌로레스 헤이즈와는 구별되는 존재다. "내가 어느 여름날 첫번째 여자애를 사랑하지 않았다면 롤리타는 아예 없었을지도 모른다"는 게 험버트의 고백이고 보면, 롤리타는 험버트의 첫사랑 애너벨의 상실을 채워주는 존재다. 그래서 "내가 미친듯이 소유해버린 것은 그녀가 아니라 나 자신의 창조물, 즉 상상의 힘으로 만들어낸 또하나의 롤리타, 어쩌면 롤리타보다 더 생생한 롤리타였다"는 고백이 나온 것이다.

험버트는 "꿈 많은 천진함과 섬뜩한 천박함"을 동시에 지닌 님펫 롤리타에게서 '롤리타보다 더 생생한 롤리타'를 갈구하고 욕망한다. 말하자면 롤리타는 바로 그 '더 생생한 롤리타'가 머무르는 거처라고 할 수 있을까. 중요한 것은 거주에 유효기간이 있다는 점이다. 험버트는 그의 영혼을 뒤흔드는 야릇한 마력을 지닌 희귀한 소녀들을 님펫이라고 부르는데, 자격조건이 아홉 살에서 열네 살까지다. 그 나이를 넘어서면 롤리타도 님펫의 자격을 상실한다. 곧 '롤리타 없는 롤리타'가 되는 것이다. 이 시간적 제한은 돌이킬 수 없다는 데 특징이 있다. 그것은 비가역적이며 상대성을 허용하지 않는다. 육체가 나이를 먹는 것은 얼마간 개인차도 있는 것인데 왜 하필 그렇게 가차없이 정해진 '시간'이 문제가 될까?

그것은 롤리타 자체가 '잃어버린 시간'의 은유이기 때문이다. 수기의 말미에서 퀼티를 죽임으로써 모든 것이 끝났다고 생각한 험버트는 경찰이 오기를 기다리는 동안 어린아이들의 목소리를 듣는다. "가냘프면서도 장엄한 소리, 아득히 멀지만 신기하리만큼 가깝게 들리는 소리, 진솔하면서도 신비롭고 거룩한 소리"다. 하지만 문득 그는 깨닫는다. "무엇보다 절망적이고 가슴 아픈 것은 내 곁에 롤리타가 없다는 사실이 아니라 이 아름다운 화음 속에 그녀의 목소리가 없다는 사실"을. 물론 그녀의 목소리가 빠진 것은 롤리타가 더는 어린아이가 아니기 때문이다. 하지만 이 장면에서 험버트가 느낀 만감은 동시에 나보코프 자신의 회한으로도 읽힌다. 무엇에 대한 회한인가. 바로 다시 돌이킬 수 없는 유년시절에 대한 회한이고 '잃어버린 시간'에 대한 그리움이다.

나보코프의 고백에 따르면 그는 『롤리타』를 1955년에 교정지로 살펴본 이후 다시는 보지 않았다. 하지만 작품의 음란성 여부를 놓고 논란이 벌어지자 처음엔 『앵커 리뷰』에 실은 「『롤리타』에 대하여」라는 글을 통해 자신의 불편한 심사를 털어놓는다. "어떤 국가 또는 사회계층 또는 작가에 대한 정보를 얻으려고 문학작품을 연구하는 것은 유치한 짓"이라고 일갈하면서 그는 문학의 존재이유가 '심미적 희열'을 추구하는 데 있다고 말한다. 곧 도덕이나 윤리는 전혀 관심사가 아니었던 것이다. 『롤리타』는 작품 속 인물들의 생애와 사건의 연대기적 구성이 가능할 만큼 서사가 꼼꼼하게 구축돼 있지만 그 지시 대상은 자주 모호하며 곧잘 유희의 그물망에 붙들린다. 나보코프의 다른 작품들도 그렇지만 『롤리타』는 온갖 언어유희의 박람회장 같은 인상도 준다.

　요컨대 나보코프는 시적인 산문을 쓰는 작가, 산문으로 시를 쓰는 작가다. 그래서 텍스트 '바깥'에는 별로 관심이 없으며, 그가 쓰는 단어들은 바깥을 지시하는 데 인색하다. 『롤리타』에서 험버트와 롤리타는 미국 전역을 돌아다니지만 정작 미국에 대해서는 아무것도 알려주지 않는다. "우리는 방방곡곡을 누볐다. 그러나 사실상 아무것도 보지 못했다"는 게 험버트의 고백이기도 하다. 나보코프는 험버트의 입을 빌려서 아예 성性조차도 '예술의 시녀'일 뿐이라고 말한다. "이른바 '섹스' 이야기"에는 관심이 없으며 "님펫들의 위험천만한 마력을 영원히 붙잡아두고 싶"다고도 말한다. 『롤리타』의 마지막 문장은 이러한 험버트-나보코프의 문학관을 재확인시켜준다. "지금 나는 들소와 천사를, 오래도록 변하지 않는 물감의 비밀을, 예언적인 소네트를, 그리고 예술이라는 피난처를 떠올린다. 너와 내가 함께 불멸을 누리는 길은 이것뿐이구나, 나의 롤리타."

　『롤리타』는 애초에 "혀끝이 입천장을 따라 세 걸음 걷다가 세 걸음째에 앞니를 가볍게 건드"리는 발음 과정을 묘사하며 시작한다. 『롤리타』는 '롤리타'를 발음하는 혀의 여정인 동시에 불멸에 이르는 여정으로 구현되는 작품이다. '롤리타'란 이름의 호명에서 시작된 소설은 '나의 롤리타'를 다시 호명하는 것으로 끝난다. 이 여정에 불멸성을 부여하는 것이 바로 '예술이라는 피난처'다. 『롤리타』라는 '산문으로 쓴 시'에서 롤리타는 시의 뮤즈다. 시인에게 영감을 불러일으켜 작품을 시작하도록 하고 또 끝낼 수 있도록 이끌어주는 것이 뮤즈의 역할이다. '롤-리-타'로 시작해 '나의 롤리타'로 마무리되는 것은 따라서 지극히 당연하다고 할 수 있지 않을까.

나보코프는 어떤 작가였던가. 그 자신에게서 답을 찾자면, "책을 쓰기 시작할 때부터 이 책을 끝내야겠다는 생각 말고는 아무 생각도 하지 않는 사람"이었다. 그러니 그의 작품에서 교훈을 찾는 것은 부질없는 수고다. 『러시아문학 강의』에는 나보코프 스스로 러시아 최고의 작가로 평한 톨스토이에 관한 유명한 일화가 나온다. 소설 쓰기를 중단한 만년의 톨스토이가 어느 날 서재에서 아무 책이나 한 권 꺼내 중간부터 읽기 시작한다. 너무 재미있어서 표지를 보았더니 자신이 쓴 『안나 카레니나』였다고 한다. 이 에피소드를 나보코프가 인용한 이유는 자명해 보인다. 그것이 진정한 예술이라는 것. 나보코프는 『롤리타』를 자신이 쓴 가장 뛰어난 작품이라고 말했다. 어쩌면 만년의 나보코프 또한 우연히 서가에서 빼든 소설을 읽고서 경탄했을지 모른다. 도대체 이 걸작의 제목이 뭐지? "롤-리-타."

_『롤리타』 해설(2013)

혁명이 사라진 자리엔 깊은 고독만이

백년의 고독
가브리엘 가르시아 마르케스 지음, 조구호 옮김
민음사, 2000

　중국 작가 모옌이 올해 노벨문학상 수상자가 됐다. 중국의 민중세계를 가장 잘 재현한다는 평판을 받는 모옌은 민간 구전과 역사를 결합시키는 기법을 즐겨 쓰기에 '중국의 마르케스'로도 불린다. 딱 30년 전인 1982년 노벨문학상을 수상한 가르시아 마르케스와 그의 대표작 『백년의 고독』(1967)을 자연스레 떠올리게 된다. 스페인어권에서 『돈키호테』 다음으로 많이 팔렸다는 초대형 베스트셀러이기도 해서 국내에는 노벨상 수상 이전에 『백년 동안의 고독』이란 제목으로 소개된 바 있다.

　마르케스의 노벨상 수상연설문 제목이 '라틴아메리카의 고독'이었고, 한 평론가는 『백년의 고독』을 두고 "남미 대륙의 고독을 벗어나기 위한 지루한 여정"이라고도 말했다. 어떤 고독인가? 작품에서만 보자면 근친상간적 욕망의 고독이다. 부엔디아 가문 6대의 성쇠를 다룬 이야기의 발단은 호세 아르카디오 부엔디아와 우르술라 이구아란의 결혼이다. 문제는 두 사람이 사촌 간이었다는 데 있다. 자신들을 조롱한 친구를 호세 아르카디오 부엔디아가 죽인 일이 계기가 돼 그들은 낯선 곳으로 이주하여 마콘도라는 마을을 세운다.

두 사람은 부엔디아 가계의 자손들을 퍼뜨리지만 아내 우르술라는 항상 근친혼으로 인한 불행한 결과를 염려한다. 그럼에도 불구하고 근친혼적 성향은 그 자손들에게도 이어진다. 집안의 남자들에게 '호세 아르카디오'와 '아우렐리아노'란 이름만 반복적으로 붙여지는 것은 그 징후적 표지다. 100살 넘도록 장수한 우르술라가 죽고 나서 6대손 아우렐리아노는 이모 아마란타 우르술라와 사랑에 빠지고 결국 그들은 돼지꼬리가 달린 아이를 낳는다. 그 아이가 개미떼의 밥이 되는 것을 보고서야 아우렐리아노가 오래전 집시 멜키아데스가 남긴 양피지 문서에 쓰인 부엔디아 가문의 역사를 해독해내는 것이 소설의 결말이다.

단순하게 보자면 부엔디아 가문의 종말기는 소포클레스의 『오이디푸스 왕』처럼 예언을 피하려다 결국은 붙들리고 마는 운명비극으로도 읽힌다. '잘못될 수 있는 일은 결국 잘못되게 마련'이라는 머피의 법칙의 한 사례라고나 할까. 그렇다고 다른 가능성이 없었던 것은 아니다. 가문의 안주인 우르술라와 함께 소설에서 주인공 역할을 하는 아들 아우렐리아노 부엔디아 대령이 보여준 가능성이다. 작가가 콜롬비아 보수정권에 대항해 반란을 일으켰던 자유파 지도자 우리베 장군을 모델로 하여 그려낸 부엔디아 대령은 가장 고독한 성격의 인물이지만 동시에 모두 실패로 돌아가긴 했어도 서른두 번의 반란을 일으킨 인물이다.

애초에 그는 마콘도에 부임한 정부 행정관의 사위가 되지만, 장인이 선거 투표용지를 바꿔치기하는 부정을 저지르는 걸 보고는 보수파는 사기꾼들에 불과하다는 걸 깨닫고서 내전에 가담한다. 반란군의 전설적 지도자로서 그가 일으킨 서른두 차례의 반란만큼 의미를 갖는 것은 그가 전국 각지에서 열일곱 명의 여자에게서 얻는 열일곱 명의 아들이다. 이들은 모두 아우렐리아노란 이름으로 불린다. 근친혼적 성향의 수축적 가계에서 벗어나 확산의 가능성을 보여준 것이라고 할 수 있을까. 하지만 이 아들들은 아버지를 기념하는 행사에 참여하기 위해 마콘도에 모였다가 새로운 반란을 두려워한 정부 쪽 요원들에 의해 모두 암살당하고 만다. 세상을 바꾸는 혁명의 가능성이 닫힐 때 남는 건 고독으로의 유폐뿐이다.

_〈한겨레〉(2012. 10. 13.)

"오르가슴이 뭐예요, 아빠?"

새엄마 찬양
마리오 바르가스 요사 지음, 송병선 옮김
문학동네, 2010

"생일 축하해요, 새엄마! 돈이 없어서 선물은 준비 못 했지만, 열심히 공부해서 꼭 일등 할게요. 그게 내 선물이 될 거예요." 마흔번째 생일날 루크레시아는 침대맡에서 의붓아들 알폰소가 손으로 조심스레 눌러쓴 편지를 발견하고 감동한다. 남편 리고베르토의 어린 아들이 재혼에 장애가 될 거라고 염려했던 터라 기쁨은 두 배다. '내가 이겼어. 저 아이는 이제 날 사랑하고 있어.' 남미의 대표 작가 바르가스 요사의 『새엄마 찬양』(1988)은 그렇게 시작한다. 어떤 결말을 예상할 수 있을까?

요사는 매우 짓궂은 결말을 선택한다. 알폰소의 '찬양'이 비난으로 바뀐 건 아니다. 다만 너무 에로틱한 찬양이란 게 문제다. 결말에 이

문학에 빠져 죽지 않기

르러 알폰소는 못된 개구쟁이처럼 눈을 반짝이며 새엄마에게 들은 말의 의미를 아버지한테 묻는다. "아주 근사한 오르가슴을 느꼈다"는 말이다. 리고베르토의 손에서 위스키 잔이 떨어진 건 이해할 수 있는 반응이다. 그는 아이가 이야기를 꾸며댄다고 의심하지만 알폰소는 거짓말을 하지 않는 아이다. 이를 입증하려는 듯이 작문 과제로 쓴 글을 보여준다. '새엄마 찬양'이 제목이고, 알폰소는 새엄마 루크레시아와의 에로틱한 관계를 모두 적어놓았다. 아들의 글을 읽은 리고베르토는 행복에 대한 모든 환상이 비누 거품처럼 한순간에 꺼져버리는 걸 느낀다.

리고베르토는 어떤 환상을 가졌던가. 보험회사 관리자인 그는 페루의 수도 리마에 사는 중산층 가장이다. '평범한 무명인'의 삶을 사는 듯이 보이지만 그에겐 비밀이 있었다. 남들과 다르게 최고의 행복을 느낀다는 비밀이다. 그는 밤마다 루크레시아와 최고의 쾌락을 맛보았으니 그 행복감에는 근거가 있다. 게다가 그는 자신의 몸을 철저하게 미학적으로 통제했다. 밤마다 완벽한 배변을 통해서 육체를 정화하고, 요일마다 신체의 한 부위를 정해서 세심하고 철저하게 닦아내는 의식을 치렀다. "각 기관과 부위에 하루씩 공을 들임으로써 그는 신체를 전체적으로 보살피는 데 있어 완전한 공평성을 보장했다." 그의 말로는 '공평한 사회'라는 불가능성을 현실화한 게 그의 몸이었다.

젊은 시절에는 리고베르토도 세상을 바꾸고 싶어했다. 하지만 모든 집단적 이상은 불가능한 꿈이며 언제나 실패로 끝날 수밖에 없다는 걸 깨닫는다. 패배로 끝날 전쟁에 나서는 건 시간 낭비이고 어리석은 일이라는 게 그의 결론이었다. 대신에 그는 제한적인 시간과 공간 속에서는 그런 이상이 실현 가능할지 모른다고 생각한다. 에로티시즘의 실천과 함께 몸을 닦는 세정식이나 야간 배변 등을 통해서 그는 매일 짧은 시간 동안이나마 완벽함에 이르고자 한다. 침대가 그의 왕국이었으며 아내의 팔과 다리 사이에서 그는 군주처럼 군림했다. 심지어 자신을 신이라고까지 생각한다. 리고베르토의 환상은 그렇게 충족되는 듯 보였다. 그의 아들이 "오르가슴이 뭐예요, 아빠?"라고 질문하기 전까지는.

아들 알폰소의 '새엄마 찬양' 이후에 리고베르토의 행복은 무너진다. 그는 자신의 여신이자 왕비였던 루크레시아를 내쫓았고 신심이 독실한 체하는 위선자로 급속하게 늙어간다. 모두를 불행하게 만든 알폰소를 하녀는 비난하지만, 알폰소는 '마치 더할 나위 없는 즐거운 장난을 하는 것처럼' 진정한 기쁨으로 가득한 웃음을 짓는 장면으로 소설은 끝난다. 중산층 부르주아에 대한 짓궂은 풍자를 끝내면서 바르가스 요사가 지었을 법한 웃음이다.

_〈한겨레〉(2014. 08. 18.)

문학에 빠져 죽지 않기

독재권력에 절제당한
신생 인도의 가능성

한밤의 아이들
살만 루슈디 지음, 김진준 옮김
문학동네, 2011

살만 루슈디에게 세계적 유명세를 치르게 한 작품은 이슬람교를 부정적으로 묘사함으로써 이란의 종교지도자 호메이니로부터 파트와 사형선고를 받은 『악마의 시』(1988)이지만, 그를 영어권의 대표적 작가로 떠오르게 한 작품은 그보다 먼저 쓴 『한밤의 아이들』(1981)이다. 영문학의 대표적 문학상인 부커상을 세 차례나 수상한 이 전례 없는 소설 덕분에 루슈디는 일약 '거장'의 반열에 오르게 된다.

시작은 단출했다. 1975년 첫번째 장편소설을 출간하면서 받은 인세로 루슈디는 인도를 여행하면서 봄베이(지금의 뭄바이)에서 보낸 어린 시절에 관한 자전소설을 구상했다. 하지만 바로 그해 인도의 초대 총리로 17년 동안 통치했던 자와할랄 네루의 외동딸 인디라 간디가 비상사태를 선포하고 독재권력을 장악하는 사건이 발생한다. 이후 인도는 1977년까지 '어둠의 시대'를 통과하게 되는데, 그러한 환경에서라면 개인의 삶과 역사가 분리될 수 없다는 통찰이 자연스레 얻어질 만하다.

루슈디는 새 소설의 주인공 살림 시나이를 영국의 오랜 식민지였던 인도가 독립국가로 새롭게 탄생한 1947년 8월 15일 자정에 똑같이 태어난 것으로 설정함으로써 이러한 통찰을 정면으로 밀어붙인다. "나는 불가사의하게 역사에 손목이 묶여버렸고 나의 운명은 조국의 운명과 하나로 이어져 불가분의 관계"가 되었다는 게 살림의 말이다. 그렇게 하여 마치 역사에 수갑이 채워진 것처럼 살림의 개인사는 인도의 역사와 불가분의 관계를 맺으며 전개된다. 루슈디의 두번째 소설 『한밤의 아이들』의 탄생이다.

그런데 왜 '한밤의 아이들'인가? 열번째 생일을 맞은 살림은 1947년 8월 15일 자정부터 1시 사이에 자신을 포함해 모두 천 명하고도 한 명의 아이가 태어났다는 걸 알게 된다. 그 가운데 420명이 영양실조와 여러 질병 등으로 사망하고 581명의 아이들이 살아남았다. 이 아이들은 모두가 자정이 선물한 특별한 능력을 갖고 있어서 어떤 아이는 거울 속으로 들어갔다가 나올 수도 있고, 어떤 아이는 몸의 크기를 마음대로 늘이거나 줄일 수도 있었다. 저마다 변신과 비행, 예언, 마법의 능력을 보유한 가운데, 살림이 가진 초능력은 사람들의 머릿속과 가슴속을 들여다볼 수 있는 능력이었다. 살림을 통해서 서로의 존재를 알게 된 한밤의 아이들은 협회까지 결성하게 된다. 그들의 초능력은 신생국가 인도의 잠재적 역량을 비유한 것이기도 하다.

하지만 한밤의 아이들은 비상사태 속의 계엄하에서 불순한 음모를 꾸미는 집단으로 내몰려 모두 체포돼 희망을 절제당한다. 살림과 마찬가지로 국가와 나를 동일시하면서 "인디아는 곧 인디라, 인디라는 곧 인디아"라고 생각한 간디 여사에게 한밤의 아이들은 경쟁자이자 흉악한 범죄자 집단으로 치부된 것이다. 새로운 인도의 가능성은 '한밤의 아이들'과 함께 열렸다가 그렇게 닫힌다.

_〈한겨레〉(2012. 12. 08.)

세컨드핸드시대의 백과사전

세컨드핸드 타임
스베틀라나 알렉시예비치 지음, 김하은 옮김
이야기가있는집, 2016

『세컨드핸드 타임』은 지난해 노벨문학상을 수상한 벨라루스의 저널리스트이자 작가 스베틀라나 알렉시예비치의 최근작이다. 국내에는 데뷔작 『전쟁은 여자의 얼굴을 하지 않았다』(1985)와 『체르노빌의 목소리』(1997)가 먼저 번역되었고 2013년에 나온 『세컨드핸드 타임』은 세번째로 소개되는 책이다. '목소리 소설'로 불리기도 하지만 알렉시예비치의 책들은 소설(픽션)이라기보다는 논픽션으로 분류되어야 한다. 이야기를 지어낸 것이 아니라 그가 인터뷰를 통해 만난 많은 사람들의 목소리를 다만 편집한 것이기에 그러하다. 즉 그는 책을 저술한다기보다는 기획하고 인터뷰하고 편집한다. 놀라운 것은 그 결과물이 동시대의 어떤 문학작품도 보여주지 못한 압도적 진실과 감동을 전달해준다는 점이다. '문학을 넘어선 문학'이 있다면 바로 그의 목소리 소설들이라고 자신 있게 말할 수 있다.

이 책이 전하는 진실과 감동은 무엇인가. 비록 번역본에만 붙어 있는 것이긴 하지만 '호모 소비에티쿠스의 최후'란 부제에서 어림해볼 수 있다. '사회주의적 인간', '소비에트적 인간'을 뜻하는 호모 소비에티쿠스는 1917년 러시아의 사회주의혁명이 만들어낸 '새로운 인간'을 뜻한다. 혁명은 경제적 토대와 정치체제를 바꾸는 것에서 그치는 것이 아니었다. 한 걸음 더 나아가 인간의 본성 자체도 개조되어야 했다. 아담 이래의 '오래된 사람', 곧 낡은 인간을 대체하여 새로운 인간이 새로운 시대, 새로운 역사의 주인으로 등장해야 했다. 혁명은 소비에트 문명과 함께 소비에트적 인간을 낳았고 낳아야 했다.

그렇듯 야심 찬 기획과 함께 출현했던 소비에트 러시아도 1991년 역사의 무대에서 퇴장했다. 우리가 현실사회주의의 몰락 혹은 해체라고 부르는 급변의 결과였다. 70여 년의 사회주의실험을 대체하여 자본주의 러시아가 재탄생했고 이는 권위적 정치체제와 짝을 이뤄 오늘의 러시아를 구성하고 있다. 흔히 포스트소비에트라고 부르는 시대다. 하지만 알렉시예비치는 이 시대를 세컨드핸드, 곧 중고품시대라고 부른다. 새로운 시대라기보다는 한 번 겪었던 시대의 반복이 될 가능성이 농후해서다. 지난 몇십 년간 러시아에서는 도대체 무슨 일들이 벌어진 것인가.

알렉시예비치는 1991년부터 2012년까지 20년이 넘는 기간 동안

다수의 평범한 러시아인들을 만나서 그들의 과거와 현재의 삶에 대한 증언을 청취했다. 스탈린시대에서부터 푸틴시대에 이르기까지 그들은 무엇을 기억하고 있으며 어떤 생각으로 살아가는가. 작가 자신을 포함해 많은 이들이 전환기였던 1990년대를 행복하게 기억했다. 공산주의 대신에 스스로 새로운 미래를 선택했다고 생각해서다. 그만큼 사회주의에 대한 기억은 어두웠다. 어떤 경우에는 사람들이 강제수용소보다도 더 견딜 수 없었다.

공동주택에서 두 여자가 친하게 지냈는데 한 여자에겐 다섯 살짜리 딸이 있었고 다른 여자는 혼자였다. 어느 날 보안경찰이 찾아와 딸아이가 있는 여자를 체포해 갔다. 여자는 딸아이를 고아원에 보내지 말고 데리고 있어달라고 이웃 여자에게 부탁했다. 여자는 17년 만에야 돌아왔고 딸을 돌봐준 이웃 여자의 손과 발에 키스를 퍼부었다. 고르바초프시대에 와서 기록보관소가 개방되자 여자는 자신의 사건기록을 열람해보았다. 그녀를 밀고한 이가 바로 이웃 여자였다는 충격적인 사실을 알고는 그길로 집으로 와 목을 매달았다.

분명 소비에트 삶은 인민에게 권력을 돌려주고 새로운 문명을 구축하려는 최초의 시도였지만 결과는 아름답지 않았다. 하지만 사회주의 이후, 자본주의 러시아의 삶은 과연 얼마나 더 나아졌는가. 아이로니컬하게도 러시아의 대중 사이에서 소련에 대한 동경까지 나타나고 있다. 소련시대의 모든 것이 유행하면서 심지어는 강제수용소 체험이 관광상품으로까지 나왔다. 사회주의 러시아가 마치 '오래된 미래'처

문학에 빠져 죽지 않기

럼 향수의 대상이 되었다. 바야흐로 세컨드핸드시대의 도래다.

　사회주의도 고통스러웠지만 자본주의 러시아도 소수의 신러시아
인들을 제외하면 똑같이 힘든 삶을 강요하고 있다. 오히려 더 나빠진
건 지금은 평범한 사람들의 목소리를 누구도 들어주지 않는다는 점
이다. "사회주의가 와도 민주주의가 와도 우리가 사는 건 똑같아요.
우리에겐 '백군'이나 '적군'이나 그 나물에 그 밥이에요"라고 말하는
목소리다. 알렉시예비치는 그런 목소리들을 모아 '세컨드핸드시대의
백과사전'을 만들었다. 솔제니친이 '수용소의 백과사전'으로 『수용소
군도』를 집필한 것처럼. 문학이 언제 위대해질 수 있는지 보여주는 감
동적인 사례다.

_〈경향신문〉(2016. 01. 23.)

P.S.

　방대한 분량의 책을 단기간에 번역해낸 역자의 노고에는 의당 감사해야 하지만, 아쉬운 점도 없지 않다. 일례로 러시아어 '나로드'를 '인민', '민중', '민족' 등 여러 가지로 옮겼는데, 한 단락에서도 번역어를 고정시켜주지 않아서 혼선이 빚어지기도 한다. 80쪽의 '촌사람'은 '농촌문학 작가'의 오역이고, 88쪽의 '제3국'은 '제3세계'로 옮겨져야 한다. 그리고 89쪽의 '시멘스 텔레비전'은 '지멘스 텔레비전'으로 옮겨야 할 듯싶다. 독일의 가전회사 지멘스다.

"나는 러시아혁명
100년의 증인이고자 했다"

전쟁은 여자의 얼굴을 하지 않았다
스베틀라나 알렉시예비치 지음, 박은정 옮김
문학동네, 2015

2015년 노벨문학상 수상자로 서울국제문학포럼 참석차 처음 방한한 스베틀라나 알렉시예비치가 20일 오후 〈한겨레〉와 인터뷰를 했다. 러시아문학 전공자이자 서평가로 활동하는 '로쟈' 이현우씨가 인터뷰어로 참여했다. 인터뷰에 들어가기에 앞서 〈한겨레〉가 한국의 대표적 진보 언론이라는 이씨의 소개에 알렉시예비치는 '한겨레'가 무슨 뜻인지 알고 싶어했다. '하나의 민족'이라는 뜻이고 남북한의 통일을 지향한다는 의미도 갖고 있다고 덧붙였는데, 알렉시예비치는 구호도 들어본 것 같다고 했다. 과거 남북축전 때 '우리는 하나다' 같은 구호를 떠올린 듯싶다. 다음은 알렉시예비치와의 인터뷰 내용이다.(정리 최재봉 선임기자)

당신이 출간한 다섯 권의 책은 하나의 사이클로 묶여서 '유토피아의 목소리'로 불리는데, 다섯 권을 처음부터 구상한 것인가?

처음부터 계획한 것은 아니었다. 제2차세계대전에 참전한 여성들의 이야기를 다룬 『전쟁은 여자의 얼굴을 하지 않았다』와 전쟁을 목격한 전쟁고아들을 인터뷰한 책 『마지막 목격자들』을 차례로 펴냈다. 당시 아프간전쟁이 터진 상황이었고 전장에 직접 가봐야겠다고 생각했다. 그래서 아프간전쟁의 참상을 다룬 『아연 소년들』을 쓰게 되었다. 그 이후로 주요한 참상에 대해 써야겠다고 생각했다. 체르노빌 원전사고가 발생하자 『체르노빌의 목소리』를 썼고, 소련 해체 이후에 『세컨드핸드 타임』을 썼다. 내가 반대한 것은 공산주의로 되돌아가자는 움직임이었다. 그들은 과거 공산주의의 잘못을 잊고 다시 되돌아가려고 했다. 소련 공산주의는 넓은 지역에서 실시된 계획이고, 3억의 인구가 동원된 거대한 실험이었다. 나는 증언자로서 작업에 참여하고 싶었다. 나는 레닌시대부터 소련 해체 시점까지 살아온 모든 이들을 알았고 그들의 증언을 들었다. 올해가 러시아혁명 100주년인데, 나는 그 100년의 증인이고자 했다.

당신의 그러한 문제의식은 '목소리 소설'이라는 독특한 형식을 낳았다. 처음부터 이런 새로운 형식을 택한 것인가?

내가 다루는 대상은 주류 역사가 잘 다루지 않고 누락한 부분들이다. 감정의 역사가 대표적이다. 사람들이 느끼는 감정에 주목하고 싶었다. 어렸을 때 시골에 살았는데, 전쟁 이후라 여자들만 남은 마을에서 사람들이 일을 마치면 길에 나와 많은 얘기들을 나누곤 했다. 러시아의 관습이었는데, 그로부터 강한 인상을 받았다. 대학을 졸업하고 기자가 되어 전국을 돌아다니면서 많은 사람들을 만났고, 그들의 이야기를 듣는 것을 좋아했다. 그리고 러시아문학 전통에도 인터뷰 장르가 있다. 제1차세계대전 때 간호장교였던 소피아 페도르첸코가 장병들의 이야기를 기록으로 남겼다. 벨라루스의 작가 알레시 아다모비치는 이런 형식 실험을 더 발전시켰는데, 제2차세계대전 당시 독일군의 만행을 다룬 『나는 불타는 마을에서 탈출했다』 같은 책을 썼다. 아다모비치는 작가적 논평을 많이 붙였는데, 나는 작업에서 그런 것을 배제했다. 아다모비치는 나의 문학적 스승으로 그와 자주 만났고 많은 대화를 나누었다.

당신의 독서 경험에서 아무래도 러시아문학이 차지하는 비중이 클 텐데, 당신에게 가장 중요한 작가는 누구인가? 역시 도스토옙스키인가? 20세기 작가로는 수용소문학의 대표 작가 바를람 샬라모프도 당신은 자주 언급했다.

그렇다. 두 사람이 내가 가장 좋아하는 작가다. 덧붙여 동시대 여성 시인 올가 세다코바도 좋아한다. 공산주의시대에는 많은 작가들이 독자를 세뇌하기 위한 작품을 썼다. 반면에 도스토옙스키는 인간의 어두운 내면을 그렸다. 공산주의시대에는 인간이 밝게 긍정적으로 그려졌다. 인간은 기본적으로 선하다는 식인데, 그런 문학은 전혀 현실적이지 않다. 그런데 도스토옙스키는 인간을 있는 그대로 그리고자 했다. 어두운 면과 밝은 면이 공존하는 있는 그대로의 인간을 그린 것이다. 많은 곳을 다니면서 나를 놀라게 하고 겁을 주는 사람들도 많이 만났는데, 도스토옙스키는 그럼에도 내가 지속적으로 작업을 해나가는 데 큰 힘이 되어주었다.

솔제니친은 『수용소 군도』를 통해서 '수용소 백과사전'이라 불릴 만한 것을 써냈다. 당신은 다섯 권의 책을 통해 '소련 공산주의 백과사전'을 쓴 셈이니 솔제니친보다 더 야심 찬 작업을 해낸 것이라고 생각한다. 당신의 작업은 러시아 바깥의 독자에게는 어떤 의미를 가질 수 있을까?

솔제니친보다는 샬라모프의 영향을 많이 받았다. 나는 비단 러시아 독자들에 한정하여 공산주의의 전모를 보여주고자 한 게 아니다. 모든 사람들에게 소련에서 대체 무슨 일이 일어났던 것인가라는 실상을 전달하고 싶었다. 플라톤이 자기 시대 사람들을 위해서만 쓴 게 아니잖은가. 그는 2500년이 지난 지금 우리를 위해서도 썼다.

다른 한편으로 당신은 문학의 역할에 그리 낙관적이지 않다. 문학이 세상을 바꿀 수 있는가? 문학은 무엇을 할 수 있는가?

문학은 좀더 겸손해질 필요가 있다. 한순간에 무언가를 바꾼다고는 기대하지 않지만, 그럼에도 문학 덕분에 세상이 덜 나빠질 수는 있다. 문학은 인간의 영혼을 한데 모을 수 있다. 그것이 선이건 악이건

간에. 문학이 무엇을 할 수 있는가란 질문에 답하자면 이렇다. 성경도 인간을 바꾸지 못하는데, 어떤 문학이 인간을 바꿀 수 있겠는가.

러시아혁명은 불행이었나? 그렇지 않고 불가피한 것이었다면, 어디서 잘못됐다고 보는가?

지금 소련에 대한 많은 문서들이 나오는데, 모두에게 잘못이 있었다고 생각한다. 혁명을 주도한 엘리트들이 합의를 이루지 못했다. 볼셰비키 그룹이 권력을 가질 거라고는 아무도 생각하지 못했는데 그들이 권력을 쟁취했다. 볼셰비즘은 민주주의와는 양립할 수 없으며 볼셰비키가 권력을 갖게 되자 당연히 피를 흘릴 수밖에 없었다. 내 생각에 러시아혁명도 프랑스혁명도 결과적으로 피를 흘릴 수밖에 없었기 때문에 국민들에게는 재앙이었다. 나는 혁명보다는 단계적 변화를 지지한다. 특히 러시아처럼 가난한 나라들에서 그렇다. 한쪽에 소수의 부자가 있고, 다른 쪽에 다수의 가난하고 분노한 인민이 있는 상황에서 혁명이 일어난다면 나쁜 결말에 이를 수밖에 없다.

당신의 정치적 입장은 사회민주주의에 대한 지지로 보면 되는가?

그렇다. 2000년대 초 벨라루스를 떠나서 이탈리아, 프랑스, 독일, 스웨덴 등지에서 살았는데, 스웨덴이 가장 마음에 들었다. 스웨덴에서는 공정한 사민주의와 복지 시스템이 운영되고 있다. 그렇지만 만약 어떤 당에 가입하겠냐고 묻는다면, 동물보호당에 가입하겠다고 답하겠다.

당신은 정치 혹은 체제가 인간을 행복하게 하고 세상을 좋게 변화시킬 수 있다고 보는 것 같다. 당신의 문학은 그런 좋은 정치와 어떻게 연결될 수 있나? 혹은 문학은 그와는 별개의 역할을 갖는가?

정치가 인간을 행복하게 만들 수 있다고는 보지 않지만, 공정하게 는 만들 수 있다. 스웨덴, 프랑스, 독일은 자본주의가 러시아나 미국보 다 발달했지만 더 공정하다. 그런 점에서 역할을 할 수 있다. 문학의 역할은 구체적인 문제를 해결하는 게 아니다. 사회주의나 사회민주주 의 체제를 만드는 게 아니라 인간의 심장을 가볍게 만드는 것, 인간을 더 인간답게 만드는 것이 문학의 역할이다.

기자로서 경력을 갖고 있기 때문에 당신은 러시아 여기자 안나 폴리트콥 스카야와 비교되기도 한다. 그는 행동파 저널리스트였고 푸틴 체제를 적극적 으로 비판했지만 결국 암살됐다. 그러한 참여적 저널리즘에 대한 당신의 견 해를 알고 싶다.

매우 긍정적으로 생각한다. 최상의 저널리즘이다. 그렇지만, 나도 벨라루스와 러시아의 현체제에 반대하는 문학을 하고 있지만, 내가 하고 싶은 것은 좀더 인간의 본질을 천착하는 것이다. 혁명이 아니라 인간의 본질을 다루고 싶다. 저널리즘도 물론 좋은 일이라 생각하지 만, 거기서는 구체적 과녁만을 겨냥한다. 나는 사람에 대해 더 넓은 시각에서 보고 싶다. 예술의 관점에서는 스탈린과 그의 희생자가 모두 관심의 대상이다. 스탈린 체제 때 열다섯 살 소년이 수용소에 끌려갔다. 반동분자의 아들이라고 해서다. 똑똑한 소년이어서 수용소 장교가 연애편지를 써달라고 이 소년에게 부탁한다. 소년은 이렇게 잔인한 사람에게도 이런 면이 있구나라고 생각한다. 나는 이런 모든 면을 보여주고자 하는 것이다. 나는 민주주의자와 공산주의자를 모두 만났는데, 한 여자 공산주의자가 '당신은 민주주의자이니 내가 말하는 것을 쓰지 않을 거야'라고 해서 '나는 당신에게도 목소리를 주겠다'고 대답했다.

그렇다면 언제부터 스스로를 작가라고 생각한 것인가?

기자생활을 하는 동안 항상 그랬다. 표면만 보지 않고 더 깊은 곳을 보려고 했다.

그렇다면 기자로 변장한 작가였던 것인가?(웃음)

기자도 흥미로운 직업으로 여러 곳을 다녀볼 수 있었다. 하지만 더 깊은 것을 쓰지 못한다는 불만과 아쉬움이 있었다. 천천히 더 깊이 있게 쓰고 싶었다.

한국과 관련한 질문도 드리겠다. 한국에서는 일본군 위안부 문제가 여전히 상처로 남아 있다. 전쟁에 대한 책을 여러 권 쓴 입장에서 가해자와 피해자의

화해는 어떻게 이루어져야 한다고 생각하는가.

한 프랑스 기자가 들려준 것인데, 르완다내전 때 한 여성이 다섯 자식을 잃었다. 자식들을 죽인 이가 바로 이웃이었다. 내전이 끝나고 그 이웃과 다시 살아가야 하는데, 어떻게 화해해야 할지 모르겠다고 토로했단다. 화해란 복잡하고 어려운 문제다. 소련 시기에도 자신을 고발해 수용소로 가게 만든 사람이 누군지 알게 된 경우가 있었다. 같은 공장의 노동자여서 매일같이 만나야 했던 경우도 있다. 『세컨드핸드 타임』에도 쓴 것인데, 한 남자아이가 이모를 좋아했는데, 나중에 커서 페레스트로이카 이후에 공개된 문서를 보니까 이 이모가 자기 오빠를 수용소로 보냈다는 사실을 알게 되었다. 이모에게 왜 그랬느냐고 물어보니까 그저 당시는 그런 시대였다고만 답했다. 레닌과 스탈린이 '큰 가해자'였다면 소련 시기에는 수백만의 '작은 가해자'들이 있었다. 무슨 일이 있었던가는 증언하고 기억해야 한다. 하지만 화해는 어려운 문제다. 나의 아버지는 학교 교장이셨는데, 아흔 가까이 사셨다. 그런데 평생 공산주의를 신봉한 분이다. 선량한 분이셨음에도 말이다. 나는 그런 아버지의 삶이 비극적으로 느껴진다. 내 책에서는 이 모든 이야기를 담아서 그 안에서 그들끼리 논쟁하게끔 했다. 각자의 진실, 각자가 믿는 진실을 다 말할 수 있게 하면, 마지막에 가서는 그 진실에 도달할 수 있지 않을까 생각했다.

지금까지의 당신의 작업에 대해서는 조국인 벨라루스와 러시아에서 찬반

양론이 있는 것으로 안다. 노벨상 수상 이후에는 조금 달라졌는가?

벨라루스에서 루카셴코 대통령에 대해 지지와 반대가 갈린다. 러시아의 푸틴 대통령에 대해서도 마찬가지다. 그들을 지지하지 않는 사람들이 나를 좋아하는 것으로 보인다. 반대로 그들의 지지자는 나를 좋아하지 않을 것이다.

그렇다면 아직도 열세인 걸로 보인다.(웃음)

그렇다. 독일에서도 멀쩡하던 민족이 히틀러를 믿었던 것처럼, 그리고 한국에서도 박정희를 믿었던 것처럼, 멀쩡한 사람들이 어느 날 갑자기 독재자를 신봉한다. 1990년대 사회주의 개혁을 외치며 거리로 나왔던 많은 사람들이 지금은 어디로 갔는지…… 지금은 많은 이들이 푸틴을 지지하고 있으니 말이다. 일본도 제2차세계대전 때 그렇게 잔인하던 사람들이 전쟁에서 돌아와 환상적인 일본을 재건해냈다. 한 사람이 몇 개의 인생을 살 수 있는지 놀랍다.

공감한다. 노벨문학상 수상 이후에 당신은 이제 사랑에 관한 책을 쓰겠다고 했는데, 사랑 이야기는 이제까지 쓴 책에도 조금 들어가 있다. 그런 것과는 다른 사랑을 다루는 것인지?

다른 책들에서는 공산주의, 체르노빌, 전쟁이 중심이었다면 정말 사랑이 중심이 된 이야기를 쓰려고 한다.

『세컨드핸드 타임』의 좀더 밝은 버전인가?

그럴 것 같진 않다.(웃음) 내 생각에 사랑은 신이 준, 인간을 달래주고 위로해주는 선물이다. 죽을 때 기억할 수 있는 것이 사랑이다. 사랑할 때가 최고의 순간이 아닐까 생각한다. 행복했든 아니든 간에 사랑은 최고의 순간을 선사한다.

당신의 문학의 핵심 주제는 사랑과 죽음이 되는 것인가?

죽음에 대한 책은 두번째 책으로 기획중인데, 그건 늙음에 관한 책이기도 하다. 문명이 발달해 평균수명이 20년, 30년이 늘어났는데, 그렇게 늘어난 삶에 대해서는 우리는 아직 알지 못한다. 무언가 끝을, 바깥으로 나가는 삶에 대해 쓰고 싶다. 전체 일곱 권의 책 가운데, 이제 둘 남았다.

마지막 질문이다. 처음 읽는 독자가 당신의 작품 중 가장 먼저 읽었으면 하는 책이 있다면 무엇인가? 그리고 당신이 개인적으로 애착을 갖는 책이 있다면?

『전쟁은 여자의 얼굴을 하지 않았다』를 먼저 읽는 게 좋겠다. 러시아가 어떤 나라인지 이해했으면 좋겠고, 『세컨드핸드 타임』을 마지막으로 읽으면 되겠다.

그럼 발표한 순서대로 읽으면 되겠다.

내가 애착을 갖는 책은 『전쟁은 여자의 얼굴을 하지 않았다』와 『체르노빌의 목소리』다. 『전쟁은 여자의 얼굴을 하지 않았다』에 나오는 많은 여자들의 이야기에 공감하기 때문이다. 『체르노빌의 목소리』는 그에 관한 담론이 전혀 존재하지 않았기 때문에 지적인 노력이 필요했다. 전쟁에 대해서는 읽을 책이 많았지만 원전사고는 전혀 새로운 사건이었기 때문이다.

존경하는 작가와 대면 인터뷰를 진행하게 돼 개인적으로 영광이었다. 장시간 인터뷰에 응해주어서 대단히 감사하다.

_〈한겨레〉(2017. 05. 22.)

9.

나는
고양이로소이다

나쓰메 소세키 문학의 여정

나는 고양이로소이다
나쓰메 소세키 지음, 송태욱 옮김
현암사, 2013

세계문학 독자에게 올해는 셰익스피어와 세르반테스의 서거 400주년으로서 의미가 있었지만 한 가지 더 추가하자면 일본의 문호 나쓰메 소세키의 사후 100주년이기도 했다. 일본에서는 의당 기념 출판이나 행사가 기획됐음직한데 사정이 어떤지 알지 못한다. 대신 국내로 시야를 한정하면, 지난 2013년부터 출간되기 시작한 '나쓰메 소세키 소설 전집'(전 14권, 현암사)이 완간된 것을 가장 의미 있는 사건으로 꼽아볼 수 있겠다. 『도련님』과 『마음』 등 소세키의 주요 작품은 여러 차례 중복 출간되었고 여타 작품도 한두 종씩 번역본이 나와 있었지만 품위 있는 장정의 새 번역본 전집이 완간된 것은 높이 평가할 만하다.

소세키의 저작으론 장편소설 외에도 단편과 산문, 문학론 등이 더 남아 있지만 이미 출간된 번역본들을 참고할 수 있다. 단편의 경우는 『런던 소식』과 『회상』(하늘연못, 2010) 두 권으로 갈무리되어 나와 있고, 문학론과 문명론은 각각 『나쓰메 소세키 문학예술론』과 『나쓰메 소세키 문명론』(소명출판, 2004)이 진작 출간되었다. '일본의 셰익스피어'를 읽기 위한 여건은 충분히 갖춰진 셈이다. 남은 건 독자의 일인데, 한 세기 전을 살았던 일본 작가에게서 무엇을 읽을 수 있고, 그것이 지금 시점에서도 여전히 의미가 있는지 따져보는 것 말이다.

1867년생인 소세키의 생애는 대부분의 기간이 메이지시대(1868~1912)와 중첩된다. 메이지 시대는 한마디로 서양에서 300년 동안 진행되어온 근대화를 40년 동안 압축해서 실현하고자 했던 시대다. 이 압축근대화는 러일전쟁(1904~1905)에서의 승리로 일단 성공을 거둔 듯이 보였다. 숙원대로 서구 열강과 어깨를 나란히 하게 되었기 때문이다. 하지만 단기간의 갑작스런 근대화 산업화가 아무런 부작용 없이 진행될 리 만무했다. 메이지 유신 이전의 전근대적 사회 규범은 급속도로 무효화되었지만 새로운 시대에 걸맞은 사회규범과 근대적 시민의식의 형성은 더디게 진행되었다.

그런 상황에서 소세키는 서양을 모델로 한 일본의 근대화는 결국 서양 흉내내기에 지나지 않으며 서양과 일본의 격차는 결코 좁혀질 수 없을 것이라는 부정적인 전망을 갖고 있었다. 이미 1900년부터 1903년까지 정부 유학생으로 2년 반 동안 영국 런던에서 생활해

본 소세키의 실감이 그러했다. 그는 키도 작고 왜소한 체구의 자신이 유럽인들과 비교할 때 한갓 '원숭이'에 지나지 않는다고 여겼다. 근대 국가 일본도 마찬가지로 보였다. 그가 어렵사리 찾아낸 출구는 '자기 본위'라는 네 글자였다. 소세키의 문학은 이 '자기 본위'라는 신념이 겨게 되는 여정이기도 하다.

소세키 문학의 출발은 『나는 고양이로소이다』(1905)부터다. 하이쿠 잡지 〈호토토기스〉를 주재하던 친구로부터 소설을 한번 써보라는 권유를 받고서 집에서 기르던 고양이의 시점으로 자기 자신과 주변을 관찰한다는 설정으로 지어낸 이야기다. 영국 유학을 마치고 돌아와서는 도쿄제대의 영문과 교수로 임명되었지만 오랫동안 앓아온 신경쇠약과 우울증 증세가 더 나빠지던 무렵이었다. 기분 전환 삼아 써본 것이었지만 "나는 고양이다. 이름은 아직 없다"는 첫 문장으로 시작한 이야기는 그에게 뜻밖의 치료 효과를 가져다주었다.

이 작품에서 주된 관찰 대상인 구샤미 선생은 소세키 자신을 모델로 한 인물이지만, 화자인 고양이도 물론 소세키의 분신이다. 즉 고양이(소세키)가 주인 구샤미(소세키)를 관찰하는 구조이다. 통상적인 자기 분석이 분열적인 성격을 띠게 되는 데 반해서 이 작품에서는 고양이라는 구체적인 거점 덕분에 그러한 자기 분석이 자기 분열에 빠질 위험 없이 안정감 있게 진행된다. 직업이 선생으로서 대단한 면학가인 척하지만 고양이가 서재를 들여다본 결과 "대체로 그는 낮잠을 자고 있다. 가끔은 읽다 만 책에 침을 흘린다". 책을 읽는다지만 두세 페이지 넘기다 이내 침을 흘리며 조는 게 구샤미(소세키)의 일상이라고 고양이(소세키)는 폭로한다. 이러한 폭로의 해학적 어조가 『나는 고양이로소이다』의 성공을 낳았다. 독자들의 호평이 이어졌고 소세키는 수년간 이야기를 연재하면서 소설 쓰기의 순기능을 발견한다. 직업 작가로서 나설 결심을 하게 되는 것도 이러한 경험에 힘입어서다.

1907년 소세키는 도쿄대 교수직을 박차고 나와 아사히 신문사의 전속 작가로 입사한다. 『나는 고양이로소이다』와 『도련님』(1906) 같은 작품을 단숨에 써내려간 전력을 믿었지만 막상 전속 작가의 생활은 만만치가 않았고 한때 해방감을 맛보게 했던 소설 쓰기는 또다른 굴레가 되어 그를 옥죄었다. 힘들게 소설 쓰기의 출구를 모색하던 그는 시골 고등학교를 졸업하고 상경하여 도쿄에서 대학생활을 시작하게 된 청년의 이야기를 다룬 『산시로』(1908)를 통해서 마침내 그만의 주제와 스타일을 발견한다. 그것은 근대화 과정의 한복판에 놓인 문제적 주인공의 자기 발견 내지 자기 본위의 구현이다.

『산시로』에서 스물세 살의 대학생 주인공 산시로는 아직 풋내기로서 자기만의 개성과 독자성을 밀고 나갈 만한 '배짱'을 갖추고 있지 못하다. 소세키 소설에서 그런 개성은 주로 여성과의 관계를 통해서 표현되는데, 산시로는 동향의 대학 선배이자 촉망받는 물리학자 노노미야와 함께 매력적인 신여성 미네코를 사이에 두고 어정쩡한 삼각관계를 형성하지만 그녀를 휘어잡을 만한 능력은 보여주지 못한다. 노노미야 역시 여자의 마음에 대한 이해와 배려가 부족하여 미네코를 다른 남자에게 놓치고 만다. 그렇듯 어설픈 사랑 이야기로 전개되다 끝나고 말지만 『산시로』는 어둡다기보다는 산뜻한 분위기의 작품이다. 젊은 주인공에게 아직 창창한 미래가 남아 있기 때문이겠다.

하지만 『산시로』에 이어지는 『그 후』(1909)에 오게 되면 분위기는 달라진다. 이 작품의 주인공 다이스케는 서른 살의 고등유민高等遊民이다. 대학교를 졸업했지만 일부러 직장을 갖지 않고 빈둥대기에 고등유민이라 불린다. 비록 사업가인 아버지에게 매달 용돈을 타 쓰는 처지이지만, 다이스케는 뛰어난 지성과 심미적 감수성을 갖추고 있는 인물로서 당대의 세태와 문명에 대한 예리한 성찰과 비판을 내놓을 줄 안다. 가령 왜 일을 하지 않느냐는 친구 히라오카의 핀잔에 대해 다이스케는 자기 탓이 아니라 세상 탓이라고 말하면서 일본과 서양의 관계를 핑계로 댄다. 서양의 빚을 얻어서 경제를 일으키려고 하는 일본은 마치 소하고 경쟁하려는 개구리와 다를 바 없고 곧 배가 터지고 말 거라는 게 다이스케의 생각이다. 그런 상황에서 열심히 일한다는 것은 의미가 없다는 논리다.

한 걸음 더 나아가 먹고살기 위한 노동, 생계를 위한 노동은 노동을 위한 노동이 아니기에 진정한 노동이 될 수 없다고 그는 주장한다. 먹고살기 위한 노동은 타락한 노동에 불과하다는 것이다. 이러한 생각들은 모두 근대에 대한 예민한 대결의식을 보여주는 것들로 작가 소세키의 생각으로 읽어도 무방하리라. 문제는 그러한 비판적 인식이 생활 속에서 안정된 토대를 갖고 있지 않다는 점이다. 아버지가 권하는 정략결혼을 거부하고 다이스케가 자신이 히라오카와 맺어준 미치요에게 뒤늦게 구애하는 것은 과감한 자기 본위의 행동이지만 동시에 사회적 매장을 감수하는 행위다. 그 자신의 표현으로는, '자연'에 따라 미치요를 선택한 대가로 그는 친구에게는 물론 아버지와 형으로부터도 의절당하게 된다. 이제 스스로 일자리를 얻기 위해 거리로 나서는 다이스케의 모습이 『그 후』의 결말이다.

『그 후』의 뒷이야기로 읽히는 『문』(1910)의 주인공 소스케는 과거 친구의 동거녀 오요네를 아내로 삼는 바람에 '도의상의 죄'를 짊어지고 사회로부터 매장되다시피 한다. 비록 두 사람은 하나의 유기체처럼 서로를 의지하면서 살아가지만 과거의 그림자를 다 떨쳐내지는 못한다. 세 번이나 아이를 갖지만 모두 잃게 되는 것도 자신들의 죄업 때문이라고 생각한다. 자기 본위의 대가로 감수하기에는 너무 큰 희생이다. 이들 부부에게 과연 행복은 가능할까? 소스케는 미래로 나아갈 수 있는 문을 열어젖힐 수 있을까? 안타깝게도 소설에서 찾을 수 있는 대답은 부정적이다. "그는 여전히 닫힌 문 앞에 무능하고 무력하게 남겨졌다"는 게 『문』의 결론이기 때문이다.

소세키의 대표작으로 꼽히는 『마음』(1914)은 이러한 소설적 여정의 마무리로 읽힌다. 작중 화자가 '선생님'이라고 따르는 이의 유서가 작품의 절반을 차지하는데, 그의 절친했던 친구 K는 하숙집 딸을 사이에 두고 그와 삼각관계에 놓인 것에 절망하여 자살했다. 이후에 그는 하숙집 딸과 결혼하지만 결혼생활 내내 친구의 죽음이라는 그림자를 떨쳐내지 못하다가 결국은 메이지 천황의 죽음을 빌미로 하여 자살을 결심한다. 선생님의 이러한 선택은 자기 본위적 삶의 궁극적인 패배로 읽을 수 있지 않을까. 작가 소세키는 '나의 개인주의'를 당당하게 주장하고 옹호하고자 했지만 그의 개인주의는 작품 속에서 매우 힘겨운 투쟁 끝에 결국은 패배하는 것으로 귀결된다. 이 패배를 잘 음미하고 성찰하는 것이 소세키 읽기의 과제로 여겨진다.

_〈출판문화〉(2016년 12월호)

문 앞의 소스케와 소세키

문
나쓰메 소세키 지음, 송태욱 옮김
현암사, 2015

간단한 사실부터 확인하자면, 『문』은 나쓰메 소세키가 1910년 3월 1일부터 6월 12일까지 아사히 신문에 연재한 소설이다. 마흔세 살 때의 일로 소세키는 한 해 전인 1909년 『그 후』를 같은 신문에 연재하고 만주와 한국 여행을 다녀와서 『만한 이곳저곳』이란 기행문을 싣기도 했다. 위궤양 증세가 점차 악화되어 가고 있었고 1910년 봄에는 다섯째 딸이 태어났다. 아사히 신문사의 전속작가로서 그는 어떻게든 작품을 써야 하는 처지였으며 수년간 이 과제를 묵묵히 수행한다. 『산시로』와 『그 후』를 거쳐서 『문』으로 마무리되는 '전기 3부작'은 소세키의 연재소설이 제 궤도에 올라섰다는 것을 말해준다. 하지만 모든 일이 영속적일 수는 없다. 『문』의 연재 이후에 소세키는 위궤양 요양차 들른 온천에서 다량의 피를 토하고 위독한 상태에 빠지며 이후 1916년 세상을 떠날 때까지 고통받는다. 이러한 전기적 사실을 배경으로 두게 되면, 『문』은 소세키라는 '소설 기계'의 정상적인 작동과 이상 징후를 동시에 보여주는 소설로 읽힌다. 소세키 스스로가 '문' 앞에 서 있는 형국이라고 할까.

어두운 과거를 지닌 채 도쿄의 변두리 셋집에서 살아가는 소스케 부부의 이야기를 다룬 새 연재소설의 제목이 '문'인 것은 여러모로 상징적인데, 놀랍게도 이 제목 자체는 소세키의 작명이 아니다. 전작 『그 후』를 마무리짓고 신문사에서 다음 작품의 제목을 알려달라고 독촉하자 소세키는 아사히 문예란을 담당하던 제자에게 적당한 제목을 붙여달라고 부탁했고, 이 제자가 친구와 상의해서 정한 제목이 '문'이었다. 작가가 어떤 내용의 소설을 구상하고 있는지 정확히 모르는 상태에서 고른 제목이었으니, 소세키로선 '문'이란 제목의 소설을 주문받은 것과 같은 사정이 되었다. 제목의 강한 상징성에도 불구하고 정작 소세키 자신은 제목에 별로 신경을 쓰지 않았다는 뜻도 된다.

그런 무신경함은 이미 『그 후』에서도 확인할 수 있다. 전작인 『산시로』에서 도쿄의 대학생활을 다룬 데 대해 이 소설은 그 후의 일을 이야기한다는 의미에서 '그 후'이고, 또 소설의 주인공이 『산시로』 이후 성숙한 남자가 되었다는 의미에서도 '그 후'이며, 주인공의 결말이 어떻게 되는지 이야기하지 않았다는 점에서도 '그 후'라고 했다. 『산시로』의 주인공 산시로와 『그 후』의 주인공 다이스케가 동일 인물이 아님에도 불구하고 소세키에게는 두 인물이 동일선상에 놓여 있는 연속적인 인물로 간주되었던 것이다. 그런 의도에 의해 『산시로』와 『그후』가 연작으로 묶인다면 『그후』와 『문』의 관계도 마찬가지다. 소스케를 다이스케의 연장선상에서 읽을 수 있다면 『문』은 『그후』의 '그후' 이야기다. 그런데 이번의 '그후'는 미래의 시간으로 뻗어나가는 '그후'가 아니라 과거에 붙박인 채로 한 치도 더 나아가지 못하는 '그후'다. 그런 의미에서 보자면 '닫힌 그후'라고 할 수 있을까.

　『문』의 시간적 배경은 1909년 9월부터 1910년 2월 말(내지 3월초)까지다. 대략 『그후』의 연재기간과 『문』의 연재기간 사이다. 정확하게 '현재 시간'을 배경으로 한 실시간 소설인 셈이다. 그렇지만 이 현재의 시간은 소스케와 오요네 부부에게 살아 있는 시간이라고 하기 어렵다. 그것은 생동하는 시간이라기보다는 정체된 시간 혹은 동결된 시간에 가깝다. 예컨대 쾌청한 가을날 툇마루에 드러누운 소스케가 바느질을 하고 있는 오요네와 무심하게 주고받는 소설 앞머리의 대화는 날씨 얘기를 거쳐서 근래近来의 '근'자를 어떻게 쓰는지 잊어먹었다는 얘기로 넘어간다. 아주 쉬운 글자이지만 소스케는 잘 떠올릴 수 없다는 것이다. 금일今日의 '금'자도 마찬가지다. 종이에 써놓고도 어쩐지 아닌 것 같다는 느낌이 든다고 말한다. 근래나 금일은 모두 현재 또는 현재와 가까운 시간을 가리키는 단어들이다. 소스케의 이런 무심한 고백에서 현재에 대한 무의식적 억압 혹은 망각을 읽을 수 있다. "자신의 과거로부터 질질 끌고 온 운명이나 또 그 연속으로서 앞으로

　　　　　　　　문학에 빠져 죽지 않기

자신의 눈앞에 전개될 미래"가 소스케의 시간이다.

이런 관점에서 보자면 『문』의 핵심적인 관심사는 소스케에게 새로운 시간의 문이 열릴 것인가의 여부다. 그리고 그것이 '문'이라는 제목이 상징하는 바이다. 그 가능성을 살피자면 거꾸로 무엇이 소스케 부부의 운명을 거세게 거머쥐고 있는지 확인할 필요가 있겠다. 결혼한 지 6년차에 접어든 소스케와 오요네는 그 기간 동안 단 한 번도 말다툼을 한 적이 없는 금슬 좋은 부부다. 생활이 넉넉지는 않지만 다른 사정이 없다면 굳이 궁핍하다고 느끼지도 않는다. 매일 밤 식후에 서로 한 시간씩 대화를 나누면서도 어려운 살림살이는 입에 담지 않는다. 물질에 별로 연연하지 않기 때문이다. "그들에게 절대적으로 필요한 것은 서로의 존재뿐이고, 그들은 또 그 서로의 존재만으로 족했다." 그렇기 때문에 일부러 절벽 아래 셋집을 구해서 마치 모든 사교적 삶과 단절한 채 은둔하듯 단조롭게 살아간다. 대도시 도쿄에 살면서도 마치 산속에서 사는 것처럼. 문제는 이러한 삶의 방식이 그들의 자발적 선택이 아니라는 데 있다.

그들이 매일 같은 도장을 가슴에 찍으며 긴 세월을 질리지도 않고 살아온 것은 그들이 처음부터 일반 사회에 흥미를 잃어서가 아니었다. 사회가 그들 둘만을 떼어내고 차갑게 등을 돌린 결과였을 뿐이었다. 외부를 향해 성장할 여지를 발견할 수 없었던 두 사람은 내부를 향해 깊이 뻗어가기 시작한 것이다.

소스케와 오요네의 이례적일 정도의 금슬은 이러한 외부적 조건의 결과다. 세상에서 분리된 채 이들은 서로만을 의지할 수밖에 없었고 결과적으로는 마치 하나의 유기체와 같은 상태가 되었다. "두 사람의 정신을 구성하는 신경계는 최후의 섬유에 이르기까지 서로 껴안고 있었다." 자연스레 묻게 되는 것은 이러한 사태를 가져온 원인이다. 그것은 달리 이 소설의 '기원'이 되는 장면이기도 한데, 흥미롭게도 소세키는 이를 "그들은 자연이 자신들에게 초래한 가공할 만한 복수 앞에 부들부들 떨면서 무릎을 꿇었다"에서 보이듯이 '자연이 초래한 복수'라고 부른다. 무엇에 대한 복수인가.

사실 복잡한 얘기가 아니다. 두 사람은 첫째, 친구를 배신했고, 둘째, 부모가 반대하는 결혼을 했다. 오요네는 소스케의 친구인 야스이의 동거녀였다. 한데 야스이는 둘의 관계를 사실대로 밝히지 않고 오요네를 누이라고만 소개한다. 소스케와 오요네는 자연스레 가까워지면서 결국에는 사랑하는 사이가 된다. 소세키는 두 사람의 관계 진전과 그에 이어지는 복잡한 상황을 자세히 묘사하는 대신에 비유적으로만 처리한다(약간 변형되긴 했지만 한 여자를 사이에 둔 두 남자의 이야기는 이미 『그 후』에서 다뤘기 때문에 반복을 피하기 위한 의도도 있지 않을까. 『문』의 독자는 『그 후』를 읽은 독자라는 걸 염두에 두었을 법하다). 이 대목에서 소세키는 다시 '자연'을 등장시킨다.

소스케는 당시를 떠올릴 때마다 자연의 흐름이 거기서 뚝 멈추고

문학에 빠져 죽지 않기

자신도 오요네도 순식간에 화석이 되어버렸다면 차라리 괴롭지 않았을 거라고 생각했다. 일은 겨울 밑에서 봄이 머리를 쳐들 무렵에 시작되어 벚꽃이 다 지고 어린잎으로 색을 바꿀 무렵 끝났다. 모든 것이 생사를 건 싸움이었다. 청죽青竹을 불에 쬐어 기름을 짜낼 정도의 고통이었다. 아무 준비도 안 된 두 사람에게 돌연 모진 바람이 불어 둘을 쓰러뜨렸던 것이다.

여기서 '자연의 흐름'은 '운명'이란 말로도 대체해볼 수 있지만 더 단순하게는 '마음의 흐름'으로서의 '감정'이다. 마음이나 감정 대신에 소세키는 '자연'이란 단어를 고르는데, 이 자연은 소스케와 오요네에게 양가적인 의미를 갖는다. 두 사람이 사랑에 빠진 건 '자연의 흐름'이지만 이 자연은 동시에 파괴적이어서 모진 바람이 되어 그들을 쓰러뜨린다. 자연의 흐름 혹은 순리에 따라 사랑에 빠지고 다시 자연에 의해 재앙이 초래되는 형국이다. 이것은 모순 아닌가. 실제로 두 사람은 그들 스스로를 '부도덕한 남녀' 이전에 '불합리한 남녀'로 바라본다. 다르게 말하면 부조리한 사랑, 혹은 사랑의 부조리다. 이 사랑의 결과 소스케와 오요네는 '불꽃과도 같은 낙인'을 받는다. 두 사람의 결혼이 불법은 아니기에 '도의상의 죄'를 짊어졌을 뿐이지만 마치 아담과 이브가 에덴동산에서 추방당하는 것과 같은 엄중한 징벌을 받는다. 부모와 친척, 친구 들, 그리고 학교와 사회에서 버림받으며, 결과적으로 사회라는 좌표계에서 이들의 존재는 지워진다.

전작『그 후』에서 다이스케는 아버지가 주선한 신부감들을 거부하고 대신에 친구의 아내를 선택한다. 하지만 도덕적 비난을 감수하면서 부도덕을 선택하는 게 아니다. 다이스케는 자신의 선택을 '자연의 순리'라고 부른다. 그리고 그 대가로 자신의 모든 것을 포기하고 반사회적 탐미주의자로 남는다. 하지만『그 후』는 열린 결말을 선택함으로써 다이스케의 '그 후' 이야기를 미지수로 남겨놓았다.『그 후』의 '그 후' 이야기로 읽히는『문』은 다이스케와 비슷한 처지, 아니 그보다 더 가혹한 상황에 놓인 소스케의 모습을 등장시킴으로써 비관적인 인식을 드러낸다.

상당한 자산가의 아들로 낙천가로서 젊은 시절을 보낸 소스케이지만 대학시절 단 한 번의 사랑이 그의 운명을 송두리째 바꿔놓는다. 친구의 도움으로 얻은 직장은 간신히 생계를 유지할 정도임에도 삶에 대한 기대나 야망을 다 소진시킨다. 그럼에도 그가 바라는 것은 그나마 직장에서 감원을 피하는 것이다. 5엔의 월급 인상에도 흡족해하는 게 소심한 생활인으로 전락한 소스케의 모습이다. 동생 고로쿠의 대학 학비 문제가 내내 마음을 불편하게 하지만 동생과 숙부네 가족 사이에 끼여서 마땅한 해결책을 찾지 못한다. 고로쿠를 서생으로 받아주겠다는 집주인 사카이의 호의로 겨우 곤란한 처지를 면할 따름이다. 이런 상황에서도 소스케와 오요네, 두 사람이 행복감을 느낀다면 그것은 어떤 행복일까. "그들은 채찍질을 당하면서 죽음을 향해 가는 사람들이었다. 다만 그 채찍 끝에 모든 것을 치유해주는 달콤한 꿀이 발라져 있다는 것을 깨달았던 것이다." 과연 그 꿀은 모든 채찍질을 감내하게 할 정도로 대단한가.

아마도 두 가지 '그림자'가 제거된다면 가능할지도 모르겠다. 하나는 세 번이나 아이를 잃은 경험이다. 첫아이는 힘든 생활 때문에 유산하고, 둘째 아이는 조산하지만 일주일 만에 세상을 떠난다. 셋째 아이까지 들어서지만 출산중에 아이가 탯줄이 목에 감겨 죽고 만다. 간절한 마음에 오요네는 점쟁이까지 찾아가지만 남한테 몹쓸 짓을 한 죄때문에 더는 아이를 가질 수 없다는 저주만 듣는다. 이런 상황에서도 두 사람이 행복하다면 그것은 매우 쓸쓸하고 가련한 행복이다. 그리고 다른 하나는 야스이의 존재다. 사카이의 동생이 몽골에서 우연히 알게 된 야스이와 집을 찾아오기로 했다는 이야기를 접한 소스케는 대경실색한다. 야스이에 대한 죄책감은 여전히 두 사람의 일상을 뒤흔들 만큼 강력하다. 이 충격은 결국 '신앙'을 요청하게끔 만든다. 자력으로는 극복할 수 없다는 한계를 자각했기 때문이다.

이제까지 "두 사람은 아무튼 예배당 의자에도 앉지 않고 산문山門에도 들어가지 않고 지냈다. 그저 자연의 은혜인 세월이라는 완화제의 힘만으로 간신히 안정을 찾았다". 하지만 야스이의 등장은 그 안정을 산산조각내버릴 운명의 짓궂은 장난이다. 절박한 마음에 소스케가 찾는 것은 산문山門이다. 야스이와의 만남을 피하고자 하는 도피행이지만 동시에 좌선을 통해서 출구를 찾고자 하는 갈구행이다. 소스케가 큰스님에서 받은 공안은 부모미생전면목父母未生前面目이다. 부모가 태어나기 전의 자기 모습이라면, 우연적인 자기가 아니라 절대적인 자기일 것이다. 그런 자기라면 인연의 사슬로 엮인 인간관계를 초월할 수 있을 테지만, 소스케는 깨달음에 도달하지 못하고 다시 귀가한다. 그에게 닫힌 문은 열리지 않는다.

> "두드려도 소용없다. 혼자 열고 들어오너라" 하는 목소리가 들렸을 뿐이다. 그는 어떻게 해야 이 문의 빗장을 열 수 있을지는 생각했다. 그리고 그 수단과 방법을 머릿속에서 분명히 마련했다. 하지만 실제로 그것을 열 힘은 조금도 키울 수 없었다. 따라서 자신이 서 있는 장소는 이 문제를 생각하기 이전과 손톱만큼도 달라지지 않았다. 그는 여전히 닫힌 문 앞에 무능하고 무력하게 남겨졌다.

"그는 여전히 닫힌 문 앞에 무능하고 무력하게 남겨졌다"야말로 『문』의 결론이다. 그것이 봄이 다시 오더라도 금방 겨울이 올 거라는 소스케의 체념적인 인식으로 이어진다. 따라서 『문』은 『산시로』와 『그 후』를 잇는 3부작의 마지막 작품이면서 '그 후' 이야기를 봉쇄하는 작품이다. 무엇이 소스케의 문제였던가(특이하게도 소세키는 오요네에 대한 서술에는 인색하다. 그녀의 출신과 성장과정은 물론 야스이와의 동거생활 등에 대해서 우리는 알지 못한다. 소세키의 초점은 소스케에게 맞춰져 있다). 그의 '약한 자아'다. 프로이트의 용어를 빌리자면, 이드자연와 초자아부모/사회 사이에 끼여 스스로를 정립하지 못하는 자아다. 소스케

문학에 빠져 죽지 않기

는 대타자로서의 사회가 주입하는 도덕과 규범을 넘어서지만, 그럼으로써 스스로 사회적 좌표계에서 퇴거하지만, 그 파괴적인 결과는 감당할 만큼 강하지 않다. 그는 문을 열 만한 힘이 없다. 이것이 전근대적 전통에서도, 근대문명에서도 출구를 찾지 못했던 소세키 자신의 모습은 아닐까. 그런 상황에서 소세키는 어떤 소설을 더 쓸 수 있었을까.

_『문』해제(2015)

오에 겐자부로 문학의 본령

만엔 원년의 풋볼
오에 겐자부로 지음, 박유하 옮김
웅진지식하우스, 2017

    해마다 10월이면 문학 독자들의 관심은 올해의 노벨문학상 수상 작가에게 쏠린다. 한국 작가의 수상 가능성과 함께 다른 유력한 후보들의 수상 여부가 흥미로운 관심사다. 우리의 주변을 돌아보면 2012년에 중국 작가 모옌이 수상했고, 그보다 앞서 일본은 가와바타 야스나리와 오에 겐자부로, 두 명의 수상자를 배출했다. 게다가 무라카미 하루키가 해마다 강력한 후보로 거명된다.

    노벨상이 절대적인 기준은 아니지만 세계문학계의 인정이란 관점에서 보자면 부러운 것도 사실이다. 우리와 마찬가지로 같은 동아시아 공간에서 사유하고 글을 쓴 작가들이기 때문이다. 그들은 무엇을 고민하고 글로 썼을까. 이달에는 오에 겐자부로의 경우를 통해서 작

문학에 빠져 죽지 않기

가에게 독서란 무엇이고, 또 창작은 어떤 의미를 갖는지 살펴보기로 한다.

오에는 다작의 작가이고 소설 외에도 여러 권의 산문집을 냈는데, 그 가운데 『읽는 인간』은 그가 집필 50주년을 맞이하여 자신의 독서와 인생을 회고한 책이다. 견실한 작가라는 이미지에 걸맞게 아홉 살 때부터 시작된 그의 본격 독서 편력은 꾸준하면서 탄탄하다.

그는 전후 책이 부족한 상황에서 유일한 읽을거리였던 『허클베리 핀의 모험』을 매일매일 읽었다. 소설에서 헉은 흑인 청년 짐과 미시시피강을 따라 여행을 하는데, 그사이에 둘 사이엔 우정이 생긴다. 헉은 짐을 원래의 주인에게 되돌려주려는 편지를 썼다가 찢어버리고는 "그래 좋다, 나는 지옥에 가겠다"라고 말한다. 지옥에 가더라도 짐을 배신하지는 않겠다는 뜻이다. 오에가 가장 인상 깊게 읽은 대목인데, 때론 아이들도 '나는 지옥으로 가겠다'는 결심을 해야 할 때가 있다는 걸 그는 깨닫는다. 평생 그런 마음가짐으로 살겠다는 다짐을 갖게 했다니까 아홉 살 때의 독서가 이미 오에의 인생관을 결정지었다고 해도 좋겠다.

인생의 고비마다 오에는 책에서 위안과 용기를 얻었다. 비탄의 시기에 만났던 영국 시인 윌리엄 블레이크도 그런 경우다. "타인의 슬픔을 보며/ 어찌 나 또한 슬퍼하지 않을 수 있을까/ 타인의 한탄을 보며/ 어찌 따뜻한 위로를 구하지 않을 수 있을까"(「사람의 슬픔에」) 같은 블레이크의 시구는 장애를 갖고 태어난 아들 때문에 힘들어하던 오에에게 많은 위로를 건넨다. 그에 힘입어 오에는 인생의 문제를 매번 소설로 마무리지을 수 있었다. 그에게 문학은 자신이 당면한 문제에 대한 해결이었다. "상상력으로 인간이 근본적으로 안고 있는 불안과 당혹감 등 실존의 문제를 다루어왔다"는 것이 오에 문학에 대한 노벨문학상 심사위원회의 평가이기도 하다.

1967년에 발표한 『만엔 원년의 풋볼』은 그런 오에 문학의 본령을 확인하게 해주는 야심작이자 대표작이다. '만엔 원년'은 막부 말기에 딱 1년만 쓴 연호로 1860년을 가리킨다. 이해에 농민봉기가 많이 일어났는데, 이 사건을 100년 뒤인 1960년 안보 투쟁과 연관지어 해명해보고자 한 것이 오에의 야심이었다.

이를 위해서 그는 미쓰사부로와 다카시 형제를 등장시킨다. 형 미쓰사부로는 결혼하여 아이를 낳았는데 아이가 장애를 갖고 있어서 보호시설에 맡기고는 삶의 의욕을 다 잃어버린 상태가 된다. 소설의 결말에서는 동생 다카시가 자살하고 미쓰사부로가 다시 현실로 복귀하기 때문에 그가 회복하는 과정을 다룬 작품으로도 읽을 수 있다.

다카시는 안보세대로 투쟁에 직접 관여했고, 형 미쓰사부로는 방관자였다. 두 사람은 고향에 내려가는데, 이들은 증조부 세대의 1860년 농민봉기의 역사와 그들 자신의 S형에 대한 1945년의 상이한 기억을 떠올린다. 만엔 원년에 일어난 농민봉기, 1945년 제2차세계대전 종전, 그리고 미일안보조약에 반대하는 학생운동이 펼쳐진 1960년대를 통시적으로 연결하면서 오에는 역사에서 반복과 투쟁,

그리고 폭력의 의미를 질문한다.

외세에 대한 반대와 평화운동이라는 의미를 갖는 자기 세대의 안보투쟁을 100년의 역사를 거슬러올라가 거시적 맥락에서 자리매김하게 하고 문제를 근본적으로 사유하고자 한 작가의 패기를 높이 살 만하다.『개인적인 체험』과 함께 오에 문학의 초기 대표작으로 꼽는 이유다.

_〈다솜이친구〉(2015년 10월호)

무라카미 하루키의 카프카

해변의 카프카
무라카미 하루키 지음, 김춘미 옮김
문학사상사, 2008

"내가 지닌 모든 것을 쏟아부은 가장 만족스러운 작품이다." 『해변의 카프카』(2002)를 두고 무라카미 하루키가 한 말이다. 하지만 이 작품을 일독한 독자라면 또한 이 세계와 저 세계를 넘나드는 이 복잡한 이야기에 매혹과 불만을 동시에 느낄지도 모른다. 굉장히 길고 현란한 이야기가 전개되지만 무엇을 말하고자 하는 것인지 불분명해 보이기 때문이다. 선택은 다시 읽거나 내던지거나 둘 중 하나다. 하긴 '일독'은 문학작품을 읽는 올바른 방식은 아니다. 나보코프의 말대로라면 우리의 선택지는 '읽고 또 읽기'이거나 '읽고, 읽고 또 읽기'여야 하니까.

복잡해 보이는 소설을 읽는 한 방법은 단순하게 읽는 것이다. 단순한 것에서 복잡한 것이 나온다고 믿기에. 다시 하루키를 인용하면 그는 열다섯 살 소년의 이야기를 써보고 싶었다고 한다. 아직 변화할 가능성이 많고 정신상태가 고착되어 있지 않다는 데 주목해서란다. 작품에서 그 소년의 이름이 '다무라 카프카'다. 그는 '세상에서 가장 터프한 열다섯 살 소년'이 되기 위해 열다섯번째 생일날 가출한다. 한때의 치기는 아니다. 그에겐 남다른 동기가 있다. 어머니가 네 살배기 자신을 남겨둔 채 누나만 데리고 집을 떠났기 때문이다.

어머니한테 버림받은 것도 외상적 충격인데, 더 감당하기 어려운 것은 누나가 양녀라는 사실이다. 어머니가 그런 누나만 데리고 가출했으니 그는 철저하게 버림받은 게 된다. 따라서 주인공이 떠안게 되는 물음은 "왜 어머니는 나를 사랑해주지 않았을까? 나에겐 사랑을 받을 만한 자격이 없었던 것일까?"일 수밖에 없다. 그 의문이 그의 영혼을 좀먹으며 그를 속이 텅 빈 껍데기로 만든다. 자신에게 사랑받을 만한 무엇도 없다고 생각하는 인간은 '공허한 인간'이다.

다무라 카프카는 어떻게 상처를 치유할 수 있을까. 어떻게 '공허한 인간'에서 '터프한 인간'으로 변신할 수 있을까. 『해변의 카프카』에서 그것은 그가 어머니로 설정한 사에키를 용서한다고 말함으로써 가능해진다. 사에키는 스무 살에 연인을 잃은 상처와 죄책감을 평생 떠안고 살아온 여성이다. 버림받았다는 사실은 지울 수 없지만 용서한다고 말함으로써 자존감을 회복할 수는 있다. '용서의 주체'가 됨으로써 다무라 카프카는 공허한 인간에서 탈피한다. 그리고 비로소 새로운 세계의 일부가 된다. 터프한 세상에 맞설 수 있는 터프한 인간이 되는 것이다.

하루키는 이러한 성장소설적 골격에 신화와 역사를 덧입힌다. 다무라 카프카는 아버지로부터 "너는 언젠가 아버지를 죽이고, 어머니와 누나와 육체관계를 맺는다"는 예언을 주입받으며 그로부터 벗어나려고 한다. 오이디푸스왕의 이야기를 겹쳐놓은 것이다. 게다가 태평양전쟁의 상흔이 각인돼 있는 나카타 노인의 이야기를 다무라 카프카의 이야기와 병치해놓았다. 그리고 상처를 입은 영혼들이 죽지도 살지도 못하는 또다른 세계를 현실 세계에 인접시켜놓았다. 이러한 인위적 설정이 『해변의 카프카』를 복잡하게 만들면서 흥미를 끌게 하지만, 동시에 거부감을 일으키기도 한다. 모든 걸 쏟아붓지 않아도 만족스러운 작품을 써냈으면 더 좋았을 뻔했다.

_〈한겨레〉(2013. 06. 10.)

색채가 없는 다자키 쓰쿠루는
어떻게 색채를 갖게 되었나

색채가 없는 다자키 쓰쿠루와 그가 순례를 떠난 해
무라카미 하루키 지음, 양억관 옮김
민음사, 2013

　무라카미 하루키가 '3년 만에 발표한 장편소설'『색채가 없는 다자키 쓰쿠루와 그가 순례를 떠난 해』(2013)는 어떤 이야기를 담고 있는 작품인가. 단순하게 생각해보자. 전작『1Q84』와 비교해서 특히 도드라진 긴 제목에 의미를 부여하자면, '색채가 없는 다자키 쓰쿠루'와 '그가 순례를 떠난 해', 두 부분으로 구성돼 있는 소설이다. 전체 19장 가운데 다자키 쓰쿠루가 고등학교 때의 네 친구를 찾아가는(한 명이 죽었으므로 정확하게는 세 친구를 만나러 가는) 순례가 시작되는 건 10장부터다. 핀란드에까지 이른 순례가 마무리되는 건 18장이므로 마지막 19장은 '순례 이후'다. 그렇다면, 정확한 구성은 '색채가 없는 다자키 쓰쿠루'(1~9장)+'그의 순례'(10~18장)+'색채를 찾은 다자키 쓰쿠루'(19장)가 되겠다. 색채를 다시 회복하지 못한다면 순례는 순례로서의 의미를 갖지 못한다. '색채가 없는 다자키 쓰쿠루'에서 '색채가 있는 다자키 쓰쿠루'로의 변화는 따라서 필연적이다. 무엇이 달라진 것인가.

19장에서 신주쿠역 벤치에 앉아 명상에 잠긴 쓰쿠루는 자신의 인생이 스무 살 시점부터 실질적으로 멈춰버린 것 같다고 생각한다. "그 이후에 찾아온 나날들은 거의 무게가 없었다." 그로부터 16년이 지났고 이제 중년을 코앞에 두고 있다. 그 문턱에서 만난 여성이 그에게 순례를 권유한 기모토 사라다. 그 순례 이후에 쓰쿠루는 비로소 욕망의 주체, 혹은 갈구의 주체가 된다. "그의 마음은 사라를 갈구했다. 그렇게 마음으로 누군가를 원한다니 얼마나 멋진 일인가. 쓰쿠루는 그것을 강하게 실감했다. 아주 오랜만에. 어쩌면 이것이 처음인지도 모른다"라는 고백이 말해주듯이. 그리고 물론 이런 변화야말로 사라가 그의 순례에서 기대했던 바일 것이다.

시계를 앞으로 돌려보자. 서른여섯 살의 쓰쿠루가 서른여덟 살의 사라를 한산한 골목의 조그만 바에서 만나 얘기를 나누고 있다. 그들의 네번째 데이트이고, 세번째 만났을 때 둘은 쓰쿠루의 방에서 첫 섹스를 했다. 그로부터 일주일 후인 '오늘'이 두 사람 관계에서 중요한 의미를 갖는 날이란 건 둘 다 직감으로 안다. 앞으로 계속 만나느냐 마느냐, 하는 분기점이기 때문이다. 나이가 나이인 만큼 '고등학생의 연애'와는 다르다. 남자는 철도회사에서 엔지니어로 일하고, 여자는 여행사에서 기획 담당자로 근무한다. 외관상 잘 어울리는 커플이다. 하지만 장애물이 있다.

아직 확실한 관계로 나아가기 전 단계이지만, 사라에게 쓰쿠루는 자신의 과거 '상처'에 대해 털어놓는다. 속깊은 얘기를 꺼낸 건 그녀에게서 특별한 느낌을 받았기 때문이다. 게다가 "아직 한 번밖에 경험하지 못했지만 그녀와의 섹스는 기분좋고 충만한 느낌을 주었다". 하지만 사라가 받은 느낌은 좀 달랐다. "같이 보낸 밤에, 당신이 어딘가 다른 곳에 있는 듯한 느낌이 들었어"라는 게 그녀의 느낌이다. 여자만이 알 수 있는 걸지도 모르는 거리감을 느꼈고, 그런 장애물을 갖고서는 진지하게 만날 수 없다는 게 사라의 입장이다. 쓰쿠루는 사라 앞에서 자신이 '건강한 성인 남자'라고 느끼지만 자기 욕구의 근간에 '뭔가 자연스럽지 못한 뒤틀림'이 깃들어 있는지 모른다고 생각한다. "그건 그가 잘 판단할 수 없는 것이었다. 의식과 무의식의 경계에 대해 생각할수록 자기 자신에 대해 알 수 없었다." 이건 전형적인 정신분석 클리닉의 상황이다. 정신분석은 무의식은 알고 있지만 의식은 알지 못하는 앎을 다룬다. 그것이 우리가 '알지만 알지 못하는 것'이다. 그리고 그런 앎과 대면하는 것이 정신분석의 과정이다.

사라가 보기에 쓰쿠루는 어떤 뿌리깊은 문제를 마음에 끌어안고 있다. 그리고 그 문제의 해결은 마음먹기에 달려 있다. "이제 상처 입기 쉬운 순진한 소년으로서가 아니라 자립한 한 사람의 전문가로서 과거와 정면으로 마주해야만 해. 보고 싶은 것을 보는 게 아니라 봐야만 하는 걸 보는 거야'라는 게 그녀가 건네는 충고다. 이것은 정신분석가의 진단과 처방에 상응한다. 몇몇 여자를 사귀긴 했지만 한 번도 진지하게 사랑한 적은 없었던 쓰쿠루이지만 사라에게만은 마음을 열고 싶어하며 그녀의 충고를 따른다. 쓰쿠루가 순례의 길에 나서게 된 과정이다. 이 순례는 물론 자기 발견과 치유의 여정이 될 것이다.

쓰쿠루의 상처란 무엇이었던가. 쓰쿠루를 포함해 다섯 명의 친구는 고등학교 1학년 때 자원봉사 활동을 하다가 서로 절친한 사이가 된다. 이름에 색깔이 들어가 있는 네 친구는 각각 아카赤, 아오青, 시로白, 구로黑라고 불리고(영어식으론 각각 미스터 레드, 미스터 블루, 미스 화이트, 미스 블랙이 된다), 쓰쿠루는 그냥 쓰쿠루였다. 그렇게 "색채 가득한 네 명과 색채가 없는 다자키 쓰쿠루"가 '흐트러짐 없이 친밀하고 완벽한 공동체'를 이루었다. 그러다가 대학 진학을 위해 쓰쿠루만이 도쿄로 올라오고, 나머지 네 명은 고향 나고야에 남는다. 그러나 2학년 여름, 그는 네 명의 친구로부터 "우리는 앞으로 널 만나고 싶지 않아, 말도 하기 싫어"라는 충격적인 절교 선언을 듣는다. 이 갑작스럽고도 가차 없는 통고에 대해서 특이하게도 쓰쿠루는 이유를 끝까지 캐묻지 않는다(자신만이 색채가 없다는 자격지심이 한몫했을 것이다). 결국 진상을 알지 못한 채 그는 죽음만을 생각하며 반년 가까운 시간을 보내게 된다. "그는 그 시기를 몽유병자로서, 또는 자신이 죽었다는 사실을 모르는 사자死者로서 살았다." 그런 고통 속에서도 살아남은 쓰쿠루는 더이상 예전의 쓰쿠루가 아니었고 그럴 수도 없다. 다자키 쓰쿠루란 이름을 가진 예전의 소년은 죽고 "지금 여기 서서 숨쉬는 인간은 내용물이 크게 바뀌어버린 새로운 '다자키 쓰쿠루'였다". 이 새로운 쓰쿠루야말로 '색채가 없는 다자키 쓰쿠루'라 할 만하다. 하루키가 자주 쓰는 표현으론 '텅 빈 존재'다.

쓰쿠루가 겪은 외상적 경험이 결코 흔한 종류의 일은 아니지만 '상처와 치유의 서사'는 순례의 서사가 그렇듯이 드물지 않다. 게다가 고등학교 시절의 단짝들로부터 절교 선언을 당한 이후 16년을 '색채가 없는' 상태로 살아왔다는 것도 가능한 일이긴 하나 현실성은 떨어진다. 하루키의 손길이 느껴지는 것은 바로 이 대목에서다. 그는 유사 죽음을 만들어내는 방식으로 외상을 겨우 추스른 쓰쿠루에게 하이다 후미아키라는 새로운 친구를 붙여준다. 대학 수영장에서 만난 두 살 아래의 하이다 또한 이름에 회색이 들어가 있어서 '미스터 그레이'가 된다. 개인적으로 『색채가 없는 다자키 쓰쿠루와 그가 순례를 떠난 해』에서 흥미를 끄는 것은 사라의 역할과 하이다의 기능인데, 사라의 역할이 비교적 분명해 보인다면 하이다의 기능은 모호하다. 아니, 다중적이다. 최소한 네 가지 기능을 열거해볼 수 있다.

(1) 서로 이야기가 통하면서 쓰쿠루와 하이다는 친구가 되는데, 일단 하이다는 쓰쿠루에게 과거의 상처를 묻어두도록 한다. "나고야의 나날들은 점차 과거의 것으로, 얼마쯤 이질적으로 느껴지는 것으로 변해갔다. 그것은 분명 하이다라는 새로운 친구가 가져다준 진보였다."

(2) 쓰쿠루의 현실 아닌 현실(현실의 무게감을 갖지 않기에 환영 같은 현실)에서 하이다는 그의 유사 동성애 상대로 등장한다. 그의 성적인 꿈에서 시로(화이트)와 구로(블랙), 두 여자 친구에 대한 동시적 욕망은 하이다(그레이)로 응축된다. 그런 꿈이 무슨 의미인지 알 수 없어서 쓰쿠루는 혼란스러워한다.

(3) 라자르 베르만이 연주하는 프란츠 리스트의 피아노곡 〈순례의 해〉를 소개함으로써 쓰쿠루로 하여금 시로에 대한 기억을 떠올리게 함과 동시에 이 소설의 배경음악을 제시한다. 쓰쿠루는 시로가 〈순례의 해〉라는 소곡집에서 〈르 말 뒤 페이Le mal du pays〉를 곧잘 연주했던 기억을 떠올린다. '르 말 뒤 페이'는 대략 '전원 풍경이 사람의 마음에 불러일으키는 영문 모를 슬픔' 정도의 뜻이다. 시로에 대한 기억은 리스트의 피아노곡으로 말미암아 향수 또는 멜랑콜리를 불러일으키는 풍경 정도로 고정된다. 즉 그 이상의 정념으로 나아가지 않도록 방비해준다.

(4) 아무런 예고도 없이 쓰쿠루를 떠남으로써 하이다는 쓰쿠루의 '혼자 남겨질 운명'을 확정한다. "분명 자기에게는 근본적으로 사람을 낙담케 하는 뭔가가 있다. 색채가 없는 다자키 쓰쿠루, 그는 소리 내어 말해보았다." 하루키는 특별히 '색채가 없는 다자키 쓰쿠루'를 강조해놓았다. 네 친구에게서 버림받은데다가 하이다마저 곁을 떠남으로써 쓰쿠루는 '색채가 없는' 존재로 고착된다. 이후에 그를 지배하는 정조는 멜랑콜리다. 누구도 더이상 그의 마음을 열지 못하게 될 것이

다. 사라를 만나기 전까지는 말이다.

　간추려보자. 주인공 쓰쿠루는 고등학교 때 만난 네 명의 친구와 함께 이상적인 공동체를 만들지만 대학 2학년 때 그들로부터 결별을 통고받고 추방당한다. 그는 이 커다란 충격 때문에 죽음의 문턱까지 갔다가 간신히 살아남는다. 그런 상황에서 다시금 친구 하이다로부터도 버림받고 그는 텅 빈 존재, '색채가 없는 다자키 쓰쿠루'가 된다. 그는 엷게, 희미하게 존재한다. 무성적으로 존재한다. 이것이 이 소설의 기본 설정이다. 하루키도 여기에서 시작했을 것이다. 물론 이야기의 방향은 정해졌다. "색채가 없는 다자키 쓰쿠루는 어떻게 색채를 갖게 되었나." 나머지 절반의 이야기는 하루키의 만드는作('쓰쿠루'의 한자) 솜씨를 음미하면서 당신이 읽어야 할 몫으로 남겨놓는다.

　　　　　　　　　　_민음사 홈페이지 '무라카미 하루키 아카이브'(2013)

　　　　　　　　　　　　(2020년 현재는 해당 페이지를 찾을 수 없음.)

지옥세상에서 사람답게 살아남는 법

쌀
쑤퉁 지음, 김은신 옮김
아고라, 2013

세상이 전쟁과 굶주림으로 어지럽다면 어떻게 살아야 할까? 아니 어떻게 살아남아야 할까를 묻는 게 먼저인지도 모른다. 중국 작가 쑤퉁의 소설 『쌀』(1996)의 주인공 우룽은 난세를 버텨내지 못하고 그냥 황천길로 떠나는 건 억울할뿐더러 바보 같은 짓이라고 생각한다. 우룽의 가장 중요한 원칙은 두 가지다. 첫째, 살아 있는 것, 둘째, 사람답게 사는 것. 일단은 살아남는 게 중요하지만 그게 전부는 아니다. 사람답게 살 수 없는 세상에서 사람답게 사는 것은 어떻게 가능할까.

고향 펑양수에 홍수가 나자 우룽은 석탄운송 열차에 몸을 싣고 낯선 도시로 온다. 사지死地가 된 고향에서 빠져나오긴 했지만 도시는 비정했고 사람들은 속악했다. 부두 건달패의 우두머리 아바오는 먹을 것을 구걸하는 우룽의 손을 발로 짓이기며 자기를 아버지라고 부르면 음식을 주겠다고 조롱한다. 고아인 우룽은 고향에서도 개보다 나을 게 없는 존재였지만 굶어죽지 않기 위해 건달들을 "아버지!"라고 부르는 자신이 정말 개 같다고 생각한다. 하지만 그에겐 다른 면도 있다. 쌀냄새에 이끌려 와장가의 대홍기 쌀집에 찾아간 우룽은 거렁뱅이 취급을 받자 밥그릇을 내동댕이치기도 한다. 생존에 대한 욕구가 전부는 아니다. 그에겐 어엿한 인간으로 인정받고자 하는 욕망도 있다. 무보수로 일하게 된 쌀집 주인 펑사장과 목욕탕에 가서 그의 등을 밀다가도 '우리는 모두 같은 존재인데 왜 나만 항상 당신의 등을 밀어야 하는 거지?'라고 의문을 품는다. 그는 자신이 받은 모든 차별과 모욕을 마치 장부에 기입하듯 가슴에 새겨두었다가 철저하게 복수한다.

쌀집의 큰딸 쯔원이 실력가 뤼대감의 정부 노릇을 하면서도 그 하수인인 아바오와 정을 통하는 걸 알게 된 우룽은 뤼대감에게 밀고의 편지를 보내 아바오를 죽게 만든다. 쯔원이 아바오의 아이인지 뤼대감의 아이인지 불확실한 아이를 임신하자 펑사장은 우룽을 일단 데릴사위로 삼았다 제거하려고 한다. 하지만 명줄이 쇠심줄 같은 우룽은 악착같이 살아남아, 아들을 낳고 뤼대감 댁으로 들어간 쯔원 대신에 그 동생 치원과 결혼하여 대홍기 쌀집의 주인이 된다. 쌀자루를 들고나가 부두 조직의 우두머리까지 된 장년의 우룽은 뤼대감도 암살하고 마침내 도시의 실력자가 돼 꿈을 이룬다. 하지만 그의 성공은 자신을 살인도 서슴지 않는 복수의 화신으로 만든 대가로 얻은 것이며,

성병으로 썩어가는 그의 육신처럼 무상하다.

　모두가 복수를 벼르는 악인임에도 우룽이 우리에게 강한 인상을 주는 것은 무엇 때문인가. 그의 교훈 때문이지 싶다. 은전 두 닢을 준다고 하니까 자기를 아버지라고 부르는 청년의 손을 짓밟으며 우룽은 처음 도시에 왔을 때 아바오에게 당한 치욕을 상기한다. "복수심과 증오심이야말로 우리가 사람 구실을 하게 하는 밑천"이라는 게 자존심을 지키지 못한 청년에게 가르쳐주고자 한 우룽의 교훈이다. 몸은 만신창이가 됐지만 객차에 쌀을 가득 싣고 고향으로 떠나는 우룽의 마지막 모습에서 확인할 수 있듯이 애초에 우룽의 꿈은 금의환향이다. 고향 사람들에게 자신이 개가 아니라 어엿한 사람이라는 걸 인정받는 것이다. 생니를 다 뽑고 이빨 전부를 금니로 해 넣은 것도 그런 이유에서다. 쑤퉁의 『쌀』은 어엿한 사람이 되려는 욕망이 증오와 복수를 통해서만 실현될 수 있는 세상의 지옥도를 보여준다.

_〈한겨레〉(2013. 05. 11.)

신영복은 왜 다이허우잉을 번역했을까

사람아 아, 사람아!
다이허우잉 지음, 신영복 옮김
다섯수레, 2011

한국 독자들에게 가장 사랑받는 동시대 중국 작가는 위화로 보이지만 중국 당대 문학이 국내에 처음 소개되던 1990년대에는 단연 다이허우잉이었다. 1991년 신영복 선생의 번역으로 나온 『사람아 아, 사람아!』(1980)가 작가뿐 아니라 당대 중국문학의 대표작으로 수용되어서다. 비단 중국 현대사에 대한 관심이 이 작품에 대한 열독 현상을 낳은 것은 아니다. 문화대혁명을 배경으로 역사의 상처와 그 치유 과정을 담고 있는 이야기가 한국 독자에게도 강한 호소력을 가졌던 것은 남의 이야기로만 읽히지 않았기 때문이리라(누구보다도 역자인 신영복 선생이 이 작품을 그렇게 읽었다).

비슷한 시기에 일본뿐 아니라 한국에서도 폭발적인 베스트셀러가 된 무라카미 하루키의 『상실의 시대』(원제는 『노르웨이의 숲』)도 그런 면에서는 같이 묶일 수 있다. 두 베스트셀러는 공통적으로 중년의 시점에서 젊은 시절의 경험과 상처를 되돌아보고 화해와 치유를 모색한다. 물론 차이도 간과할 수는 없는데 다이허우잉의 소설에는 작가적 체험이 훨씬 많이 반영되어 있고 더불어 정치적 이념에 냉소적인 하루키와는 달리 다이허우잉은 대단히 열정적이다.

중국 안후이성의 시골 마을에서 가난한 집안의 7남매 가운데 넷째로 출생한 다이허우잉은 집안에서 최초로 학교에 들어간 딸이었고 대학 졸업자였다. 중국이 사회주의국가로 재탄생하지 않았다면 불가능했을 일이다. 때문에 학생시절부터 당과 사회주의에 대한 다이허우잉의 지지와 충성은 확고했고, 1957년 반우파 투쟁에서도 선두에서 활약했다. 휴머니즘을 주창했던 스승을 공개 비판하면서 "나는 선생님을 좋아합니다. 그러나 더 좋아하는 것은 진리입니다!"라고 발언하여 박수갈채를 받은 경력도 있다.

그렇지만 1966년부터 불어닥친 문화대혁명의 광풍 속에서 다이허우잉은 아이러니하게도 그 자신이 우파로 내몰려 비판받는 처지가 된다. 게다가 남편으로부터는 이혼 요구를 받는다. 자신이 열애하던 당과 의지하던 남편에게서 버림받은 다이허우잉은 시련의 시기를 보낼 수밖에 없었다. 1976년 마오쩌둥이 사망하면서 문화대혁명은 종식되고 다이허우잉도 복권되어 대학에 자리잡는다. 이제는 중년이 되어 지난 20년을 되돌아보게 된 그는 과거와 달라진 자신의 모습에 놀란다. 무엇을 겪은 것이고 이 경험에서 얻은 것과 잃은 것은 무엇인가. 『사람아 아, 사람아!』는 그 정산으로 읽을 수 있는 소설이다.

다이허우잉의 변화와 깨달음은 11명의 인물이 저마다의 진실을 이야기하는 새로운 형식을 고안하게 한다. 사회주의문학의 전범인 리얼리즘에 대한 도전이자 파격이다. 통상 리얼리즘에 견주어 부르주아계급의 예술기법이라고 비판받았지만 모더니즘 역시 예술적 진실을 추구한다고 다이허우잉은 옹호한다. 이 진실은 시점적 진실이고 저마다의 진실이며 복수의 진실이다. 각 인물이 가진 고유한 생각과 감정이 이러한 장치를 통해서 드러난다. 이를 통해서 다이허우잉은 인간의 가치를 새롭게 발견하고자 한다. 소위 휴머니즘의 발견이다. 한때 휴머니즘에 대한 신랄한 비판으로 이름을 얻은 그가 휴머니즘 문학의 기수로 변신한 것이다.

그렇지만 이 변신이 사회주의자와 마르크스주의자로서의 정체성까지 변화시킨 것은 아니다. 작중에서는 『마르크스주의와 휴머니즘』이란 책의 출간을 놓고 논란이 벌어지는데, 책의 핵심적인 주장은 다이허우잉 자신의 생각을 대변하는 것으로 보인다. 그에 따르면 마르크스주의와 휴머니즘은 대립하는 것이 아니다. 거꾸로 마르크스주의가 바로 휴머니즘이다. 한 걸음 더 나아가 휴머니즘은 사회주의체제에서만 가능하다. 왜냐하면 통상적인 휴머니즘, 곧 부르주아적 휴머니즘에서는 소수의 자유와 개성만을 긍정하기 때문이다. 이러한 깨달음에 이르는 과정을 통해서 다이허우잉은 상처를 치유하고 역사와 화해한다. 더불어서 사회주의자로 남는다. 『사람아 아, 사람아!』는 문화대혁명을 비판하면서도 굳건한 사회주의자로 남을 수 있는 길을 보여주는 소설이다.

_〈한겨레〉(2019. 04. 12.)

문학에 빠져 죽지 않기

10.
아무리 더러운
역사라도 좋다

『무정』을 다시 읽다

무정
이광수 지음, 김철 엮음
문학과지성사, 2005

20세기 이래 한국인이 가장 많이 읽은 책의 하나로 꼽히는 이광수
의 『무정』이 발표 100주년을 맞았다. 1917년 당시 조선총독부 기관지
였던 〈매일신보〉에 1월 1일부터 6월 14일까지 126회에 걸쳐 연재되
었고 이듬해 7월, 623쪽의 두툼한 단행본으로 출간되었다. 그만한 분
량의 작품이 나온 건 처음이어서 『무정』은 흔히 최초의 '근대 장편소
설'이라고 불린다. '장편소설'이라는 데 대해서는 이견의 여지가 없겠
으나 '근대 소설'이라는 평가에는 일부 부정적인 견해도 없지 않다. 『무
정』보다 앞선 시기를 대표하는 전래의 고전소설이나 이인직 이래의 신
소설의 흔적을 다 지우지 못했다는 판단에서다. 100년이 지난 시점에
서 이 문제적 작품의 의의를 되짚어보기 위해 몇 권의 책을 읽었다.

『무정』이 이룩한 성취를 가늠하기 위해서는 그 전사前史를 살펴볼 필요가 있다. 서영채 교수는 『아첨의 영웅주의』(소명출판)에서 『무정』의 서사 구성 원리를 해부하면서 『무정』에 나타난 삼각관계를 이전의 고전소설과 신소설에 나타나는 애정갈등과 비교한다. 일반적으로 고전 영웅소설이나 가정소설은 혼사 장애를 기본 골격으로 갖고 있었다. 결혼에 이르는 갖가지 장애를 극복하거나 해결함으로써 결혼에 이르는 과정이 서사의 기본 틀이다. 『춘향전』과 『채봉감별곡』 등 『무정』에 흔적을 남기고 있는 조선 후기 애정소설들에서도 혼사 장애는 서사의 중심이다. 혼사 장애의 등장인물들은 그들이 표상하는 윤리적 가치에 대한 일말의 회의도 갖지 않는다는 게 특징이다. 가령 "변학도와 이몽룡 사이에서 갈등하는 성춘향의 모습은 상상할 수 없는 것이다". 다르게 말하면 고전소설의 서사문법에서 삼각관계는 결코 가능하지 않다.

이러한 혼사 장애 모티프는 신소설의 대표작 중 하나로 당대에 가장 널리 읽혔다고 하는 최찬식의 『추월색』(1912)에서도 확인된다. 여주인공 정임이 온갖 장애를 극복하고 결국에는 애초의 정혼자 김영창과 결혼하게 된다는 게 기본 줄거리이기 때문이다. 비록 고전소설과 많은 차이점을 보임에도 불구하고 애정갈등의 양상만 보자면 신소설과 고전소설의 차이는 크지 않다. 애정갈등의 또다른 형태로서 삼각관계가 등장하는 건 조중환의 번안소설 『장한몽』(1913)이 시초이다. 신소설에서 근대 소설로 이행하는 과정에서 간과하기 쉬운 존재가 번안소설인데, 우리에게 이수일과 심순애 이야기로 잘 알려진

『장한몽』은 〈매일신보〉에 연재되었던 최고의 화제작이었다.

일본의 가정소설 『금색야차』의 번안작인 이 소설에서 여주인공 심순애는 이수일과 정혼한 사이이지만, 재력가 김중배가 등장하여 심순애의 마음을 흔들어놓는다. 말 그대로 삼각관계가 형성되는 것인데, 『장한몽』은 '돈이냐 사랑이냐' 사이에서 갈등하던 심순애가 두 남자 가운데 김중배를 선택하는 파격을 조선 독자들에게 처음 제시하였다. 하지만 이야기는 김중배가 파산하고 심순애가 다시 이수일의 품으로 돌아오는 것으로 마무리된다. 다시금 익숙한 혼사 장애로 복귀한다고 할까. 결국 심순애로서는 김중배와의 관계가 '길고 한스러운 꿈'에 불과했던 것이다. 애정갈등 서사에서 윤리적 당위성이 여전히 지배적이었다는 걸 보여주는 사례이기도 하다.

『무정』에서 구여성 박영채와 신여성 김선형 사이에서 갈등하는 이형식은 요컨대 '여자 심순애'의 역할을 떠맡고 있다. 그렇지만 이러한 설정의 변화도 일본 소설의 영향에서 자유롭지는 않다. 와다 토모미의 『이광수 장편소설 연구』(예옥, 2014)에 따르면, 『무정』의 제목과 주인공 형상은 오구리 후요의 『유정무정』(1907)에 빚지고 있다. 오구리 후요는 『금색야차』의 저자 오자키 고요의 수제자로 작가의 죽음으로 미결된 작품 『장한몽』의 결말을 만들어낸 인물이다. 『금색야차 종편』이 그것인데, 조중환의 창작으로 오해받기도 한 『장한몽』의 결말은 오구리 후요의 『금색야차 종편』을 번안한 것이었다.

『유정무정』은 히로시라는 스물일곱 살 청년이 한 재산가의 집에

호출을 받고 그 집으로 찾아가는 데서 시작한다. 오후 수업을 마친 영어교사 이형식이 김장로의 집으로 향하는 데서 시작되는 『무정』의 서두와 흡사하다. 두 소설의 남자 주인공이 모두 부친을 일찍 여의고 어렵게 성장했으나 20대 중반에 이르러 장래가 유망하다는 평을 얻고 있다는 점도 공통적이다. 외동딸을 둔 재산가의 사위 후보가 된다는 점도 마찬가지인데, 히로시에게는 친구 아내의 여동생이, 이형식에게는 옛 은인의 딸 영채가 등장하여 삼각관계가 형성된다. 그리고 이 두 남자 주인공은 각각 두 여자 사이에서 갈등하다가 결국은 재산가의 딸과 약혼하며 장래의 신분 상승이 약속된다. 곧 『무정』의 기본 설정이 『유정무정』의 영향을 받았다고 지목할 수 있겠다.

하지만 이러한 영향 관계가 『무정』의 문학사적 의의를 무력화하는 것은 아니다. 『무정』이라는 작품의 개체발생은 고전소설과 신소설, 그리고 번안소설로 이어지는 서사의 계통발생 과정을 반복하면서 그것을 넘어서고 있기 때문이다. 일단 삼각관계라는 구도를 작품의 시작부터 거의 끝까지 밀어붙이고 있다는 점에서 『무정』은 도발적이고 과감하다. 그것은 혼사 장애로의 복귀라는 압력을 그만큼 버텨내고 결국 극복해냈다는 뜻이다.

『무정』의 서두로 돌아가보자. 영어 가정교사로 김장로 집에 초빙되어 선형과 처음 마주한 뒤 감정의 발동을 가누지 못하고 집으로 돌아온 형식은 7년 만에 찾아온 영채와 재회하여 자신의 은인 박진사 집안의 불행한 사연을 전해듣는다. 눈물을 지으며 기구한 집안 이야기를 전하는 영채를 보면서 형식은 곧바로 선형을 떠올린다. "얼굴의 아름다움이나 그 부모의 귀여워함은 피차에 다름이 없건마는 현재 두 사람의 팔자는 왜 이다지도 다른고." 곧 선형은 재산 있는 부모를 만나 미국 유학까지 준비하고 있는 상황인 데 반해서 영채는 부모 형제를 모두 잃고 의지할 곳 없는 처지다. 양자택일이라면 비교가 무의미해 보일 정도이지만, 형식은 "부자 조상 아니 둔 거지가 어디 있으며 거지 조상 아니 둔 부자가 어디 있으리오"라고 생각을 고쳐먹음으로써 두 여자의 처지를 동등하게 만든다. 빈부의 차이는 언제든 반전될 수 있기에 두 사람을 판단하는 절대적인 기준이 될 수 없다는 것이다.

이렇듯 두 여자의 실제적인 차이를 괄호 안에 넣음으로써 형식은 『장한몽』의 골격인 '돈이냐 사랑이냐'라는 선택지에서 벗어나게 된다. 두 사람에 대한 저울질을 위해선 다른 기준이 필요하다. 한편으로 돈이 기준이 될 수 없다면 도리에 따라 은인의 딸 영채와 결혼하는 것이 당연한 순서로 보이지만, 형식은 영채의 순결을 의심함으로써 머뭇거린다. 7~8년을 기생으로 지내면서도 정절을 지켰다는 영채의 말을 곧이듣기 어려워서다. 실제로 영채는 배학감과 김남작에게 추행을 당하자 형식에게 유서를 남기고 평양으로 향한다.

순결을 잃은 영채가 대동강에 몸을 던지는 것은 고전소설 독자들에게 익숙한 결말이었을 것이다. "이제는 영채의 말을 좀 하자. 영채는 과연 대동강의 푸른 물결을 헤치고 용궁의 객이 되었는가"라고 마치 변사처럼 독자에게 말을 건네는 이광수 역시 이 점을 의식하고 있다. 하지만 그는 회심의 반전을 꾀한다. 곧 고전소설의 결말을 의도적으로 비튼다. 영채는 평양으로 가는 기차에서 신여성 김병욱을 만나 형식에 대한 자신의 사랑이 헛된 사랑이라는 충고를 듣는다. 이형식을 사랑하지 않으면서도 공연히 정절을 지켜온 것이라는 따끔한 충고이고, 영채는 곧바로 설복당한다. 그리고 이를 계기로 영채의 새로운 인생, 참생활이 열린다.

영채가 죽은 걸로 생각한 형식에게 선형은 자명하면서도 유일한 선택지가 되지만, 이 경우에도 이광수는 이야기를 비튼다. "형식은 선형에게 대하여서나 영채에게 대하여서나 아직 참된 사랑을 가져보지 못하였다"는 게 그의 판단이다. 참된 사랑이란 문명의 세례를 받은 전인격적全人格的 사랑을 말한다. 그리고 이 참된 사랑은 자연발생적인 것이 아니라 배워야 하는 사랑이다. 그렇다면 『무정』에서 이광수가 '돈이냐 사랑이냐'나 '욕망이냐 도덕이냐' 같은 선택지 대신에 제시하는 것은 '거짓 사랑이냐 참된 사랑이냐'는 것이다. 새로운 구도하에서 이 작품의 삼각관계적 애정갈등은 무효화된다. 그렇다고 다시 혼사 장애로 퇴행하는 것이 아니라 형식과 선형, 영채와 병욱, 네 남녀의 유학길로, 미래로 전진한다. 결혼보다 선행해야 하는 것은 진정한 사랑과 연애여야 하기 때문이다. 『무정』은 바로 이 연애의 문턱에서 끝난다. 애정갈등을 다룬 소설로서 『무정』의 성취는 그것이 새로운 연애소설, 더 정확하게는 '연애준비소설'이라는 데 있다.

_〈출판문화〉(2017년 4월호)

전근대에서 근대로의 이행

무진기행
김승옥 지음
문학동네, 2004

김승옥은 한국문학의 살아 있는 전설이다. 1962년 신춘문예로 등
단한 김승옥은 20대 중반이 되기 전에 대표작 「무진기행」(1964)을 포
함한 문제작들을 발표하고 한국문학사에서 지울 수 없는 이름이 되
었다. 1960년대 문학의 상징으로서 그의 성취는 무엇일까. 이번 가을
에 「무진기행」의 무대이면서 작가의 고향 순천을 찾으면서 다시금 던
지게 된 물음이었다(작가는 일본 오사카에서 태어나서 전남 순천에서 성장
한다).

김승옥 문학의 대명사는 「무진기행」이다. 다섯 권짜리 전집도 나와
있지만 한 편만 남긴다면 문학사가나 독자 들의 선택은 단연 「무진기
행」이 될 가능성이 높다. 하지만 흥미롭게도 작가는 이 작품에 대한

비평적 환대에 동의하지 않는 편이다. 같은 시기에 쓴 작품으로 「차나 한잔」 같은 단편이 뛰어나다면 「무진기행」은 진부한 소설이라고 스스로 평가절하한다. 작가가 인용하기도 한 앙드레 지드의 말대로 작품에는 작가의 몫과 독자의 몫, 그리고 신의 몫이 존재한다면 「무진기행」에서 작가의 몫은 크지 않다는 뜻이 될까. 그는 진부한 단편소설을 썼을 뿐이지만 독자와 신은 그 작품을 문학사적 걸작으로 탈바꿈시켜놓았다. 여기서 '신의 몫'은 역사, 구체적으로는 한국 현대사로 바꿔 읽어도 좋겠다.

한국의 1960년대는 4·19혁명과 5·16쿠데타와 함께 시작한다. 그와 동시에 급진적인 근대화가 진행되는데 도시화와 산업화는 그 근대화의 두 얼굴이다. 이러한 '근대 혁명'을 통해 한국 사회는 새로운 사회, 새로운 시대로 진입한다. 하지만 그 혁명적 변화가 단기간에 이루어졌기에 전근대와 근대의 공존과 갈등은 필연적이었다. 「무진기행」에서 무진(순천)과 서울은 시골과 도시의 대명사로서 전근대와 근대의 공간을 대표한다. 그리고 소설의 서사는 서울에서 출세한 주인공 윤희중이 바람을 쐰다는 명목으로 고향 무진을 방문했다가 되돌아오는 여정을 따라간다.

「무진기행」에 대한 많은 독후감은 윤희중이 무진에서 겪은 일들과 음악교사 하인숙과의 만남 등에 초점을 맞춘다. 하지만 한국 사회 근대화를 상징적으로 재현한 작품으로 읽는다면 이 작품의 성취는 귀향과 이향의 구조에서 찾을 수 있다. 실제로 '빽이 좋고 돈 많은 과부'

를 만나 제약회사 상무까지 된 주인공은 자신을 전무로 승진시키려는 아내의 계획에 따라 잠시 무진으로 내려오며 이사회 참석이 필요하다는 아내의 전보를 받자마자 급히 상경한다. 무진에서 자신의 과거 모습을 떠올려주는 음악교사를 만나서 연민의 감정을 느끼지만 과거나 고향은 그의 현실과 장소가 될 수 없다. 이러한 판단에 무진의 명물이라는 안개는 아무런 장애가 되지 않는다.

주인공의 여정은 전근대에서 근대로의 이행을 압축하며 이는 사회학의 용어를 빌리면 공동사회에서 이익사회로의 이행에 대응한다. 그와 함께 우리는 불가피하게도 고향을 상실하며 '심한 부끄러움'을 느낀다. 「무진기행」의 결말이 그러한데, 이 부끄러움이 다른 한편으로는 우리의 선택을 정당화한다. 「무진기행」은 이 진부함을 너무도 정확하게 그려냈다.

_〈주간경향〉(2018. 11. 19.)

윤동주를 찾아서

윤동주 전집
윤동주 지음, 권영민 엮음
문학사상사, 2017

한국인이 가장 사랑하는 시인과 애송시를 꼽으라면 윤동주와 그의 「서시」가 단연 유력하다. 그의 이름 '동주'를 우리는 마치 그의 호처럼 부른다. 생전에 단 한 권의 시집도 펴낸 적이 없는 시인이 사후에 한국의 대표 시인으로 사랑받으리라고는 동주 자신은 물론 그의 동시대인 누구도 예상하지 못했으리라. 아니 「별 헤는 밤」의 마지막 구절 "내 이름자 묻힌 언덕 위에도/ 자랑처럼 풀이 무성할 게외다"는 사후의 이런 영예에 대한 예견으로 읽을 수 있을까.

올해는 일제 말기 일본 유학중에 사상범으로 체포되어 해방을 불과 수개월 앞두고 1945년 2월 후쿠오카 형무소에서 짧은 생애를 마친 윤동주 시인의 탄생 100주년이 되는 해이다. 12월 30일생이므로 그에 대한 기념은 겨울에 이루어질 테지만 얼마 전 나는 조금 이르게 그의 흔적을 찾아서 '100주년 기념판'으로 나온 『윤동주 전집』(문학사상, 2017)을 끼고 일본 교토에 들렀다. 교토의 도시샤(동지사)대학은 동주가 일경에 체포되기 전 마지막으로 적을 둔 곳으로 교정에 그의 시비가 세워져 있다. 1995년 그의 50주기를 맞아 세워진 것으로 육필로 쓰인 대표작 「서시」가 거기에 새겨져 있다. 하늘은 맑았고 아직 학기중이었지만 교정은 조용했다. 함께 문학기행에 나선 일행과 「서시」를 낭송한 다음에 윤동주의 하숙집터로 걸음을 옮겼다. 현재는 교토 예술대학의 기숙사 건물이 들어서 있는데, 도로변인 그곳에도 「서시」를 새긴 윤동주 시비가 세워져 있다.

1942년 연희전문을 졸업한 동주는 일본 유학길에 나서 당초 도쿄의 릿쿄대학에 입학했다가 한 학기 만에 그만두고 그해 10월 도시샤대학으로 편입한다. 교토의 하숙집에서 대학까지는 걸어서 다녔다고 하는데 어림에 30분은 걸렸음직했다. 이어서 찾은 곳은 1943년 7월 사상범으로 체포되어 심문을 받은 시모가모 경찰서인데, 여전히 경찰서 건물로 쓰이고 있었지만 옛 흔적은 전혀 찾을 수 없었다. 다만 "시대처럼 올 아침"을 기다리던 시인이 끝내 그 아침을 보지 못하고 숨진 사실을 다시금 상기하고 숙연해질 따름이었다.

문학기행 둘째 날 아침에 우리가 찾은 곳은 교토 인근의 우지였다(교토부 우지시다). 시인이 1943년 5, 6월경에 도시샤대 학우들과 같이 송별회차 나들이를 갔던 곳으로 이들은 현수교 다리 위에서 단체 사진을 찍었다. 다리 난간을 배경으로 한 이 사진이 그가 남긴 마지막 사진이다. 우리 일행도 우지강을 따라 같은 다리까지 걸어가서 단체 사진을 찍었다. 보도에 따르면 이 우지 강변에 올 10월까지 '시인 윤동주 기억과 화해의 비'가 세워진다. 그의 시 「새로운 길」이 육필 한국어와 일본어로 새겨질 예정이다. 아마도 기념비가 세워지게 되면 더 많은 한국인들이 우지를 찾게 될 듯싶다.

　"내를 건너서 숲으로/ 고개를 넘어서 마을로// 어제도 가고 오늘도 갈/ 나의 길 새로운 길"로 시작하는 동주의 시 「새로운 길」은 한·일간 '기억과 화해'의 출발점이면서 동시에, 거슬러올라가면 시인 윤동주의 출발점이었다. 그가 연희전문을 졸업하면서 펴내려고 했던 자선 시집 『하늘과 바람과 별과 시』는 「서시」를 포함해 19편의 시를 수록할 예정이었는데, 그 가운데 가장 일찍 쓰인 시가 바로 1938년 5월에 쓴 「새로운 길」이다. 애초에 '병원'이라는 제목을 가질 뻔했던 그의 자선 시집은 「서시」가 쓰인 뒤 '하늘과 바람과 별과 시'로 제목이 바뀐다. 창작 시기를 기준으로 하면 『하늘과 바람과 별과 시』는 「새로운 길」에서 「별 헤는 밤」에 이르는 여정이다. 「별 헤는 밤」을 탈고한 뒤 동주는 비로소 「서시」를 쓴다. 시집의 서언으로 쓴 시이다. 「서시」를 쓴 이후 시인은 7편의 시를 더 남겼다.

　윤동주의 시를 어떻게 읽어야 할까. 전집에 수록된 그의 시는 습작과 유고까지 포함하여 모두 97편이다. 그런데 시인의 의도를 존중하자면 이 가운데 19편이 공식적으로 인정할 수 있는 시다. 그리고 이후에 쓰인 시 7편 가운데 날짜가 적힌 시 6편이 거기에 추가될 수 있겠다. 이 6편 가운데 마지막 시가 「쉽게 쓰여진 시」로서 주목에 값한다. 도합 25편이다. 넓게 보자면 97편이 검토의 대상이 될 수 있지만, '윤동주 시'는 이 25편에 의해서 대표되어야 한다고 생각한다. 시기적으로는 1938년 5월부터 1942년 6월까지 4년 남짓의 기간 동안 쓰인 시들이다. 그리고 이 가운데서도 핵심은 「서시」를 전후로 한 시들이다. 「서시」에 앞서 「또 다른 고향」과 「별 헤는 밤」 등이 있고 그 뒤에 「간肝」과 「참회록」이 놓인다. 이중 「간」은 친숙하면서도 수수께끼 같은 시다.

바닷가 햇빛 바른 바위 위에
습한 간肝을 펴서 말리우자,

코카서스 산중山中에서 도망해 온 토끼처럼
둘러리를 빙빙 돌며 간을 지키자,

내가 오래 기르던 여윈 독수리야!
와서 뜯어먹어라, 시름없이

너는 살찌고
나는 여위어야지, 그러나,

거북이야!
다시는 용궁의 유혹에 안 떨어진다.

프로메테우스 불쌍한 프로메테우스
불 도적한 죄로 목에 맷돌을 달고
끝없이 침전沈澱하는 프로메테우스.

　윤동주는 자선 시집에 실릴 19편 가운데 마지막인 「별 헤는 밤」을
1941년 11월 5일에, 그리고 「서시」는 11월 20일에 썼다. 그런데 연희
전문의 스승으로서 그의 시고를 받아본 이양하 선생은 몇 편의 시가
검열에 통과될 수 없을뿐더러 신변에 위험이 올 수 있다고 충고하여
동주는 시집 출판을 단념한다. 11월 29일에 쓰인 「간」은 오래 염원하
던 시집 출간 좌절에 대한 울분을 토로한 것이다.

　이미 「별 헤는 밤」에서 시인은 소학교 때 책상을 같이했던 아이들
의 이름과 함께 프랜시스 잠, 라이너 마리아 릴케 같은 시인들의 이
름을 나란히 호명한 바 있다. 잠이나 릴케 등의 시를 윤동주는 일어
로 번역된 시집으로 읽었다. 일본의 한국문학 연구가 오무라 마스오
의 지적대로 윤동주의 시세계 형성에는 한국문학과 함께 "1930년대
의 일본문학 및 일본어를 통해 수용된 서구문학"이 큰 영향을 미친다.
이 두 가지 요소를 모두 확인하게 해주는 시가 「간」이기도 하다. 서구

문학 가운데 동주는 특히 릴케, 발레리, 지드 등을 탐독했는데, 그의 장서 중에는 지드 전집도 들어 있었다. 아마도 그가 읽은 일어판 지드 전집에는 『잘못 결박된 프로메테우스』(1899)도 포함돼 있었을 것이다(1960년대에 나온 휘문출판사의 한국어판 앙드레 지드 전집에는 '사슬에서 풀려난 프로메떼'라는 제목으로 수록돼 있다).

우화적인 지드의 소설은 1890년대 파리의 한 다방에서부터 이야기가 시작되는데, 제우스가 부유한 은행가로 등장하고, 프로메테우스는 무면허 성냥 제조 혐의로 구속된다. 이야기의 발단은 제우스가 아무런 이유 없이 한 사람(코클레스)의 따귀를 때리고 다른 한 사람(다모클레스)에게는 500프랑의 돈을 익명으로 부친 데서 비롯한다. 여기서 무상의 행위, 즉 아무런 동기나 이유를 갖지 않는 행위가 작품의 모티프이다. 프로메테우스는 자신이 사랑하는 독수리를 데리고 다니는데, 이 독수리는 그의 양심의 상징이다. 감옥에서 밤낮으로 뜯기면서 독수리는 살찌는 반면에 그는 점점 말라간다. 이윽고 해방된 프로메테우스는 '독수리에 대하여'란 주제로 대중강연을 한다. 저마다 자신의 독수리를 가져야 하며 독수리를 사랑해야 한다고 역설한다. 이 강연을 들은 다모클레스는 자신에게 무상으로 주어진 500프랑 때문에 양심의 가책을 받아 병이 들고 결국엔 죽고 만다. 다모클레스의 장례식에 뚱뚱하고 유쾌한 모습으로 나타난 프로메테우스가 다모클레스의 죽음 덕분에 자신의 독수리를 죽였다고 사람들에게 알리고 그들과 함께 독수리 요리를 맛있게 먹는 걸로 이야기는 마감된다.

흥미로운 것은 윤동주의 「간」에서 제시되고 있는 프로메테우스의 형상이 바로 지드의 프로메테우스와 닮았다는 것이다("내가 오래 기르던 여윈 독수리야!/ 와서 뜯어먹어라, 시름없이// 너는 살찌고/ 나는 여위어야지"). 단, 지드의 프로메테우스가 양심의 투사投射였던 독수리를 죽임으로써 일종의 카니발적 결말을 유도하는 것과는 달리, 윤동주의 프로메테우스는 독수리의 부리처럼 예리한 자아의식과의 긴장을 마지막까지 놓치지 않음으로써 내면으로의 끝없는 침잠을 감내한다. 윤동주만의 새로운 프로메테우스가 제시되고 있는 것이다. 우리의 윤동주 읽기는 거기에서 다시 시작되어야 한다.

_⟨출판문화⟩(2017년 6월호)

아무리 더러운 역사라도 좋다

거대한 뿌리
김수영 지음
민음사, 1995

　김수영 사후 50주년이 저물어간다는 생각에 시선집 『거대한 뿌리』를 다시 손에 들었다. 대학 1학년 때 처음 읽은 김수영 시집이어서 애착이 간다. 게다가 책에 수록된 평론가 김현의 「자유와 꿈」은 내가 읽은 최초의 김수영론이기도 하다. "김수영의 시적 주제는 자유이다"라는 선언적 문장으로 시작하여 김현은 김수영 시의 윤곽과 의의를 그렸다.

　자유라는 주제에 한정하자면 김수영은 그 최대치를 노래했다. 유사한 선례를 찾자면 19세기 미국의 국민시인 월트 휘트먼과 비교해 볼 수 있겠다. 1855년에 처음 출간한 이후 생을 마칠 때까지 지속적으로 개정판을 낸 시집 『풀잎』이 휘트먼의 대표작이다. 그 서문에서 휘트먼은 다짜고짜 "미합중국 자체가 본질적으로 가장 위대한 시"라고 단언한다. "개인은 최고의 국가를 이루는 특질들을 지닐 때 국가만큼 최상"이라며 "시인에 대한 증거란 그가 나라를 따뜻하게 받아들이듯 그의 나라가 그를 그렇게 받아들이는 것에 있다"고 주장한다. "나 자신을 찬양"하는 그의 노래는 그래서 곧장 미합중국에 대한 찬양으로 변모하며 한갓 풀잎은 대지 전체로 확장된다. 시인에게 개미는 물론이고 모래 한 알, 굴뚝새의 알조차도 완벽하며 "청개구리는 가장 고귀한 존재를 위한 걸작"이다.

김수영에게 한국은 휘트먼의 미국이었다. 휘트먼적 절창이라고 생각되는 「거대한 뿌리」가 이를 실증한다. 1893년에 한국을 처음 방문하여 기행문을 남긴 이저벨라 버드 비숍 여사의 책을 통해 김수영은 이 땅의 '거대한 뿌리'를 발견하며 그에 대한 벅찬 환희를 노래한다. 그런데 그 뿌리는 자랑스러운 전통뿐만 아니라 더러운 전통까지도 포함한다. "버드 비숍 여사를 안 뒤부터는 썩어빠진 대한민국이/ 괴롭지 않다 오히려 황송하다 역사는 아무리/ 더러운 역사라도 좋다/ 진창은 아무리 더러운 진창이라도 좋다/ 나에게 놋주발보다도 더 쨍쨍 울리는 추억이/ 있는 한 인간은 영원하고 사랑도 그렇다."

과장 없이 말하자면 이것이 니체가 말한 '운명애'가 아니면 무엇일까. 김수영의 자유는 단순히 구속으로부터의 해방을 뜻하는 소극적 자유가 아니었다. 일상뿐 아니라 오욕의 역사까지도 끌어안는 포용적 자유이고 주권적 자유였다. 그렇기에 자신의 비루한 일상과 옹졸함을 끊임없이 반성하고 타박하면서도 동시에 놀라운 기개와 시적 도약을 보여줄 수 있었다. 한국 시문학사에서 그처럼 막힘없는 정신의 자유와 활기를 따로 읽을 수 있었던가. 무수한 반동까지도 좋다고 허용하는 정신 말이다.

    김수영의 자유는 확장된 의식의 자유이고 시로써 가능한 것과 불가능한 것을 끊임없이 넘나드는 고투를 통해 얻어진 자유다. 그 자유는 어디에 도달하는가. "바람보다 늦게 누워도/ 바람보다 일찍 일어나고/ 바람보다 늦게 울어도/ 바람보다 먼저 웃는다." 그 '풀'의 역량이 김수영의 자유였다.

_〈주간경향〉(2018. 12. 17.)

P.S.

사후 50주기를 맞아 앞서 전집이 새로 출간되었고 최근에는 헌정 산문집으로 『시는 나의 닻이다』(창비)가 나왔다. 나대로의 김수영 다시 읽기는 후일의 과제로 넘긴다. 한편, 분량상 원고의 일부가 지면에는 실리지 않았는데, 내가 적은 마지막 두 문단은 이랬다.

한국 시문학사에서 그처럼 막힘없는 정신의 자유와 활기를 따로 읽을 수 있었던가. 무수한 반동까지도 좋다고 허용하는 정신 말이다. "동양척식회사, 일본영사관, 대한민국관리,/ 아이스크림은 미국놈 좆 대강이나 빨아라 그러나/ 요강, 망건, 장죽, 종묘상, 장전, 구리개 약방, 신전,/ 피혁점, 곰보, 애꾸, 애 못 낳는 여자, 무식쟁이,/ 이 모든 무수한 반동이 좋다"

김수영의 자유는 비단 시적 자유니 예술의 자유니 하는 등속이 아니다. 그것은 확장된 의식의 자유이고 시로써 가능한 것과 불가능한 것을 끊임없이 넘나드는 고투를 통해 얻어진 자유다. 그 자유는 어디에 도달하는가. "바람보다 늦게 누워도/ 바람보다 일찍 일어나고/ 바람보다 늦게 울어도/ 바람보다 먼저 웃는다." 그 '풀'의 역량이 김수영의 자유였다.

문학동네 산문집을 떠올리다

풍경과 상처
김훈 지음
문학동네, 1994

바람을 담는 집
김화영 지음
문학동네, 1996

**나는 왜 비에 젖은 석류 꽃잎에
대해 아무 말도 못 했는가**
이성복 지음
문학동네, 2001

내가 읽은 문학동네의 책이 분명 적지 않으련만 막상 한두 권의 책을 꼽으려고 하니 처음엔 얼른 떠오르는 게 없었다. 특별한 인연이 있거나 뭔가 대표할 만한 책을 속으로 찾았던 것인데, 결국 떠올린 건 김훈의 『풍경과 상처』를 비롯한 몇 권의 산문집이다. 가령 김화영의 『바람을 담는 집』과 이성복의 『나는 왜 비에 젖은 석류 꽃잎에 대해 아무 말도 못 했는가』까지가 거기에 속한다. 명백히 오랜만에 상기한 일이지만, 나는 이 책들을 여러 차례, 여러 권 구입해서 지인들에게 선물로 나눠준 바 있다. 언제든 다시 구입할 용의가 있어서 이 글을 쓰기 위해서도 한번 더 구입했다. 좋은 책이 대개 그렇듯이 이번에도 제값을 치르지 않고 뭔가 거저 얻은 듯한 기분이 들었다.

시작은 『풍경과 상처』였다. 이 '기행산문집'에 실린 글들을 나는 대부분 다른 지면에서 먼저 읽었다. 지금 기억으론 〈현대시세계〉 같은 잡지에 연재됐던 글들도 포함됐기에. 첫머리에 실린 「여자의 풍경, 시간의 풍경」조차도 한 작품집의 발문 격으로 실린 걸로 먼저 읽었다. 확인이 어려워 기억이 말해주는 바대로만 적자면 '내 마음속 호롱불 한 점' 비슷한 제목이었다. 그게 어느 해 가을인지 겨울인지 기억나지 않지만, 한 지방 도시의 서점에서 책을 손에 들고 저녁 어스름이 질 무렵 집으로 향하는 버스 칸에서 읽은 기억이 또렷하다. 마치 호롱불을 켜놓은 듯 환하게 상기되는 순간이다.

지금 판권면을 보니 저자는 1993년 가을에 서문을 적었고, 책은 1994년 1월에 나왔다. 문학동네에서 나온 거의 첫 책이 아닐까. 혹 출간으로는 첫 책이 아니더라도 분명 내가 구입한 걸로는 첫 책임에 틀림없다. 진작부터 김훈의 애독자였으니 책은 나오자마자 구입했을 터이다. 그리고 "사쿠라꽃 피면 여자 생각난다. 이것은 불가피하다. 사쿠라꽃 피면 여자 생각에 쩔쩔맨다"로 시작하는 글을 다시 읽었다. 나는 아예 복사해서 가방에 넣고 다녔다. 어떤 용도였는지는 기억이 나지 않는다. 얼추 20년 전이니 기억이 흐릿한 건 이해가 되고 용서도 된다. 맘에 드는 여러 시들도 복사해서 다녔던 걸 고려하면 별다른 용도는 없었을 것이다. 때론 그렇게 넣고 다니던 글들을 지인들에게 보여주고 읽히기도 했던 듯싶다. 좋지 않으냐고. 아, 너무도 오래전 일이다. 20년은 청년이 중년으로 늙기에도 충분한 시간이다.

다시 구한 『풍경과 상처』는 2009년에 나온 개정판이다. 나는 개정판으로도 두어 번 구입했던 듯싶다. 저자는 "나는 이제 이런 문장을 쓰지 않는다"고 적었다. 그는 내가 경배하는 만큼 자신의 문장을 경배하지 않는다. "만유의 혼음으로 세계와 들러붙으려는 욕망이, 어떻게 인간이라는 종과 속 안으로 수렴되어 마침내 보편적인 여자, 그리고 더욱 마침내, 살아 있는 한 구체적인 여자에 대한 그리움으로 정리되어오는 것인지에 관하여 나는 아직도 잘 말할 수가 없다"는 고백의 뒷얘기를 이젠 들을 수 없게 된 것인지도 모른다. 그의 『자전거 여행』 이야기를 더 들을 수 없게 된 것과 마찬가지로(그가 기자를 그만두고 기사를 쓰지 않게 된 것이 에세이를 그만 쓰게 된 것과 연관성이 있지 않을까라는 게 나의 짐작이다). 때로 전설은 그 자신이 전설임을 알지 못한다.

『바람을 담는 집』도 정말 오랜만에 떠올린 책이다. 책은 1996년 여름에 나왔다. 저자의 책은 여러 번역서들과 함께 『행복의 충격』, 『프랑스문학 산책』 같은 걸 읽어둔 터였다. 지금 다시 펴보니 다양한 제재의 글들을 모은 이 산문집에서 특별히 어떤 대목에 꽂혔던가는 기억이 나지 않는다. 다만 당시 지방에 있던 어떤 지인과 편지를 주고받으면서 최근 인상 깊게 읽은 책으로 강력하게 추천했던 기억이 난다. 아마 그이도 나에게 호응했던 듯싶다. 돌이켜보면 저자의 번역보다도 산문이나 평론을 나는 더 좋아했다. 문학동네에서 '김화영 문학선'의 다른 책이 나오기 전이라 독서는 다른 곳에서 나온 『한눈팔기와 글쓰기』로 자연스레 이어졌다. 적어도 산문집이라면 나는 '김화영의 모든 책'을 읽는다. '김훈의 모든 책'을 읽듯이.

『바람을 담는 집』을 오랜만에 뒤적이며 무엇이 나를 잡아끌었던가 생각해본다. 어렵잖게 찾을 수 있다. "중학교 시절 이래 나는 용돈 중 가장 많은 몫을 책을 사는 데 써왔다. 그러다보니 어느새 책은 나의 삶 자체가 되고 말았다." 그렇다, 나 역시 그래왔던 것이니, 마치 내가 쓴 책처럼 읽었으리라. 더불어 저자의 바람은 나의 바람이기도 했다. 저자가 "나는 가끔 책이 없는 곳에 있을 때 기이한 해방감, 홀가분한 자유를 맛본다"고 적을 때도 완전 공감일 수밖에 없다. 이 글을 쓰고 있는 공간만 하더라도 겨우 드나들 수 있는 통로만을 제외하곤 사방이 온통 책으로 둘러싸여 있다. '책에 파묻히다'란 말이 언제부턴가 비유도 과장도 아니게 됐다. 저자의 표현으론 '책의 요새'고 '책의 감옥'이다. 분명 책이 없다면 한시도 마음이 편하지 않을 줄 알면서도 나는 저자와 마찬가지로 '책이 없는 방'을 꿈꿀 때가 있다. 책으로 가득찬 방과 책이 없는 텅 빈 방. 『바람을 담는 집』 이후로 내가 마음에 담는 집이다.

『나는 왜 비에 젖은 석류 꽃잎에 대해 아무 말도 못 했는가』는 2001년에 나온 책이다. 이성복과 문학동네는 바로 연상하기 어려운 결합인데, 그의 산문집도 역시 문학동네에서 나온 게 됐다. 사실 책은 도서출판 살림에서 나온 『꽃핀 나무들의 괴로움』과 웅진출판사에서 나온 『이성복 문학앨범』에 실렸던 글들을 다시 묶고 거기에다 이후에 발표한 글들을 추가한 것이다. 추가된 글로 대표적인 게 바로 표제 글

문학에 빠져 죽지 않기

로, 나는 책으로 나오기 전에 발표 지면에서 읽었다. 역시나 복사해서 가방에 넣고 다녔고. 아니 그 정도로 그친 게 아니고 학부 1학년 문학 개설 시간에 나눠주고 읽히기까지 했다. 그것도 러시아문학 전공 학생들에게. 지금이라면 그런 '열성'이 뭔가 과장되게 느껴질 것 같은데, 조금 젊었던 탓인지 개의치 않았다. 나눠준 다음에 일장 강의까지 한 것은 물론이다.

시인은 무엇을 말했던가. 아니 무엇을 말할 수 없었던가. 어느 비가 오던 날 주차했던 창유리 안쪽에 비에 젖어 들러붙은 석류 꽃잎을 바라본다. 당연한 일이지만 다시 시동을 걸면서는 와이퍼를 몇 번 움직여서 길바닥으로 떨어뜨렸다. 문제는 그다음부터다. "그날 그때부터 이 글을 쓰는 지금까지 나는 비에 젖은 그 작은 석류 꽃잎으로부터 벗어나지 못하고 있다"는 게 시인의 고백이다. 짐짓 고통의 고백이다. 그는 "그날 내 차의 창유리에 혼곤히 잠들어 있다가 한순간 와이퍼의 거센 몸짓에 휩쓸려나간 바알간 석류 꽃잎을 생각해"보지만 아무것도 말할 수 없는 상태가 된다. 말할 수 없는 것에 대해서 침묵해야 한다는 것이 비트겐슈타인 유의 철학 정신이라면, 이성복의 시 정신은 대상의 영역에서 완강하게 저항하는 사물과 그 이미지를 언어의 영역으로 끌어내지 못하는 무능력을 그 자체로 진술한다. 시인은 이렇게 말한다. "그날 비에 젖은 석류 꽃잎이 던지는 시각 언어는 이해 가능한 청각 언어로 번역되지 못할 것이다." 흠, 그런 불가능성에 대해 열띠게 강의했던가. 문학에 대해서 제대로 강의할 수 없는 강사의 무능력을 말이다.

문학동네 창립 20주년을 기념하는 자리에 초대돼 짤막한 연설이라도 하는 기분으로 이 글을 적어나가려고 했지만, 어렴풋한 기억의 언저리에서 몇 권의 책을 끄집어내는 데 그치고 말았다. 내가 받은 감동과 내가 느낀 공감의 극히 일부밖에 말할 수 없어서 유감이다. 유감으로 끝내는 건 멋쩍기에 내게 '문학동네'가 떠올려주는 이미지를 끝으로 보탠다. 아마도 1996년쯤일 듯한데, 나는 두 동생과 같이 거주할 전셋집을 여러 곳 보러 다녔다. 비 온 날도 있었던 걸로 보아 여름이었지 싶은데, 벼룩시장에 올라온 광고들에 뜬 전화번호를 통해 몇 집 찾아보다가 결국 마땅한 집을 고르게 됐다. 산동네 빌라 3층이었고, 방이 세 칸짜리라는 게 가장 큰 장점이었다. 이 집이 문학동네와 무슨 관계가 있나? 집을 보러 간 날 내가 쓰게 될 큰방의 이전 입주자는 국문학 전공의 여학생이었는데, 놀랍게도 책장에 계간 〈문학동네〉가 창간호부터 쭉 꽂혀 있었다. 나대로는 당시에도 꽤 많은 책을 갖고 있는 편이었지만 계간지는 드문드문 구입했기에 아연 긴장할 만한 장면이었다. 더 오랜 전통을 갖고 있던 다른 계간지들 대신에 〈문학동네〉가 눈에 띄게 진열돼 있는 걸 보고, '세상이 바뀌었구나'라고 느꼈다면 과장일까. 오늘의 문학동네를 생각하면 예감은 크게 틀리지 않았다.

_〈문학동네〉(2013년 겨울호)

시민문학과 난민문학 사이

테러의 시
김사과 지음
민음사, 2012

1. 테러의 시? 어떤 글쓰기!

김사과의 『테러의 시』를 '이 계절의 장편소설'로 다루는 것이 내가 떠안은 과제다. 별다른 머뭇거림 없이 청탁에 응했지만, 막상 책더미 속에서 검은색 표지의 『테러의 시』를 찾아내고는 중얼거렸다. "이건 시잖아?" 물론 표지에는 제목과 함께 '김사과 장편소설'이라고 박혀 있지만, 소위 '경장편'을 '장편'이라고 부르는 것이 무슨 이론적 근거나 시학적 이유를 갖고 있지는 않을 터이다. 단지 문단 혹은 출판의 관례겠지. 게다가 이 경우는 너무도 노골적으로 '시'라고 주장하는 작품 아닌가. 어쩌면 '이 계절의 시'로 다루어도 무방한! 혹은 그러한 장르 규정이 지나치게 폭력적이거나 규범적이라고 불만을 가질 수도 있을 것이다. '글쓰기'라고 불러도 됨직한 어떤 것이 관례상, 혹은 편의상 '장편소설'이란 카테고리로 분류되고 있는지도 모를 일이다.

여하튼 김사과의 『테러의 시』를 읽었다. 어떤 '글쓰기'를 읽었다. 그리고 소감을 적는다. 이 소감이 비평에 도달하게 될는지는 장담할 수 없다. 다만 김사과의 어떤 글쓰기에 상응하는 어떤 것이 되기를 바랄 따름이다. 전례가 없진 않다. 세잔은 사과 비슷한 무언가를 그려놓고 "사과가 돼라!" 주문을 외쳤다고 하지 않는가. 그는 사과를 그린 게 아니라 사물을 그렸다는 얘기다. '테러의 시'는 어쩌면 작가의 주문일지도 모른다. "테러의 시가 돼라!"라는 주문 말이다. 테러의 시? 『테러의 시』는 소설임에도 불구하고 끊임없이 시적 상상력과 시적 자유와 시적 의미에 대해 상기하도록 해준다. 아니 그렇게 읽어야 한다는 게, 읽어달라는 게 또한 작가의 주문일 거라고 믿는다. 나는 별다른 머뭇거림 없이 이 주문 또한 받아들인다.

2. 어느 도시의 묵시록

"내려다본 도시는 사막과 구별되지 않는다"라는 문장으로 『테러의 시』는 시작한다. 그리고 미리 앞지르자면 "어떤 기대도 절망도 없이. 서서히 문이 열리고 문득 제니는 자신이 여전히 서울에 있다는 걸 깨닫는다"로 끝난다. 처음에 '내려다본 도시'의 시점은 신의 시점일까? 제니는 물론이고 아직 어떠한 인물도 등장하기 이전이라, 인물의 시점을 말할 수는 없다. 게다가 인물이 내려다볼 수도 없다. 그렇다면,

이 소설은, 아니 이 시는 신의 시점으로 시작하여 인간의 시점으로 열리는 이야기이기도 하다. 시점의 육화가 이루지는 소설. 제니는 '여전히' 서울에 있다는 걸 깨닫게 되지만, 독자는 '비로소' 이 소설의 배경이 서울이라는 사실을 상기하게 된다. 이 주기, 혹은 반복 사이에는 어떤 동일시가 작동한다. 이야기가 좀 진행되고 나서야, "내려다본 도시"가 황사에 묻힌 중국의 한 도시라는 걸 알게 되지만, 작가는 의도적으로 그러한 사실은 배제하거나 축소했다. 애초에 "내려다본 도시는 사막과 구별되지 않는다"라는 문장에서 '사막과도 같은 서울'이란 이미지를 떠올린 독자도 있을 것이다. 그게 일반적이지 않을까. 서두를 다시 들여다보자.

> 내려다본 도시는 사막과 구별되지 않는다. 끝없이 늘어선 가로등이 먼지를 잔뜩 뒤집어쓴 채 말라죽은 선인장처럼 보인다. 모래가 눈꽃처럼 흩날리는 거리를 가로등 불빛이 희미하게 비춘다. 도시 전체가 노란 꿈에 잠겨 있는 듯하다. 그것은 한 가지 색에 사로잡힌 채 천천히 무너져내리는 도시에 대한 이야기.

모래바람에 묻힌 도시를 사막에 비유하는 것은 특이하지 않다. 가로등은 당연히 말라죽은 선인장을 연상시킬 수 있다. 하지만 "모래가 눈꽃처럼 흩날리는 거리"란 비유는 좀처럼 떠올리기 어렵다. 일단 색채 이미지상 맞지 않는다. 그리고 감각(촉각)상으로도 이질적이다. 작가는 그런 이물감까지 계산에 넣은 것일까. '노란 꿈'이란 것도 마찬가지다. 이 꿈의 주체는 누구인가? 도시이거나 도시 사람들이어야 한다. 노란 꿈? 황사가 노란가? 노랑은 매춘을 암시하는 색깔이기도 하지만, 그런 연상은 '꿈'과 어울리지 않는다. "그것은 한 가지 색에 사로잡힌 채 천천히 무너져내리는 도시에 대한 이야기"라는 규정에서 '그것'이 가리키는 것은 무엇인가? 소설 전체를 지시하려면 '이것'이라고 해야 한다. '그것'은 제한적으로 앞에 나온 '노란 꿈' 정도를 가리킬 수밖에 없다. '한 가지 색'은 노란색이다. 노랑은 혹 돈을 뜻하기도 할까?

자본주의에 대한 '테러'로도 읽히는 『테러의 시』를 되읽는다면 그런 추측도 가능하다. 이어지는 "노랗고 거대한 꿈이 도시를 모래에 파묻는다"는 예언적 문장을 황금을 좇는 '노랗고 거대한 꿈'에 묻힌 도시가 서서히 무너져내리는, 멸망해가는 이야기로도 읽을 수 있게끔 하기 때문이다. 하지만 그것은 가능성에 멈춘다. '노랗고 거대한 꿈'은 황사에 대한 비유에서 크게 진전되지 않기에(결말의 환각 장면에서 "제니와 리의 머리 위로 모래가 폭우처럼 퍼붓고 있다"라는 이미지가 한번 더 상기시켜줄 따름이다). 아니 작가는 '작품'이란 프레임으로 읽히는 걸 의도적으로 피하거나 거부하는 것인지도 모른다. 어떤 모티프나 이미지의 유기적인 발전을 일부러 시도하지 않기. 김사과는 '전체'를 거부하거나 부정한다. 그는 파편을 지향한다.

가령 "노란 연기 위로 모래가 흩날린다. 큰 모래 뭉치가 다 익은 과일처럼 바닥으로 툭툭 떨어진다. 터져나온 모래가 피처럼 바닥을 적

신다"라는 대목은 어떤가. '과일처럼'이나 '피처럼'이란 비유는 '떨어진다'와 '터진다'라는 술어 차원에서만 원관념(모래 뭉치, 모래)과 연관성을 갖는다. 물론 그런 연관성에도 불구하고 쉽게 떠올릴 수 있는 '모범적인' 비유는 아니다. 모래 뭉치와 과일, 그리고 모래와 피 사이의 이질성이 너무 크기 때문이다. 색깔 이미지상으로도 그렇다. '다 익은 과일'의 색은 여러 가지가 있다고 쳐도, 바닥을 적시는 '붉은' 피와 '노란' 모래를 동일시하기는 어렵다. 하지만 작가는 밀고 나간다. 그것이 마치 전략인 것처럼. 그리고 아무도 그것을 말릴 수 없다. "모래가 전진한다. / 그 외의 모든 것은 모래에 덮여 정지한다."

3. 제니 이야기

이야기를 진행시켜보자. 중국의 연변 정도로 추정되는 황사의 도시에서 조선족 제니는 '아빠'에게 성폭행당하고 인신매매업자에게 팔려서 서울로 오게 된다. '제니'는 처음에는 ( )로만 등장한다. 이름을 갖고 있지 않다. '제니'는 ( )가 인물로 호명되면서 얻은 이름이다. 다른 소설(『미나』)의 전례를 따르자면 『테러의 시』는 '제니'란 이름으로 불릴 수도 있었을 것이다. 이것은 일단 제니의 이야기니까. 하지만 이때 제니는 고유명사라기보다는 보편적 특수성의 이름이다. 제니를 사들인 인신매매업자의 트럭에는 '제니들'이 가득하다. "남자가 트럭의 화물칸을 연다. 거긴 이미 제니처럼 커튼에 싸인 채 버둥거리는 여자들로 가득하다."

그 트럭을 타고 제니는 황사로 뒤덮인 '에어로졸' 존을 빠져나온다. 그러고는 '더 나쁜 쪽으로' 옮겨가게 된다. 모래는 없지만, 더 나쁜 도시, 서울로. 서울에서 그녀는 자신이 어떠한 처지에 놓여 있는지도 알지 못한다. 그저 "제니는 진저라고 불린다. 조선족 여자와 자고 싶어하는 조선족 남자들에게 인기 있다". '난 그런 거 몰라요'라고만 말하는 제니는 서울 외곽의 불법 섹스클럽에서 일하는 '조선족 창녀'다. 아무것도 이해하지 못하지만 "돈, 여자, 섹스, 가 연결되어 있다는 것을 어렴풋이 느낀다".

이런 주인공에게서 작가는 어떻게 '테러의 시'를 끄집어낼 수 있을까. 변화 혹은 각성의 계기가 필요한 것은 당연한데, 작가는 두 남자와의 만남을 장치로 동원한다. 하나는 처음에 '남자3'으로 등장했던 고위 공무원 '정박사'이다. 그는 한 섹스 파티장에서 처음 제니를 만나고는 다시 찾아와 섹스 파트너로 삼고, 여러 용도의 가정부, 곧 하녀로 삼는다. 그는 어떤 인물인가. 조선족 제니와 달리 정박사는 한국인이라 어느 정도 판별이 가능하다. 그의 처지는 이렇게 간추려진다. "남자는 몇 년 전 술집 마담과 바람을 피운 것이 들통나 이혼당했다. 아내는 아이들을 포기하고 위자료를 받아 부모가 있는 미국으로 떠났다." 아이들에게서도 소외돼가는 이 중년 남성은 자신의 인생이 망가지고 있다고 생각하면서 제니에게 집착한다.

한데 자칭 고위 공무원이 중국인 가정부에게 무시당한다고 이불 속으로 기어들어가 눈물을 흘리는 모습으로 그려진다면 독자로선 불만을 가질 수도 있다. 인물에 대한 희화화로 읽을 수도 있지만 현실성이 떨어지기 때문이다. 그의 속생각을 작가는 이렇게 귀띔해준다. "청와대는 나를 신임하고 있다. 몇 년만 더 고생하면 장차관 자리 하나쯤 차지할 수도 있을 것이다. 그렇게 되면 마지막으로 국가를 위해 열심히 봉사하고 나서 미련 없이 은퇴할 것이다. 은퇴하여 고향으로 내려가 돼지나 치며 소박하게 여생을 보낼 것이다." 이러한 서술은 인물의 피상성을 드러냄과 동시에 리얼리티 또한 잠식한다.

내적 독백이 "몇 년만 더 고생하면"이라거나 "국가를 위해 열심히 봉사하고" 같은 공식적이고 상투적인 문구로 채워지진 않는다. 게다가 숙제 한번 밀린 적 없이 열심히 공부해서 "부와 명예, 권력"을 얻은 남자가 돼지를 치며 여생을 보내리란 발상을 하는 것 자체가 난센스이다. 그런 생각을 가진 공무원이 "부와 명예, 권력"은 어떻게 얻었을까? 그리고 아직 장차관도 아닌 공무원이 '부'는 어떻게 갖게 됐으며 '명예'는 또 어떻게 얻은 것일까. 어떤 '권력'을 갖고 있다는 것일까. "지금도 길에 나가면 내 명함과 자동차를 보고 따라올 젊고 예쁜 여자들이 줄을 서 있다"라는 자신감에 이르면 과대망상 수준이다.

'정박사'의 리얼리티는 미심쩍지만 어차피 그의 역할은 제니와 리의 연결고리 정도이다. 거기서 좀더 나간다면, 한국에서 부와 명예와 권력을 가진 자들의 내적 공허를 압축적으로 보여주는 인물이라고 해도 좋겠다. '토니'란 이름으로 처음 등장하는 리는 정박사의 아들 재준의 영어 가정교사다. 리는 제니가 자신과 "같은 종류의 사람"이라고 느끼고 자신이 그녀를 구해줄 수 있다고 말한다. 그 구원의 손길을 처음엔 거절하지만 제니는 결국 정박사를 떠나 리에게로 간다. 나중에 리가 간증을 통해 고백하는 바에 따르면 두 사람은 모두 인간이 아닌 동물로 키워졌다. "우리는 인간이 아니었어요. 동물로 키워진 적이 있는 인간들은 서로를 알아보죠"라고 그는 말한다. 마약 딜러였던 아버지에게 개처럼 키워진 리는 고등학교를 졸업하자마자 고향인 런던을 떠나 아시아 여러 곳에서 영어 강사생활을 전전한다. 그러다 낙착한 곳이 서울인데, 자신이 만나본 많은 한국인들처럼 리 또한 한국을 증오하지만 떠나지는 못한다. 그러던 차에 '같은 종류'인 제니를 만난 것이다.

리가 사는 곳, '페스카마 15호'. 버려진 건물의 '실내 바다 낚시터' 이름이었다고 하지만, 페스카마란 이름은 1997년 8월 조선족이 선상 반란을 일으켜 한국인 7명을 살해한 '페스카마호 사건'에서 가져온 것일 터이다. 그곳은 돈이 없고 직업이 없고 가족이 없는 이들이 모여들어 같이 살아가는 공간이다. 요컨대 '난민'들의 아지트이다. "그러니 제니가 그곳으로 온 것은 당연한 일이다." 페스카마 15호에서 제니는 리가 한국에서 6년째 불법 체류중인 마약 중독자라는 걸 알게 된다. 그는 매일 밤 지하에 모여 마작을 하고 제니는 리의 어깨에 기대 존다. "내가 구해줄 수 있어"라고 말했지만 리가 제니에게 해주는 건 별다른 게 없다.

제니를 구해주는 건 차라리 리의 공간 페스카마 15호이다. 거기서 제니는 68혁명에 관한 한 권의 책을 발견한다(작가는 '육팔 혁명'이라고 적는다). "그녀는 그 책을 가지고 집으로 돌아와 읽기 시작한다." 제니가 책을 읽을 수 있을 정도로 한국어에 능숙한지에 대해선 의문이 들지만 이 독서의 경험은 제니를 변화시키고 각성시킨다. "책에는 천구백육십팔 년, 프랑스, 독일, 일본, 혁명, 학생, 노동자, 젊은, 신좌파, 사랑, 상상력 같은 말들로 가득하고 제니는 그것을 이해할 수 없다"라고 하지만 동시에 그녀의 "눈앞에 불타오르는 파리 제4대학이 보인다".

불타오르는 파리 제4대학의 광장에는 상상력, 자유, 프리섹스라고 쓰인 깃발이 펄럭이고 있다. 흥분한 학생들이 거리를 몰려다니며 닥치는 대로 상점을 부순다. 제니도 그 거리에 있다. 제니는 이미 학생들이 한차례 쓸고 간, 어느 부서진 상점으로 들어간다. 그곳은 장갑과 모자, 스타킹을 파는, 숙녀들을 위한 오래된 상점이다. 반으로 쪼개진 커다란 거울이 바닥에 누워 있다. 제니는 허리를 굽혀 그 거울을 바라본다. 거울에 비친 제니는 리와 아주 닮아 있다.

제니에게 리는 자기를 바라보는 시선의 주체로서 일종의 대타자이고 자아-이상이었다. "거울에 비친 제니는 리와 아주 닮아 있다"라는 것은 그녀에게 더이상 리의 시선이나 도움이 필요하지 않다는 뜻이다. 이제 그녀는 도움이 필요한 사람이 아니라 도움을 줄 수 있는 사람이다. 적어도 그녀는 자신을 구제할 수 있는 또다른 자아를 갖게 됐다. "그렇다. 아빠가 여전히 모래에 묻혀 있다. 정박사님도. 필리핀에서 온 여자를 구해야 한다. 하지만 무엇보다 나, 제니를 구해야 한다. 제니는 주먹을 꼭 움켜쥐고 상점에서 뛰쳐나온다." 책이라곤 접해보지 못했을 듯싶은 한 인물이 68혁명에 관한 단 한 권의 책을 읽고 이러한 각성에 도달한다는 설정은 비현실적이지만, 소설이 아니라 '시'에서라면 불가능한 것도 아니다.

놀라운 것은 제니가 68혁명의 주장 가운데에서도 가장 급진적인 반反휴머니즘으로까지 나아간다는 점이다. 물론 휴머니즘 비판의 근거는 그것이 '부르주아적 휴머니즘'이라는 한계 안에 머문다는 인식이다. 제니는 부엌이 휴머니즘으로 가득차 있다는 걸 발견한다. "천장도, 바닥도, 싱크대도, 프라이팬도, 프라이팬 속에서 썩어가고 있는 스파게티 또한 휴머니즘으로 충만하다. 제니가 썩은 스파게티를 한입 가득 넣고 씹는다. 이것이 바로 휴머니즘이다. 휴머니즘의 맛. 휴머니즘 그 자체. 휴머니즘의 핵심." 이러한 발견을 시적 에피파니라고 부를 수 있을까. 제니는 이 모든 휴머니즘을 쓰레기통에 쏟아버리고 깨끗이 세척한다. 제니의 방식으로 수행하는 혁명이고 혁명의 의식이다.

제니는 집안 전체의 휴머니즘을 세제를 뿌려서 말끔히 제거하고 거품 목욕을 한다. "살짝 벌어진 입을 보면 그녀가 지금 천국에 가 있다는 것을 알 수 있다." 이런 장면에서 제니는 적어도 의식상으로는 '대자적 난민'이고 '해방된 제니'다. 인간적 소외를 극복했다는 의미에서 '여신'이라고 불러도 무방하겠다(체르니셰프스키의 소설 『무엇을 할 것인가』(1863)의 여주인공 베라가 꿈에서 여신이 된 자신을 발견하는 장면에 상응한다). 페스카마 15호의 노동절 행사 때 '젊은 예술가'가 제니에게 바치는 시를 낭송하는 것은 따라서 시적 논리상 지극히 자연스럽다.

이러한 자기 해방에 이어져야 하는 것은 물론 인간 해방이다. 이 인간 해방의 기획은 『테러의 시』에서 마약 중독자 리의 '거짓말'을 통해서 제시된다. 리는 젊은 예술가와의 대화에서 자신이 '도시 문명 재생사업'의 조직원으로 한국에 왔다고 주장한다. 그 사업은 테러의 형식을 가질 수도 있다. 리는 이렇게 말한다.

> 우리의 목적은 분명해요. 자본주의체제를 전복하는 거죠. 그래서 흔히 세계의 자본주의 핵심 지역, 그중에서도 핵심 도시라고 말할 수 있는 곳들, 런던, 뉴욕, 도쿄 등에 사업의 역량을 집중시켰어요. 그러다 몇 년 전 우리 조직의 윗선에서 한 가지 의문을 품었죠. 지금 자본주의체제의 최전선이 어디일까? 뉴욕? 런던? 싱가포르? 아뇨, 남한의 서울이라는 결론이 났어요.

만약 '지속 가능한 파괴'를 모토로 한 이러한 '재생사업' 이야기가 판타지의 형식으로라도 더 진전된다면 『테러의 시』는 말 그대로 '시'가 됐을 것이다. 숭고하거나 풍자적이거나. 하지만 제니와 리의 상상 세계와 저항 공간은 '현실'의 침입으로 인해 와해된다. "그리고 그날 밤 시와 건설회사에서 동원한 깡패들이 페스카마 15호로 들이닥친다." 사람들은 쫓겨나고 건물은 포클레인에 의해 부수어진다. 결국 서울에서 가장 부유한 구역의 고시원으로 터전을 옮긴 제니와 리는 다른 조선족 여자의 권유에 따라 철야 기도회에 나가고 목사의 권유로 신앙 간증에 나서게 된다. 교회가 서울을 가득 채우고 있는 것이 아니라 서울이 교회를 채우고 있는 것처럼 여겨질 정도로 서울은 십자가의 도시이지만, 역설적으로 구원과는 가장 거리가 먼 도시이기도 하다. 제니는 간증을 위해 매번 새로운 도시에 가지만 "목사들은 모두 똑같은 옷을 입고 있다. 신자들은 모두 똑같은 눈으로 제니를 바라보며, 벽에 매달린 스크린은 모두 같은 회상의 제품이다. 스크린처럼, 사람들은 모두 같은 회상의 제품이다".

『테러의 시』에서 가장 흥미로운 설정은 비참한 삶을 살아온 두 사람이 돈을 받고 간증을 하며 '좋은 구경거리'로 전락한다는 것이다. "이제 제니와 리는 매주 서울 시내의 교회를 돌며 자신들이 살아온 삶에 대해서 이야기하고 그 대가로 돈을 받는다. 이야기는 거듭될수록 그럴듯해진다. 더욱 비참해지고, 더욱 슬퍼지고, 더욱더 사람들의 마음을 사로잡게 된다." 이어서 밝혀지는 것은 대형 교회의 목사가 애초에 제니가 있던 클럽의 주인이기도 하다는 사실이다. 이 정도면 보기 드문 냉소가 아닐까. 물론 작위적 설정이라고만 말할 수 없는 것이 한국적 현실이기도 하다.

4. 시적 정의

작가는 무엇을 냉소하고 부정하는가. 세계 자본주의의 '핵심'으로서 서울을 혐오하지만 혁명의 가능성에 대해서도 회의적이다. 자기 해방에서 인간 해방으로 이어지는 서사를 그는 부정한다. 68혁명에 관한 책을 읽고서 각성되는 것은 쉬운 일이다. 하지만 그것이 제니의 불행한 삶을 온전하게 구원해주지는 못한다. 제니는 다시금 섹스클럽의 창녀가 돼 두 번의 낙태수술을 받고도 '여전히' 서울에 있다. 서울을 벗어나지 못한다. 환각제로만 버텨내는 것이 그녀의 삶이다. 무엇이 달라질 수 있는가? "시내에는 연일 고급 아파트 단지가 들어섰다. 아파트 단지를 낀 교회는 사람들로 넘쳐났다. 누군가는 죽고, 누군가는 미쳤다. 대부분은 어떻게든 살아가고 있었다."

만약 그게 현실이라면 소설은 어떤 결말을 가질 수 있을까. 김사과는 한번 더 시적인 전환을 감행한다. 소설적 연속성에 맞서는 시적 단절 혹은 도약이다. 리와 제니가 각각 병원과 클럽에서 사라졌다는 진술에 이어지는 것은 『테러의 시』에서 지배계급의 두 대표 격인 정박사와 목사의 죽음이다. "며칠 뒤 한강변의 고급 빌라에서 이혼한 뒤혼자 살고 있던 한 고위 공무원이 목을 매 자살했다"라고 정박사의 죽음을 전하며, "그다음날 한 대형 교회에서 화재 사건이 발생"해 목사를 포함에 다수가 불에 타 죽거나 질식사한다. 피해자들은 대부분 중상류층이다.

리와 제니가 사라진 것과 고위 공무원의 자살이 어떤 연관성을 갖는지는 불분명하다. 하지만 그의 죽음은 잘 연출됐다는 인상을 준다. "거실 한가운데 매달린 그의 시체를 일곱 개의 조명이 비추고 있었다"

라는 묘사 때문이다. 이 조명은 그의 집 거실에 있는 유명 미술가의 작품과 관련이 있다. "빈민가의 철거 예정 건물에서 뜯어낸 콘크리트 벽의 잔해 일부를 천장에 얼기설기 매달아놓은 것"으로서 "런던 북부 빈민가 출신인 예술가의 정체성과 세계와의 투쟁"을 담고 있는 작품이다. 이 작품의 이름이 '위트 있는 소의 크기'이고 일곱 개의 조명이 그것을 비추고 있다. 정박사의 자살은 곧 '빈민가 출신 예술가의 정체성과 세계와의 투쟁'을 보여주는 또다른 '작품'인 셈이다.

　대형 교회의 화재 사건도 시적 인과성 혹은 시적 정의를 구현한다. "시간도 날짜도 장소도 지워진 어느 날" 제니와 리는 약에 취해 환각 상태에 빠진 채 자신들이 '공연한' 또다른 무대를 떠올린다. 무대 한가운데 목사가 묶여 있고 그들은 심문한다. "그 거지를 누가 구해주나요? 나는요? 나와 리는 누가 구해주나요?"라는 게 제니의 질문이다. 그녀는 기름을 붓고 성냥을 던진다. 환각에 빠져 있는 그녀에게 "그들이 가까이 왔어"라고 리가 속삭인다. 그들을 체포하러 온 그들일 수도 있고 죽음의 사신들일 수도 있다. "그들은 기다린다. 문 너머 그들을 향해 다가오는 것을. 어떤 기대도 절망도 없이." 시적 정의는 그렇게 구현된다. 어떤 기대도 절망도 없이.

5. 난민문학의 현단계

　"김사과의 그로테스크는, 시쳇말로, 쩐다"라고 서동진은 적었다. "김사과의 새 소설『테러의 시』를 설명하기 위해서는 세 단어면 충분하다. 테러, 시, 그리고 김사과"라고 금정연은 말했다.(금정연, 「"여기 시체가 있다니까요!" '소녀의 외침' 이후!」, 프레시안(12. 03. 03)) 나는 여러 복합적인 정서를 유발하는 이 소설, 혹은 시에 대해서 몇 가지 더 적어보려고 했다. 모래에 파묻힌 도시의 이미지에서 시적 정의에 이르는 여정에 대해서. 우리는 여전히 서울에 있는 것인가? 김사과의 『테러의 시』에서 나는 무엇을 읽은 것인가. 이 이종적인, 무규칙적인 글쓰기를 읽어가면서 자연스레 떠올린 건 조르조 아감벤의 말이다. 대략 20년쯤 전에 그는 이렇게 말했다.

> 이제 멈출 수 없는 것이 되어버린 국민국가의 쇠퇴와 전통적인 법적-정치적 범주의 전반적인 해체 속에서, 난민은 어쩌면 오늘날 생각할 수 있는 인민의 유일한 형상이다. 그리고 적어도 국민국가와 그 주권의 와해 과정이 완전히 끝나지 않은 이상, 난민은 오늘날 도래하는 정치공동체의 형태와 그 한계를 알 수 있게 해주는 유일한 범주이다. (조르조 아감벤, 『목적 없는 수단』, 김상운·양창렬 옮김, 난장, 2009)

『테러의 시』의 두 주인공 제니와 리는 물론 전형적인 난민의 형상이다. 토니(리)와의 영어과외중에 재준이 규정하는 바에 따르면 제니는 '불법 이민자'로서 여권도, 나라도, 가족도, 직업도 없는 사람이다. 조선족 제니는 한국 사람도 아니고, 중국 사람도 아니다. 그녀는 아무것도 아니다. 이것은 제니 자신의 발견이기도 하다. 자신의 삶을 고백하는 간증 자리에서 제니는 문득 자신의 이름을 기억하지 못한다. "아니, 자신에게는 이름이 없다는 것을 깨닫는다." 거슬러올라가면 애초에 그녀는 ( )로 지칭됐었다. 그것은 곧 어떠한 주체화 이전의 주체를 가리킨다. 난민이 바로 그런 주체의 형상이기에 새로운 정치공동체의 유일한 범주가 될 수 있다.

하지만 『테러의 시』에서 이 정치적 주체는 아직 가능성으로만 형상화된다. 제니와 리의 '투쟁'은 자각적이지 않으며 조직화되어 있지도 않다. 그들이 과연 새로운 정치적 투쟁과 사회 변혁의 주체가 될 수 있을까. 그것은 '테러의 시'가 아닌 '테러의 소설'의 가능성에 대한 물음이기도 하다. 물론 이때 '소설'이란 말은 잠정적인 명칭이다. 루카치의 말대로 근대 소설이 '부르주아계급의 서사시'라면, '난민문학'은 '시민문학'과는 다른 종류의 미학을 요구할 것이기 때문이다. 어쩌면 '김사과 소설'은 그러한 난민문학의 한 가지 형태로 가늠될 수 있을 것이다. 하지만 그 존재만으로 의의를 평가할 수는 없다. 이제 물어야 하는 것은 그것이 얼마나 전투적이며 얼마나 강한가이다. 얼마나 실험적이며 얼마나 유효한가이다. 어떤 기대도 절망도 없이 김사과의 다음 '소설'을 기다려보기로 하자.

_〈자음과 모음〉(2012년 여름호)

루저들의 초상과 정크 소설의 탄생

정크
김혜나 지음
민음사, 2012

　『정크』는 제34회 오늘의 작가상 수상작 『제리』로 등단한 김혜나의 두번째 장편소설이다. 데뷔작 『제리』는 "21세기적 소비자본주의 사회에서 '루저'로 살아갈 수밖에 없는 청춘들에 대한 킨제이 보고서"(김미현), "충격적이고, 반도덕적인 소설"(박성원), "최근 한국 소설에 없었던 새로운 어떤 표정"(강유정)이라는 평을 심사위원들에게 얻었다. 『제리』를 이미 읽은 독자라면 『정크』에서도 여전히 루저로 살아갈 수밖에 없는 청춘들의 표정을 확인할 수 있으리라. 여전히 새로운 어떤 표정이지만 이제 조금은 낯을 익히게 된 표정이다. 그 표정의 의미는 무엇일까. 김혜나의 '보고서'에서 우리는 무엇을 읽을 수 있을까. 『제리』와 『정크』를 연속선상에 놓고 살펴보기로 한다.

2000년대 한국 소설의 한 경향으로 '루저 소설'을 지목할 수 있지만 김혜나의 소설은 또다른 영역을 개척한다. 생활 속의 잡동사니나 망가진 기계 부품 따위를 이용하여 만드는 미술을 일컫는 '정크 아트'에 빗대어 말하자면 그녀의 소설들은 '정크 소설'로 분류해도 좋으리라. 아니, 작가는 자신만의 정크 소설을 적극적으로 발명하고자 한다. 폐물 혹은 쓰레기를 뜻하는 '정크'를 두번째 소설의 제목으로 가져온 것도 그렇지만, 『제리』의 주인공 '나' 역시 자신이 "늘 뭐 하나 제대로 인식하지 못하는 문제아였고 인간쓰레기였다"라고 생각한다. 그런 자의식의 근거는 생각보다 단순하다. 서울도 아닌 인천의 2년제 대학 야간반에 재수까지 해서 겨우 들어간 처지라는 게 그 열패감의 사회적 바탕이고 현실적 배경이다. '나'는 이렇게 생각한다.

> 말하자면, 수도권의 별 볼 일 없는 2년제 야간대학조차 겨우 다니고 있는 나에게 어떠한 꿈이라는 게 있을 리 만무했다. 누구도 말은 하지 않았지만, 우리 모두가 다 서로에 대해 잘 알고 있었다. 지금 대학을 함께 다니고 있는 우리들 중에서 의사나 변호사가 되거나 대기업에 취직할 수 있는 사람은 아무도 없다는 것을.

뒤집어서 말하면, 우리 사회 청춘들의 꿈이란 사회적 성공, 혹은 그 성공에 대한 사회적 인정의 다른 말이고, 그것은 "의사나 변호사가 되거나 대기업에 취직할 수 있는 사람"을 뜻한다. 시인이 되고 싶다는 후배 미주의 말에 "마시지도 않은 소주가 목에 걸려 사레라도 들린 느낌"이라고 토로하는 이유다. 어릴 때부터 하고 싶은 게 없었던 '나'는 꿈이 뭐냐고 계속 묻는 미주에게 "죽을 때까지 같이 술 마셔주는 사람이 하나만 있었으면 좋겠어"라는 말로 얼버무린다. 하지만 빈말은 아니다. "항상 사람들을 만나고 술을 마시고 잠을 자지만, 어느 누구와도 진정으로 함께였던 적은 없었다. 여럿이 술을 마시는 이 순간조차도 나는 혼자라는 소외감에서 벗어날 수 없었다"라는 게 '나'의 고백이다. 『제리』의 '나'를 구성하는 것은 사회적 열패감과 함께 바로 이러한 실존적 소외감이다.

　'나'는 그 소외감을 '강'과의 관계를 통해서, 그리고 노래방에서 만난 도우미 '제리'와의 관계를 통해서 떨쳐버리고자 한다. 강과의 섹스 행위가 너무 아팠지만 아프다는 말을 꺼내면 그가 떠날까봐 "그가 주는 고통마저도 사라져 버릴까봐" 말하지 못한다. 하지만 그런 관계가 만들어낸 상처들을 더이상 감당하지 못해 강을 떠나보낸다. 그리고 제리와의 관계도 마찬가지로 진행된다. 제리와의 섹스에서도 '나'의 욕망은 '관계'에 대한 욕망이다. "그가 내 몸속에 있기를, 자고 일어난 뒤에도 그렇게 되기만을 간절히 바라며 나는 다리를 더 크게 벌렸다." 하지만 '나'는 제리가 진심으로 함께 있어주기를 바라면서 동시에 그가 다른 사람들에게는 허위적으로 대하기를 바라는 모순을 깨닫는다. 그것은 제리를 자기 욕망의 수단으로만 간주하는 태도이기도 하다. 마르틴 부버의 말을 빌리자면 '나-너' 관계가 아닌 '나-그것'의 관계가 갖는 한계에서 자유롭지 못하다.

『제리』의 미덕은 그런 욕망의 한계에 대한 자각을 빼놓지 않는다는 데 있다(그런 면에서 보자면 이 소설의 '반도덕적' 면모는 도덕성의 이면이다). 곧 "너만 끌어안아준다면, 너만 위로받을 수 있다면, 너만 소외되지 않는다면 아무래도 상관없는 거잖아"라는 자기 질책은 '나' 역시 다른 사람들과 하등 다를 바 없는 인간이라는 반성으로 이어진다. 그것이 『제리』가 '성장소설'의 의미를 갖게 되는 첫번째 깨달음이라면, 거기에 이어지는 것은 타인과 진정한 관계를 맺을 주체로서 '나'가 아직 존재하지 않는다는 두번째 깨달음이다. "셀 수도 없이 많은 사람들 틈에서 나는 정신 나간 사람처럼 나를 찾아 헤맸다. 하지만 나는 어디에도 없었고, 그러므로 어느 누구도 내 곁에 머물지 못했다"라는 자각이 '나'의 방황의 귀결이다(이 소설에는 '나'의 이름이 등장하지 않는다).

『제리』의 주제를 그렇게 간추려볼 수 있지만, 그렇다고 이 작품의 특이성이 다 말해진 것은 아니다. 개성적인 소설들이 그렇듯이 『제리』 또한 과잉진술과 과소진술을 포함하고 있다. 작가들은 보통 특정 대목에 대해 너무 많이 말하거나 너무 적게 말한다. 『제리』의 경우 '나'를 포함한 여대생들이 노래방에서 남자 도우미들을 불러 노는 장면에 대한 묘사가 과다하게 들어 있다. "한 시간 동안 춤추고 노래하고 술 마시는 데 돈 3만 원이면 충분"하지만, 도우미 선수들을 끼고 놀려면 "룸 이용비는 기본이거니와 맥주 열 병과 과일 안주까지 시켜야" 하기 때문일까(그럴 때 '노래방'은 '노래바'가 된다). 한편 그런 노래방과 술집을 제집처럼 드나들지만 '나'의 처지는 "집에서 매달 용돈을 받고는 있지만 휴대전화비와 교통비, 밥값에 술값 등을 빼고 나면 전철역 지하상가에서 싸구려 티셔츠 한 장 사 입기도 벅찼다"라고 묘사된다. 걸리는 건 두 가지다.

(1) 대학에 다니며 수업이 없는 저녁 시간과 주말 시간을 모두 아르바이트에 매진하면서 힘겹게 사는 애들도 물론 많았다. 그에 비하면 정말이지 할말은 없지만 나는 이렇게 살아왔고, 또 이렇게밖에 살지 못할 인간이었다. 나는 내 힘으로 할 수 있는 건 아무것도 없는, 그런 인간이었다.

(2) 이번달 용돈은 이미 다 써버린 상태였고, 돈을 더 달라는 말 같은 건 누구에게도 해본 적이 없었다. 이런 일로 부모님하고 대화를 나누고 싶지도 않았다.

"힘겹게 사는 애들"도 많지만 나는 "이렇게밖에 살지 못할 인간"이라는 자의식은 사회적 현실에 대한 모든 문제의식을 괄호 안에 넣는다. 곧 배제한다. 사회적 존재로서의 인식을 결여하고 있다는 점에서 곧바로 주인공의 미성숙을 지적할 수는 있다. 하지만 '나'의 시각으로 수도권 2년제 대학에는 "나처럼 공부 못하고 놀기 좋아하는 애들"만 득시글거린다고 하면, 『제리』가 묘사하는 리얼리티는 "제대로 하는 건 아무것도 없으면서 술이나 처먹고 다니는 인간쓰레기"들의 리얼리티로 이해할 수도 있을 것이다.

그런데 그보다 더 문제적인 것은 '부모님'에 대한 과소진술 혹은 의도적인 배제다. '나'는 부모님에게 용돈을 타 쓰는 처지이지만 아버지에 대한 묘사는 한 문장도 등장하지 않으며 어머니와도 대화가 단절된 상태다. "엘리베이터 문이 열렸다. 나는 엘리베이터 안으로 들어가 내가 살고 있는 층의 단추를 눌렀다. 내 뒤에 서 있던 엄마가 뒤따라 안으로 들어왔다. 엘리베이터는 더디게 움직였고, 나는 여전히 고개를 숙인 채 바닥만 바라보았다. 뒤쪽에 선 엄마는 엘리베이터 화면의 숫자만 들여다보고 있는 듯했다"라는 대목이 모녀가 유일하게 같이 등장하는 장면이다. 물론 두 사람 사이의 어떠한 애정도 묘사돼 있지 않다. 이러한 일차적인 애착 관계의 결여는 당연히 '나'의 대인 관계에 영향을 미칠 터이지만(피어싱에 대한 욕구는 관계의 결핍에서 빚어진다), 엄마를 비롯한 가족에 대한 서술은 더이상 제시되지 않는다. 일견 성애에 대한 거침없는 묘사 때문에 모든 것을 까발리는 듯한 인상을 주지만 『제리』는 너무 적게 말하는 소설이기도 하다.

김혜나의 두번째 장편소설 『정크』는 이러한 의문에 대해 응답이라도 하듯이 주인공에 대한 호명으로 시작한다. "성재는?" 그것도 '아버지의 목소리'다. "그 소리에 나는 서랍장 안에서 랏슈를 꺼내려다 말고 그만 서랍을 닫았다." 나성재의 행동을 제지한다는 점에서 아버지는 부권적 권위를 갖고 있는 듯싶다. 하지만 아버지에게 '이 집'은 일주일에 두 번 정도만 들르는 첩의 집이고 성재는 '첩의 자식'이다. 그가 집에 찾아올 때마다 일성으로 "성재는?"이라고 묻는 것은 "나의 존재가 아닌 부재를 확인하고 싶은 마음에서 나오는 물음"이다. 그러니까 아버지의 "성재는?"이라는 호명은 주체로서의 '나'를 소환하는 호명이 아니라 그것을 지우는 호명이다. 즉 존재를 부재로 전환·전락시키는 물음이다. 더불어 그 호명 행위 속에서 아버지 역시 아들처럼 지워진다. 아버지에게 성재는 존재하지만 부재하는 존재이고, 성재에게도 아버지는 존재하지만 부재하는 존재다. "그는 나에게, 어떠한 말이나 행동을 절대로 취하지 않는 사람이었다. 심지어 나를 똑바로 바라보는 적조차 한 번도 없었다"라고 성재는 말한다. 그래서 그에게 아버지는 언제나 남겨놓고 가는 몇만 원의 돈으로만 존재한다. 그렇게 매달 두고 가는 30~50만 원이 아버지의 '흔적'이다.

『정크』의 화자인 성재는 화장품 가게에서 아르바이트를 하는 동성애자게이다. 일부 과학계에서 동성애 유전자를 얘기하듯이 동성애의 기원에 대한 과학적 해명이 가능한지 모르겠지만, 성재의 경우는 심리적 동기가 얼마간 부여되어 있다. 어릴 때부터 엄마의 화장대 앞에 앉기를 좋아한 그는 "못난 나를 아름답게 만들어줌은 물론 나에게 부족한 부분이나 없는 부분까지도 메워주는 것이 바로 화장"이라고 생각한다. 자신이 못나고 뭔가 부족한 존재라는 인식이 그의 성性 정체성의 핵심을 구성하고 있는 것이다. 물론 그가 결여하고 있는 핵심은 아버지다. "나에게 아버지는, 있는 것일까 없는 것일까. 아버지의 존재를 알게 된 순간부터 지금까지 나는 단 한 번도 이 물음에 대한 답을 구하지 못했다"라고 그는 말한다. 아버지가 없는 사생아로 태어났기에 그는 어머니와 성이 같다. 그리고 일찍부터 그의 관심사는 "오로지 미용이나 패션, 메이크업 그리고 남자와의 연애뿐이었다". 그의 남자와의 연애 욕망은 아버지의 욕망의 대상이 되고자 하는 무의식적 욕망과 무관하지 않을 것이다.

성재에게 자신의 결여를 채울 수 있는 방식은 화장을 통해 다른 존재로 변신하거나 마약을 통해서 자신을 망각하는 것, 두 가지다. 마약에 도취하게 되면 잠시나마 "첩 자식으로 살아온 이십여 년간의 시간도, 노래방에 나가 죽기 직전까지 술을 마시고 돌아와 하루종일 방바닥에 누워만 있는 엄마도, 일주일에 두 번씩 집으로 찾아와 돈만 놔두고 떠나가버리는 아버지라는 사람도, 그토록 매달려왔던 화장도, 그토록이나 매달려왔던 화장으로 취직조차 할 수 없는 현실도, 그래서 결국 싸구려 화장품 매장에서 아르바이트나 하고 있는 현실도 모두 잊어졌다". 자신의 현실을 잊어야만 겨우 존재할 수 있다는 게 성재의 역설적 현실이다. 하지만 마약이 궁극적인 선택이 될 수는 없다. 성재와 비슷한 처지에 있던 형민은 물뽕을 마셔야만 겨우 살 것 같다고 말하던 친구였지만 결국 약물 과용으로 죽고 만다. 그것이 성재의 선택지가 될 수 있을까.

성재에게 있어 중요한 또다른 선택지는 '민수 형'과의 사랑이다. 게이라는 새로운 정체성을 통해서 사랑하는 남자에게 있어서 완전한 욕망의 대상이 되는 것을 성재는 꿈꾼다. 같은 동성애자인 민수 형은 바로 그 '남자'로서 성재에 대한 욕망의 주체다. 아니 성재는 그가 그러한 욕망의 주체이기를 욕망한다. 성재는 나이가 다섯 살 더 많은 그를 스무 살에 만나 2년여를 사귀었다. 하지만 부유한 집안의 아들로 미국으로 유학을 떠났다 돌아와 결혼하고 치과를 개업한 민수 형과의 관계는 어정쩡한 상황에 놓인다. '유부남에 애 아빠'까지 돼버린 민수 형은 성재만을 욕망의 대상으로 삼기에는 너무 많은 것을 가진 것처럼 보인다. 민수 형의 집을 찾아간 성재는 아빠 역할을 하는 민수 형의 모습을 보면서 좌절한다. 아버지가 습관적으로 돈을 놔두고 가는 것처럼 민수 형 역시 성재에게 뭔가를 계속 사주려고 하지만, "왜 자꾸만 나에게 무언가를 해주려고 하는 거야? 왜 나에게는 절대로 형 자신을 주려고 하지 않는 거야?"라는 게 성재의 마음속 원망이다. 성재는 민수 형 자신, 곧 그의 모든 것을 원하며, 그의 모든 것이 되고 싶어하지만, 민수 형은 더이상 성재에게 성재가 원하는 것을 줄 수 없다.

성재는 한때 민수 형과 동성 결혼이 허용되는 나라에 가서 결혼식을 올리고 함께 살려는 꿈을 꾼 적도 있지만 이제 그것은 혼자만의 꿈이란 걸 깨닫는다. 둘은 같은 마음이 아니고 같은 마음이 될 수도 없다는 깨달음이 성재로 하여금 욕실에 있는 화병을 벽 거울에 던지고 아기 욕조를 집어던지는 발작적인 행동으로 내몬다. "잘 봐, 민수 형. 이 또한 부서지잖아. 이렇게, 부서지는 거잖아. 어차피 다, 깨지는 거잖아"라는 성재의 절규는 그 자신에게 더 유효한 말이다. 비록 "진짜인 건, 아무것도 없잖아. 오직 나뿐이잖아. 나는 이렇게 있잖아"라고 부인하지만 곧 그가 깨닫게 되듯이 진짜로 부서져 흘러내리는 건 그 자신이다. 그는 다시 생의 바닥으로 추락한다. "내가 정말로 두려워하고 또 무서워했던 것, 그것은 바로 삶이었다. 죽도록 도망치고 싶지만 죽어도 도망쳐지지 않는 이 현실, 내가 서 있는 이곳, 나, 라는 인간, 나, 라는 인간의 더럽고 구질구질한 생애가 두렵고 무서워 이가 덜덜 떨렸다."

만약 민수 형과의 사랑도 선택지가 될 수 없다면, 절망의 끝에 놓인 성재에게는 어떤 탈출구가 있을까? 사회적 루저이면서 동시에 정기적으로 보건소에 들러 에이즈 검사를 받아야 하는 성적 소수자에게 어떤 희망이 가능할까? 작가는 두 가지 가능성 혹은 시도를 제시한다. 하나는 취업이라는 현실적 가능성이다. 길거리 화장품 가게의 아르바이트 직원이 아닌 전문 메이크업 아티스트로 취업하는 길이 성재에게 남은 마지막 희망이다. 하지만 메이크업 아티스트 전문가 과정을 이수하고 자격증을 취득한 뒤에도 시간제 아르바이트조차 겨우 구한 것이 그의 현실이었다. 그럼에도 희망을 내던져버릴 수는 없기에 그는 악착같이 이력서와 포트폴리오를 준비한다. 취직을 해야만 남의 남편이 되어버린 민수 형과도 정말로 헤어지고 더이상 매달리지 않은 채 살아갈 수 있으리라고 생각해서다. 그의 바람은 "누구에게도 기대거나 바라지 않고 그저 나 자신으로서의 일에 충실할 수 있도록, 충실해질 수 있도록 내 나름의 직업을 가지고 돈을 벌고 생활을 꾸려나가고 싶은 것뿐이었다". 그런 바람을 그는 이룰 수 있을까.

그러한 현실적 가능성이 계속 유예될수록 자기 자신에 대한 성재의 환멸과 고통은 깊어간다. "아버지가 있지만 내 아버지가 아니고, 애인이 있지만 내 애인이 아닌 것"이 그가 들고 있는 인생의 패다. 아버지는 "번듯한 가정, 떳떳하게 장성한 두 아들과 멀쩡한 부인 그리고 첩으로 둔 엄마까지" 모든 것을 다 갖고 있었고, 민수 형도 "번듯한 직업과 돈 많은 부인, 그녀를 꼭 닮은 딸, 거기에 오래된 애인인 내 마음"까지 갖고 있었지만 유독 자신만은 아무것도 갖지 못한 채 '거지 같은 꼴'로 살아가야 하고 모든 걸 남들에게 구걸해야 했다. 삶의 단 한 순간도 더는 견딜 수 없는 처지에서 성재가 새로운 탄생을 고안하는 것은 자연스럽다. 『정크』에서 가장 아름다운 장면은 그가 기억의 형식을 통해서 토로하고 있는 새로운 탄생에 대한 열망이다.

오래전, 어머니의 몸을 찢고 나오던 순간에도 나는 이토록이나 강렬히 움직이고 싶어했다. 그러나 잘 움직일 수가 없었고, 나는 내 존재가 쏟아내는 모든 힘을 다해, 손가락부터 움직여 나갔다. 다음에는 발가락을, 그다음에는 발을, 그다음에는 손을 움직였다. 나는 살고 싶었다.

탄생 장면은 물론 기억거리가 될 수 없다. 이것은 기억이 아니라 투사다. 성재는 자신의 힘으로 바꿀 수 없는 현실과 존재의 결핍을 화장을 통한 변신으로 극복해보려고 해왔다. 그렇다면 존재의 '리셋'으로서 재탄생은 가장 적극적인 자기 변신이자 존재에 대한 긍정이 아닐까. 이러한 기억/투사 이후에 성재는 민수 형에 대한 사랑이 오직 자기 안에만 존재하던 환상이 아니었을까 하고 자문한다. "내가 그토록이나 바라고 또 기대던 민수 형은 처음부터, 이 세상에 존재하지 않았던 것이다"라는 깨달음은 『정크』 역시 『제리』와 마찬가지로 성장소설의 의미를 갖게끔 한다. 아버지의 죽음은 따라서 서사적인 필연이다. 화장장에서 성재는 민수 형과도 과거의 자신과도, 그리고 이제 아버지와도 작별한다. 역설적이지만 그것은 아버지의 죽음과 부재를 통해서 거꾸로 아버지의 존재를 확인하는 과정이기도 하다(그런 점에서 보자면 작가는 『정크』에서도 아버지에 대해 너무 적게 말한다).

> 오래전, 나는 아버지의 몸속에 있었다. 무수히 많은 생명과 함께, 숨과 함께, 그저 흐르고 있었다. 소리는 계속해서 흐르고 또 흘렀다. 나는 아버지의 소리를 온전히 다 듣고 있었고, 그의 몸에 흐르는 수많은 생명을 또렷이 바라보고 있었다. 나는 나와 함께 숨 쉬는 많은 사람들에게 둘러싸여 있었고, 그 많은 사람들은 아버지라는 사람 안에 둘러싸여 있었다. 나는 계속 흘렀다. 기나긴 흐름의 시간 속에, 나는 단 한 번도, 혼자인 적이 없었다. 언제고, 어디서고, 생명이 내 곁에 있었고, 그것을 둘러싼 아버지의 생명 또한 단 한 번도 나에게서 떨어져 있지 않았다.

그때 비로소 성재는 가슴속 깊은 곳에 응어리져 있던 말을 토해낸다. 단 한 번도 들어보지 못했고, 또 한 번도 소리 내지 않았던 "아버지…… 아빠…… 그리고 아버지"라는 말이다. 이것은 물론 서두의 "성재는?"이라고 부르는 말과 호응하는 말이다(아버지는 그때 "성재는?"이 아니라 "성재야!"라고 불렀어야 했다). 시작은 무엇이었나? 부모의 무관심이다. 성재의 어머니는 성재가 게이라는 사실도 알지 못했다. 아버지는 일주일에 두 번씩 집으로 찾아왔지만 아들을 본 척도 하지 않았다. 성재는 이렇게 느끼고 생각한다. "엄마와 아버지 모두 나 때문에 인생을 망쳤다는 생각이 확고했다. 나에게는 늘, 무언가를 망쳐버리는 힘이 있었다. 처음부터 나는 아무 필요도 없는 쓰레기 같은 새끼로 태어났으니까 말이다."

그렇다면 『정크』는 그렇게 자기 자신을 "쓰레기 같은 새끼"라고 부르는 주인공의 고투, 존재를 위한 고투를 그리고 있다고 말할 수 있지 않을까. 어떤 이들에게 존재는 자연스러운 축복이 아니라 사회적 편견과 무시, 그리고 오랜 세월 동안 자기 비하와의 힘겨운 싸움을 통해서만 간신히 얻어낼 수 있는 자격이다. 김혜나의 정크 소설들은 이 시대 사회적 루저들의 초상을 그리면서 동시에 정크들의 존재론을 제시한다. 작가의 고투와 함께 한국 소설의 영역이 좀더 확장되었다.

_『정크』 발문(2012)

최승자는 어떻게 빅토르 최가 되었나

나는 빅또르 최다
강병융 지음
뿌쉬낀하우스, 2018

    강병융의 『나는 빅또르 최다』(초판은 『알루미늄 오이』라는 제목으로 출간되었다)는 읽는 소설이 아니라 듣는 소설이다. 그것도 카세트테이프로 A면과 B면을 차례로 듣고 중간에 히든 트랙도 듣고, 나중에는 작가 인터뷰를 보너스 트랙으로 듣는 풀코스의 청각적 소설(실제로 책은 스마트폰으로 QR코드를 찍으면 소설의 각 장 제목이 된 노래와 인터뷰 동영상을 보고 들을 수 있도록 했다). 이건 독자의 선택이 아니라 작가의 선택이고 권유이다. 러시아 가수 빅토르 최(소설에서는 '빅또르 최')의 탄생 50주년을 기념하는 '헌정소설'을 제안 받고 그가 내린 결정의 결과이기도 하다.

    1980년대 러시아의 대표적 로커로서 페레스트로이카 시대를 풍미

했던 러시아 대중문화의 영웅이자 전설을 한국 소설로 어떻게 기념할 수 있을까. "독자들의 몸 혹은 마음을 '아주아주아주' 조금이나마 움직이면 좋겠다는 생각"으로 소설을 쓴다는 강병융은 환생의 모티브와 알루미늄 오이라는 상징을 전면에 내세웠다. 빅토르 최의 사후의 삶, 곧 죽은 뒤에도 여전히 우리에게 살아 있는 빅토르 최를 조명하기 위한 방책이다.

1990년 여름 러시아에서 빅토르 최와 그의 그룹 키노의 인기는 정점에 다다라 있었다. 그해 그는 모스크바 올림픽 경기장에서의 대규모 공연을 성공리에 마쳤고 일본과 한국에서의 공연 제안도 받은 상태였다. 스물여덟의 빅토르 최는 당시 카자흐스탄 출신의 영화감독 누그마노프와 영화 〈바늘〉(1988)을 이미 찍은 상태였고 다시 그와의 새 영화 작업을 위해 카자흐스탄으로 떠나려던 참이었다. 공연과 녹음, 촬영 등의 일정에 치이던 그는 휴식을 위해 라트비아의 리가 인근 별장을 찾는다. 어느 날 낚시도구를 챙겨 혼자 차를 몰고 나섰다가 맞은편에서 오던 버스와 충돌하는 사고로 즉사한다. 8월 15일 새벽의 일이다. 사고 정황과 관련하여 음모론이 제기되기도 했지만(그의 일부 노래는 정치적인 메시지를 담고 있었으며 당시 대중의 인기는 통제하기 어려울 정도로 치솟아 있었다) 사고 원인은 빅토르 최의 졸음운전으로 발표된다. 여름이 아직 끝나기 전에 그의 여름은 노래 가사처럼 그렇게 끝났다.

빅토르 최의 죽음을 도입부로 삼은 강병융은 바로 이어서 같은 날

새벽 한국에서 한 아이가 태어나는 장면을 아버지의 시점으로 기술한다. 아이를 낳는 순간 잠시 정신을 잃은 아내는 뭔가를 타고 가다가 맞은편에서 달려오고 있던 거대한 무언가(버스)를 피하려고 했지만 그럴 수 없었다고 하는데, 그 충돌의 순간 밝은 빛과 함께 아이가 태어난다. 그 아이의 이름이 최승자이다. '승자'는 물론 '빅토르'와 같은 의미를 갖는 이름이다. 러시아에서 빅토르 최가 죽는 순간 한국에서 태어난 아이 최승자를 주인공으로 한 소설이라면, 소설의 귀결은 응당 주인공의 '빅토르 최-되기'다. 그것은 어떻게 가능할까. 아니, 어떻게 인정받을 수 있을까. 빅토르 최가 노래했던 러시아 무대에 서서 그의 대표곡 〈혈액형〉을 부르는 것! 그러기 위해선 두 가지 과정이 필요하다. 승자가 러시아어로 빅토르 최의 노래를 배우는 과정과 러시아에 가게 되는 과정. 그리고 작가의 솜씨는 이 두 과정에 대한 묘사와 직결될 수밖에 없다.

인터뷰에 따르면 소설은 '있음직한 이야기를 쓰는 것'이 아니라 '있지도 않은 이야기를 마치 있는 것처럼 태연하게 쓰는 것'이라는 게 강병용의 소설관이다. 하지만 그렇다고 해서 소설이 전적으로 '있지도 않은 이야기'로만 구성될 수는 없을 것이다. '빅토르 최의 환생으로 태어난 최승자'라는 설정은 '있지도 않은 이야기'에 속하지만 최승자가 러시아 무대에서 빅토르 최의 노래를 부르게 되기까지의 과정은 최소한 얼마간은 '있음직한 이야기'로 구성되어야 한다. 그렇지 않으면 소설은 현실과의 접점을 전적으로 상실한 판타지로 넘어가게 될 것이기 때문이다. 작가 자신도 구상 단계에서 빅토르 최와 한국과의 접점을 고민한 듯한데, 그가 찾아낸 것은 '소외된 사람'이라는 연결고리다. 단서는 빅토르 최 역시 한국계 러시아인(고려인)으로서 러시아에서 이방인의 삶을 살았을 거라는 점과 학교생활이 평탄하지 않았다는 점이다.

지금의 카자흐스탄에서 1962년에 태어난 빅토르 최는 가족과 함께 다섯 살 때 레닌그라드(지금의 상트페테르부르크)로 이주한다. 열일곱 살 때부터 작곡을 시작하지만 학교생활에는 잘 적응하지 못했다. 미술학교에서 낮은 성적 때문에 퇴학당하고 이후에 다닌 기술전문학교는 적성에 맞지 않아 그만둔다. 하지만 보일러 수리공으로 일하면서도 빅토르 최는 록 음악에 심취하여 곧 러시아를 깜짝 놀라게 할 노래들을 만들어낸다. 그룹 키노를 결성하고 데모 테이프로 입소문을 내다가 1982년엔 첫 앨범을 발표한다. 스무 살의 일이다.

당시 번지던 페레스트로이카의 물결과 함께 곧 빅토르 최는 러시아 대중문화의 살아 있는 신화가 된다. 사회주의의 개혁이냐 몰락이냐, 라는 전환기에 놓여 있던 러시아 사회는 변화를 갈망하고 있었고 빅토르 최는 그런 열망을 담담히 노래했다. 그의 노래 가사처럼 "쉿덩어리에는 열매가 나지 않는다"는 충고에 맞서 알루미늄 오이를 심었다. 그리고 그 오이는 열매를 맺었다! 불의의 죽음 이후에도 빅토르 최라는 이름은 그가 남긴 노래들과 함께 여전히 사람들의 가슴속에 살아남아 있기 때문이다.

빅토르 최를 모델로 한 최승자의 성장기 역시 주변으로부터 소외된 삶이다. 그에겐 종이학을 잘 만드는 '전'만이 유일한 친구다. 둘은 '찐따'로 학교에서 따돌림당하고 '악마들'에게 얻어맞는다. 아무것도 잘하는 게 없었던 승자에게 음악은 예외였다. 음악만은 그냥 그에게로 와서 친구가 됐다. 마치 화가가 꿈이었던 빅토르 최가 친구 막심이 들려준 블랙 사바스의 노래 〈오키드〉를 듣고서 음악에 감전된 것처럼, 미술을 좋아하던 승자도 어느 날부터 음악을 듣더니 아예 라디오를 끼고 산다. 그는 브라운 아이즈의 노래 〈벌써 일 년〉을 듣고 즐겨 불렀다. 브라운 아이즈의 노래는 물론 작가의 고백대로 시대성의 표지다.

음악에서만큼은 재능을 보인 승자가 러시아 노래를 부르게 된 계기는 그를 괴롭히던 악마들(패거리)이 2002년 월드컵 때 '너 같은 새끼'가 한국을 응원하면 재수가 없다며 '러시아 같은 나라' 노래나 부르라고 강요했기 때문이다("러시아말로 노래 못 부르면 너 죽인다! 쌀라쌀라! 시불스키! 이렇게 알았어?"). 다행스럽게도 승자에겐 '구세주'가 있었다. 사촌 누나인 승희가 러시아어 전공자여서 그에게 빅토르 최의 노래를 가르쳐주었기 때문이다. 〈혈액형〉을 처음 들은 승자는 빅토르 최의 노래에 무섭게 몰입한다.

승희가 승자를 빅토르 최의 노래로 이끌어준다면, 빅토르 최와 직접 연결시켜주는 고리 역할은 올가의 몫이다. 작가는 올가를 빅토르 최의 열성 팬으로 그가 죽자 추모하는 의미로 3년간 노숙생활을 한 인물로 설정했다. 올가는 빅토르 최의 할아버지의 나라 한국에도 관심을 갖게 돼 한국어를 배우고 한국어경연대회에 입상해 한국에도 다녀간다. 2002년의 일이다. 빅토르 최와 윤도현 밴드의 음반을 사기 위해 들른 신촌의 음반 숍에서 올가는 블랙 사바스의 〈오키드〉가 흐르는 가운데 한국 점원과 빅토르 최에 관한 얘기를 나누고, 월드컵 응원 열기가 한창인 도심에서는 어디에선가 들려오는 빅토르 최의 목소리를 듣는다. 올가는 나중에 모스크바에서 만나게 된 승희를 통해 그 신촌의 점원이 승희였고 그녀가 들은 빅토르 최 목소리의 주인공이 승자였다는 걸 알게 된다. 작가가 소설 한복판에 의도적으로 배치해놓은 가장 '있음직하지 않은' 이야기라고 할까. 하지만 이 마법적 순간은 이후의 모든 이야기를 가능하게 만드는 만능의 순간이기도 하다.

승희는 모스크바에 가서 한국어 강사로 일하며 올가와 재회하고, 친구 전과 어머니를 잃은 승자도 2010년 승희의 초청을 받아 러시아로 간다. 8월에 빅토르 최 사망 20주기 페스티벌이 예정돼 있어서다. 승자의 노래를 듣고서 러시아 사람들은 "브라보, 빅따르 쪼이!"라며 기립박수를 쳐주었다. 승자는 모스크바의 명소인 아르바트 거리의 '빅토르 최의 벽'에도 가보고, 올가의 소개로 빅토르 최의 친구이자 영화감독인 누그마노프와도 만난다. 승자의 목소리에 반한 누그마노프는 승자를 빅토르 최에 관한 자신의 기록영화에도 출연시키며, 승자는 결국 사망 20주년 추모 공연의 특별 게스트로 초대된다. 최승자의 '빅또르 최-되기'가 이렇게 완결되면서 소설은 끝난다. 아니 『나는 빅또르 최다』의 메인 트랙은 그렇게 일단락된다(책의 부록으로는 작가 인터뷰와 함께 빅토르 최의 노래 가사 원문이 작가의 번역과 함께 수록됐다).

'빅토르 최 탄생 50주년'을 기념하는 책으로『나는 빅또르 최다』보다 조금 앞서 이대우의『태양이라는 이름의 별』(뿌쉬낀하우스, 2012)이 출간된 바 있다. 그의 짧은 인생과 음악에 관한 이야기를 담은 책이며, 일종의 헌정소설로서『나는 빅또르 최다』는 그와 짝이 되는 책이다. 헌정소설도 소설이긴 하지만 말 그대로 절반은 '헌정'에 의의가 있다고 해야 할 것이다. 인터뷰에 따르면 "인생을 살면서 안 되는 줄 알면서 해야 하는 일들이 있고, 안 되는 줄 알면서 하고 있는 것들도 많다"는 게 작가의 고백이다. 그것이 소설에서 승자와 올가가 땅에 심는 '알루미늄 오이'의 상징적 의미이자 동시에 이 작품의 메시지이다. '소외된 사람들'을 다룬 소설로서는 너무 추상적이란 인상을 지울 수 없지만(이것은 음악이 갖는 추상성과도 무관하지 않을 것이다) 빅토르 최의 삶을 새롭게 조명하고 그 기억을 다시 상기시켜준 점에서는 작가의 노고가 결코 무익하지 않다.

_〈자음과 모음〉(2013년 여름호)

문학에 빠져 죽지 않기
로쟈의 문학 읽기 2012-2020

초판 1쇄 인쇄 2020년 2월 24일
초판 1쇄 발행 2020년 3월 03일

지은이 이현우
펴낸이 신정민

편집 신정민 **디자인** 김마리 **저작권** 한문숙 김지영
마케팅 정민호 김경환 **모니터링** 이원주 이희연 **홍보** 김희숙 김상만 오혜림 지문희 우상희
제작 강신은 김동욱 임현식 **제작처** 한영문화사

펴낸곳 (주)교유당
출판등록 2019년 5월 24일 제406-2019-000052호
주소 10881 경기도 파주시 회동길 210
문의전화 031) 955-8891(마케팅) 031) 955-3583(편집)
팩스 031) 955-8855
전자우편 gyoyuseoga@naver.com

ISBN 979-11-90277-29-7 03810